U0115804

古文評點整理與研究叢刊

吳闓生《古文範》研究

王基倫　主編
許妙音　著

王序

妙音來自純樸的南臺灣，家境小康，出身平凡，卻是一個很親切和善的女孩。與一般研究生不同的是，她的臉上常常洋溢著青春的笑靨，發自內心的快樂生活態度，讓人打從心底喜歡。

妙音讀高中時，開始喜歡國文課。就讀臺灣師範大學國文學系時，特別喜歡能將文本分析得淋漓盡致的授課教師，對於文學文本的賞析也總是看到入迷。後來升上研究所，她主修古代文學課程，選修了我開授的「古文評點學」這門課程。這是一門國內罕見講授的學科新領域，所討論的內容則是古代流傳下來的經典範文，以及後人對這些經典文章的評論意見。妙音上課認真，課堂報告詳細而用心。師生們在課堂間往來對話，腦力激盪，加上她原本已具備喜好分析文本的能力，促使她在這門課程中突飛猛進，一日千里。她逐一查閱我在課堂上提供的書目清單，也延伸閱讀課堂同學們報告的書目，先是對評點成果豐碩的吳汝綸父子感到興趣，受到吳闓生的生動口吻所吸引，察覺到吳闓生時常指出古代文章的幽微深義，原來字句中藏有這麼多細膩的面向，期末報告遂以吳闓生的早年評點著作──《桐城吳氏文法教科書》為主題，聚焦於技巧方法論，探討評點中的文章布局方法，撰寫論文。後來更以她的研究成果，前往中國大陸北京市參加「第一屆兩岸六校研究生國學高峰會議」，與政治大學、輔仁大學及對岸的北京師大、西北師大、南開大學各校優秀的學長姊交流，奠定了日後的研究方向。

研究主題要合乎自己的興趣與能力，才能走得久遠。巧合的是，妙音選定研究方向後，開始在臺灣師範大學圖書館工讀，專門負責電子化登錄所有線裝書，發現館內古籍線裝書室藏有一本民國初年吳闓生的《古文範》。她所找到這本《古文範》，是很重要的珍本。這裡面還有一段故事：

中華民國肇建之初，國政一片混亂。袁世凱去世後，黎元洪繼任、馮國璋相繼代理總統，遲至民國七年十月，國會才推舉徐世昌為中華民國第二任大總統。在袁世凱主政期間，吳闓生因為出身傳統古文世家，又有留學日本背景，受到嚴復推薦，出任北京大學預科教務長，這是他從政生涯中涉獵教育事務的開始，時為民國元年五月到十二月之間。次年，闓生入袁世凱幕府。到了民國五年六月，袁世凱卒，黎元洪繼任總統，是月內閣改組，吳闓生任職教育部次長，曾經短暫代理部務一個月。此後北洋政府領導人頻頻走馬換將，而吳闓生擔任次長不變，直到民國十二年才轉任國務院顧問。於這段期間，重用闓生的人即是徐世昌大總統。徐世昌為前清遺臣，敬愛末代皇帝溥儀，企圖調和北洋軍閥各方勢力，而終歸無效。任職總統期間，日本欺凌中國愈熾，他呼籲全國上下一心抗日。徐世昌總統於民國十一年六月下野，闓生從此遭受冷落。

民國十七年，吳闓生自官場退休，改往奉天（今瀋陽市）專心執教。此時張學良等人重建奉天萃升書院，吳闓生接受軍團長楊宇霆之聘請，與王樹枏一同前往，教授古文。民國十九年，吳闓生又邀來同門好友高步瀛一起講學。除了萃升書院外，吳闓生又受聘任為私立郁文大學文院院長。直到民國二十年，日本軍藉口發動九一八事變，侵佔瀋陽，三個月後全面佔領東北。吳闓生乃下定決心離開瀋陽，返回北平（今北京市），再到保定（今河北保定市）蓮池書院——當年闓生的父親吳汝綸先生擔任過山長的書院——繼續授徒講學。八年抗戰期間，吳闓生隱居著述，最後病逝於北平。

徐世昌與吳闓生政治立場相近，尊清廷，抗日寇，也都極力弘揚傳統文化。由於吳闓生曾經在東北、華北講學，因此他的著作能在東北流傳。以一位前清遺老、桐城子弟的身分掌理全國教育事務多歷年所，可以想見他有心復古——復興唐宋古文運動以來延續到桐城文言文的傳統。在那動盪的年代，固然梁啟超的「新民叢報體」已經風行世間，白話文學也排山倒海的推進中，而維護傳統的有識之士依然前仆後繼。這時新、舊勢力水火不容，傳統守舊學者也力求維繫古文命脈於風雨飄搖之中，編選古文評點書就成為發揚傳統文化的方式之一。晚年講學不輟的吳闓生除了《古文範》之外，還有《左傳文法讀本》、《孟子文法讀本》、《漢碑文範》、《古文典範》等著作。

事有湊巧，民國三十八年，中華民國政府遷抵臺灣後，教育部撥存原東北大學藏書、及陸續受贈之陳誠故副總統等私人藏書等共二萬餘冊給位於臺北的國立臺灣師範大學，因緣際會而有許多珍本保留在「國立臺灣師範大學圖書館」。其中收藏了一本吳闓生的《古文範》，乃民國十八年（己巳年，1929年）文學社再刊行本，封面有徐世昌總統題字，內文經過吳闓生親手校補，迄今為止，此本內容最為充實，市面罕見，可能是全世界現存此書最好的版本。妙音同學得見此書，又以其為研究對象，真是幸運！

妙音撰寫論文期間，從擬定題目大綱，到如何搜集資料、思索研究進路、安排章節、乃至論文格式，都一一和我討論。由於國內評點學研究尚在起步階段，沒有幾本著作可供參考；因此我採用寬鬆的態度，只要看到可寫的研究材料，就鼓勵妙音安排章節進去。妙音聰慧，她採取有幾分證據說幾分話的方式，添加了許多新章節。譬如說，吳闓生並非中國文學史上的大作家，讀者不熟悉他，他的著作流傳至今不到百年，因此我鼓勵他從「傳統批評法」做起，先讓讀者知其人、識其書。其中妙音討論到《古文範》的前身：《桐城吳氏文法教科書》等，列出表格詳述其淵源演變，這是我原先沒預期到的話題。又如討論到《古文範》文本，我主張依照作家創作過程的理路，先談內容，後談形式，妙音也做到了。其中妙音立出「學術思想內涵」後，再立「政治思想內涵」，這是因為她注意到吳闓生有濃烈的家國關懷；而且《古文範》的創作技法有字法、句法、章法，作家批評集中在莊子、司馬遷、韓愈、王安石和三蘇父子身上，這還容易看得出來，但是風格論比較抽象，我只給妙音一個指示：孤證不必談。於是她依據文本，分立雄直、含蓄、高古、詼詭四目，一下子就讓讀者明白吳闓生屬意的標竿。又如我們企圖將吳闓生放入桐城學派史討論，可以進一步考察他在古文評點學史中的地位，妙音就選取姚鼐《古文辭類纂》、曾國藩《經史百家雜鈔》的選文和吳闓生《古文範》一起作比較，這很合乎吳汝綸為曾國藩四大弟子之一的身分，由此能論述傳承與創新；更難能可貴的是，妙音又多立出一節討論桐城諸家對《史記》的評論意見。老實說，有許多章節不是我能憑空想像出來的，都有賴妙音一步一腳印，看到材料證據而說話。這種務實治學的態度，令我十分欣賞。

撰寫論文期間，適逢中央研究院中國文哲研究所蔣秋華副研究員著手整理經學相關典籍，他也注意到了吳闓生，提供了不少資料給妙音參考。秋華兄是我在臺灣大學中國文學研究所博士班的同班同學，為人敦厚善良，專心致志，且樂於助人。於是我找他和元智大學中國語文學系的莊雅州教授擔任碩士論文口試委員，期盼能給妙音些許指導。莊老師出身臺灣師範大學，國家文學博士，曾經擔任玄奘大學文理學院院長及玄奘大學中文系主任，專攻經學，早年寫過桐城古文的相關論述。兩位老師懇切地提出建議，字字金玉良言，帶給妙音莫大啟發。大家一致決議給予妙音這本論文第一名高分通過，並勸勉她百尺竿頭，更上層樓。我在口試論文的場子，十分尊重每位口試委員自由評分的權力，能夠獲得第一名高分相對來說更為難得。妙音這本碩士論文，是我指導學生近二十年來第一位獲取殊榮的優異成績。

妙音應當繼續讀博士班的。但是她為了家庭生計，毅然決然參加中學教師甄試，走入杏壇。雖然有點可惜，但這也是面對人生的一種負責任的態度。當年大學畢業後，她回到母校高雄市鳳山高中實習半年，考取中學教師證，而後就讀研究所碩士班。那時半工半讀，日子有些清苦，她卻不改其樂。碩士畢業後先在新北市光復高中代理教師，兩年後再回到家鄉附近的旗美高中任教，以便就近照顧家庭。她始終不忘本，也沒忘記讀書治學的初衷。去年我請她回母校，對學弟妹們談談如何研究古文評點的心路歷程，席間談笑風生，每當回憶起師生相聚的情景，心中仍充滿感激。從她身上，我看見一個快樂讀書的靈魂，將來無論在什麼崗位，她依然會認真好學，引領大家走進古典文學的殿堂。而這本書，也是引領的一步腳印，希望讀者能喜歡。

王基倫序於國立臺灣師範大學
己亥年立秋（2019年8月8日）

自序

吳闓生（1879-1949），安徽桐城人，為清末桐城派大家吳汝綸（1840-1903）之子。承續其父遺緒，一生致力於講授古文義法與評點古籍，組成「文學社」集會開講，提攜後進，著有評點著作至少十四種。

《古文範》四卷，為吳闓生在北京講學的教學用本之一，易稿多次而成。前身為光緒三十一年（1905）出版的《桐城吳氏文法教科書》，後來擴大選錄範圍，名為《國文教範》，於民國二年（1913）刊行。民國八年，易名為《古文範》出版，民國十六年，吳闓生文學社自行刊印，民國十八年，文學社再次刊印。

桐城派於清代發展綿延二百多年，桐城派文人在編撰文選讀本與評點方面成果輝煌，數量之豐富，可謂中國文學長河中的巨擘。傳至民初，吳闓生《古文範》可視為桐城派選本中的力作。本書將從以下六個面向探討：

第一章〈緒論〉總述研究動機與目的，蒐羅目前學界尚且不多的吳闓生相關研究資料，注重清末民初桐城文家的治學動向。

第二章〈吳闓生生平事蹟及其文學觀念〉為本書的研究基礎。第一節「生平事蹟」共分為吳闓生世系、事蹟略述、師承、弟子授受情形四部分，附論吳闓生的個性，以及他晚期與馬其昶交惡之事。第二節「文學觀念」，探討吳闓生對桐城派傳承關係的看法，以及他的義法論、文體分類論。

第三章〈吳闓生著述與《古文範》概述〉，第一節深入討論時代背景對吳闓生著述的影響，他經歷過民初一連串的動盪，更加強了發揚傳統文化精神的決心。第二節概述《古文範》的成書時間與版本、編纂目的、選文用意。

第四章〈《古文範》的內容思想與評點形式〉，第一節先釐清吳闓生的評點觀念，他肯定圈點對讀者的啟發性，認為評點有助於文學的鑑賞與學習。第二節從學術與政治兩方面，探討《古文範》的思想內涵。吳闓生調和儒道，接受韓非子對儒家的部分詰難；肯定變法，讚揚共和制度，此皆為《古文範》獨特表述之處，令人驚豔。第三節分析評點形式，說明圈點符號的意義與評註的方式。

第五章〈《古文範》的文學主張〉，分為創作技法論、風格論、作家批評論三節討論。第一節依《古文範》本身之脈絡，分為字法、句法、章法三種，字法多注意用字的特殊意義，句法主張句型應富於變化，講求烹練簡潔，章法注重文章結構組織的經營，避免平順，推重變化之美。第二節討論《古文範》單篇選文的風格評論，以雄直、含蓄、高古、詼詭四者最為突出，整體來說，陽剛多於陰柔，偏重曾國藩湘鄉派以來的雄壯取向。第三節探討《古文範》關於作家獨特風格的評價、對後世的影響。吳闓生肯定《莊子》寬闊恣肆的境界、奇特高深的意旨；盛讚司馬遷文「用意俶詭」的特色；推崇韓愈文的陽剛風格；肯定王安石文剛強峭折的文風。對於歐陽脩則頗有微詞，不滿其平易條暢的文風；對三蘇的評價更是負面，批判他們輕率為文，不講究篇章文法經營所造成的壞影響。

第六章〈《古文範》對桐城派的繼承與創新〉討論《古文範》在選本體例、文學理論、《史記》評論意見三個方面，對桐城派的繼承與創新。第一節比較選本體例、選文朝代與篇目，大抵皆符合桐城派選本的傳統。第二節討論《古文範》在「因聲求氣」說與「陽剛陰柔」說二方面的理論繼承，及〈鄆州谿堂詩并序〉的文體分類異於前人的原因。第三節細究《史記》選文的批評看法，大致皆有所承，而對於司馬遷的天命觀方面，看法則較為獨特。

本書原為我的碩士論文《桐城吳闓生《古文範》研究》。寫作初期，我常跳脫學術規範，語言邏輯顛倒，總讓基倫老師費心修改。且我拖延成性，生活作息混亂，每每讓老師擔心。感謝老師持續鼓勵我，耐心修正、給予建議，我才能以駑鈍之資完成撰寫。畢業之後，很榮幸地獲得老師推薦，得以成書，讓吳闓生其人其書能更被看到。也感謝蔣秋華老師提供許多重要的資料文獻，莊雅州老師給予寶貴的建議，以及其他幫助我的貴人們：黃明理老師、圖書館曾金珠主任、張可花女士、鄭秀芬女士、莊文正先生，謝謝您們。

碩一時，我選修了王基倫老師開設的古文評點課程，課程中我們認識了評點這一獨特的文學形式，並輪流選擇評點書報告討論，感受不同評點家的口吻與評論風格。這是一堂非常充實且精彩的課程，與同學相互探討的過程我至今仍記憶猶新，啟發了我對於評點文學的興趣，進而確定研究方向。

升碩二的暑假，我偶然看到圖書館徵求古籍線裝書工讀生的訊息，應徵錄取後，簡直是入寶山！當時大部分館藏的線裝書尚未整合，我負責將所有線裝書編目並電子化登錄，在那小小的、低溫乾燥的線裝書室，可以親眼看到、隔著手套摸到、甚至聞到這些幾百年歷史的書，已讓身為中文人的心雀躍不已。更何況是遇到《古文範》民國十八年本（文學社重刊本）的那天，那真是天大的驚喜！怎麼想得到，當時所有的吳闓生著作編目與圖書館搜尋系統都無此版本資訊，卻在眼前看到，且封面上還有徐世昌的題字！事隔多年，每想起此事我仍滿心感激，不禁想起極限馬拉松國手陳彥博說：「真心發願，全世界都會幫你。」機緣就是這麼巧妙。

吳闓生所處的民國初年新舊觀念衝突劇烈，他原先秉持中西並重，但在傳統文化屢遭妖魔化攻擊後，加深了維護舊學的決心，發憤著作以發揚古籍奧義。幾十年過後，大環境仍然紛擾，各種思潮不停衝擊迴盪。我們處在面臨改變的當下，沒有人可以保證怎麼樣是對的，唯有在深思熟慮之後，秉持自己的理念，完成自己應該做的事情，才是應該要做的。至於結果如何，便等待時間驗證吧。潮流已走向新學多年，但今日我們也仍然學習傳統國學，文化不只是根基，也是養分。吳闓生在舊學的努力與成就，值得我們肯定。

目次

表次

圖次

第一章
緒論

清代桐城派發展流傳綿延二百多年，影響與追隨的文人多達一千二百餘人，[1]又創立了系統化且豐富的文學理論，是有清一朝最重要的文學流派。但桐城派在文壇上並非始終一枝獨秀，尤其是鴉片戰爭後內亂外強兵禍相繼而來，激發了一連串的政治、社會、文化的衝擊；加以光緒三十一年（1905）廢除科舉，清末民初時期的桐城文人，不論是內心的學識理念或者周身環境，皆遭遇了嚴厲的挑戰。民國肇建之後，隨著新時代的開展，文學革命之士相繼而出，強烈指責舊文學舊傳統，這股批判風氣在民國八年的五四時期達到巔峰；桐城派成了眾矢之的，被直斥為「謬種」，[2]方苞（1668-1749）、劉大櫆（1698-1779）、姚鼐（1731-1815）等人更被列為「十八妖魔輩」。[3]五四時期對桐城派的抵斥有其時代背景，主因在於，桐城派所標舉的「義法」在太平盛世尚有可為，但若置於舊政治制度崩盤、綱常倫理重新被審視的新時代，「義法」難以得到信服，在道統與文統上都失去優勢。且在時事驟變與思潮改革蜂擁而至的關頭，對一般人而言，「言文一致」的白話文比古文易於讀寫。另從政治環境因素考慮，袁世凱

---

1 統計數字根據劉聲木（1876-1959）：《桐城文學淵源考》（臺北：世界書局，1962，再版）。

2 錢玄同（1887-1939）：《錢玄同文集》（北京：中國人民大學出版社，1999），卷一〈贊文藝改良附論中國文學之分期〉，頁1。按：此文題名俗稱為〈致陳獨秀〉。

3 陳獨秀（1879-1942）：《新青年》（上海：上海書店，1988），第二卷，第六號〈文學革命論〉。

（1859-1916）透過「尊孔復古」等手段以恢復帝制，[4]激發有志之士的怒火，擁護孔道倫常的桐城文人連帶遭批；後林紓（1852-1924）又依附聲名不佳的皖系軍閥徐樹錚（1880-1925），[5]並發表〈妖夢〉等小說以影射文學革命諸人，林紓雖非桐城派直系，然桐城派難免受累。上述原因，使得民初青年對桐城派的攻擊愈演愈烈。

在這樣的時局之下，晚清民初的桐城諸家如何調整自身信念理想，以面對此種困境？當生命被迫來到岔口，有些人選擇為軍閥政權效力，有些人到新式學校任教，有些人則專心治學著述，個個處境不同。而對於傳承在自己身上的學識，他們如何傳授下去，並將之與新的時代思潮融會？於傳承整理之外，是否有創新的見解與思考方式，能符合整個新時代的變局？當白話文推廣開來，並逐漸取代古文之時，他們如何看待白話文，其著作又會選擇何種文體以表述自己的理念？

第一節　研究動機與目的

本文以清末民初吳闓生（1879-1949）為研究對象，並以其古文評點著作《古文範》為主要研究文本。吳闓生，字辟疆，號北江，安徽桐城人，為清末桐城派大家吳汝綸（1840-1903）之子。

一　研究動機

中國評點文學是一種特殊的現象，兼有文學作品與文學批評兩種

4　參見李侃（1922-2010）等：《中國近代史：1840-1949》（北京：中華書局，1994，四版），頁410。

5　參見錢基博（1887-1957）：《現代中國文學史》（香港：龍門書局，1965），頁174。

屬性，涉及領域廣泛，詩、詞、曲、賦、散文、小說、戲劇等等體裁都可加以運用，明清二代尤為蓬勃興盛。桐城派自方苞起，下至劉大櫆、姚鼐、方東樹（1772-1851）、吳汝綸等人，也都有著評點詩文的習慣，他們不著墨於小說和戲曲，集中於詩、文，結合選本此一形式，運用評點文學以宣揚自身的文學主張。桐城諸家的評點著作影響極大，如姚鼐《古文辭類纂》在當時便是一部流傳極廣的評點選本，[6]今學界以桐城派以及評點文學為主題的研究專書，也多留心於桐城諸人的評點成就，孫琴安（1949-）《中國評點文學史》更將吳汝綸譽為「清末的評點大師」。[7]

吳汝綸之子闓生也致力於評點。錢基博說：

> 闓生既以守汝綸遺緒，窮數十年之力，傳寫父書，盡布於世；復以餘力平騭各家之文，摘其微詞奧義，開導後學；而抒發所蓄，著之於文。[8]

評論客觀，很能概括出吳闓生發揚傳統文學的成績。吳闓生除了校刊其父的多部評點著作以外，自身也著有十餘種古籍評點著作，流傳於今。與桐城前人的評論內容相比，吳闓生善於發掘作者「微詞」之處，更能闡發作者的深意，非徒守前人舊說而已。如此一位人物，但目前兩岸學界對他的關注卻不多，研究得也不夠深入，甚為可惜。

有趣的是，吳闓生不只評點著作受其父影響甚多，在治學態度、人生的仕隱選擇以及教育事業方面，亦肖似其父。吳汝綸能通西學，勉勵後生通變新法，曾親赴日本考察學制，並為嚴復（1854-1921）

6　參見吳孟復（1919-1995）：《桐城文派述論》（合肥：安徽教育出版社，2001，二版），頁112。

7　參見孫琴安：《中國評點文學史》（上海：上海社會科學院出版社，1999），頁320。

8　錢基博：《現代中國文學史》，頁146。

《天演論》作序，是洋務運動的思想推手之一。曾任曾國藩（1811-1872）與李鴻章（1823-1901）之幕僚，頗得倚重，「奏疏多出汝綸手」，[9]為曾門四大弟子之一。後出任直隸深州、冀州知州，「其治以教育為先」、[10]「留意教化」，[11]於光緒十五年（1889）辭官，任直隸保定蓮池書院山長，同時致力於評點著述，爾後不再出仕。這是一種對書院文教事業的志願，也是晚清學者追求個人理想、實現人生價值的典型個案。[12]

吳汝綸學兼中西，以及入幕——棄官——從教、致力於古籍評點的志向選擇，都影響了吳闓生。吳闓生為諸生，光緒二十八年（1902）聽其父言放棄科考，到日本學習理財學，翻譯新學著作，對於西學頗有心得。兩年後回國，入山東巡撫楊士驤（1860-1909）之幕；北洋政府時期，任袁世凱等人幕僚，曾任教育部次長等職。中年後逐漸從政治淡出，執教於瀋陽萃升書院、郁文大學與保定蓮池書院。在政局震盪、學界爭鬥不休的時代，吳闓生堅持將學識傳承下去，「秉太夫子摯父先生之學，以古文詔後進」，[13]繼承其父志業，自光緒三十年（1904）起陸續刊行評點著作，至七十餘歲高齡仍潛心於評點。

筆者擬以吳闓生的第二本古文評點著作《古文範》為研究文本，

9　清史稿校註編纂小組編纂：《清史稿校註》（臺北：國史館，1986），第14冊《文苑傳》，頁11227。

10　同前註。

11　馬其昶（1855-1930）：〈吳先生墓誌銘〉，收錄於錢儀吉編：《清代碑傳全集》（上海：上海古籍出版社，1987），第3冊《續碑傳》，卷八十一，頁16。

12　參見董叢林（1952-）：〈吳汝綸棄官從教辨析〉，《歷史研究》，2008年第3期，頁46-62。

13　曾克耑：〈晚清四十家詩鈔序〉，吳闓生：《晚清四十家詩鈔》（臺北：臺灣中華書局，1970），頁3。

此本收錄前作《桐城吳氏文法教科書》（簡稱《古文法》）中的《史記》與《韓非子》選文，增錄先秦莊子至清曾國藩諸家選文，共三十家、一〇三篇，依照時代作家為序。《古文範》不依姚鼐《類纂》的十三類分法，亦不照曾國藩《雜鈔》的三門十一類分法，較不符合桐城派選本的文體分類傳統，但選文的細部批評則能融會貫通桐城派的文論，並引證前人評語，進一步引申闡發選文文意。對於前人所評，吳闓生或贊成或反對，那麼，他反對的原因為何？其主張是否牴觸桐城文論？又，可否將《古文範》視為桐城派古文選本的總結性作品？這是本文的關注焦點之一。

另外想探究的是，《古文範》的評語是否受到時代新思潮的影響，對於文家或者作品本身又有哪些新看法？體例與學術思想的創新，在吳闓生的第一本評點著作《桐城吳氏文法教科書》便可看出：此本只選了《韓非子》與《史記》二書。《韓非子》連桐城以外的選本都甚少收錄，而吳闓生卻選了十五篇之多；況且《古文法》的寫作目的是童蒙初學的教本，[14]竟選擇一個非難儒家的「邪說」作為蒙學開端，甚至在〈難篇．歷山之農者侵畔〉此章直言：「孔子更生，幾不能為之措對。」[15]第二本《古文範》可看到更多吳闓生的新時代觀點，如韓愈的選文〈原道〉有這麼一段：「君者，出令者也；臣者，行君之令而致之民者也；民者，出粟米麻絲，作器皿，通貨財，以事其上者也。君不出令，則失其所以為君；臣不行君之令而致之民；民不出粟米麻絲，作器皿，通貨財，以事其上，則誅。」論君、臣、民三者應盡的責任。吳闓生夾評說：

14 吳闓生：《桐城吳氏文法教科書．例言》：「余著此編，初止為同鄉學堂童蒙之便用而已。」此書今與吳闓生同門李剛己（1872-1914）《古文辭》合刊，名為《桐城吳氏古文法》（臺北：臺灣中華書局，1970），頁1。

15 同前註，頁32。

> 退之此語頗為新學少年所叢詬，實則今世之法，凡為國民，皆負有納稅之義務，背此義務，固國法之所不容，於退之之說無異也。且專制之世，視君主若帝天，神聖不可犯，而此文獨曰「君者，出令者也」，又曰「不出令，則失其所以為君」，則固具有共和之真精神，而豪（毫）不帶專制時代臣下諂佞之臭味。則韓公之識，實已敻絕千古矣。[16]

吳闓生對於專制與共和制度的看法究竟如何？在這邊雖指出了專制時代的缺點，但他所反對的，是專制時代本身，還是專制時代的體制陋習？韓愈此言的確是封建君主制度的異聲，但若因此讚譽其思想為「敻絕千古」，是否太過？以新的共和觀念來解釋韓文，會不會只是因應新學少年詬病的順勢而為？本文將以《古文範》為主，旁參吳闓生詩文集與其《左傳微》等評點著作，試圖釐清其對政治體制的想法。

至今為止的桐城派專書，大部分對於吳闓生都是忽略的，通常只列出名字帶過這些桐城遺緒，或者以曾門四弟子、馬其昶、林紓、嚴復為末期代表，成為桐城史的最後一章結束；大多數的近現代文學史也是如此，往往急於邁入五四新時期的白話文學，不願將眼光停留在欲振乏力、落伍的舊封建文學。於是吳闓生其人其作在學術研究上也被忽略輕視了，這是相當可惜的。

「落伍守舊的封建文學」畢竟是站在新文學的立場所說，不會是當時桐城諸家的看法。誠然歷史有其淘汰機制，當一個主流學派來到末期，無法再跨越規矩、超越前人成就，便是被取代的時候。清季民初的桐城諸家，或許也有此一自覺，吳汝綸兼通西學便是一例。而吳闓生的時候更晚，經歷了袁世凱復辟失敗與五四運動等等震盪，最終

---

16 吳闓生：《古文範》（臺北：臺灣中華書局，1970），頁124。

卻仍傾力於古典文學的整理傳述，這背後的原因，是單純地繼承其父之學、不致失傳嗎？還是一種「知其不可而為之」的信念堅持？或者還有其他的因素？

如果吳闓生投入著述行列的原因是出於「知其不可而為之」的話，那麼他的著作是否能開創出不同於桐城前人的新方向，並以新時代思想解釋傳統古文的內涵？若此猜測可以成立，那或許可以再進一步推測：這種融會古今中西加以變通的想法，是打從心裡認同新學的嗎？時間來到民國十多年，吳闓生有用當代新觀念檢視古文的內容思想嗎？或者只是換種新角度解釋罷了，其目的仍舊是為了維護舊封建思想，也就是仍然「效忠清王朝的統治」、「為封建統治服務」？[17]

二　研究目的

基於上述，本文將探討以下幾個問題。

一、吳闓生的生平事蹟：不同時期的生活環境與經歷，對他有什麼影響？

二、吳闓生的文學觀念：桐城派自曾國藩之後，文風偏向陽剛，文學理論的主張也有所不同，吳闓生如何看待自身的文學傳承？他有哪些觀念秉承於桐城宗法？哪些主張與前人異調？

三、吳闓生評點著作的時代背景與著述用意：經歷民初一連串的文學革命運動之後，吳闓生的治學方針，是否仍以中國傳統古學為主？身處新時局的他，如何自我定位？

四、《古文範》評點內容中思想內涵：吳闓生以《莊子》與《韓非

[17] 如王獻永認為吳汝綸雖主張洋務、研究富國強兵之術，「但其出發點和動機，全是為了效忠於清王朝的統治。他的文章……也還是為封建統治服務的。」（王獻永：《桐城文派》（北京：中華書局，1992），第三章〈桐城文派的衰敗滅亡〉，頁112。

子》為初學的研讀重點之一，他是否接受老家、法家的學說主張？另外，他在韓愈〈原道〉及柳宗元〈論語辨〉的評論中都提到了共和制度，是否只是換種角度解釋，以回應時人對舊學的批判罷了？或者，他能融鑄古今，以新學的觀念檢視傳統的古文內涵，賦予新的理解角度？

五、《古文範》的文學主張：《古文範》對桐城派的繼承之處較多，還是創新處較多？《古文範》是否能成為桐城派選本中的集成之作？

第二節　文獻探討

關於吳闓生的生平事蹟，有王維庭〈吳北江先生傳略〉[18]與余永剛的〈北江先生小傳〉，後者收於余氏點校的吳闓生《北江詩集》書中。[19]二文是目前可見記載最詳盡的傳記，不過，因篇幅皆短，尚有許多空缺之處，偶爾亦見失誤。[20]

目前兩岸學界較少留意吳闓生，桐城派專書或近現代文學史也不常提到，即使有，篇幅也不多；偶有零星單篇論文以吳闓生的評點著作為主題，以《晚清四十家詩鈔》較多，《左傳微》次之，《孟子文法讀本》又次之，論其古文評點者僅有一篇：郭偉廷〈從《韓非子難

---

18 王維庭（1904-1995）：〈吳北江先生傳略〉，逝世後刊於《文獻》1996年第1期，頁65-71。

19 吳闓生著，余永剛點校：《北江先生詩集》（合肥：黃山書社，2009），頁17-21。

20 如余永剛（1952-）〈北江先生小傳〉：「吳闓生……抗戰勝利後，復任奉天萃昇書院教授，北京古學院文學研究員。」（吳闓生著，余永剛點校：《北江先生詩集》，頁18。）有誤。一、應作萃「升」書院（詳見本書第二章第一節事蹟略述）。二、萃升書院在九一八事變後未再重建，而北京古學院也在抗戰勝利後即被裁撤。

十四篇解》看桐城吳闓生文論〉。[21]

一　桐城派專書與論文

（一）專書

劉聲木（1876-1959）《桐城文學淵源考》分條列述桐城派文人的師承與文學成就等，於吳闓生題下評論道：

> 思力過絕於人，能冥契古人之精微，抉白秘隱，以發明其滯奧，釐定其高下，開導後學。其為文雄古簡奥，序次有節奏神采。[22]

所謂「冥契古人之精微」四句即指吳闓生的評點成就，讚譽極高。劉聲木《桐城文學撰述考》並列出吳闓生的著作題名，國學評點著作與西學譯書共多達三十三種，[23]但遺珠不少，如《孟子文法讀本》、《晚清四十家詩鈔》、《古文典範》與《吳氏評本昭昧詹言》等未列出。

葉龍《桐城派文學藝術欣賞》第十章介紹桐城派的重要著作，取十一種文選讀本加以評述，其中兩種即為吳闓生的《古文範》與《桐城吳氏文法教科書》，葉龍抄錄了二書的選文篇名，並節錄序文，評道：

> 吳氏於所選各篇，篇首各有解題，每段有大意，篇中各難字佳

---

21 郭偉廷：〈從《韓非子難十四篇解》看桐城吳闓生文論〉，發表於「中國文章學研究會第23次學術年會」（南京，2007年7月），此文難尋，筆者亦曾寫信於郭先生，未收到回音。

22 劉聲木：《桐城文學淵源考》（臺北：世界書局，1962，再版），頁295。

23 劉聲木：《桐城文學撰述考》（臺北：世界書局，1962，再版），頁513。

句，復有詳析，全文並加標點，文末有評，於後學者大有助益。[24]

吳氏《古文範》所選古文甚為精當，足以開示後學，可作初學文章者之津梁。[25]

評論客觀公允，並指出《古文範》選文精約，適合初學，此確為《古文範》的一大特色。葉龍為吳闓生弟子曾克耑（1900-1976）在香港新亞書院的學生，葉龍可能受曾克耑的影響，將吳闓生此二本著作劃入「桐城派的重要著作」當中，此舉為其他桐城專書所無。雖評論不多，僅寥寥數句，且微有謬誤，誤以為《古文範》出版在《古文法》之前，[26]但揭舉出二書的優點，實屬難能可貴。

吳孟復（1919-1995）《桐城文派述論》認為曾國藩對桐城派的改變太多，曾氏後學應屬「湘鄉派」，他在湘鄉派晚期的賀濤題下附錄吳闓生，引其〈張獻群墓誌銘〉，評論吳闓生文章風格為：「顯然是力摩韓愈，……韓愈用這些字已遭到後人批評，……矯揉造作，有如宋初澀體，顯然失去了文學的樸素之美，並非『桐城派』本色。」[27]吳孟復認為吳闓生愛用古字、怪字，不合桐城三祖的風格，批判力道頗為強勁。這評論的是文章的語言風格，但也可以用來檢視《古文範》所推崇的文章風格，例如吳闓生欣賞樸素之美嗎？吳闓生最推崇的佳作，是這種用古字、怪字的語言風格嗎？另外，吳孟復說：

---

24 葉龍：《桐城派文學藝術欣賞》（香港：繁榮出版社，1998），頁218-219。

25 同前註，頁220。

26 葉龍：「《桐城吳氏古文法》……此集所有的，《古文範》已有，評點亦相同，……而於《古文範》頗有增益，已不僅對蒙求者有所補益也。」（頁220-222）。筆者按：《古文法》的初版時間為光緒三十一年（1905），比民國二年（1913）編成的《古文範》來得早，實際上是《古文範》收錄前作《古文法》的部分選文，並補充增訂評點內容。

27 吳孟復：《桐城文派述論》（合肥：安徽教育出版社，2001，二版），頁165。

> 評點，宋代的呂祖謙、真德秀、謝枋得等已開始做了，而歸、方、劉、姚以及吳汝綸父子等人做得更精。[28]
>
> 汝綸之子闓生、門人姚永概，皆喜言時務，不薄新知。[29]

吳孟復雖貶低吳闓生的古文創作成績，但是肯定其評點成就，並指出吳闓生的思想較為開通，而這份現實精神其實也展現於《古文範》當中，詳見本文第四章第二節。

專書之中，提到吳闓生的還有魏際昌（1908-1999）《桐城古文學派小史》：「（吳汝綸）子吳闓生，頗能傳其家學。」[30]以及王鎮遠（1949-）《桐城派》：「除了馬其昶與二姚之外，當時桐城人而頗有文名的還有蕭穆、徐宗亮與吳汝綸之子吳闓生等。」[31]其實都是附錄性質，一筆帶過而已。

（二）單篇論文

以吳闓生評點著作為研究核心，並與本論文主題關聯性較大的有：

吳鷗（1952-）〈從《晚清四十家詩鈔》的編選看桐城派文人的天下情結〉[32]以吳闓生《晚清四十家詩鈔》的選文對象為論述中心，略及吳闓生在民初的經歷。吳鷗為吳闓生孫女，資料可信度高，且能彌補上目前文獻較缺少的、吳闓生此期經歷的空缺。

---

28 同前註，頁11。

29 同前註，頁26。

30 魏際昌：《桐城古文學派小史》（石家莊：河北教育出版社，1988），頁228。

31 王鎮遠：《桐城派》（臺北：群玉堂出版事業公司，1990），頁165。

32 吳鷗：〈從《晚清四十家詩鈔》的編選看桐城派文人的天下情結〉，發表於中央研究院等主辦「明清文學研究動向」國際學術研討會，2010年12月。

蔡妙真〈未許經典向黃昏──《左傳微》評點的時代特色〉[33]以吳闓生的另一部評點著作《左傳微》為研究主題，指出《左傳微》應對民初時局變化，轉化傳統政治體制下的尊尊卑卑大義，「化為立身修德之節；政治制度可以改變，倫常卻依然可以是社會的核心」。[34]分析精闢，也提供本文一個思考的角度：這樣的時代特色，是否也可用於吳闓生的其他評點著作？

丁亞傑（1960-2011）〈清末民初桐城派《孟子》文法論──以姚永概《孟子講義》、吳闓生《孟子文法讀本》為核心〉[35]歸納二書的文法理論，檢視當中的文法解析是否能合於《孟子》的經學義理。該文分字、句、章、法四部分歸納文法，符合原書脈絡，本文第五章第一節創作技法論亦採用此方式。

其他較為相關的單篇論文尚有：

曾克耑〈述桐城派〉[36]回應當時人對桐城派的一些批評，以桐城文論、授受流衍和評點選本等為闡述重點。該文說得較淺，大多點到為止，但因曾氏為吳闓生弟子，反映出吳門後學的立場，頗有參考價值。

舒蕪（1922-2009）〈「桐城謬種」問題之回顧〉[37]指出民初「社會上被認為桐城派的還有有不少，……吳汝綸之子吳闓生等等，還是能

---

33 蔡妙真：〈未許經典向黃昏──《左傳微》評點的時代特色〉，《興大中文學報》第27期（2010年6月），頁233-260。

34 同前註，頁255。

35 丁亞傑：〈清末民初桐城派《孟子》文法論──以姚永概《孟子講義》、吳闓生《孟子文法讀本》為核心〉，《當代儒學研究》第9期（2010年12月），頁33-75。

36 曾克耑：〈述桐城派〉，收於氏著：《頌橘廬叢 》（香港：曾克耑自印，1961），第2冊，頁59-107。

37 舒蕪：〈「桐城謬種」問題之回顧〉（原刊登年1989），收錄於王曉明主編：《二十世紀中國文學史論》（上海：東方出版社，1997），頁336-360。

夠組成一個陣容，並不像錢基博說的只是寥寥三人而已」。[38]結合上文王鎮遠《桐城派》所言來看，提供了一個訊息：或許民初當時的桐城文人還不算太少。

石珂〈桐城末學古文選本綜錄〉[39]以清末民初的桐城古文選本為研究主題，含吳闓生《古文範》、《國文教範》、《漢碑文範》與高步瀛、姚永概等人編選的選本。抄錄的版本資訊於本文頗有助益。此文歸納出桐城末期古文選本的兩個特色，可惜論述簡要，仍有研究空間。

吳闓生與馬其昶的關係不佳，除了見於王鎮遠《桐城派》以外，[40]目前亦有三篇論文提及：光明甫（1876-1963）〈桐城派述略〉、[41]李誠（1906-1977）〈民初桐城文人軼事〉、[42]潘務正（1974-）〈從吳（闓生）馬（其昶）反目看晚清民國桐城文派的理論取向〉。[43]馬其昶為吳汝綸的高輩弟子，吳闓生原本對其相當敬重，但民國十二年馬其昶的《抱潤軒文集》出版，陳三立的序跋以為馬氏的文學造詣有高於吳汝綸之處，吳闓生見之大怒，自此反目。[44]《古文範》不太引用馬其昶以及與馬氏友好的姚永樸、林紓等人的言論，或許緣由於此。吳、馬不合，是最近學界重新注意到的現象，石珂〈桐城末學的

38　同前註，頁346。

39　石珂：〈桐城末學古文選本綜錄〉，發表於《文學遺產》網路版，2013年第2期，http://wxyc.literature.org.cn/journals_article.aspx?id=2481。

40　王鎮遠：《桐城派》，頁160。

41　光明甫：〈桐城派述略〉，逝世後刊於《江淮論壇》1982年第2期，頁39-41。

42　李誠：〈民初桐城文人軼事〉，逝世後刊於《江淮文史》2010年第2期，頁64-67。

43　潘務正：〈從吳（闓生）馬（其昶）反目看晚清民國桐城文派的理論取向〉，收錄於曹虹等主編：《清代文學研究集刊》（北京：人民文學出版社，2010），頁174-185。

44　按：光明甫、王鎮遠、潘務正皆以為引發吳闓生不滿的導火線為陳三立之序跋，李誠則以為是柯紹忞的題辭。

群體構成與唐宋古文接受〉[45]也從吳、馬兩派的角度，分別論述桐城後期文人的文學觀念。

（三）學位論文

以吳闓生評點著作為研究核心，並與本論文主題關聯性較大的有：

龍小蘭《吳闓生《詩義會通》研究》，第一章第一節雖介紹吳闓生的生平，然甚為簡略。此文以《詩義會通》的著述體例、思想意旨為研究主旨，雖能持平而論《詩義會通》的價值與缺陷，但多少受到大陸長期以來抨擊「封建禮教」的習慣，批判《詩義會通》「自覺維護封建禮教觀念」，[46]過於強調應該「突破封建思想的藩籬」，[47]對於文本較不能有同情的理解，未聯繫當時環境，探究吳闓生的思想背景因素，相當可惜。

張博《吳闓生《左傳微》評點藝術研究》，第一章第一節簡述吳闓生的生平與成就，張博雖說：「現在我們對吳闓生的認識還很不夠」，[48]但所引述的資料多為人物辭典等工具書，未爬梳吳闓生詩文集與其他著作，篇幅亦短，對於吳闓生生平事蹟的掌握仍然不足。此文重在探討《左傳微》闡發微言之處，並評論《左傳微》對桐城派寫作筆法的繼承，可惜寫得較為簡約，尚有深究空間。

---

45 石珂：〈桐城末學的群體構成與唐宋古文接受〉，《安徽大學學報》（哲學社會科學版）2011年第6期，頁55-61。

46 龍小蘭：《吳闓生《詩義會通》研究》（江西師範大學，中國古代文學碩士論文，2012），頁33。

47 同前註，頁39。

48 張博：《吳闓生《左傳微》評點藝術研究》（河南大學，中國古代文學碩士論文，2013），頁3。

二　文學史、思想史、國學性質專書

錢基博（1887-1957）《現代中國文學史》寫到吳闓生的篇幅不多，但評論深刻，見前文所引。此外，也評吳闓生：「縱恣轉變，能究極筆勢，辭氣噴薄，而出以醞釀深醇；興象空邈，而能為沉鬱頓挫；其勢沛然，其容穆然，震蕩（盪）錯綜，是真能得父師之血脈者！」[49]盛讚吳闓生之文。所謂的「辭氣噴薄」、「沉鬱頓挫」等詞，屢見於《古文範》選文評語，[50]正是吳闓生所推崇的文章風格之一。

李瑞騰（1952-）《晚清文學思想論》根據錢氏一書，說：「馬其昶、吳闓生、姚永概兄弟入民國後皆曾頗為活躍。」[51]指出民初之時桐城派的陣營並非被文學改革陣營完全摧毀，只能說是由強盛轉為弱勢，這是值得注意之處。

莊雅州（1942-）執筆的《六十年來之國學》第五冊〈古文〉部分，以一小目的篇幅評述吳闓生：「生有異稟，早濡家學，八歲已能效子固之文。稍長，益琢鍊警聳，其父許為『可與學韓』，使從賀松坡、范肯堂、姚叔節問學。復東遊日本，徧交其賢士公卿，文詞益高。」[52]可見吳闓生的古文創作成績。並說：

> 逮夫先生賦歸，父師相繼謝世，文脈日以衰微，先生蒿目瘵心，毅然以紹述遺緒為己任，無所於讓，而其塗轍，亦不外設

---

49 錢基博：《現代中國文學史》，頁146。

50 如《古文範》評韓愈〈張僕射書〉「噴薄跌宕，韓公本色」（下編一，頁136）；評王安石〈周禮義序〉「頓挫紆徐以取遲重之勢」（下編二，頁167。）。

51 李瑞騰：《晚清文學思想論》（臺北：漢光文化事業公司，1992），頁117。

52 程發軔主編：《六十年來之國學》（臺北：正中書局，1977，臺二版），頁16。

> 教與評點也。[53]

觀察吳闓生的生平事蹟與著述內容，莊雅州以「設教與評點」二者歸結出吳闓生紹述遺緒的路徑，甚為精確。後文又說：

> 集家法、師法於一身，發之於文，自然醞釀深醇，法度森嚴。……松坡、剛己下世之後，桐城北學宗師之地位，終不能不歸之先生矣！[54]

清宣統之後，吳闓生其父汝綸、其師賀濤、其友李剛己相繼逝世。視吳闓生之古文成就，確實可擔起桐城晚期之宗師地位。這段話給予筆者兩個啟發：一、「桐城北學」，與馬其昶相比，吳闓生的文學主張更近於曾國藩、吳汝綸、賀濤以來的路線。二、吳闓生為文「法度森嚴」，而這不僅是吳闓生的創作特色，也是他評點的側重處之一，重視文章經營，講究筆法。

中共統治大陸後，受強烈的意識形態影響，九〇年代之前出版的近現代文學史，對於桐城派通常抱持的反感，自然也不太提及民初桐城文人。郭延禮（1937-）算是當中較公允也較全面性的一位，其三本近代文學史性質專書皆提及吳闓生，如《中國近代文學發展史》說：「在桐城後期作家中，還有一位吳闓生。吳闓生係吳汝綸之子」[55]，下文引述錢基博《現代中國文學史》評論。《20世紀中國近代文學研究學術史》則依時間脈絡介紹大陸研究桐城派的狀況，舉出葉易（1931-1993）的〈論近代文壇的桐城〉，說：「該文寫於八〇年代初，其觀點仍較傳統，……對於近代後期的桐城派更是全盤反定，

---

53 同前註。

54 同前註，頁17。

55 郭延禮：《中國近代文學發展史》（北京：高等教育出版社，2001），頁319。

『林紓、嚴復、馬其昶、吳闓生、姚永樸、姚永概、李克剛等人，有的參加軍閥政權，有的占據學校講壇，有的大搞文化復古。』[56]這些仍屬政治批判，這說明八〇年代初對桐城派的研究仍陷入政治鬥爭的漩渦中。」[57]郭延禮雖指出葉易的論述並不允當，但對這些後期作家並無更深入的探討。《中國文學的變革：由古典走向現代》則於中篇第三章〈近代桐城派的重新評價〉較客觀地列出桐城派的缺點：「這派作家的衛道立場，他們中的不少人，如方東樹、張裕釗、馬其昶、吳闓生、姚永概等人，恪守程朱理學……他們往往主張文學的目的在宣傳教化，『正人心』，具有較濃重的封建色彩。」[58]舉出方東樹與姚永概之言論證，以概括後期桐城文人，乃是一種泛論，也是後人對桐城派的普遍性看法。究竟後期整體都是如此，或者民國之後有所改變，是筆者所留意的。郭延禮的著作雖提到吳闓生，不過同樣也只是附錄性質而已。

三　評點學

《古文範》是一本評點著作，若要釐清其是否能算是桐城派評點文學的總結，須具備評點文學的基本知識，並熟知桐城派其他評點文本。

朱世英（1932-）、方遒、劉國華《中國散文學通論》中的〈評點篇〉[59]介紹了中國文學史上的散文評點著作，從南宋的萌芽期起至清

56　葉易：〈論近代文壇的桐城〉，《江淮論壇》，1983年第2期，頁83-89。

57　郭延禮：《20世紀中國近代文學研究學術史》（南昌：江西高校出版社，2004），頁184-185。

58　郭延禮：《中國文學的變革：由古典走向現代》（濟南：齊魯書社，2007），頁164。

59　朱世英、方遒、劉國華：《中國散文學通論》（合肥：安徽教育出版社，1995），頁906-1003。

代的輝煌期，呈現出評點史的清楚發展脈絡。於清代評點著作中舉出《御選古文淵鑑》等多部評點著作，至於桐城派僅介紹姚鼐《古文辭類纂》與吳德旋著、呂璜述的《初月樓古文緒論》，未言及其他桐城文人的評點著作，為較不足之處。

孫琴安《中國評點文學史》以時間為軸，全面性地闡述了散文、詩歌、小說的評點發展狀況，除了為各作家與其評點歸結出特色以外，又能以歷史眼光闡發出作家評點有何承上啟下之關係。本書亦較完整地敘述桐城派評點的整體面貌，列出了桐城三祖、姚範、吳德旋、方東樹、吳汝綸等人的評點書目，呈現出桐城派較總體的評點面貌。然對於諸家進一步的深入論述，只限於三祖與吳汝綸的著作而已，[60]未言及中後期與吳闓生的評點，頗為缺憾。

張伯偉（1959-）《中國古代文學批評方法研究》本書打破一般批評「史」作法，依照批評「方法」主題性分類。於〈外篇・評點論〉中，[61]更將評點與「章句、論文、科舉、評唱」四方面聯繫起來，擴展了對於評點的理解範圍。其中的「科舉與評點」一節，為評點內容的注重目標演變提出解讀，當中提到的篇章結構安排，如講究「分段」與「開題」等，此等章法也見於《古文範》之中。

呂湘瑜《通代古文評點選本研究》詳細論述南宋至清代的評點選本、評點意義、評選者思想與選本價值，並指出吳闓生評點的成就：

> 吳闓生此書（《古文範》）可以作為桐城文派的集成之作，雖然篇目不多，但是簡約有體，亦概略呈現了其所傳承而來的桐

---

60 孫琴安：《中國評點文學史》（上海：上海社會科學院出版社，1999），頁265-280；320-323。

61 張伯偉：《中國古代文學批評方法研究》（北京：中華書局，2002），頁543-591。

城文學觀。[62]

評述雖然不多，也尚有深入發掘空間，但其對吳闓生的肯定，也等於肯定了本論文研究吳闓生《古文範》的價值。

第三節　研究範圍與方法

一　研究範圍

本論文以吳闓生《古文範》為研究核心，並探討其時代特色。第二章「吳闓生生平事蹟及其文學觀念」為研究基礎，「生平事蹟」旁及吳闓生的世系、師承與弟子授受情形；「文學觀念」著重於吳闓生對桐城前人文論的繼承。因《古文範》從初次刊行到後續的修訂跨越很長一段時間（民國二年至十八年），中間經歷袁世凱復辟失敗、新文學運動等事，《古文範》選文評語亦反映這些事件，時代背景不可不知，於第三章「吳闓生著述與《古文範》概述」討論。第四章先釐清吳闓生的評點觀念，探討《古文範》的內容思想與評點形式。第五章研究《古文範》的文學主張，歸納為創作技法論、風格論、作家批評論。第六章討論《古文範》在選本體例、選文朝代、選文篇目三個方面，對桐城派的繼承與創新。

62　呂湘瑜：《通代古文評點選本研究》（輔仁大學中文研究所博士論文，2008），頁171。

二　研究方法

（一）歷史研究法、問題研究法

基於目前學界對吳闓生其人及《古文範》的探討不深，《古文範》所透露的時代意識又是本文的關注焦點之一，本文採用歷史研究法，考慮作品與當時的社會、政治、哲學等方面的關係，[63]考察吳闓生生平、釐清《古文範》版本，並著重探討吳闓生評點著作的時代背景。

吳闓生處於清末民初社會文會劇烈震盪的時期，文化衝擊下所帶來的西學思潮，是否會影響及其評點內容與文學觀？從歷史的角度檢視，配合問題研究法，便有許多角度可以切入，例如：

一、吳闓生如何看待民初的文學革命運動？是否像林紓一樣起身回擊？

二、《古文範》的評點內容是否受到政治、社會、文學新思潮的影響？

三、吳闓生與其他師友之關係：檢視《古文範》的評點內容，除了其父吳汝綸、其師賀濤、范當世、姚永概之外，是否看得到同時代馬其昶、林紓等人的影響？

（二）宗派法

本文另待討論的問題是，能否將《古文範》視為桐城派古文評點

63　參見劉介民：《比較文學方法論》（天津：天津人民出版社，1993），頁152。

選本的總結性作品？以宗派法觀之，[64]桐城派綿延清代二百多年，經過興盛期與衰微期，至曾國藩有所變而中興。民國後雖仍有不少桐城文人持續耕耘古典文學，然逐漸為新文學潮流所掩。桐城文人面臨變局，不得不求新求振，《古文範》中是否看得見這危機意識？而站在桐城前人的基礎上，吳闓生《古文範》又有哪些創新之處？

（三）細部批評法、歸納法

評點是一種文本細部批評法，評點家對於文章內容細細省視，逐字逐句逐行推敲作者原意。筆者反覆咀嚼《古文範》評點內容，加以分析，綜觀散落於字裡行間的文學觀念，使單篇的評點組成一完整面貌。並使用歸納法，歸納出吳闓生對於前人的繼承與發展及其評點的特色與成就。

（四）文獻分析法、校對法

桐城諸家所著錄的文選讀本、評點著作極多，其中又有許多書於清代初版時是有圈點的，但後人再刷、再版，甚至現代重新排版時，圈點卻往往被省略，只留下夾評、尾評、眉批等。宜運用文獻分析法，蒐羅出目前尚存的善本、檔案資料，並使用校對法比較不同的版本，檢視其中異同處，判斷版本優劣，據此還原原書真實面貌，再據以研究。

三　使用版本說明

《古文範》歷經多次刊行，（關於成書時間與版本，詳見本文第

---

64 參見杜松柏：《國學治學方法》（臺北：弘道書局，1980），頁279。

三章第二節。）本文使用臺灣中華書局一九七〇年通行本，此本據吳闓生文學社自刊本影印，頁面文字及圈點符號等印刷皆清楚，又附有新式頁碼，方便讀者檢索。

第二章
吳闓生生平事蹟及其文學觀念

吳闓生（1879-1949），原名啟孫，字辟疆，號北江，[1]學界稱為北江先生。安徽桐城（今安徽省安慶市）人，為晚清桐城派名家吳汝綸（1840-1903）之子。諸生。生於清光緒五年，卒於民國三十八年，年七十一。

吳闓生幼承家學，並拜師賀濤（1849-1912）、范當世（1854-1904）、姚永概（1866-1923）三人，習桐城古文法。少年時期亦學時文，[2]二十四歲時（1902），其父預料科舉終當廢行，令其放棄科考，前往日本學習理財專門之學。[3]歸國後，任清廷度支部財政處總辦等

---

1 賀濤〈北江舊廬記〉有記：「今京師宣武城南有先生舊宅，……天津徐鞠人……慕其為人，既得其舊宅，大喜，顏其聽事，曰『北江舊廬』。」（賀濤：《賀先生文集》（臺北：賀翊新自印本，1971），卷二，頁187）。可知徐世昌曾得吳汝綸北京舊宅，修整廳堂，命名為「北江舊廬」。按：賀濤〈北江舊廬記〉作於光緒二十一年（1895），文中未提及吳闓生。目前不知吳闓生何時取號「北江」，或許與此舊宅有關。

2 光緒二十二年（1896），吳闓生十八歲，其父說：「汝以學時文為主，勿貪多技。」參見〔清〕吳汝綸著，施培毅、徐壽凱校點：《吳汝綸全集》（合肥：黃山書社，2002），第3冊〈諭兒書〉，頁579。

3 吳汝綸在光緒二十四年（1898）戊戌變法時，便認為科舉應當廢除。（參見吳汝綸：《吳汝綸全集》，第3冊〈與李季皋〉，頁194）。光緒二十八年（1902），吳闓生遊學日本，吳汝綸家書曰：「吾料科舉終當廢，汝若久在日本學一專門之學，……理財、外交，尤吾國急務，或擇執一業，汝自酌之，學成一門，便足自立也。」（《吳汝綸全集》，第3冊〈諭兒書〉，頁599）。同年九月，又言：「在今日，科第已是弩末。小兒欲試，吾毅然不許。」（《吳汝綸全集》，第3冊〈與桐城紳士〉，頁458。）按：吳汝綸考量當時國內狀況，鼓勵吳闓生於理財、外交擇一學習，吳闓生後來選擇理財，有《理財學》等譯作，後於宣統年間任度支部財政處總辦。

職；北洋政府時期，曾任代理教育次長、總統府秘書、國務院顧問、國務院參議等。公事之外，授徒講學，學生眾多，致力於評點古籍，著有《古文範》等至少十餘種評點著作。

吳汝綸為曾國藩四大弟子之一，吳闓生的文學觀念受曾氏及其父的影響極多，如推重姚鼐文論及《類纂》，肯定曾氏對桐城義法的改革，強調由曾氏傳衍而下至其身，皆本於桐城宗法。吳闓生的文論大抵秉承桐城前人，異處在於文體分類論，以為《類纂》的十三分類猶近煩碎，而《雜鈔》則有三處缺失必須修正，著〈籀雅．文說〉，提出「三大體類論」加以修訂。

第一節　生平事蹟

吳闓生的家學淵源深厚，祖父曾為曾國藩家中西席，伯叔皆有文才，父親汝綸才學尤高，吳闓生的《古文範》等評點著作中，常有「先大夫曰」以引用其父看法。其父久官北方直隸一代，任內振興冀州、深州書院，退休後講學於保定蓮池書院，吳闓生年少時期便在深州、保定度過。父親汝綸的文教事業，對於吳闓生有什麼影響？父親之外，吳闓生也說過：「不孝幼時少侍父，多侍母，性行知識，先妣之教為多也。」[4]此言「性行知識」，具體又指哪些？

家學以外，吳闓生另拜師賀濤、范當世與姚永概三人。三人皆師從吳汝綸，在父親、三位老師乃至吳闓生的身上，是否有共同的治學精神？若是，吳闓生有否將此精神傳授予下一代？經歷過民初一連串的文學革命運動之後，吳闓生的教育方針，是否仍以中國傳統古學為

4　吳闓生：《北江文集》（臺中：文听閣圖書公司，《民國文集叢刊》，2008），卷二〈先妣行述〉，頁193。

主？他的弟子們又有什麼看法？以上所述，於本節分為世系、事蹟略述、師承、弟子四小節討論之，並附論吳闓生的個性。

至於吳闓生的交遊對象，多是其父汝綸在直隸冀州、保定蓮池書院的弟子，交遊狀況較為單純，簡述如下，另列表於附錄附表二。民國後從政，彼此時常往來者，有傅增湘、常堉璋、王振垚、谷鍾秀、李景濂、籍忠寅、鄧毓怡七人。[5]在著述方面較常合作的，則有劉培極、高步瀛，以及多次刊印吳闓生著作的邢之襄。詩文應和較頻繁者，有李剛己、馬鑑瀅、杜之堂、唐爾熾、武錫玨、尚秉和、李廣濂、張宗瑛等人。（以上順序依吳闓生輯：《吳門弟子集・目錄》。）[6]

同輩之中，吳闓生最欽佩的要屬李剛己，以為其詩「不下長吉」，[7]「雄於講說，生徒嚮服」。[8]吳闓生弟子曾克耑隨侍多年，也說其師在詩歌方面，「只佩服范（當世）先生和剛己先生」。[9]至於同門而輩分稍高的馬其昶與姚永樸，民國十二年之後，馬、吳陷入交惡狀態，詳見本節末之附論。

5　民國二年，吳闓生有詩：〈休沐日約谷九鋒王古愚常濟生籍亮儕鄧和甫李右周諸君會飲皆先公門下高第今議院中卓卓有聲者也席上賦成一首以寫懷抱〉一首，此六人時任國會議員。至於傅增湘，則未入國會，時任約法會議議員、肅政廳肅政史；民過六年後，曾任教育總長等職。

6　吳闓生輯：《吳門弟子集・目錄》（北京：蓮池書院，1930），頁1-2。

7　吳闓生：《北江文集》，卷六〈李剛己大令遺集序〉，頁439。

8　吳闓生：《北江文集》，卷八〈故友錄〉，頁620。

9　曾克耑：《頌橘廬叢稿》，第5冊〈我的師承〉，頁1110。

一　世系

吳闓生為桐城吳氏榮系第二十世。

吳汝綸門人李景濂〈吳摯甫先生傳〉有記：

> 明洪武初，吳氏自婺源一遷鄱陽，一遷桐城。遷桐城者，居峽山之高甸，有二子分其枝系，長曰榮華，次曰保慶。[10]

吳闓生〈保慶吳氏譜序〉也說：

> 我始祖太公之遷也，當元之末造，一乳而生二子：七品、八品，遂分榮、保二系。由明迄清傳衍五、六百年，蔚為巨族，子孫至萬餘人，可謂盛矣。……榮系廿世闓生謹序。[11]

綜而觀之，可知元末之時，吳氏始祖為避兵亂，自婺源（今江西省婺源縣）遷徙而出。明太祖洪武初年，其中一支族人遷至桐城（今安徽省安慶市）峽山高甸，在此定居，又分為二枝系。吳闓生所言，「一」指桐城吳氏元祖吳泰一，「七品、八品」指二世祖吳七品、吳八品，有些資料另寫為吳七評、吳八評，[12]乃音近聲調之轉。長子七品一支，衍為榮系（榮華）；次子八品一支，衍為保系（保慶）。此二系自明初以來持續繁衍，傳至民國仍綿延不斷，族人數量多達萬餘，為桐城當地大族。吳闓生為榮系第二十世，民國十七年時受託於

10　收錄於〔清〕吳汝綸著，施培毅、徐壽凱校點：《吳汝綸全集》，第4冊，頁1126。

11　吳闓生：《北江文集》，卷十，頁737-740。

12　如余永剛〈北江先生小傳〉：「吳泰一生兩子：吳七評、吳八評。」（吳闓生著，余永剛點校：《北江先生詩集》，頁17。

保系長老，作〈保慶吳氏譜序〉。

高祖吳太和，曾祖吳廷森。

張裕釗（1823-1894）〈吳徵君墓誌銘〉說：「祖諱太和，候選府經歷。考諱廷森。」[13]吳徵君即吳闓生祖父吳元甲，同治十二年（1893）卒，吳汝綸請託張裕釗作墓誌銘。

祖吳元甲（1810-1873），字育泉。

張裕釗〈吳徵君墓誌銘〉說：

> 君生九歲，能操筆為古文，作〈中正論〉三篇，長老驚嘆。既長，為六皖名諸生。曾文正公嘗嘉其文學，客而館之，而尤重其為人。[14]

吳元甲於咸豐元年（1851）以諸生舉孝廉方正，時曾國藩為內閣大學士，嘉其品行與學問，延請至家以教子。

吳元甲九歲能作古文；吳闓生「八歲能為子固文」，[15]少年時期學作時文，[16]推測吳家教育為幼時先學古文作法，有古文根基後，再練習時文寫法。

吳元甲有子四人，仲子即吳汝綸。

---

13 〔清〕張裕釗著，王達敏校點：《張裕釗詩文集》（上海：上海古籍出版社，2007），卷六，頁145。

14 同前註。

15 吳闓生弟子李葆光說：「先生八歲能文，范伯子贈詩所謂『八歲能為子固文』者也。」《北江先生詩集》，卷一〈生日詩〉所附評語，頁57。按：范伯子即吳闓生的老師范當世。

16 〔清〕吳汝綸著，施培毅、徐壽凱校點：《吳汝綸全集》，第3冊〈諭兒書〉，頁579。

父吳汝綸（1840-1903），字摯甫，亦作摯父、至父。

吳汝綸，生於道光二十年，光緒二十九年病卒於家，年六十四。逝世後門人李景濂、賀濤、姚永概等為其作傳狀。吳汝綸的生平事蹟，以李景濂〈吳摯甫先生傳〉最為詳細：

> 弱冠成同治乙丑進士，官內閣中書，大學士曾國藩奇其文，留佐幕府，益大奇之，嘗以漢禰衡相擬。從國藩自江南來直隸，國藩還江南，因留直隸，佐大學士李鴻章幕府。是時中外大疑大計，一決於國藩、鴻章二人，其奏疏多出汝綸手。……在鴻章幕府未久，即出為深州直隸州知州。……一年以慢（憂）去，居慢（憂）六年，再起，攝天津府；八月，又為冀州。在冀州八年，興學如在深州時，招新城王樹枏、武強賀濤、通州范當世為之師，且自教督之，一時得人號稱極盛，深州則賀濤，冀州則李剛己、趙衡其尤也。[17]

吳汝綸於同治四年（1865）進士，受曾國藩讚賞，留佐幕府。同治九年（1870），曾國藩調任兩江總督，吳汝綸續留直隸，佐李鴻章幕府。時中外大事多經曾、李兩人，其奏疏多由吳氏擬定。佐李鴻章未久，於同治十年（1871）出任深州（今河北省深州市）知州。同治十二年（1873），其父逝世，卸任服喪。光緒元年（1875），續服母憂。光緒七年（1881），補任冀州（今河北省冀州市）知州，至光緒十四年（1888）謝病告退。吳汝綸先後治理深州、冀州，皆相當注重興學育才，賀濤〈吳先生行狀〉也說：

> 治深……四千百餘畝歸之書院，又為書院追償二十年逋負五千

---

[17] 收錄於〔清〕吳汝綸著，施培毅、徐壽凱校點：《吳汝綸全集》，第4冊，頁1128。

> 金，厚給師生，廣置書籍，而書院以興。……在冀……其於書院如在深州時，故二州人士皆知務實學，先生在冀久，成材尤多，兩書院遂為畿輔冠。[18]

深州原本學風不發達，境內義學又被豪民私奪，門人姚永概〈吳摯甫先生行狀〉描述當時情形：「豪民私攘而學廢，……又無良師長董之，……連數村無識字之民。」[19]吳汝綸上任後，為書院追回田產與債款以補助師生、購置圖書，力振文教。光緒七年（1881），吳汝綸補任冀州，不忘深州教育，請學生李剛己、趙衡主持深州書院；自己在冀州書院則進一步親自督導授課，又另請王樹枏、賀濤、范當世等人一同講學。他們在學問上皆重視經世致用，不虛言性理，來學者眾，於是二州書院大為興盛，一躍而成京師附近書院之冠。

光緒十五年（1889），吳汝綸辭退，應李鴻章之請託，繼張裕釗之後主講保定（今河北省保定市）蓮池書院。李景濂〈吳摯甫先生傳〉記載：

> 在蓮池十年，專力以興教化，並中西為一治，日以精神相灌澼而鑄熔之，風氣曠然大變，學者自遠方麕至；有日本來學者，坐諸生下，帖帖唯謹。是時狃忕承平已久，士大夫聞見壅塞，徒務軟熟進取，……汝綸以為，欲救世變，必先講求西學，……于保定創立東、西文學堂，延英教士貝格耨等為師，選院中高材生使肄習之，皆故事所未有，群情固已駴怪。未幾變作，……汝綸不得已，避地去。亂民焚毀城南北諸教堂，且殲貝格耨全家，復合黨徒數千人，蜂擁入書院，……遍搜汝綸

18　賀濤：《賀先生文集》，卷三，頁275。

19　收錄於〔清〕吳汝綸著，施培毅、徐壽凱校點：《吳汝綸全集》，第4冊，頁1144。

不得。[20]

吳汝綸很早便認識到西學的重要性，[21]與深、冀二州時相比，在蓮池書院時益加重視西學，調整課目，融治中、西，揭舉當中共同精神以傳授弟子。[22]不只河北當地人如李剛己、李景濂、高步瀛等來學，馬其昶、姚永樸、姚永概也都北上拜師，甚至日本人中島裁之等也來受學。[23]光緒二十二年（1896），吳汝綸有感於從譯書研讀西學無法深入，開始規劃聘請外文教師。[24]光緒二十五年（1899），吳汝綸另創設東西文學堂，延請日人野口多內、[25]英國教士貝格耨講授外文，擇生數人與之學，兒子闓生亦在其列。吳汝綸書信〈答李季皋〉有言：

> 今年選得諸生十餘人，同從英人曰貝格耨者學習英文，小兒與焉。……書院中兼習西文，亦恐止僅蓮池一處。[26]

光緒晚期，各地同文學堂陸續開辦，傳統書院所學仍以國學為主，僅蓮池書院兼學西文。吳汝綸直接延請外人教授，選擇優秀諸生與之學

---

20 收錄於〔清〕吳汝綸著，施培毅、徐壽凱校點：《吳汝綸全集》，第4冊，頁1128。

21 吳汝綸開始研治西學的時間，依賀濤所言，當在同治十二年（1873）左右。賀濤〈吳先生墓表〉說：「三十年前，吾國不知外事之時，固已究孜西學。」《賀先生文集》，卷三，頁285。又，《吳汝綸全集．日記》中有〈西學〉一類，抄錄西學要點與心得，用功甚深。

22 清代國學、府縣學多近於科舉，書院則可自由講學。參見王德昭：《清代科舉制度研究》（香港：香港中文大學出版社，1982），頁103。

23 參見吳闓生：《北江文集》卷一〈蓮池照象記〉，頁9。

24 參見〔清〕吳汝綸著，施培毅、徐壽凱校點：《吳汝綸全集》，第3冊〈答賀松坡〉，頁129。

25 參見楊紅蘭：〈淺談蓮池書院的近代化嘗試〉，《安徽文學》2011年第3期，頁146-147。

26〔清〕吳汝綸著，施培毅、徐壽凱校點：《吳汝綸全集》，第3冊，頁255。

習，更是前所未有之事，遂為群眾所怪。[27]隔年義和團亂民從山東轉入直隸境內，在太后與朝臣默許下大肆仇殺西人，焚毀教堂，吳汝綸創辦之西文學堂，遂成為暴民鬧事的箭靶。教士貝格耨全家慘遭殺害，暴民甚至糾集數千人之多，武裝闖入蓮池書院搜索吳汝綸，幸吳氏父子已先後離去避難。此事遺憾落幕，但吳汝綸長期以來兼重西學的教育放式，已帶動直隸地區的西學風氣，一改直隸地區原本文化發展相對落後的局面。[28]

光緒二十八年（1902），吏部尚書張百熙上疏，聘請吳汝綸為京師大學堂總教習，吳氏辭讓不得，於是赴日本考察學制。時兒子闓生亦遊學日本，記道：「當先君東遊日本，優禮殊等，中朝官相顧駭異，於是有為蜚語於朝者，……日本報紙傳載其語，憤激特甚。」[29]日本漢學者仰慕吳汝綸已久，對其極為禮遇，卻也因此引發中國朝官的謗議。不久，吳汝綸又被駐日大使蔡鈞誣陷，指控其率領留學生謀劃革命，[30]乃歸返國內，在日本僅三個月。吳汝綸歸國後，未往保定，

---

27 甲午戰爭（1895）之前，中國士大夫都不願進同文館，對西學也普遍漠視，這情形在甲午戰後才逐漸消失，各地書院乃漸以會通中西學為主旨，其中又以通商口岸的知識分子能較快接受西方思想。參見張灝等著：《近代中國思想人物論──晚清思想》（臺北：時報文化出版公司，1982，三版），頁19-33。王爾敏：《晚清政治思想史論》（臺北：臺灣學生書局，1969），頁70。按：吳汝綸在保定創立東西文學堂的時間為甲午戰後第四年（1899），保定為京城畿輔，交通便利，且距離天津通商口岸約180公里，不算太遠，為何俗論強烈反對吳汝綸的東西文學堂？恐怕根本原因在於讓外國人教導優秀諸生，這是士大夫的民族自尊所無法接受的。

28 參見賀慶為：《晚清蓮池書院研究（1840-1908）》（陝西師範大學，中國近現代史碩士論文，2011），頁39。

29 吳闓生：《北江文集》，卷二〈先府君行述〉，頁104。

30 李景濂〈吳摯甫先生傳〉說：「是時，出使日本大臣蔡鈞諂事權貴，虐待留學生，……汝綸以其辱國體，面與力爭。蔡鈞大恚，電告政府，誣汝綸率留學生謀革命。」（收錄於〔清〕吳汝綸著，施培毅、徐壽凱校點：《吳汝綸全集》第4冊，頁1130）。

回故鄉桐城籌備創立桐城小學堂，數日後因積勞成疾，病逝家中。

按：吳汝綸治冀州八年，蓮池書院十一年，時值吳闓生三歲至二十一歲，見證了這段河北古文風氣大開的歷程，這段與師友浸淫古文的年少歲月，令他終身難忘。這段歲月至光緒二十六年（1900）結束，義和團拳亂使吳氏父子先後離去避難，蓮池書院也被迫關閉。吳闓生寄居父親友人深州李氏家中，偶爾與昔日同學武錫玨、常堉璋通信，有言：

> 余從大人於蓮池，來學之士歲十百人，其才智通敏情誼浹洽者往往而有。當夫春秋佳日，招邀會集，密坐論詩，諸人皆負氣少年，莫能相下，……方是時，意氣交通，盤桓詄蕩，豈顧人世間有所謂離別之事哉！[31]

這篇贈序裡回憶了在蓮池的舊日情景。每年至蓮池書院問學者多達百人，當中有許多才華洋溢的少年。天氣佳時，吳汝綸等師長便會集合學子在戶外集會，列坐討論詩歌，相互切磋。同學大多年少，天資高穎，師長又在座，不肯屈居他人之下，爭相發言，集會氣氛相當熱烈。但是，這美好景況迫於戰亂而截止，吳闓生避難至深州，感受到禍亂影響之劇，又與親友離別，生活環境瞬間瓦解，益發想念往昔。他在深州出遊，看到相似景物，也屢屢觸發思念之情：「余居蓮池十餘年，出走後遂不得復至，然於蓮池誠不能忘情。」[32]

吳闓生並非僅於庚子拳亂之時懷念這段歲月而已，實已深植於心，尤其他青年之後經歷更多國家動亂，人至中年，仍相當緬懷冀

31 吳闓生：《北江文集》，卷一〈贈武和之序〉，頁43。

32 吳闓生：《北江文集》，卷一〈南郊遊行記〉，頁46。

州、蓮池情景。民國十三年，吳闓生四十六歲，他替父親和師友編纂成《晚清四十家詩鈔》，自序道：

> 闓生方始髫歲，奉觴跪起，竊聞餘議，以為賓客豪儁極一時之盛選。[33]

想起兒時在冀州隨侍長輩左右，得聞眾人高論，即使人已中年，童年回憶仍然相當鮮明。

民國十八年，吳闓生五十一歲，眼見國家多年軍閥戰亂，外有列強環伺，人心惶惶不可終日，兩相對比，更加想念以往的安定歲月與淳樸民風：

> 余少時隨侍先大夫服官畿輔，都講保定十餘年，所見鄉里耆老，率敦品立行，教飭子弟以法度，而農工士賈，家給戶饒，莫不翛然而自得。改革以來，海宇分裂，戰禍日滋，中人之家大抵破壞。[34]

吳闓生對保定的形容是：「耆老率敦品立行」、「家給戶饒」、「翛然而自得」，其父在保定並未任官，僅執教書院，但保定確實因吳汝綸等人的提倡學風而受惠。年少這段歲月，與宣統、民國後的一連串動亂相比，顯得極為平靜珍貴。然而曩昔盛況無法再回復，父親、師友等人也相繼謝世，使得吳闓生益加感念。同年，他編纂《吳門弟子集》，收錄父親門下弟子的詩文作品，自序中追憶父親在冀州、保定的教化成果：

> 先公……在冀州八年，提倡文教尤力，及罷官主講蓮池書院，

33　吳闓生：《北江文集》，卷八〈晚清四十家詩鈔序〉，頁608。

34　吳闓生：《北江文集》，卷十〈劉府君碑〉，頁763。

> 於是教化大行，一省風氣為之轉移。[35]

說的同樣是父親重視教化，振興書院，提攜後輩，使河北古文學習風氣大開之事。

河北直隸地區雖為畿輔，但學風不盛，如前文所引姚永概之言「連數村無識字之民」，今人柳春蕊（1976-）也說：

> 有清一代，河朔一帶尤其是河北古文的興起，得力於張裕釗、吳汝綸的倡導。張、吳任蓮池書院山長以前，河北古文不發達。[36]

張裕釗先於光緒九年至十五年（1883-1889）主講蓮池書院，離去後由吳汝綸主講，張氏弟子如賀濤、張以南等皆留下從吳汝綸問學。吳汝綸視文教為長久經營之事業，其弟子與再傳弟子也多著力於書院講學，使得桐城文派能在直隸形成規模。[37]今人胡阿祥說：「張、吳雖異邑為官，卻重視教育，乃至棄官主書院講習，其結果便是河北全部一一九位古文作家中，張、吳的門人弟子竟達一〇三人。」[38]胡氏此言包含吳闓生弟子。可知河北地區的古文風氣由張裕釗與吳汝綸開啟，並由弟子與再傳弟子發揚光大。由於弟子人數眾多，加以整體文風有別於桐城三祖，偏向曾國藩以來的雄奇一路，遂有學者以「蓮池派」稱

---

35 吳闓生：《北江文集》，卷十〈吳門弟子集序〉，頁791。

36 柳春蕊：《晚清古文研究——以陳用光、梅曾亮、曾國藩、吳汝綸四大古文圈子為中心》（南昌：百花州文藝出版社，2007），頁343。

37 參見徐雁平：〈桐城文章中「尚有時世」——以同光年間蓮池書院之講習為中心〉，收錄於曹虹等主編：《清代文學研究集刊》第三輯（北京：人民文學出版社，2010），頁128-173。

38 胡阿祥：《魏晉本土文學地理研究》（南京：南京大學出版社，2001），附錄〈桐城文派作家的地理分布與區域研究〉，頁224。

之。[39]

吳闓生深受父親的影響，不僅刊行父親、師友的著作，也如他父親一般，收徒講學、以古文提攜後進，並完成《古文範》等多種古文評點著述。教化對人的濡染極其長遠，吳闓生緬懷的並非僅是那段歲月的平靜豐足，所謂「倉廩實則知禮節」，[40]更多的是那代表的文教意義。面對民初劇烈的社會變遷，吳闓生選擇與父親相近的人生道路，透過此一方式延續舊有文化美好的部分。

嫡母汪氏（1836-1890），封淑人。

吳闓生與嫡母並不親近，甚至十分反感。其詩文集僅一處提及嫡母，在生母的〈先妣行述〉中：

> 先嫡妣性嚴厲。[41]

吳闓生的老師賀濤曾為他的生母歐氏作墓誌銘，亦言：「嫡夫人莅家嚴厲。」[42]吳闓生與賀濤所言類似。吳闓生與嫡母不親的根本原因在於生母歐氏在家中的處境非常艱苦，正是受到嫡母的壓迫。對於嫡母，吳闓生僅以一句形容，實則不滿之情溢出言表。

母歐氏（1854-1907），封淑人，晉贈夫人。

歐氏在同治八年（1869）十六歲時來歸吳家，為吳汝綸側室，在家中常受到為難，吳闓生〈先妣行述〉痛陳：

---

39 王達敏：〈張裕釗與清季文壇〉，收錄於安徽大學桐城派研究所編：《桐城派與明清學術文化》（合肥：安徽大學出版社，2007），頁403-433。

40 〔周〕管仲：《管子・牧民》（臺北：臺灣中華書局，1973），頁1。

41 吳闓生：《北江文集》，卷二，頁190。

42 賀濤：《賀先生文集》，卷四〈歐太淑人墓志銘〉，頁378。

> 先嫡妣性嚴厲，而諸姊某素狂易，有心疾，舉動非常情所能有。先嫡妣逝後，姊以寡居在家，先大夫不忍加戒敕，益詩謷無不至。以故先妣自入門迄後四十餘歲，詆訶凌暴之聲，靡日不沸於耳，往往摑擊傷破，至血流被體，一以茹忍順受。閒嘗謂不孝曰：「吾辱困已甚，擬求死者數矣，所以隱忍不決者，徒以汝故耳。」又曰：「吾嘗渡大江中流，遭詬誶，方亟望江水淼然，欲奮身入者念數迴也，終以汝在我腹中，鬱然而止。」……蓋先妣自始至今，曾未一日舒泰。[43]

這段話明白敘述出母親深受嫡母與某姊（排行未詳）的刁難。嫡母汪氏「嚴厲」，即態度嚴苛不寬容，諸般挑剔。汪氏長歐氏十九歲，在家中地位遠高於歐氏，且膝下無子，對這年輕側室的心結恐怕頗深，終究造成歐氏「擬求死者數矣」，只因為顧念到腹中還有胎兒，才隱忍下來。闓生出生後，歐氏大概也是為了照顧他而繼續忍受，沒有一死了之。另一個刁難歐氏的則是「有心疾」舉止狂暴的闓生姊姊，因寡回家，吳汝綸憐憫其心疾與喪夫之痛，不忍心制止，這種寬容對待，反而使她將情緒發洩在歐氏身上，斥責、謾罵、掌摑、毆打等等皆有之。以今日語言比喻，即言語攻擊、精神虐待、直接加諸身體的暴力霸凌，而且還是長達四十餘年的長期凌虐。

歐氏雖受此等對待，卻無憤恨不滿，還對兒子曉以大義，吳闓生在〈先妣行述〉後文回憶道：

> 先嫡妣在時，嘗有所不豫，飲泣於室，顧見不孝在傍，詞色若不平者，揮淚叱曰：「汝兒子也，我猶無怨言，而何敢爾？讀

43 吳闓生：《北江文集》，卷二，頁190。

書何用，庸不知有大義邪？」時不孝纔五齡耳。[44]

此事發生於吳闓生五歲之時。大概歐氏受到汪氏刁難，回房間暗自哭泣，回頭發現兒子走入房中，表情忿忿不平，似乎就要說出不敬之詞。歐氏馬上斥責兒子不知人子道義，絕不可衝撞長輩，若不知禮義，那麼讀書還有什麼用處？歐氏所言，顯示出她堅忍賢淑，符合宗法禮義的德性，深入刻在吳闓生心中。歐氏逝後，吳闓生去求老師賀濤為母親作墓誌銘，賀濤記載：

> 太淑人……既卒且葬，子闓生來求所以傳太淑人者，曰：「吾家事子所知，吾不敢秘。吾母處人所不能堪之境歷數十年之久，無慍色憤詞，闓生六、七歲時，耳目所觸，意輒不平。吾母訶之曰：『汝兒子，當讀書習禮義，我能安，而汝不能安邪？』其有容而善養如此，倘不敘所遭直使顯白於世，則吾母之德弗章。」言畢，復泣曰：「寧使母德弗章耳。其事闓生不忍述，雖吾母，亦不欲暴其事於人，使從而議吾家之短長也。」[45]

此記吳闓生所言之事，與上文〈先妣行述〉相似，不同處在於〈先妣行述〉作「五齡」，〈歐太淑人墓志銘〉作「六、七歲」，兩文寫作時間相去未遠，或許可說歐母受辱是一種長期現象。小孩忘性較大，即使母親曾揮淚痛責大義，但因時常親眼看見母親受人欺負，「意輒不平」、「吾母訶之」此類情況便很可能再次發生。吳闓生原本想請賀濤詳述母親所受的難堪，以彰顯其德性，然終究基於人子道義作罷，免得家醜外揚，違背禮義，這得自於歐氏的教導。

---

44 吳闓生：《北江文集》，卷二，頁191。

45 賀濤：《賀先生文集》，卷四〈歐太淑人墓志銘〉，頁378。

歐氏另有其他美德，即好學不倦，自持極儉而好施捨。吳闓生說：

> 自持極儉薄而為義勇於棄財，……初不甚知書，以教子故，日夕誦習，久之遂通文義，尤喜西國新學新理，娓娓不倦。在保定、濟南皆欲刱立女子學校，躬自督教之。……安徽鐵路招股、皖北水災募賑，皆令不孝節縮日用各以數百金助之。……不孝幼時少侍父、多侍母，性行知識，先妣之教為多也。[46]

吳闓生幼時，其父知冀州，在家時間恐怕不多，童蒙課業由母親教導。歐氏識字，與兒子一起誦習經書古文，久了也能通曉文章義理。前文提到，吳闓生幼時曾經想頂撞嫡母，歐氏對他曉以大義，這「大義」不是空言，歐氏自己讀過誦過，且身體力行。古文以外，吳汝綸同樣重視西學，歐氏自發學習西國新理，亦隨同吳汝綸結交中外賢達，賀濤〈歐太淑人墓志銘〉有言：「吾師喜交外國人，凡所交，太淑人必與其家人往還，訪求外國事。」[47]歐氏與西人交往，認識到女學的重要，嘗欲創立女子學校，親自規劃制度，商討研議，但因無人相助，未果。歐氏的另一美德是自持極儉而好善樂施，厚待僕人老婦。光緒三十年（1904）之後，吳闓生擔任直隸學校司總編譯、任山東巡撫楊士驤（1860-1909）幕僚，家用較寬裕，歐氏也令兒子賑助安徽鐵路、救濟安徽水災。這些美德，便是吳闓生所說的「性行知識，先妣之教為多也」。

46 吳闓生：《北江文集》，卷二〈先妣行述〉，頁190。

47 賀濤：《賀先生文集》，卷四，頁378。

伯叔三人：伯父吳汝經（1834-1880），字朓甫。

吳汝經，生於道光十四年，卒於光緒六年。吳闓生〈伯父少泉公墓碑銘〉說：

> 我伯父少泉公……少與先大夫同學，名字相上下，……應舉不中第，其後數數應舉，輒不中。……自以生平樸學偉才不能奮揚光顯，以大有為於世，胸臆間常湮壹冤結。……戊寅己卯間，固已病矣，猶彊起應鄉舉，再遭斥罷，病亦益篤。光緒六年三月十一日竟卒，年四十七。[48]

伯父汝經少有文才，與父親汝綸並稱，「制科文字尤有聞」[49]，擅長八股文，但多次鄉試皆未能中舉。光緒戊寅（四年）病重，勉強應考，仍挫敗而歸。有才而不得用世，心中憂悶氣結，抑鬱而終，年未半百即病逝，可說是因科舉而死。

叔父吳汝繩（1848-1895），字詒甫。

吳汝繩，生於道光二十八年，卒於光緒二十一年。吳闓生〈叔父汶上府君墓表〉說：

> 叔父汶上府君，諱汝繩，字詒甫；季父歙蒼府君，諱汝純，字熙甫，皆從先大夫讀書為學。歙蒼君苦瘵疾，臥榻十餘年，……叔父獨慨然曰：「吾兄年老矣，子姓弱，家室累重，吾不出仕，誰助吾兄者？」乃以縣丞需次山左，與治河有勞，

48 吳闓生：《北江文集》，卷二，頁188。

49 吳闓生：《北江文集》，卷七〈叔父汶上府君墓表〉，頁555。

> 擢知縣。[50]

叔父汝繩小父親汝綸八歲，季父汝純小父親十二歲，少時皆從父親為學。季父臥病十餘年，不能治事，加以伯父早卒，伯父與季父的妻妾兒女全由父親汝綸接養，負擔甚重。叔父原本沒有做官，為幫助汝綸減輕家累而出仕。因治河有功，擢任山東汶上知縣。為官十餘年，病逝任上。

季父吳汝純（1852-1889），字熙甫。

吳汝純，生於咸豐二年，卒於光緒十五年。賀濤〈吳熙甫先生墓表〉說：

> 幼穎異喜讀書，七歲能詩，……十五六，所作詩文已編輯成帙。……後得羸疾，不復撰述，間有所作，不能多也。[51]

季父汝純天資穎異，十五、六歲時所作詩文已能編集成書。後為疾病所苦，臥病多年，無力再下筆著述。卒時年僅三十七。

無兄弟。有堂兄吳奎、吳千里，堂弟吳鋆（1894-?）。

張裕釗於同治十三年（1871）前後，作吳闓生祖父吳元甲的墓誌銘，有言：「孫二人：奎、駒。」[52]二孫系出季父吳汝純，時吳闓生尚未出生，故張裕釗記述為「孫二人」。吳千里，字君昂，小字駒，賀濤〈吳熙甫先生墓表〉說：「子千里，亦好學。」[53]後歸桐城，以教

50　吳闓生：《北江文集》，卷七，頁555。

51　賀濤：《賀先生文集》，卷三，頁308。

52　〔清〕張裕釗著，王達敏校點：《張裕釗詩文集》卷六〈吳徵君墓誌銘〉，頁147。

53　賀濤：《賀先生文集》，卷三，頁310。

授為業，年四十餘卒。[54]按：吳奎可能早殤，季父汝純獨留一子。吳駒之名屢見於吳汝綸〈諭兒書〉，庚子拳亂（1900）之前皆與吳闓生同處。

堂弟吳鍙，為叔父吳汝繩四十五歲時所生，吳闓生〈叔父汶上府君墓表〉記述：「叔父卒時，鍙生甫周歲耳。……方鍙數月時，姆抱立几側，叔父指鍙謂闓生曰：『吾久病如此，殆不永年，此子成（誠）以累汝矣。』闓生惶恐不知所言。」[55]叔父病重時曾囑託闓生代為照顧，時吳闓生年僅十六，未免驚慌而不知所措。另外，吳闓生〈題弟鍙所為文稿〉中說：

> 吾弟在鄉里時，未嘗知學也，從余出，日夕為之講貫，又時時督課之，歲餘得文若干首。[56]

叔父逝後，北方歷經庚子拳亂，後吳闓生遊學日本，堂弟可能送往故鄉桐城，未曾拜師學文。光緒三十三年（1907），吳闓生南歸安葬伯父，開始教養堂弟，親自為其講課，督促學習，日後吳鍙撰成《吳君倩文稿》一卷。[57]

姊五人：嫡出四人，庶出一人。

嫡母汪氏生四女，賀濤〈吳先生墓表〉記述：

> 前配汪氏女四人，長適直隸候補知縣薛翼運；次適舉人汪應章；次適翰林院編修湖南學政柯劭忞，績學工詩，先生稱之；

54　參見吳闓生輯：《吳門弟子集》，卷八〈吳君昂〉，無頁碼。

55　吳闓生：《北江文集》，卷七，頁557。

56　吳闓生：《北江文集》，卷三，頁279。

57　按：〈題弟鍙所為文稿〉未記吳鍙的文集名，題名見於劉聲木：《桐城文學淵源考》，頁300。

次適直隸候補知縣王光鸞。[58]

三姊夫柯劭忞（1850-1933）曾編撰《新元史》，有史才，又長於詩，受父親汝綸讚賞，吳闓生亦相當敬重，有〈柯鳳孫學史五十有九壽序〉（《文集》卷三）、〈代家姊紫英為柯鳳孫太史題其先世遺象二首〉（《詩集》卷五）等。四姊夫王光鸞，字子翔，吳闓生詩集中有不少唱答之作。

側室歐氏除闓生外，另有一女，吳闓生〈先妣行述〉：「生子女各一人，女字桐城姚永棠。」[59]

堂姐若干人。族堂姊吳芝瑛（1868-1934）。

伯父吳汝經早逝，子女由吳汝綸接養，與吳闓生一同長大。

同族堂姊吳芝瑛與闓生同曾祖父，為吳汝綸堂兄吳寶三（?-1889，字康之）之女。與革命烈士秋瑾為密友，仗義疏財，其詩詞、文章與書法被稱為「三絕」。[60]吳芝瑛與廉泉（1868-1931）結婚，[61]夫婦倆與無錫公學堂教師俞夏、丁書寶共同創辦上海文明書局，發行許多優良的教科課本，吳闓生的第一本評點著作《桐城吳氏文法教科書》亦由文明書局印行。今人王建軍說：「文明書局的教科書在當時不僅數量多，而且具有一定的質量。」[62]

---

[58] 賀濤：《賀先生文集》，卷三，頁289。

[59] 郭立志編纂《桐城吳先生年譜》（臺北：文海出版社，1972），頁6作「姚永保」。

[60] 吳昭謙：〈吳芝瑛軼事補遺〉，《江淮文史》1996年第1期，頁82-86。

[61] 石珂：〈桐城末學的群體構成與唐宋古文接受〉，《安徽大學學報》（哲學社會科學版）2011年第6期，頁55-61，引文見頁56。

[62] 王建軍：《中國近代教科書發展研究》（廣州：廣東教育出版社，1996），頁130。

妻桂氏，貴池桂本誠女。

其相關資料甚少，僅見於吳闓生〈清故誥授資政大夫直隸補用道桂公墓誌銘〉一文：「闓生未冠，請婚者麇至，先大夫曰：『吾夙知桂君，今其孤女必能嗣其家。』遂納聘焉。」[63]

子三人，女六人。三人早殤，餘一子五女。

吳闓生〈兩稚子壙表〉記：「犬子、堯子……公逝後二十日仍襁褓，以溫疹殤於保定。犬子死五歲，堯子三歲，死時吾未及見。」[64]光緒二十九年（1903）正月十二日，父親汝綸逝於安徽家中，時吳闓生遊學日本，日夜兼程回鄉，抵家時「先君逝已十日，既棺斂矣」。[65]守喪期間，北方保定家中又傳來消息，竟是二子皆死於溫疹。吳闓生連遭三喪，皆未能見最後一面。同年六月，長女如意出生，吳闓生說：「余既連喪兩子，其後得女子如意，生絕慧，……期而能言，解事識人意，擬五、六歲兒，及期有八月而死。」[66]長女如意聰明絕頂，吳闓生甚為喜愛，卻因傷寒引發上吐下瀉，病重不治，死時距離二子喪事，僅隔一年。

吳闓生後來有一子五女，余永剛〈北江先生小傳〉記述：

> 吳闓生獨子名防，現居香港。女五：劭君、竹君、石君、君琇、採君，除石君因病外，皆擅詩文。劭君著有《謙六吉軒詩稿》，吳闓生題該詩集為《舒秀集》。君琇夫婦著有詩詞合集

---

63 吳闓生：《北江文集》，卷七，頁560。

64 吳闓生：《北江文集》，卷二，頁113。

65 吳闓生：《北江文集》，卷二〈先府君行述〉，頁105。

66 吳闓生：《北江文集》，卷二〈女子如意壙銘〉，頁150。

《琴瑟集》。[67]

其子女皆擅詩文，民國十一年，日本名作家鶴見祐輔（1885-1973）曾拜訪吳闓生家，對劼君的才識印象深刻，歎為：「簡直不像是十七歲的姑娘的大見識。」[68]

孫三人；孫女吳鷗（1952-）為北京大學教授，研究古典文學。

吳闓生有孫三人：光熊、光燾、光熹。[69]

王維庭（1904-1995）〈吳北江先生傳略〉說：「北江先生有女孫曰鷗者，以班、蔡之姿，奮起上京，執教上庠，步入文壇，馳騁乎著作之林。」[70]盛讚吳鷗繼承祖父衣缽，研究古典文學有成。[71]

按：吳家普遍勤奮用功，富於才學。吳闓生祖父元甲九歲能作古文，曾任曾國藩家中西席；父親汝綸年少時家貧，「得一雞卵不肯食，以易松脂照讀」。[72]年僅二十四便成進士。伯叔三人也都有文才，可惜伯父因數次科考落榜，抑鬱而終，季父病弱臥榻，未能有更多成就。吳家女眷亦多接受教育，吳闓生母親歐氏「初不甚知書，以教子

---

67 收錄於吳闓生著，佘永剛點校：《北江先生詩集》，頁20。

68 鶴見祐輔：「那小姐的芳紀今年十七，據說已經蔚然成為一家了，所以我切請見一見，……寫的是〈謙六吉軒詩稿自序〉，有很長的議論，……簡直不像是十七歲的姑娘的大見識。」鶴見祐輔著，魯迅譯：《思想．山水．人物：大家寫給大家看的書》（北京：北京十月文藝出版社，2005），〈北京的魅力〉，頁204。

69 郭立志編纂：《桐城吳先生年譜》，頁6。

70 王維庭：〈吳北江先生傳略〉，逝後刊於《文獻》（1996年01期），頁65-71。

71 北京大學中文系網站有吳鷗的介紹：http://chinese.pku.edu.cn/artDetail.jspx?channelArtId=73。

72 李景濂：〈吳摯甫先生傳〉，收錄於〔清〕吳汝綸著，施培毅、徐壽凱校點：《吳汝綸全集》，第4冊，頁1128。

故，日夕誦習，久之遂通文義，尤喜西國新學新理，娓娓不倦」。[73] 歐氏不僅通曉文章義理，還主動學習西國新理。與吳闓生一同長大的堂姊、親姊亦多受教，其中伯父四女尤為嗜學，與吳闓生常共相研讀。[74]家風如此，吳闓生亦相當重視後代教育，子女都擅長詩文。

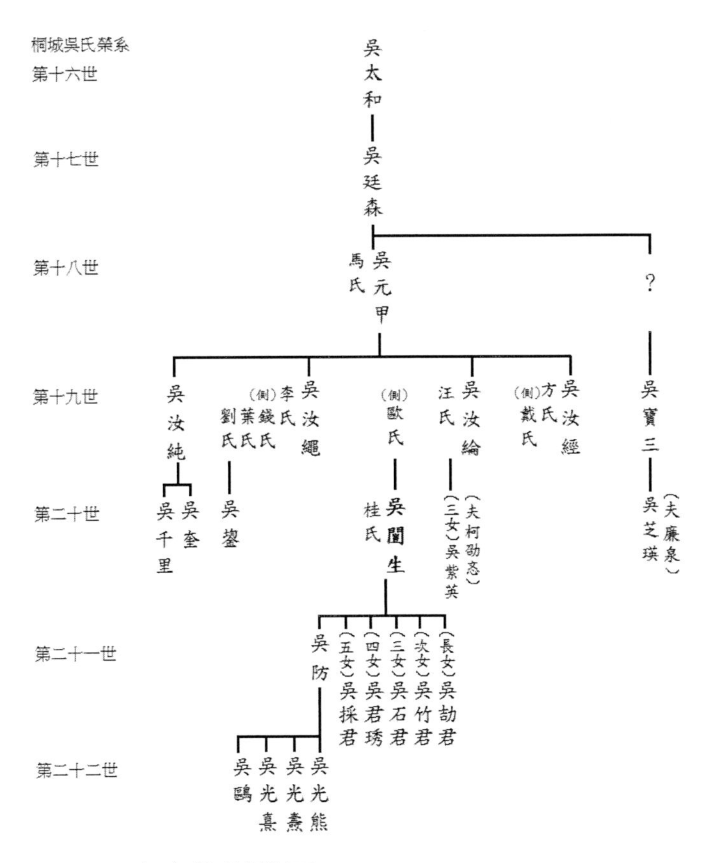

圖2-1-1　吳闓生家族樹狀圖

※註：圖中女性（吳芝瑛、吳紫英、五個女兒、孫女吳鷗）並非招贅，劃入圖表，僅因她們與吳闓生的來往較多，或者關係較密切。

73　吳闓生：《北江文集》，卷二〈先妣行述〉，頁190。

74　參見吳闓生：《北江文集》，卷一〈王氏姊墓誌銘〉，頁62。

二　事蹟略述

吳闓生系出桐城吳氏，但未成長於故鄉，大多時候都在北方直隸一代，他在外地的時間，以二十二歲時遊學日本一年半為最久。偶有回鄉，居留最久的一次僅年餘。[75]賀濤云其「生長北方，久與化合」，[76]加上老師、同學朋友、弟子亦多為北方人，[77]故鄉桐城的地理環境、風俗民情對他的影響，似乎不大。

吳闓生的生平事蹟，依生活環境與經歷不同，可分為四個階段：

---

75 從吳闓生的詩文集可知，他在五十五歲之前曾回鄉三次，居住時間皆未超過兩年。五十六歲後之作品未再續刊，未知是否曾經回鄉，但因講學與八年抗戰之故，應仍常居北京。第一次回鄉為光緒二十四年（1898），吳闓生詩言：「廿年不識鄉關路。」（吳闓生著，余永剛點校：《北江先生詩集》，卷四〈同游諸人見和前篇疊韻奉酬〉，頁152）。同年稍晚，有詩〈江船感興〉（卷四）、〈二十生日次韻謝子翔見慶即送其行〉（卷四），可知他在生日（七月八日）之前便已回到保定，僅居留數月。第二次為光緒三十三年（1907），遷葬伯父，有〈伯父少泉公墓碑銘〉（卷二）；隔年五月有文〈馮華甫都護母夫人壽序〉，題下註「以下北洋幕中作」（《北江文集》卷三，頁201），可知第二次時間最長也只有一年多。第三次為宣統元年（1909），由宣統二年的詩作〈余自去歲歸里屢卻畿輔之聘而半年以來故人多鼎貴者自交遊以至妻孥無不望其復出也戲題以寄王古愚〉（卷四）可推知其於宣統元年攜家歸皖；又從同年稍晚詩作〈到天津重入幕府戲作〉（卷五）可知隔年重入北洋幕府。總之，這三次歸鄉居住時間，皆未超過兩年。

按：〈余自去歲歸里屢卻畿之聘……〉一詩於《北江詩集》點校本中，「卻」字作「郤」，有誤。（頁189）

76 賀濤：《賀先生書牘》，卷二〈復吳辟疆〉，頁566。

77 吳闓生的三位老師之中，賀濤為直隸武強人，長年在北，與吳闓生的互動最多。與吳闓生關係密切、來往最多的朋友，如李剛已、李景濂、高步瀛、王振垚、李廣濂等，也都隸屬直隸，皆蓮池書院同學。弟子之中常為吳闓生著作寫序、校對的，如李葆光、李鉞、賈獻廷、賀培新、張心泉等，也都是直隸人。

（一）年少冀州、蓮池時期（1879-1900）

光緒五年（1879）七月八日，吳闓生出生於從伯父吳寶三（?-1889，字康之）之山東官所。[78]

三歲至十歲（1881-1888），其父汝綸任直隸省冀州知州；十一歲至二十一歲（1889-1899），其父退官主講直隸省保定蓮池書院，吳闓生皆隨父定居。在冀州與蓮池時期，得見許多賢人材士，先後拜師范當世、姚永概、賀濤，並與其父之弟子一同學習。他天資聰穎，范當世讚為「八歲能為子固文」，[79]九歲能詩，詩集中有〈生日詩〉一首（卷一）。吳闓生日後來往的朋友，多是冀州、蓮池同學，這時期生活安定，得以心無旁礙，浸淫古文，又時常與老師同學切磋研習，讓他日後相當懷念。

光緒二十六年（1900），吳闓生二十二歲時，山東義和團亂民轉入直隸一帶，蓮池書院因亂民鬧事而被迫關閉，院內師生離散。吳闓

78　參見郭立志編纂：《桐城吳先生年譜》，頁57。

按：吳闓生的出生年，常見三種說法：光緒三年、光緒四年及光緒五年。作光緒三年者，如徐友春主編：《民國人物大辭典》（石家莊：河北人民出版社，1991，頁375）與百度百科（http://baike.baidu.com/view/3408586.htm）。作光緒四年者，如李靈年、楊忠主編：《清人別集總目》（合肥：安徽教育出版社，2000，頁904）與潘務正：〈晚清民國桐城文派年表簡編〉（《古典文獻研究》2006年第9輯，頁311。）又如今黃山書社出版之吳闓生《北江詩集》點校本，書封折口作光緒三年，書前〈叢書總序〉作光緒四年，書中〈北江先生小傳〉作光緒五年。

按：吳闓生當生於光緒五年，一因郭立志編纂之《桐城吳先生年譜》記載詳實，二因吳闓生於光緒丁亥年（十三年；1887）作有〈生日詩〉一首，弟子李葆光註云：「此詩先生九歲作。」（吳闓生著，余永剛點校：《北江先生詩集》，卷一，頁57）據此推算，當生於光緒五年。作光緒四年者，猶可說是計算誤差，作光緒三年者，則誤差過大。

79　吳闓生弟子李葆光說：「先生八歲能文，范伯子贈詩所謂『八歲能為子固文』者也。」吳闓生著，余永剛點校：《北江先生詩集》，卷一〈生日詩〉附評，頁57。

生離開保定避禍，寓居深州南莊父親弟子李廣濂家，數月而返。

吳闓生受其父影響，年少時期即相當關心時事。十六歲時（1894），甲午戰爭爆發，吳闓生〈前作病耳詩未幾耳疾遂瘥作耳疾瘉詩〉道：「從來大官多狐疑，兩耳無恙渾如癡。」[80]將病耳與朝廷官員相比，諷刺愚昧官員與腐敗的官場風氣。因甲午戰敗之故，有志之士紛提出改革，但往往遭到朝廷守舊派官員反對，吳闓生十八歲時（1896），作〈辨蘇子瞻論戰國任俠〉：「吾獨悲夫二千年來有用人之權者，日言造士，而卒無一士之效，為可哀也。」[81]文末藉史發揮，感慨上位者不能真正知士用士。二十歲時（1899），光緒帝重用康有為，變法實行新政，吳闓生作〈變法論〉，說：「區區科舉之法，本以致一時之權宜者乎？所貴乎因時適變者。」[82]科舉制度實行千年，積弊多時，吳闓生贊成順應時局變通新法，改制科考、設立學校。戊戌變法百日失敗，慈禧太后廢除全部新政，光緒帝被剝權軟禁，吳闓生作〈梁武帝論〉（《文集》卷一）、〈大雨行〉（《詩集》卷二）、〈祀竈作〉（《詩集》卷三）等哀感德宗。吳闓生關注時事，憂慮國家之心，屢見於詩文中，也因心繫時局，他很早便有用世之志，十七歲所作的〈感懷〉云：「韞櫝無美玉，處囊非利錐」；[83]又如二十歲時作的〈追和杜公壯遊元韻〉道：「當風厲六翮，坐待排雲翔。」[84]皆顯示出一展長才的願望。

吳闓生身體較弱，十六歲時右耳曾阻塞年餘，且肺有宿疾，十八歲與二十一歲皆曾前往獲鹿（今河北省獲鹿市，距保定約三百里）姻

---

80 吳闓生著，余永剛點校：《北江先生詩集》，卷二，頁83。

81 吳闓生：《北江文集》，卷一，頁7。

82 吳闓生：《北江文集》，卷一，頁14。

83 吳闓生著，余永剛點校：《北江先生詩集》，卷一，頁58。

84 吳闓生著，余永剛點校：《北江先生詩集》，卷一，頁60。

丈姚為霖家中養病數月。

（二）譯書時期：遊學日本與任學校司總編譯（1901-1904）

光緒二十七年（1901），吳闓生二十三歲，其父汝綸讓他到日本養病。五月三十日隨父親門人中島裁之抵日，[85]至東京早稻田大學，並與永阪周、本田幸之助、森大來等漢詩人來往。雖是養病，但吳闓生「一憂已不能自給，取資於父；一憂學不進，恐成浪游」，[86]益發憤用功，原本不通日文，數月後能讀、寫，並開始翻譯日書為漢文，[87]十二月寫成《和文釋例》（《文集》卷一），隔年有《東瀛戰士策》等譯書。光緒二十九年（1903）正月，獲電報得知父親病危，匆忙離開日本，抵達安徽時，其父已逝世，未及見最後一面。在日本遊學期間，吳闓生至少譯書十五種。[88]

光緒三十年（1904），吳闓生二十六歲，時父親友人嚴復（1854-

---

85 光緒二十七年，吳汝綸家書說：「汝病總已不再見血為佳。」以及「接汝兩信，知以五月卅日抵東京。……兒此行專為養身出遊，比讀書有益。」（〔清〕吳汝綸著，施培毅、徐壽凱校點：《吳汝綸全集》第3冊〈諭兒書〉，頁587）。

86 〔清〕吳汝綸著，施培毅、徐壽凱校點：《吳汝綸全集》，第3冊〈諭兒書〉，頁591。

87 光緒二十七年八月，吳汝綸說：「學倭語尤切要也，學倭語幸勿累腦傷神為要。」（〈諭兒書〉，頁592）。同年十一月，說：「兒在同文書院，萬勿過勞累。」（〈諭兒書〉，頁595）。同年十二月，說：「汝到日本無多日，不能作日語，何傷？何為自怨恨形於顏色乎？」（〈諭兒書〉，頁596）。二十八年正月，說：「汝所譯和文，吾視之甚明了，中島亦以為善，廉惠卿欲寄上海排印。」（〈諭兒書〉，頁598）。可知吳闓生原本不通日語，發憤習讀，數月通曉。

88 光緒二十八年十二月，吳汝綸說：「汝自與吾別後，譯書已十三種，足見惟日不足，孳孳少暇，用功之勤如此，全無休息。」（〈諭兒書〉，頁604）此言「十三種」，加上《北江文集》中光緒二十九年自錄的兩書譯序，合起來至少十五種。

1921）任直隸編譯局局長，吳闓生受嚴復推薦，任學校司總編譯，[89]任期中又有日文譯書至少三種。[90]

合計起來，吳闓生此期譯書至少十八種，多為西國新理之書，如《世界地理學》、《理財學》、《法律學教科書》等。之後應該再無譯作，頂多為他人的譯書寫序。

觀察這些譯書序可以發現，吳闓生認真地透過日本譯作來學習西國新理，有時又借題發揮，議論當時的形勢。如〈譯世界地理學序〉借題評論中國情勢：「國際交涉，吾國固未明其學，其前之僨事失謀，由於不知之誤，而非必其才力果不及也，……亦不必望氣而先自沮也。」[91]吳闓生提出，中國自道光朝後屢經戰敗，簽訂條約割地賠款，並非國人才智不如西人，而為國家被迫開關，一時不熟悉國際外交事務。又如〈法律學教科書序〉有言：「法律之與道德固並行，而不可偏廢。」[92]肯定西人以法治國有其優點。因青年時期的這些譯書經驗，讓吳闓生接觸了非常大量的西國新理，佳者便予以肯定宣揚，同時檢視自己國內的環境情勢，折衷中西，並取其長，這與其父其師中西並重的精神是一樣的。也因為有這等思想基礎，吳闓生在往後的古籍評點中，會表露出一些較創新的思想。

光緒三十一年（1905），吳闓生二十七歲，遭逢了一件大事，他在日後寫成的〈馬佳君傳〉中回憶道：

---

89 吳闓生〈嚴幾道傳〉：「余自日本聞先君之喪，踉蹌歸國，孑然無以自存，君方主京師編譯局，引余為助，所以相慰薦者良厚。」（《北江文集》，卷九，頁723）。

90 《北江文集》中收錄《克萊武赫斯丁傳》、《近世外交史》、《法律學教科書》三篇譯序，可知至少三種。按：劉聲木《桐城文學撰述考》誤列《西史教科書》為吳闓生譯作，（頁513）非是。吳闓生〈西史教科書譯序〉說：「杜子譯此書，條理完密。」（《北江文集》，卷二，頁132）可知非吳闓生譯作。

91 吳闓生：《北江文集》，卷一，頁90。

92 吳闓生：《北江文集》，卷一，頁140。

> 詔遣載澤等五人西行考察憲政，君以商部丞與在使中，約闓生與偕登車，而炸彈暴（爆）發，死傷者數人。君與徐尚書世昌皆被創，而君尤甚。於是二人皆罷使，以端方、戴鴻慈代往。已而吳越事覺，議者疑與闓生為兄弟，法當株連，賴君力救得免。[93]

光緒三十一年，慈禧太后迫於輿論壓力，派五位大臣出洋考察立憲制度，實為敷衍，引發革命黨人不滿。九月在北京正陽門車站登車，革命黨人吳越（樾）引爆炸彈，徐世昌、馬佳紹英等大臣被炸傷，死者數人。[94]吳闓生不是原先規制內人員，因得五大臣之一的馬佳紹英（1861-1925）賞識，額外加入考察行列。[95]他可能沒有受傷，又與吳樾同姓，被懷疑為兄弟、與革命黨人勾結，依法應該株連服刑，幸賴馬佳紹英力救，還其清白。

（三）從政與講學並行時期（1905-1927）

吳闓生自二十七歲起至四十九歲止，實際接觸政事，歷任各處幕僚：

光緒三十一年（1905）秋，入山東巡撫楊士驤幕府，[96]至光緒三十三年（1907）歸皖，以勞進候選知府加三品銜。[97]

93　吳闓生：《北江文集》，卷九，頁727。

94　參見李劍農：《中國近百年政治史》（臺北：臺灣商務印書館，1959，臺二版），頁233。

95　參見賀濤：《賀先生文集》，卷三〈送吳辟疆序〉，頁323。

96　吳闓生著，余永剛點校：《北江先生詩集》，卷四〈將之山東應撫軍楊中丞之聘次韻酬別徐潤吾〉，頁181。

97　吳闓生〈先妣行述〉說：「不孝得官三品銜選用知府。」（《北江文集》，卷二，頁193）以及余永剛〈北江先生小傳〉：「以勞晉候選知府加三品銜。」（《北江先生詩集》，頁18）。

光緒三十四年（1908），復為楊士驤幕僚。[98]時楊士驤擢任直隸總督兼北洋大臣，至隔年五月楊士驤逝。[99]

宣統元年（1909），入托忒克端方幕府。[100]後歸皖。[101]

宣統二年（1910），受馬佳紹英推薦，任度支部財政處總辦。[102]

宣統三年（1911），擢任參議上行走。

民國元年（1912.5-12月），受嚴復推薦，任北京大學預科教務長。[103]

民國二年（1913），入袁世凱幕府，與沈祖憲合纂《容菴弟子記》。

民國三年（1914），任內史監內史，負責總統切身的內務機要。[104]

（未知起始年）至民國三年（？-1914），兼任清史館協修。可

---

98 吳闓生〈南歸作〉說：「又作諸侯客，踉蹌歲聿周」，題下注記：「以下五首天津幕中作。」（《北江先生詩集》，卷三，頁139）。

99 吳闓生〈送江孝潛南歸序〉說：「余與孝潛同客故太子少保楊公所，志行相若相好也。楊公沒，議不可復事他人，咸謀引去。」（《北江文集》，卷三，頁239）。

100 宣統元年，吳闓生〈送王貢南序〉文末自記：「此初入端忠愍幕府時作。」（《北江文集》，卷三，頁261）。

101 吳闓生著，余永剛點校：《北江先生詩集》，卷四〈余自去歲歸里屢卻畿輔之聘而半年以來故人多鼎貴者自交遊以至妻孥無不望其復出也戲題以寄王古愚〉，頁189。

102 吳闓生〈馬佳君傳〉說：「君擢度支，復疏薦闓生為財政處總辦，擢參議上行走。」（《北江文集》，卷九，頁727）。

103 吳闓生〈嚴幾道傳〉說：「君……及長大學，復舉余為提調。」（《北江文集》，卷九，頁723。）今人吳微也說：「民國元年五月至民國元年十二月，吳汝綸之子吳闓生任預科教務長。」（吳微：〈「兼容并包」與「謬種」退隱——桐城文章與大學教育的現代轉型〉，《安徽大學學報》（哲學社會科學版）2010年第6期，頁45-55，引文見頁48）。

104 阮忠樞等輯《居仁日覽》有記：「進呈《居仁日覽》，諸員職名……內史吳闓生。」（臺北：文海出版社，《袁世凱史料彙刊》，1966），頁3。另參見黃克武：〈嚴復與《居仁日覽》〉，《臺灣師大歷史學報》第39期（2008年6月），頁57-74。

能是不滿修史制度，[105]或因向館長趙爾巽建議其父汝綸列為專傳不得，[106]作〈上趙次山總裁辭清史館協修書〉一文辭去。

民國五年（1916），袁世凱卒，黎元洪繼任總統，內閣改組。六月，吳闓生代理教育次長。[107]

（未知起始年）至民國十一年（?-1922），任總統府秘書。[108]

民國十二年（1923），任國務院顧問。[109]

民國十五年（1926）四月，段祺瑞聘為國務院參議。[110]

吳闓生的古籍評點著作大多完成於擔任幕僚期間，此期時間長達二十三年，且人值青壯年，體力較佳，成書數量自然較多。令人好奇的是，此期官務在身，著述成果卻如此豐富，是否還有其他的原因？可以參考吳闓生孫女吳鷗的說法：

吳闓生于民國十二年由總統府秘書聘為國務院顧問，後在民國

105 吳闓生〈上趙次山總裁辭清史館協修書〉說：「今日史館之制，有協修若而人，纂修若而人，又有總纂、總校若而人以臨之，參稽互證，不厭求詳，此官府之制度則然，而作者振筆直書之意氣薾然盡矣，此寧富有文字出於其間哉！」（《北江文集》，卷五，頁379）透露出對修史層層分工制度的不滿。

106 李誠〈桐城派文人在清史館〉說：「吳闓生也曾經參加修清史，認為其父在李文忠幕府內，左右國家大計，應列入專傳中。趙館長說：『吳汝綸何人？為何能列在專傳中？』闓生很氣憤地向館長辭職。」《江淮文史》2008年第6期，頁77-80。

107 參見中華民國教育部網站「遷臺前歷任教育部首長一覽表」：http://history.moe.gov.tw/minister_list.asp?type=1&friendprint=1（搜尋時間：2012/10/21）

108 參見吳鷗：〈從《晚清四十家詩鈔》的編選看桐城派文人的天下情結〉，發表於中央研究院等主辦「明清文學研究動向」國際學術研討會，2010年12月。按：民初內閣更換頻繁，吳闓生任總統府秘書時的執政者為何人，目前未詳。不過，《北江文集》中多有代徐世昌、段祺瑞、黎元洪所作之壽文，可知吳闓生與此三人關係較密切。

109 同前註。按：民國十二年之內閣重組四次，目前未詳吳闓生任哪一次內閣。

110 吳廷燮《段祺瑞年譜》（北京：中華書局，2007），頁126有記：「四月一日以吳闓生、袁丕明為國務院參議。」

> 十五年為參議。此一階段，生活較為安定，乃居京授徒。民國十二年，遂結成「文學社」，按時開講，傳閱批改文章，燕集倡和，並集資刊印書籍。[111]

其時雖值軍閥派系混戰，吳闓生身為北洋政府幕僚，生活環境比較安定，不致顛沛流離，官務之餘可以潛心寫作。而授徒講學需要課本，吳闓生便自己選錄佳作，加以評點。不過，吳闓生授徒講學的時間並非如引文所述民國十二年「乃居京授徒」；且自費刊行書籍的時間，從民國九年其父《諸史點勘》便已有之。吳闓生早在民國三年之前便已開始講學，從弟子吳兆璜（1903-1962）在民國十三年時說的「吳北江先生講學於京師十餘年」[112]可推知。吳闓生曾說：「民國九年十二月，……同學之士五十有餘人，……請記於余。」[113]可知民國九年吳闓生已有弟子五十多人。吳鷗的這段敘述，或許可以稍微修改，即民國十一年之前，講學不定時；民國十二年之後，組成「文學社」[114]，定時集會開講，並刊行更多書籍，吳闓生後來有許多著作都是文學社自行刊印，如《北江文集》及《古文範》等。王維庭〈吳北江先生傳略〉也說：

> 先生平生不樂仕進，以講學著述為樂。……軍閥混戰之際，先生以作幕為隱，利其祿以購書，且以其間隙講學著書，收天下英才而教之，藉以承曾、張、吳、賀四先生之宗風為大任。[115]

---

111 吳鷗：〈從《晚清四十家詩鈔》的編選看桐城派文人的天下情結〉，同本章註108。

112 吳闓生：《北江文集》，卷首序。

113 吳闓生：《北江文集》，卷七〈來學諸子題名記〉，頁512。

114 弟子曾克耑說：「『文學社』者，吾師北江先生在北京講學之所也，同門題以『文學社』。」曾克耑：《頌橘廬叢稿》第1冊，頁21。

115 王維庭：〈吳北江先生傳略〉，頁65。

無論刊行著作或購書都需要資金，官員薪資穩定，吳闓生很有可能便是因為需要經費，才繼續擔任幕僚。

吳闓生身兼職事，不忘傳紹古文之責，在舊學危急之時，幾次建議長官提振。例如〈上前大總統〉說：

> 竊謂舊學不廢，……我公膺大任時，即以文治號召天下。文莫大於六經，若取詩書六藝之文，整齊訓釋，刊刻精本，頒行天下，大書「天津徐某審定」數字於其端，當此學隳道敝之時，昭然如揭，皦日而行，則繼往開來之功，當在百世，於人心世道維繫實非淺鮮。[116]

徐世昌（1855-1939）為翰林出身，常以文人自居，於民國七年任第二任大總統，民國十一年受直系軍閥曹錕等人逼迫而去職，[117]隱居天津，回歸文事，編纂《清儒學案》與《大清畿輔書徵》等多部著作。吳闓生此信可能作於民國十一年或隔年，[118]此時文壇風氣已傾倒於新文學一派，廢棄六經四書的主張愈演愈烈，甚至從小學課目刪去讀經。[119]吳闓生身在風口浪尖的北京，深知風向轉變，即上書徐世昌，期盼藉由刊行古籍維繫道統，誘以題字書端「天津徐某審定」，富於說服技巧。徐世昌後來編有《明清八家文鈔》及《古文典範》，前者由吳闓生代序，[120]後者由吳闓生評點，可看出吳闓生提倡舊學的努力

---

116 吳闓生：《北江文集》，卷七，頁590。

117 參見呂士朋：《中國現代史》（臺北：幼獅文化事業股份有限公司，1984），頁122-127。

118 吳闓生《北江文集》初刻於民國十二年僅七卷，〈上前大總統〉為第七卷卷末附錄〈尺牘〉九首之六，附錄之寫作年代不詳，筆者據徐世昌之動態推算。

119 參見王炳照主編：《中國近代教育史》（臺北：五南圖書公司，1994），頁212。

120〈明清八大家文鈔序〉一文，題下註記：「代」。吳闓生：《北江文集》，卷十一，頁805。

與成效。

又如〈刊印《四庫全書》議〉說：

> 今日之舉必全部刊行，不宜更有裁削。議者紛紛，咸欲加揀擇，專主孤本及流衍未廣者，過矣。……是捨精華而求糟粕，獵枝葉而棄本根，非計之得也。[121]

民國十四年，上海商務印書館尚未印行《四庫全書》，北洋政府擬定刊印，眾人多建議揀選孤本與罕見本即可。吳闓生建議長官《四庫全書》應全印，畢竟佳作自然受自後人喜愛，流傳便廣；而孤本與罕見本之所以少見，很有可能因其內容膚淺，隨著時間而淘汰，故不宜憑己意刪削。此外，民國十五年時，吳闓生也贊成張宗昌將軍刊印《唐開成石經》，《北江文集》卷九中有〈影刊開成石經〉代序。

吳闓生雖久在幕府，但以講學著述為樂，以傳紹古文為己任，志在繼承實踐先人曾國藩、張裕釗、其父汝綸、其師賀濤的成就。他未因官務而妨礙寫作，且盡力發揚古學，著述成果相當豐富。

（四）瀋陽（1928-1931）、北京講學時期（1932-1949）

民國十七年，吳闓生年屆半百，自官場退休，改往瀋陽專心執教，有言：

> 維民國十有七年秋九月，東省當道提倡文教，興復萃升書院，聘王晉卿先生來東主講，闓生實與之偕。[122]

張學良等人重建奉天（瀋陽）萃升書院，吳闓生受軍團長楊宇霆

---

[121] 吳闓生：《北江文集》，卷八，頁664。

[122] 吳闓生：《北江文集》，卷十〈翟耀亭七十壽序〉，頁749。

之聘，[123]與王樹枏（1851-1936，字晉卿，曾從吳汝綸學古文）一同前往，教授古文。[124]民國十九年，吳闓生邀同門好友高步瀛（1873-1940）來講學。[125]除了萃升書院以外，吳闓生亦出任私立郁文大學文院院長。[126]

民國二十年，日本發動九一八事變，吳闓生返回北京，於保定蓮池書院等地繼續授徒講學。[127]

民國二十六年，日本軍隊進攻北京盧溝橋，中日戰爭開始，北京淪陷敵區。隔年江朝宗（1861-1943）等人創建北京古學院，以古學為歸，號召許多前清老輩學者加入。江朝宗等人親附日人，吳闓生雖任理事，[128]但參與程度似乎不深，可能只是掛名。[129]古學院成立僅八年，因政治色彩曖昧，抗戰勝利後即被裁撤。[130]王維庭〈吳北江先生傳略〉說：

---

123 參見吳闓生：《北江文集》，卷十〈楊封翁壽序〉，頁761。

124 李云波〈張學良將軍與瀋陽萃升書院〉說：「張學良將軍……選聘了曾任新疆布政使的王樹楠為經學主講，舉人出身的古文泰斗吳闓生為文學主講。」（《蘭臺世界》1998年第4期，頁36）。按：此言吳闓生「舉人出身」，有誤，吳闓生為諸生。

125 石珂〈桐城末學的群體構成與唐宋古文接受〉說：「與吳闓生在古文教學上合作密切的主要是高步瀛，……一九三〇年應吳闓生之邀，赴奉天萃升書院主講文學。」（《安徽大學學報》（哲學社會科學版）2011年第6期，頁55-61，引文見頁55）。

126《世界日報》民國19年8月20日：「私立郁文大學目前已聘吳北江、馬德潤、張貽惠，分為文、法、理院院長。」（第六版教育新聞）

127 吳闓生《尚書大義．例言》有記：「民國二十六年夏四月，闓生記於保定蓮池書院。」（吳闓生：《尚書大義》，臺北：臺灣中華書局，1970，卷首）。

128 北京古學院編輯組編輯：《古學叢刊》第一期（1939年3月）卷末附錄〈理事題名〉。

129《古學叢刊》自1939年3月創刊，可能發行至1940年7月第九期，吳闓生皆未發表著作。

130 參見鄭善慶：〈北京古學院的學人與學術〉，《北京行政學院學報》2012年第2期，頁121-124。

> 抗日戰爭期間，先生隱居著書，所著有《桐城吳摯甫先生年譜》若干卷，《文史甄微》二卷（有稿本，未付印）。……先生晚歲，居敵偽盤據之危城中，群小久慕其名，欲挽之出仕。時先生正困於生計，然終不為所動。[131]

可知八年抗戰期間（1937-1945）吳闓生隱居著述，沒有屈服於生計去當日本人的官。此期著作數量不多，除了編纂其父年譜以外，僅成《文史甄微》二卷，存稿本，偶見學者徵引，如楊伯峻之《列子集釋》與《春秋左傳注》等。[132]

今人余永剛〈北江先生小傳〉說：

> 吳闓生晚年隱居不仕，居嘗以「義法」教授於京師，從學者甚眾。[133]

抗戰勝利後，吳闓生已六十七歲，未再進入官場。他在北京繼續講授桐城古文義法，直到民國三十八年病逝於北京家中。

按：綜觀吳闓生的一生，隨著生活環境與經歷的改變，他的著述內容與成書數量也有明顯的差異。年少在冀州、蓮池的時期，生活安定，他發憤讀書，與師友浸淫古文。二十三歲遊學日本，歸國後任學校司總編譯，這期間他翻譯西學近二十種。之後吳闓生不再譯書，而是致力於評點中國傳統古籍，並授徒講學。

吳闓生自光緒三十年（1904）起開始刊行古籍評點著作，其第一本評點選本《桐城吳氏文法教科書》成書於二十六歲，時任學校司總

---

131 王維庭：〈吳北江先生傳略〉，頁71。

132 楊伯峻：《列子集釋》（北京：中華書局，1979），頁82。楊伯峻：《春秋左傳注》（北京：中華書局，1990），頁1589。

133 吳闓生著，余永剛點校：《北江先生詩集》，頁19。

編譯。二十七歲至四十九歲，他歷任各處幕僚，同時完成《左傳文法讀本》等九種古籍評點著作，這是他人生中最活躍，著述成果也最多的時期。

吳闓生於五十歲辭官，至瀋陽萃升書院講學，有《古今詩範》等評點著述成書。五十三歲時從瀋陽回北京講學，至七十一歲病逝，在五十三歲至臨終前這一階段，仍持續著述，但可能因為年歲已大，或者戰亂之故，晚年著作皆未刊印，無法得見，甚為可惜。

三　師承

吳闓生家學淵源深厚，另又師事賀濤（1849-1912）、范當世（1854-1904）、姚永概（1866-1923）三人，受桐城文法。[134]

（一）賀濤（1849-1912）

賀濤，直隸武強人，字松坡，光緒十二年進士。師事吳汝綸與張裕釗，主講冀州信都書院十八年、文學館（即蓮池書院）十餘年，中年病目後，仍講學不輟，為張、吳之後的北方古文宗師。

吳闓生在光緒二十六年時（1900）正式拜師賀濤，自言：「庚子冬，闓生從先大夫避地深州，奉嚴命至冀，執贄先生之門下而受業焉。」[135]拳亂之時，吳闓生避禍至深州寓居，時賀濤在冀州信都書院，吳汝綸命子正式拜師於其門下。賀濤逝後，吳闓生整理其師文集，並作墓表：

> 其文章導源盛漢，氾濫周秦諸子，唐以後不屑也。其規橅藩域

134 參見劉聲木：《桐城文學淵源考》，頁295。

135 賀濤：《賀先生書牘》，卷一〈復吳辟疆〉文末吳闓生註語，頁463。

> 一仿曾、張、吳三公，宏偉幾與相埒，而矜練生溆，意境自成，不蹈襲前輩蹊徑，獨樹一宗，不為三先生所掩蓋，繼吳先生後卓然為一大家，非餘人所能及也。[136]
>
> 繼先公而起，恪守師說不少變而表彰闡揚不遺力者，則唯武強賀先生。……其學以文為主，而綜貫中外以得其通，嘗曰：「學無古今、無中外，惟其是爾。」其言政亦然，所著文考時政之得失，務引西國新理以相砥厲（礪），謨議閎通，非拘墟泥古者所能識也。[137]

吳闓生對賀濤的敬重與推崇，主要在三個方面：一、自曾國藩起，張裕釗、吳汝綸乃至賀濤等人，皆學習諸子、漢賦，以其宏偉氣勢入於古文之中，跳脫唐宋八家藩籬之外。二、賀濤恪守師法，又能另闢蹊徑，不為前人曾、張、吳的成就所限，自成一家風格。三、賀濤與父親吳汝綸同樣重視西學，融貫古今中外，關心時政，常參證西國新理，並非泥古守舊者。

（二）范當世（1854-1904）

范當世，江蘇通州人，初名鑄，字無錯，號肯堂、伯子，諸生。以師禮事張裕釗、吳汝綸，[138]受古文法。曾客李鴻章家任西席，與同鄉張謇、朱銘盤友好。屢挫於科舉，漂泊南北，貧病交加，晚年執教

---

[136] 吳闓生：《北江文集》，卷五〈賀先生文集序〉，頁376。按：〈賀先生文集序〉為吳闓生代徐世昌所作，《北江文集》中題下註明「代徐相國」，在《賀先生文集》序中則署名為徐世昌。

[137] 吳闓生：《北江文集》，卷五〈賀先生墓表〉，頁399-402。

[138] 范當世以師禮事張裕釗、吳汝綸，但吳汝綸敬重其材，謙讓未承師名，以友待之。參見郭立志：《桐城吳先生年譜》，頁87。

通州東漸書院，後任江寧三江師範學堂總教習，積疾病逝上海。[139]詩材雄健，尤得吳汝綸賞識，[140]為晚清著名詩人，後人編有《范伯子先生全集》。

時人陳三立（1853-1937）稱范當世「好言經世，究中外之務，其後更甲午、戊戌之變，亦慕泰西學說」。[141]范當世注重經世致用，中西並治，此與吳汝綸治學精神相通，其經歷甲午戰爭、戊戌變法之後，更加重視西學。

吳闓生於光緒十九年（1893）拜師范當世，黃樹模〈范伯子先生行實編年〉有記：「十九年……吳辟疆闓生來問學。」[142]隔年甲午戰爭，范氏南歸通州，[143]不復北行，可知吳闓生從其學的時間並不長。

（三）姚永概（1866-1923）

姚永概，安徽桐城人，字叔節，光緒十四年舉人，姚範五世孫，姚瑩之孫，姚永樸之弟。師事張裕釗、吳汝綸，受古文法，並從姊夫馬其昶、范當世研習切磋。曾任安徽高等學堂教務長、安徽師範學堂監督、北京大學文科學長等，亦充清史館協修。著有《 宜軒詩文集》。

姚永概關注國事，今人吳孟復說：「永概留心時務，兼工詩文。」周中明也評道：「他對外國帝國主義的入侵、弱肉強食，危及國家民

139 參見范當世著，馬亞中、陳國安校點：《范伯子詩文集》（上海：上海古籍出版社，2003），馬亞中：〈前言〉，頁1。

140 馬其昶〈范伯子文集序〉說：「詩才雄健，尤為吳先生所激賞。」范當世：《范伯子先生全集》（臺北：文海出版社，1975），頁12。

141 陳三立：〈范伯子文集序〉，范當世：《范伯子先生全集》，頁21。

142 黃樹模：〈范伯子先生行實編年〉，范當世：《范伯子先生全集》，頁38。

143 同前註。

族的存亡，甚感憂慮和憤恨。」[144]

吳闓生正式拜師姚永概的時間未詳。姚永概在光緒十三年（1887）隨其兄至冀州，入吳汝綸門下。隔年鄉試，中解元，此後多次會試不第。光緒十八年（1892）及十九年間，曾館於吳汝綸之蓮池書院，「昕夕縱談」。[145]光緒二十年（1894），姚永概會試落榜，吳汝綸回信說：「前見會試榜，大名並未與列，為不歡者累日；已而私喜，以為今年仍可屈尊，是吾縣之不幸，而愚父子之私幸也。」[146]吳汝綸表示一則以憂，一則以喜，慶幸兒子得良師教導。推知吳闓生拜師姚永概的時間，大約在光緒十八年至二十年間。

按：三位老師之中，賀濤與吳闓生的互動最多，兩人的文集時有提及對方之處，雖然吳闓生拜師賀濤最晚，但因賀濤中年病目後，便一直待在北方，主講冀州信都書院與保定文學館，賀濤之孫賀培新又從吳闓生學，故聯繫便多；另從賀濤的〈歐太淑人墓志銘〉看來，他很清楚吳闓生母子在吳家的處境，交往甚深。而范當世在甲午戰爭之後，便離開直隸，終身不復北遊；再者，范當世長於詩歌，而詩與文相比，吳氏父子在治學基礎上更側重於文。吳闓生十八歲時，其父曾告誡他「詩不必多作」，[147]吳闓生詩集自序也說：「余少從先大夫受學，作文之暇時學為詩，不能工也。」[148]至於姚永概返鄉數年，其輩分又比賀濤小。吳闓生談起父師輩的古文成就，首推仍為賀濤，說：

---

144 周中明：《桐城派研究》（瀋陽：遼寧大學出版社，1999），頁392。

145 姚永概：《慎宜軒文集》（上海：上海古籍出版社，2010），卷三〈陶廬文集序〉，頁320。

146〔清〕吳汝綸著，施培毅、徐壽凱校點：《吳汝綸全集》，第3冊〈答姚叔節〉，頁89。

147〔清〕吳汝綸著，施培毅、徐壽凱校點：《吳汝綸全集》，第3冊〈諭兒書〉，頁576。

148 吳闓生著，余永剛點校：《北江先生詩集》，頁55。

「先大夫垂教北方三十餘年，文章之傳則武強賀先生，詩則通州范先生，二先生皆從先公最久，備聞道要，究極精微，當時有『南范北賀』之目。」[149] 又評賀濤為「繼吳先生後卓然為一大家」，[150] 對賀濤甚為敬重。

又，這三位老師以及父親吳汝綸，都有一個特色，那便是留心時務，注重西學。吳汝綸是清末提倡西國新理必學之先驅，學習甚勤，並為嚴復所譯之〈天演論〉作序，影響及於弟子。今人吳孟復也說：「汝綸之子闓生、門人姚永概，皆喜言時務，不薄新知。」[151] 融合中、西的觀念，可以貫通在吳汝綸、賀濤、范當世、姚永概，與吳闓生等人身上。

149 吳闓生：《晚清四十家詩鈔》（臺北：臺灣中華書局，1970），卷首序。

150 吳闓生：《北江文集》，卷五〈賀先生文集序〉，頁376。

151 吳孟復：《桐城文派述論》，頁26。

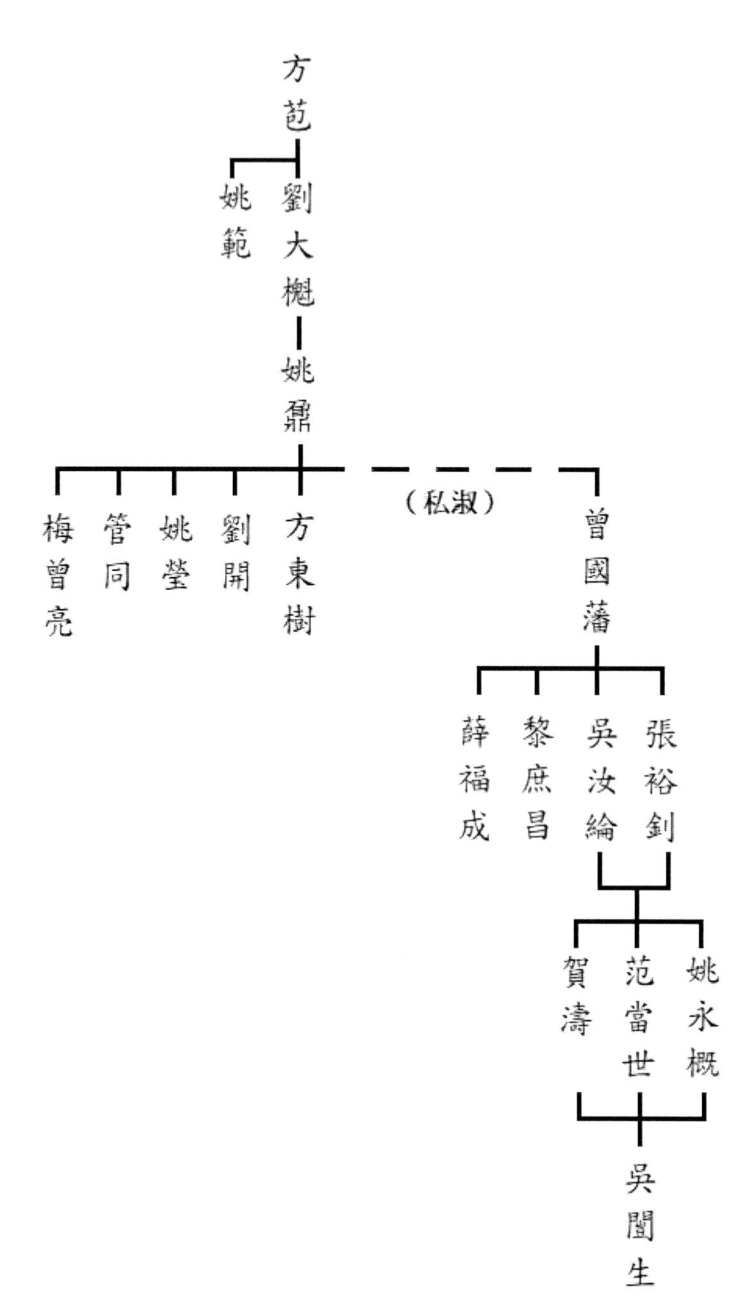

圖2-1-2　吳闓生師承關係圖

四　弟子與其後續發展

吳闓生善於講學，學生眾多，時人陳衍（1856-1937）曾說他「善誘勵後進，門下轉盛於畏廬也」，[152]畏廬即林紓，以桐城筆法翻譯小說聞名，曾任教北京大學，而吳闓生的門下學生比林紓還多。其中，較著名的有袁世凱五子袁克權、八子袁克軫、[153]北京市長何其鞏、文字學大家于省吾、香港中文大學教授曾克耑、書法家潘伯鷹等。（弟子名單請見附錄附表三）

吳闓生雖久任政府幕僚，但其志向在於傳紹古文經籍，授徒講學。民國元年左右，便已在北京講學，從門人吳兆璜在民國十三年時說「吳北江先生講學於京師十餘年」[154]可得知。民國九年，吳闓生說：

> 民國九年十二月，賈獻廷應璞、張心泉慶開等集同學之士五十餘人，次其姓名、年歲、鄉里為籍，而請記於余。[155]

民國九年底，弟子已有五十多人，弟子名單由賈應璞等學生編纂，題為《文學社題名錄》。

民國十二年，《文學社題名錄》編成，收錄人數有一百一十三人。[156]同年，弟子吳兆璜說：「先生……講學於京師之門下，受業者幾

---

[152] 陳衍說，錢鍾書記：《石語》（臺北：書林出版社，1999），頁34。

[153] 吳闓生〈次韻答袁規庵公子〉詩末有記：「規庵兄弟皆從余受學。」吳闓生著，余永剛點校：《北江先生詩集》，卷四，頁198。

[154] 吳闓生：《北江文集》，卷首序。

[155] 吳闓生：《北江文集》，卷七〈來學諸子題名記〉，頁512。

[156] 弟子人數見於余永剛〈北江先生小傳〉說：「《文學社題名錄》，錄名者即有一百一十三人。」吳闓生著，余永剛點校：《北江先生詩集》，頁19。又，《文學社

百人。」[157]三年之間，學生人數增加了一倍以上，可能與吳闓生在民國十二年起定時集會講學，又善於「誘勵後進」有關。弟子吳兆璜在〈古文範後序〉說：

> 古文自姚、曾、吳三先生以降，塗轍昭然，……吾師北江先生，紹太夫子摯甫先生遺緒，獎掖後進，孜孜不倦，……誘導後生，固勤且苦。[158]

謂其師繼承太夫子吳汝綸之衣缽，得桐城正脈，以古學誘導提拔學生。在文學革命風潮正熾的年代，持續講授古文並刊行古籍評點，使道統延續不墜。吳闓生逝世後，弟子曾克耑也說：

> 先師的指導、愛護、獎勵，真是無微不至。先師在北京自己家裏講學，主要原因是因為邪說大行，他恐怕這文學之傳中斬，所以不憚費心盡力、舌敝脣焦的來提示後進。[159]

在民初新舊激烈衝突的時代，來學弟子亦能感受到延續古學的迫切性與吳闓生的用心。

民國十七年，吳闓生前往瀋陽萃升書院，有言：

> 余來瀋陽教授，論者或疑其陋。而問學之士以文藝贄見者凡五六百人，皆彬彬有法，度非始意所能及也。[160]

瀋陽本非人文薈萃之地，但兩年內來向吳闓生問學的學生多達五、六

題名錄》曾在「孔夫子舊書網」拍賣：http://book.kongfz.com/17850/150446275/，書已售出，筆者未能睹覽全本。拍賣檔案照片請見附錄附圖三。

157 吳兆璜：〈北江詩集序〉，吳闓生著，余永剛點校：《北江先生詩集》，頁54。

158 吳闓生：《古文範》，卷首。

159 曾克耑：《頌橘廬叢稿》，第5冊〈我的師承〉，頁1109。

160 吳闓生：《北江文集》，卷十〈世仁甫先生文集序〉，頁788。

百人，且都文質彬彬，遵守禮法，這令他深感驚喜。民國十九年刊行的《古今詩範》，部分校對者的籍貫在瀋陽，或許便是此時期的學生。

整體而言，弟子之中以李葆光、賈獻廷、張心泉、曾克耑、賀培新、吳兆璜、潘伯鷹等隨侍較久，常見於詩文集中，吳闓生的著作序跋也多出於他們手筆。李葆光是弟子中輩分最高者，尤長於詩，與吳闓生唱和詩多。賀濤之孫賀培新者，吳闓生曾許之為「才氣奔放，入古甚深，兼有治事，能他日亢賀氏之宗而嗣起」，[161]惜其未滿五十歲而卒。其他較著名者，如于省吾專攻甲骨金文，著作等身，望重士林；潘伯鷹集詩人、學者、小說家、書法家於一身；張次溪專長於北京風俗；何其鞏、齊燕銘則是往政界發展。

吳闓生在北京以及瀋陽講述的都是古典經學、詩文。筆者好奇的是，這些弟子後來的動向如何，紹其遺緒的人多嗎？目前看來，治古文學的李葆光與賀培新都有文集，但後來沒有再版，坊間難得。弟子輩中持續研究文學且名聲較顯著的，是曾克耑。今人莊雅州評為：

> 其（曾克耑）文傲岸勁折，氣餘文外，於師門特為傑出。……近世桐城遺緒幾成廣陵散，先生獨以羽翼高文，發明師說自任，嘗云：「我不得師，則天才埋沒；師不得我，則微傳中斬！」情真語摯，使人感之佩之，而不覺其言之夸（誇）也。[162]

民國之後，桐城派逐漸沒落，曾克耑任教香港中文大學等校，持續闡揚桐城派精神，也以白話文記述了桐城派史，收錄於其文集《頌橘廬

161 吳闓生：《北江文集》，卷八〈故友錄．賀嘉枏〉，頁638。

162 程發軔主編：《六十年來之國學》（臺北：正中書局，1977，臺二版），第5冊〈六十年來之古文〉，頁71-72。

叢稿》外篇。曾克耑致力於推行吳氏父子之學，一九六五年間在香港出資印行吳闓生《桐城吳氏文法教科書》與李剛己《古文辭》，合刊為《桐城吳氏古文法》；[163]他在香港新亞書院的學生也受他啟發，從事桐城派相關研究，如周啟賡著有〈桐城派文論〉、葉龍著有《桐城派文學》，後修改為《桐城文派藝術欣賞》。[164]

附論：吳闓生的個性

吳闓生曾形容自己「兀傲多忤少合」[165]，他的個性較為突出不平，應與生母歐氏在家中的處境有很大的關係。他幼年時常目睹母親遭到苛責，從〈先妣行述〉、〈歐太淑人墓志銘〉可知，他常因母親遭遇感到憤怒不平，卻又無能為力，且母親受到欺侮的時間極長，直到他二十一歲那年因義和團拳亂其姊離家才停止。吳闓生十八歲時，其父曾說：「汝性如此急迫，宜漸學寬閑。」[166]二十歲時，其父又訓示「忍讓為居家美德」，[167]勸戒他勿與堂兄爭勝。直到吳闓生二十七歲，其父仍說：

---

163 參見葉龍：《桐城派文學藝術欣賞》（香港：繁榮出版社，1998），頁220。

164 上述學生以外，今人潘務正以為劉聲木亦為吳闓生弟子，但劉聲木之名未見於吳闓生詩文集與其他著作。潘務正：〈從吳（闓生）馬（其昶）反目看晚清民國桐城文派的理論取向〉，頁177。

165 吳闓生：《北江文集》，卷九〈阮君傳〉，頁732。

166〔清〕吳汝綸著，施培毅、徐壽凱校點：《吳汝綸全集》，第3冊〈諭兒書〉，頁577。

按：光緒二十二年（1896），吳闓生前往獲鹿養病，月餘，家書便屢示欲歸之意，吳汝綸勸他「宜漸學寬閒」，又說：「似已寢食難安，不知我及汝母皆安適，家無要事，何為如此懸繫？……吾等平安，何用焦燥？」（〈諭兒書〉，頁578。）筆者推想，或許吳闓生是掛念母親是否受到為難，而其父不太過問這些事情。

167 同前註，頁579。

> 汝性褊狹，事有不如意者輒繚繞不去懷，不然則與人不平，見於詞色。[168]

「褊狹」意即器量狹小，吳汝綸勸兒子胸襟放寬，多包涵別人，勿將怒氣憋在心中。這是父親對兒子觀察與勸戒之語，可能因不必忌諱，而說得較重。與吳闓生同時代的陳衍說：

> 北江庶出，少不為家人所容，雖依託乃父為名高，而時時有怨望之詞。[169]

所謂「怨望之詞」有哪些，今不得而知；吳闓生也只有敘述母親的遭遇，文集中沒說過自己「少不為家人所容」的處境。但陳衍此話，倒也透露了旁人對吳闓生個性的觀感，那就是並非溫和平順的。

從吳闓生的《北江文集》觀察，某些篇章看得出他比較不隨和的個性，如〈羅燕山七十壽序〉：

> 壽文之作，於義固無取也。古之君子，不枉道以諛人，而以道自重者，亦不樂人之枉以諛己。[170]

此文作於民國九年，吳闓生四十二歲之時，吉林軍秘書羅子超透過學生李葆光來請父親壽序，吳闓生謝絕，對方又書信電話請文多次，最後才答應。壽文寫了，卻在祝賀的文章說「不枉道以諛人」、「不樂人之枉以諛己」這種大煞風景的話，暗諷對方無道，自己是無奈答應，並不想阿諛取媚無道之人。羅氏收到此文後來電，問他為何以前寫過那麼多篇壽文？吳闓生解釋自己是迫於流俗，常是草率為之，

---

[168] 同前註，頁588。

[169] 陳衍說，錢鍾書記：《石語》（臺北：書林出版，1999），頁34。

[170] 吳闓生：《北江文集》，卷七，頁505。

並且還重申壽文都是「阿諛貢媚」之作。[171]可知吳闓生的個性較為剛硬，且有些好強，不願低頭。

又如民國十三年，昔日蓮池舊友請託為子謀官職，吳闓生坦白地說：

> 弟本傲睨野人，從不干謁貴要，不能為人先容言事，郎君所望於我者，皆鄙力所不能及，是以默而息耳，非獨郎君為爾。……若視僕可與貴人相接，因欲有所扳援，則過矣。……若欲以郎君進身屬我，或其他瑣屑事溷我，則皆鄙心所怫戾，而無繇報命者。山巨源不知叔夜為何人，交之絕不絕在兄，不在僕也。[172]

吟仙者，姓名未詳，多次請吳闓生為其子安插職位，不得，來書怪罪。吳闓生時任國務院顧問，坦言並非不願意幫忙，而是能力未及，才默拒對方。對方一再攀關係求職，令吳闓生甚為反感，且大概要求過高，希望能讓兒子「與貴人相接」，乃回此書。吳闓生在信末表明，請不要再以此等瑣事打擾，自己無法達成這種攀龍附鳳的願望。並以山濤與嵇康的典故，[173]表示對方收到信生氣也無所謂，可自由選擇絕交。此信態度剛硬，話也說得很直，可看出吳闓生個性中的不圓滑之處。

吳闓生剛烈直接的個性，也造成他日後跟馬其昶（1855-1930）與姚永樸（1859-1939）等人關係惡劣。吳闓生起初甚為尊重馬其昶，宣統三年不只有詩和其韻，〈跋馬通伯所藏先大夫尺櫝〉也說：

---

171 吳闓生：《北江文集》，卷七〈答羅子超〉，頁582。

172 吳闓生：《北江文集》，卷八〈與吟仙書〉，頁615。

173 山濤推薦嵇康作官，嵇康憤而回信，作〈與山巨源絕交書〉，表示山濤身為知音，竟然還推薦自己去司馬氏下作官。

「通伯先生事先君最久，於門弟子中最為耆宿。」[174]可以看出他對馬氏的敬重。但民國十二年，馬其昶《抱潤軒文集》出版，陳三立的序跋以為馬氏的文學造詣有高於吳汝綸之處，吳闓生見之大怒，此後吳、馬反目，時人皆知。[175]如吳闓生說：「馬通白（伯）〈讀呂覽〉一文頗有發明，實本先公之意而覆述之者也，……所稱亦有失之隘者。」[176]直指其缺失。在〈王古愚遺集序〉中，引述王振垚之語：「諸君子猶娖娖然守其褊淺之門閫，老死而不知變焉，不謂之陋，不得也。」[177]批判馬其昶堅守桐城三祖雅潔義法的主張為「褊淺」，不知變通。

吳闓生日後甚至當面指摘馬氏：

> 僕面加指摘，至於剝擊無完膚，通伯喘息汗下，幾無以自存。……彼年已六、七十，負盛名於天下，度且老死不聞其過，非僕為陳之，誰復能面諍者？[178]

理直氣壯，且不留任何餘地，令人驚愕。吳闓生甚至連帶抨擊與馬氏親近的姚永樸，評道：

---

174 吳闓生著，余永剛點校《北江先生詩集》，卷四錄詩〈馬通伯其昶以惜抱手稿屬題中有先大夫及范肯堂先生題詩敬依原韻各綴一首於後〉，頁191。吳闓生：《北江文集》，卷四，頁321。

175 參見光明甫：〈桐城派述略〉，《江淮論壇》1982年第2期，頁39-41。李誠：〈民初桐城文人軼事〉，《江淮文史》2010年第2期，頁64-67。按：光明甫以為導火線出自陳三立之序，李誠以為出自柯劭忞之題辭，然二者應無貶吳揚馬之意。王鎮遠《桐城派》則引述陳：三立之跋文：「吳先生之文至矣，然過求壯觀，稍涉矜氣；作者之不逮吳先生而淡簡天素，或反掩吳先生者，以此也！」（王鎮遠：《桐城派》，頁160）。真正原因應在於此跋文。然今馬其昶之《抱潤軒文集》不見陳氏跋文，只有序文。

176 吳闓生：《北江文集》，卷七〈校印呂氏春秋跋〉，頁519。

177 吳闓生：《北江文集》，卷七，頁554。

178 吳闓生：《北江文集》，卷九〈答某公書〉，頁673。

> 通伯初學於方宗誠存之，多傳其師說；仲實則不知其本何師。兩人於先公所論皆未洞達，而不求甚解，反多不滿之辭，豈非故墟未化，不能超然自得，故各本其所見以為言邪？[179]

言馬、姚糾纏於原先所學，雖拜師吳汝綸，但學之未精，後又違背師門宗法。此「不滿之辭」未詳，但應與馬氏後期文風轉守桐城先法，而吳闓生則偏向曾國藩湘鄉派一路有關。[180]今人潘務正另從吳闓生的身世與個性，加以說明吳、馬反目一事：「吳闓生是吳汝綸側室歐氏之子，……他們母子在吳家的辛酸生活，這種難堪的身分，自然導致他為證明自己乃吳氏之正脈而想方設法。……在民國初年文壇上，吳汝綸地位已為馬其昶所取代，而吳汝綸及其後人，卻漸漸被人們忽略，這是自尊心極強的吳闓生所不能忍受的。」[181]或許有過度聯繫身世之慮，但仍算有理。

吳闓生如此不留情面地抨擊馬、姚，多少也影響馬、姚後人對他的評價。如姚永樸的弟子吳孟復，[182]不僅批評湘鄉派為「篡改桐城派的創作道路，使之直接為垂死的封建統治階級服務」，[183]嚴正判別桐城派與湘鄉派之異，對於吳闓生的文風也頗有微詞，舉其〈張獻群墓誌銘〉一文為例，批道：「矯揉造作，有如宋初澀體，顯然失去了文學的樸素之美，並非桐城派本色。」[184]此文確實使用許多罕見異字，但吳闓生創作量多，為何單舉此文，又據此宣告並非「桐城派本色」，

---

179 吳闓生：《北江文集》，卷八〈故友錄・姚永楷〉，頁656。

180 參見潘務正：〈從吳（闓生）馬（其昶）反目看晚清民國桐城文派的理論取向〉，頁177。

181 同前註，頁177-178。

182 參見吳孟復：〈憶姚仲實先生〉，收錄於楊懷志、潘忠榮主編：《清代文壇盟主桐城派》（合肥：安徽人民出版社，2002），頁540-542。

183 吳孟復：《桐城文派》，頁47。

184 同前註，頁165。

則隱約顯露出門派之爭的背景。

第二節　文學觀念

在分析《古文範》評點之前，此節討論吳闓生的基礎文學觀念，著重於他對桐城前人的評價，與「義法」文論的繼承。他的文學觀念大抵秉承桐城宗法，而文體分類論則與前人異調，以為姚鼐《類纂》及曾國藩《雜鈔》尤有缺失，另提出修訂方法，詳載於民國二十一年作的〈籀雅〉之中。《古文範》選文一百三十餘篇，未依桐城選本慣例分類，作家選文亦不按作品繫年或文集卷次，然而《古文範》書中皆未說明，〈籀雅〉的文體分類論是否能解答這一問題，是本節的第二個討論重心。

一　「桐城派」之傳承關係

義法為桐城派文論的中心，在討論義法之前，筆者想先釐清「桐城」二字的使用意涵。今之文學研究提到曾國藩及其弟子、再傳弟子時，多以「湘鄉派」稱之，以示其文學主張異於桐城三祖。但學界給予的評價並不一致，肯定者如尤信雄以為曾國藩「多興復改革之功」，[185]以及何天杰評曾氏「以雄肆之風變桐城文派羸弱的積習，有效地延續了桐城文派的生命」；[186]否定者如吳孟復，以為曾氏「篡改桐城派的創作道路，使之直接為垂死的封建統治階級服務」，[187]並反對

[185] 尤信雄：《桐城文派學述》（臺北：文津出版社，1989），頁88。

[186] 何天杰：《桐城文派：文章法的總結與超越》（廣州：廣州文化出版社，1989），頁131。

[187] 吳孟復：《桐城文派》，頁47。

「中興」桐城派之說，以為曾氏「改變了桐城派的精神面貌」。[188]究竟吳闓生如何看待自身的文學傳承，不僅是分析他文學觀念的基礎，更能了解他在《古文範》中評論姚、曾的背景。

（一）吳闓生對桐城三祖的看法：重姚鼐，輕方苞、劉大櫆

《古文範》於清代文家未選方苞與劉大櫆作品，原因為何，由姚鼐〈復張君書〉題下評可推知：

> 八家之後，文章之事，知及之而力不能赴之者，歸、方是也；知行相副，筆足以達其所見者，姚氏是也。蓋姬傳承方、劉之緒而昌大之，雖自謝才弱，而所得實臻古人勝境，加以采藻縱橫，足為一代宗主。[189]

吳闓生認為方、劉二人「知及之而力不能赴之」，即實際創作成績遜於所提出的理論，能達到「知行相副」的只有姚鼐，筆下亦能完美表現文論要求。而吳闓生為何沒對劉大櫆多加評論，乃因他於三祖中最輕劉大櫆，看法與曾國藩吻合。[190]又，由民國十九年徐世昌刊印《明清八大家文鈔》一事亦可印證，此前已有民國四年王文濡編選的《明清八大家文鈔》，三祖在列；而吳闓生的代序卻直言「海峰雄而未粹」，[191]因此剔除王選本中的劉大櫆，改列賀濤。

---

188 同前註，頁150。

189 吳闓生：《古文範》，下編二，頁182。

190 曾國藩〈復吳敏樹〉：「惜抱於劉才甫，不無阿私，而辨文章之源流，識古書之真偽，亦實有突過歸、方之處。」以為劉大櫆的成就最小，方苞與劉大櫆之所以並稱，實出自姚鼐對老師的敬愛之心，隱含了揚姚抑劉的態度。〔清〕曾國藩：《曾國藩全集》（長沙：嶽麓書社，2011修訂版），第23冊書信，頁331。

191 吳闓生：《北江文集》，卷十一，頁807。

吳闓生極為推服姚鼐的批評文論及《類篹（纂）》，評〈復魯絜非書〉說：「此篇識議既極精粹，而刻畫陰陽剛柔之美尤為瓌瑋奇麗，極盡文章之能事。」[192]讚美文中所刻畫的陽剛、陰柔之美，恰好能作為理論的模範。又說：

> 其論文之識，則精微獨絕，高出千古，故曾文正公尤服膺之。《古文辭類纂》一書，實千古文學之津梁，永世不刊之典籍也。[193]

盛讚《類纂》，特別心服其批評理論。吳闓生之前，曾國藩及吳汝綸也都甚為重視《類纂》，曾氏對《類纂》「五體投地，屢見於書札、日記及家書之中」。[194]吳汝綸在清光緒末年學院改制之時，亦主張《類纂》「萬不能廢，以此為學堂必用之書，當與《六藝》並傳不朽」。[195]吳闓生對《類纂》的重視，上承自曾國藩與其父的看法。民國五年國務院秘書長徐樹錚（1880-1925）重刊《類纂》，吳闓生序言：「《古文辭類篹（纂）》集千古文章之大成，先大夫嘗謂『當與六經並傳不朽』。」[196]再次強調《類纂》的永恆價值，可見吳氏父子對於《類纂》的重視。

（二）吳闓生認同曾國藩改良桐城義法

關於曾國藩對桐城前人文論的繼承與修改，吳闓生〈賀先生文集

---

[192] 吳闓生：《古文範》，下編二，頁185。

[193] 吳闓生：《古文範》，下編二，頁186。

[194] 出自吳汝綸語。〔清〕吳汝綸著，施培毅、徐壽凱校點：《吳汝綸全集》，第3冊〈答姚慕庭〉，頁185。

[195]〔清〕吳汝綸著，施培毅、徐壽凱校點：《吳汝綸全集》，第3冊〈答嚴幾道〉，頁235。

[196] 吳闓生：《北江文集》，卷六，〈古文辭類篹（纂）評點序〉，頁413。

序〉[197]說：

> 桐城諸老氣清體潔，義法謹嚴，篤守先正之遺緒，遵而勿失，於異學爭鳴之時，犁然獨得其正，此其長也。曾公私淑桐城之義法，而恢之以漢賦之氣體，閎肆雄放，光焰熊熊，遂非桐城宗派所能限。[198]

並參看〈答鄒河渠〉：

> 桐城之義法固不免隘矣。有志乎文者，要必源本六經，氾濫於周、秦諸子，屈、宋之騷，馬、揚之賦，《左》、《國》、馬、班之史，瑰奇偉麗，洸洋恣肆，夫亦極斯文之大觀也已。後之來者，縱復雄才大略，又安能出其外哉！……執事近讀《古文類纂》，於桐城之義法已熟復於胸中而無間矣。再益之以經子之奧深，史傳之閎偉，漢魏六朝之詭變，如曾文正公《經史百家》所鈔，其取材博大，實足補姚氏之所不足。[199]

這兩段評論清楚地顯示出他認同曾國藩改變桐城義法。吳闓生以為桐城前人的優點有三：遵守程朱道統，[200]提出以義法為中心的文論、嚴格貫徹於創作，寫作時避免「漢魏六朝人藻麗俳語、漢賦中板重字法、詩歌中雋語、《南北史》佻巧語」，[201]因此他們的文章氣清體潔，

---

[197]〈賀先生文集序〉為吳闓生代徐世昌所作，在《北江文集》題下注有「代徐相國」四字。

[198] 吳闓生：《北江文集》，卷五，頁375。

[199] 吳闓生：《北江文集》，卷七，頁586。

[200] 如方苞矯正顏李學派詆毀程朱之風氣；姚鼐主張義理、考據、詞章三者並重，反對乾嘉之時的漢學學者偏重考據、排斥宋代理學。參見吳孟復：《桐城文派》，頁47。

[201]〔清〕沈廷芳：《隱拙齋集》（上海：上海古籍出版社，2010），卷四十一〈方望溪先生傳〉，頁539。

法度嚴謹。但也因為追求清真雅正，造成文風偏向陰柔，吳汝綸說過：「桐城諸老，氣清體潔，海內所宗，獨雄奇瑰瑋之境尚少。」[202]姚永概也說：「望溪主義法，其失或隘。」[203]吳闓生看法蓋承其父、師而來。且因桐城義法力避辭藻與 句，多單音節詞語，「讀來每感辭彙貧乏，欲振無力」。[204]雖然姚鼐融合方苞、劉大櫆的文論，並在《類纂》中增選辭賦，然而整體而言，三祖文章仍是較為平淡陰柔的，姚鼐逝後，末流更有「懦緩之失」。[205]此為須改良之處。

曾國藩之時，做了突破性的改變，參之漢賦，以矯正桐城空疏、窳弱的缺點，如他指導張裕釗時便說：「氣體近柔，望熟讀揚、韓各文，而參以兩漢古賦，以救其短。」[206]從創作層面而言，吳汝綸評曾氏「出而矯之，以漢賦之氣運之」，[207]吳闓生評曾氏〈湘鄉昭忠祠記〉也說「氣體、詞藻亦皆從漢賦中來」；[208]另讚譽賀濤「導源盛漢，氾濫周秦諸子，唐以後不屑也」，[209]皆著眼於先秦諸子、兩漢大賦的優點，認同曾氏打破桐城文論原有的侷限，使文風轉為雄奇，遂能「閎肆雄放，光焰熊熊」。今人何天杰說：「為了增強文章的氣勢，曾門弟子遵從曾國藩的主張，十分重視從先秦兩漢散文、漢賦作品中吸取長處，這在張裕釗、吳汝綸的身上表現得特別明顯。」[210]這也可以

202〔清〕吳汝綸著，施培毅、徐壽凱校點：《吳汝綸全集》，第3冊〈與姚仲實〉，頁50。

203 姚永概：《慎宜軒文集》，卷三〈吳摯甫先生評點漢魏六朝百三家集序〉，頁321。

204 吳孟復：《桐城文派》，頁16。

205 錢基博：《中國文學史》（上海：東方出版中心，2008），頁754。

206〔清〕曾國藩：《曾國藩全集》，第23冊書信〈與張廉卿書〉，頁124。

207〔清〕吳汝綸著，施培毅、徐壽凱校點：《吳汝綸全集》，第3冊〈與姚仲實〉，頁51。

208 吳闓生：《古文範》，下編二，頁190。

209 吳闓生：《北江文集》，卷五〈賀先生文集序〉，頁376。

210 何天杰：《桐城文派：文章法的總結與超越》，頁138。

用來說明吳闓生的文章風格，他雖偶有平淡之作，但大抵也偏向陽剛，[211]錢基博評吳闓生為「縱恣轉變，能究極筆勢，辭氣噴薄」，[212]都顯示出他近於曾氏文風，與三祖相去較遠。

從選本而言，曾氏《雜鈔》一改方苞及姚鼐規避之處，涵蓋《尚書》、《孟子》等十三經；史籍除姚鼐《類纂》原選的《史記》表序以外，益以《左傳》、《國策》、《後漢書》等史傳；另增錄六朝駢賦多首。選文範圍的擴大，正代表學習模仿對象的增廣，吳闓生自己的《古文範》便是延續《雜鈔》涉獵經史子集的作法。此外，他也提出學習當取法大家，標舉「文則兩司馬、班、揚」，[213]便是受到曾國藩取法的影響。

曾國藩義法文論的開展以及《雜鈔》的擴增編選，其實包含了內容思想、文字技巧的兩層因素。清初實行思想箝制，文字獄迫害嚴重，士子為避禍而怯於反應現實，如此環境之下，怎麼可能像先秦諸子一樣議論政事、或像兩漢文人諷刺施政呢？因此桐城前人的文章，缺少恣肆奔放、縱橫捭闔的特色。至清末曾國藩之時，變亂紛起，朝廷無力控制思想，士子眼見國難，一腔熱血乃直注於筆下。

曾氏的思想，的確仍是為朝廷服務，但因為他強調文章經世之用，擴增了取法對象，使得他的思想視野比清代前期文人來得寬廣

---

211 以其父汝綸評語來看，如「閒澹蕭遠」（卷一〈送郭虞楊遊日本序〉，頁68）此等較少，多為「有英爽之氣」（卷一〈讀劉才甫息爭〉，頁8），「感憤處有悍鷙不平之氣」（卷一〈蓮池照象記〉，頁10）等。又如其他友人評語，如劉登瀛評「閎偉雄駿，應酬文得此大難」（卷七〈李君五十壽序〉，頁512），「局勢闊遠，搏挖有力」（卷八〈阮君蓋臣家傳〉，頁517）。李景濂評「滿紙鬱勃奇縱之氣」（卷七〈張楚航先生墓碑〉，頁565），尚秉和評「文亦崇閎奧衍，不竭不衰」（卷八〈漢碑文範序〉，頁600），此等評語皆與雄放有關。

212 錢基博：《現代中國文學史》，頁146。

213 吳闓生：《北江文集》，卷十二〈籀雅・詩說〉，頁907。

一些，文章風格也雄放許多，一改桐城前人的平易。吳闓生之所以推崇《雜鈔》，不會沒有思想層面的考量，如前文提過的「以敘記、典志並列於記載門」益於世用，便是原因之一；再傳弟子周啟賡也說：「曾氏論文，因多就思想而言，不復著意於文辭之章法。因重思想，故覺惜抱《古文辭類纂》之所選，仍嫌不足。」[214]這段話也反映出《雜鈔》的擴編，是以思想層面為基底。

客觀而言，曾國藩對桐城文論的改變不小，同時稍後的李祥（1859-1931）便主張應另稱為湘鄉派，[215]即使如吳闓生的弟子張涵銳（1909-1968，字次溪），也懷疑曾氏後學取法秦漢文的作法，與三祖不合。吳闓生答道：

> 如執事云文宗秦漢風格，斯高桐城家法，正自如是，姬傳《類纂》七十四卷，無不以秦、漢、三代為歸，此與執事所蘄何異？……桐城諸老之學說，固斯文之塗轍也。[216]

吳闓生指出姚鼐《類纂》在溯源每種文類之時，便是上推至先秦兩漢，曾氏《雜鈔》並未違背姚鼐宗旨，桐城三祖的文論，仍是學習作文的規矩法度。吳闓生的看法與其他曾門弟子相同，如其父汝綸評曾氏「有所變而後大」[217]、黎庶昌評「始變化以臻於大」、[218]薛福成評「取

---

[214] 周啟賡：〈桐城派文論〉，原刊於1972年《新亞書院學術年刊》，收錄於陳國球編：《香港地區中國文學批評研究》（臺北：臺灣學生書局，1991），頁650。按：周啟賡為吳闓生弟子曾克耑在香港新亞書院的學生，見該文頁654。

[215] 參見李詳：〈論桐城派〉，收錄於郭紹虞、羅根澤主編：《中國近代文論選》（臺北：木鐸出版社，1982），頁733-734。

[216] 吳闓生：《北江文集》，卷九〈答張江裁書〉，頁672。

[217]〔清〕吳汝綸著，施培毅、徐壽凱校點：《吳汝綸全集》，第3冊〈與姚仲實〉，頁51。

[218]〔清〕黎庶昌：《續古文辭類纂》（臺北：臺灣中華書局，《四部備要》本，1965），頁14。

義法於桐城，繼乃擴充」，[219]他們認為曾氏的改革仍屬桐城家法範疇，並使桐城文更為興盛。時人王葆心（1869-1944）也指出曾氏「師姚，尤心契其選文尊馬、揚之旨」，[220]未脫桐城宗法。

當事物發展到一個程度時，固守只會僵化，有變化發展才能繼續繁盛；而變化發展若符合原本的性質，便為同質性的改變。換言之，曾門弟子以為曾氏雖修改義法，擴增取法對象，但終究本於桐城。這樣的認同立場，除了尊師重祖的因素以外，多少也與時代環境有關，外在的衝擊與批判益多，如何應對，其中一個方法便是向內團結靠攏。吳汝綸之時，尚言曾氏「由桐城而推廣，以自為開宗之一祖」，[221]但到了吳闓生就不這麼說了，他只說「廓而大之」，不說另開宗派。因此他雖直批「桐城之義法不免隘矣」，但最終還是強調自己本於桐城宗法，未曾說過「湘鄉派」一詞。

（三）從曾門弟子立場看「桐城派」之傳承關係

關於吳闓生的桐城傳承淵源，其〈賀先生文集序〉說：

> 自桐城姚姬傳氏推本其鄉先生方氏、劉氏之微言緒論，以古文辭之學號召天下，湘鄉曾文正公廓而大之。曾公之後，武昌張先生、桐城吳先生最為天下老師。繼二先生而起者，則刑部君也。[222]

219〔清〕薛福成：《庸盦全集》（臺北：華文出版社，1971）外編卷二〈寄龕文存序〉，頁228。

220 王葆心著，熊禮匯標點：《古文辭通義》（武漢：武漢大學出版社，2008），卷六，頁200。

221〔清〕吳汝綸著，施培毅、徐壽凱校點：《吳汝綸全集》，第3冊〈與姚仲實〉，頁51。

222 吳闓生：《北江文集》，卷五，頁375。

以及《古文範》的曾國藩〈歐陽生文集序〉題下評：

> 公生平論文，心折姚氏，桐城文派之說實由此而起。有關清代文獻，文亦樸鬱醇厚。世之寡識者，往往好譏議桐城派，不知學問之道，非有先後輩授受淵源，何以繼往開來，承傳勿替？曾公一代閎材，猶兢兢師法如此，狂誕小生亦可以息其口矣。[223]

吳闓生推崇曾國藩為「一代閎材」，仍小心謹慎地師法姚鼐，使桐城派得以繼續流衍，在學問傳承上有著極大貢獻。〈賀先生文集序〉清楚地呈現了傳衍關係：曾國藩之學，本於桐城三祖，傳之於張裕釗、吳汝綸，再傳之於賀濤（「刑部」者即賀濤），而吳闓生正是吳汝綸親子、賀濤的學生。他既言姚鼐與曾國藩是「先後輩授受淵源」，那麼他身上的便是桐城正脈，非湘鄉支流。吳闓生的弟子曾克耑〈述桐城派〉一文，也將曾國藩、張裕釗、吳氏父子等，皆視為桐城派。[224]

上述引文也顯示出吳闓生對當時批評桐城派聲浪的反感。吳闓生自認秉承桐城學脈，處於文學思潮激烈交鋒的時代，他如何面對外界對桐城派嚴厲的批判，捍衛自身立場？桐城派自清中葉以來，陸續有戴震等人對桐城派提出異議，[225]至清末李詳發表〈論桐城派〉，主張「古文無義法」、「古文無派」，[226]否定桐城中心文論「義法」及其蔚為流派的文壇地位；民初五四時期，桐城派更飽受譏議，諸如陳獨

223 吳闓生：《古文範》，下編二，頁191。

224 參見曾克耑：《頌橘廬叢 》，第2冊，頁59-107。

225 戴震、章學誠、阮元、李兆洛及錢大昕等，都從不同的學術立場反對桐城文論。參見郭紹虞：《中國文學批評史》（臺北：明倫書局，1969），頁394-401。

226 李詳：〈論桐城派〉，收錄於郭紹虞、羅根澤主編：《中國近代文論選》，頁733-734。

秀《新青年》主張「推倒陳腐的鋪張的古典文學」[227]、錢玄同批為「桐城謬種」[228]等皆是。吳闓生所說的「流俗不曉事人，動以桐城派為詬病」、「世之寡識者，往往好譏議桐城派」，便顯現出他對這些批評的反感；而「狂誕小生」更是特別針對五四時期那些盲從風氣的青年學生而言。吳闓生處於一種激情的時代氛圍之中，但他不像林紓一樣起身發言回擊；他在文壇上較為沉默，既然認為那些批評者「不曉事」、「寡識」，那便不必跟著攪和入爛泥裡。因此，他僅在《古文範》與自己文集中略提，未多加理會，大抵是一種清者自清的態度。

二　「義法」文論

（一）吳闓生所說的「義法」意涵

吳闓生談到「義法」多次，但並未特別定義，很有可能是「義法」昭然若揭，桐城前人所論已多，不必多言。簡而言之，在方苞的文論中，「義法」可以拆開為單詞分析，也可作為一複詞解釋。當視為兩單詞對舉時，「義」為內容、義理，「法」為形式、文辭；當視為一複詞時，則為偏義複詞，指古文的創作規律與寫作技巧。[229]

---

227 陳獨秀：《新青年》（上海：上海書店，1988），第二卷，第六號〈文學革命論〉。

228 錢玄同：《錢玄同文集》，卷一〈贊文藝改良附論中國文學之分期〉，頁1。

229 參見郭紹虞：《中國文學批評史》，頁360-366。趙建章：《桐城派文學思想研究》（北京：北京圖書館出版社，2003），頁34-35、83-84。熊禮匯：《明清散文流派論》（武漢：武漢大學出版社，2003），頁467。
按：學界多由方苞〈又書貨殖傳後〉：「義即《易》之所謂『言有物』也，法即《易》之所謂『言有序』也。義以為經，而法緯之，然後為成體之文。」此評論拆做兩單詞解釋，「義」為義蘊、宗旨、命意、內容，「法」為法度、方法、文字技巧、形式，如劉大杰《中國文學史》、黃保真等著《中國文學理論史》、張少康《中國文學理論批評史》、尤信雄《桐城文派學述》等。吳孟復則從其師姚永樸吳闓生論述「義法」的時候，有時會轉成「法」、「法度」，略過了「義」，例如〈籀雅・文說第二〉：

> 今之士不甘為桐城之學則已，而欲并其**義法**而去之，抑知**法**固不可背乎哉！[230]

從這句話來看，「義法」之於吳闓生，是可以拆開為「義」、「法」二單詞對看的。又如其《尚書大義・虞夏書》，卷端揭示道：

> 六經皆文也。《詩》、《書》文雖崇奧，要亦古哲所精心結譔之文字，故必以文家之**義法**求之，而後意緒乃能大明，而精神旨趣因以畢見。千古注疏訓詁所以罕得其真諦者，皆由於**文法**之不講故也。[231]

吳闓生的評點著作向來注重闡發作者的幽微深意，他認為這些歷來注疏所忽略、未能得作者真諦之處，在於前人不解析謀篇章法等文法。以「文法」解六經之義理，顯然此「義法」側重於「法」。

但是，吳闓生將「法」作為一單詞時，並不是僅指文法規矩而已。〈籀雅・詩說〉云：

> 有欲學詩者，敢謹對之曰：「請自學文始。……取法大家，熟讀多作而已。」凡事皆有本原，大家者，近代文家之本原，而六經子史，又唐宋大家之本原也。……大家維（為）何？文則兩司馬、班、揚、韓、柳、歐、蘇、曾、王，下及近代之姚姬

《文學研究法》之說，自始至終皆視「義法」為一複詞，主張「義法」都屬於語言的問題，即篇章語言的規律。（吳孟復：《桐城文派》，頁44、55、115。）

[230] 吳闓生：《北江文集》，卷十二，頁893。

[231] 吳闓生：《尚書大義》，頁1。

> 傳、曾文正。……大家之精神意氣、淵源宗派，皆不可不肆力研求。……學者學其**法度**也，非學其語言笑貌也。[232]

桐城派文論有「以文為詩」的特色，吳闓生上承桐城前人，[233]此言學詩，而舉出當學司馬遷等古文大家，並以「精神意氣、淵源宗派」為「法」、「法度」的研讀重點。他揭舉出六經子史的取法根本，以為應溯源至先秦的六經、諸子，兩漢馬、班之史，無論內容精神、命意氣度、源流宗派等，都是學習的著眼處。因此吳闓生所謂的「法」、「法度」，非僅指語言規律。他另對友人說過：

> 執事近讀《古文類纂》，於桐城之**義法**已熟復於胸中而無間矣。[234]

可知選文對象的取捨、評點，也可說明「義法」的內涵。由選本的角度來看，吳闓生以為曾國藩《雜鈔》補益了桐城義法。常理而言，編選者較不可能選自己本身就反對的言論；即使反對，也會糾正。提示文章的所言之物、優美的外在形式，基本上都在編選者的考量中。[235]因此可以推測，吳闓生所謂的「法」、「法度」，包含著義理，有內涵

---

232 吳闓生：《北江文集》，卷十二，頁906-909。按：此文亦見於吳闓生《古今詩範》所附之〈萃升書院講義〉，而文字略有出入。

233 關於桐城派「以文論詩」的詩學理論，參見趙建章：《桐城派文學思想研究》，頁185-257。關於吳闓生「以文為詩」的特色，參見賈永昭編：《桐城派文論選》（北京：中華書局，2008，頁459）以及吳闓生著，余永剛點校：《北江先生詩集．前言》，頁38-39。

234 闓生：《北江文集》，卷七〈答鄒河渠〉，頁586。

235 以《古文範》而言，103篇選文之中，吳闓生特別指出文字勝於內容者，僅〈諫逐客書〉一篇。題下評說：「『客無負於秦』，此理易見，無待深談。故斯此文專於文字爭勝，以聳觀聽。」（《古文範》上編一，頁75）以為〈諫逐客書〉所持之論點簡單，優點在於文辭有力，行氣雄健。雖言「專於文字爭勝」，但他並未反對文章的內容。

與形式的雙層意涵。

（二）「義法」自古即有，非桐城創立

曾國藩說過：「古之文，初無所謂法也。」[236]吳闓生〈籀雅・文說第二〉說：

> 文不可無法，固也，盈天下物皆有**法度**。……自望溪方氏倡為義法之說，而文之道益明；惜抱踵之，遂有《類纂》之輯，昭然示大法于天下。世士或畏其難而不能從也，乃囂然羣以其法為詬病。夫**義法**之立，本於天地之自然，人心之所不容已，非桐城刱為之也，方、姚諸老特舉以示人，而為講明之耳。……議者曰：「以其拘于法，故窘隘而不能騁。」不知法固未嘗限人也，自三代以來，詩書六藝、莊騷揚馬之文，以至唐宋名家，無不有至精至嚴之**義法**。其馳騁跌宕、噴薄酣放之致為何如，豈嘗有幾微窘隘之患哉？[237]

他主張學文必由法度，而法度乃自然形成，非桐城獨創，方苞只是加以歸納整理、提出文論；後由姚鼐繼承，編成《類纂》，作為義法的模範。民初時期桐城派受到的攻擊甚多，許多人主張以白話文、新詩解放束縛，吳闓生的學生張次溪也曾質疑桐城義法侷限過多，他答道：「學者無志於文則已，苟有志焉，不由其道，終不能以自達。……規矩法度之森然在天地者，不可踰也。」[238]強調法度不是限制的枷鎖，相反的，是學習寫作的正確途徑，古來名家之文皆有嚴謹的義法。

236〔清〕曾國藩：《曾國藩全集》，第14冊〈湖南文徵序〉，頁218。

237 吳闓生：《北江文集》，卷十二，頁893。

238 吳闓生：《北江文集》，卷九〈答張江裁書〉，頁672。

「法」本身帶有規範性，以此論文，亦應保持彈性。姚鼐說：「善用法者，非以窘吾才，乃所以達吾才也；非思之深、功之至者，必不能見古人縱橫變化中所以為嚴整之理。」[239]指出用功鑽研法度，才能洞悉古文中嚴整的文法條理，並能因應變化，不會為法度所綁縛。方東樹也說：「文法高妙，無定而有定，不可執著，……隨手多變。」[240]法是變化靈活的，能了解法並加以善用，便能隨處生姿。

關於法的學習與運用，吳闓生在〈籀雅・詩說〉有很好的說明：

> 學者學其**法度**也，非學其語言笑貌也。即以貌論，初學者勢不能無所模擬；及其既成，則自然解脫變化，而己之才情性靈見矣。……法度雖取之前人，而本真必不可掩，此詩文所以能傳載其人，而其道之所以可貴也。[241]

吳闓生點出性情的可貴，強調學法度絕不是學形式外表那些糟粕，而是熟悉典範之後，能表現自己原來的情性，知道如何規矩解脫、適時變化發揮，如此文章才有價值。模仿是學習的基底，也是必經路徑，這是他綜合了二十多年教學經驗後對學子的勸勉。鑽研得愈深，便愈能優游馳騁其中，故大家從未受規矩束縛，在遵循義法的同時，也能恣意馳騁於其間。吳闓生也曾說過，好作品必須「能挾其人之性情以俱出，使千載下讀者如見其人」。[242]如民國十二年時，他作五古〈世言作詩不必為韻所縛此不知詩者也詩家自有本原豈韻所能局乎〉一

239〔清〕姚鼐：〈與張阮林尺牘〉，收錄於佚名編：《明清名人尺牘》（臺北：廣文書局，1989），頁28。

240〔清〕方東樹著，吳闓生評：《昭昧詹言》（民國七年武強賀氏刊本），卷一〈通論〉，頁6。

241 吳闓生：《北江文集》，卷十二，頁908-909。

242 吳闓生：《北江文集》，卷十一〈成澹堪詩序〉，頁833。

首，[243]指出詩家自有「本原」，即深厚的學習基礎。

吳闓生多次強調文章「義法」自古即有，先秦六經子史皆有義法；「義法」也是學習寫作的正確路徑，愈是精曉，愈能解脫變化。這回應了時人對於桐城派的攻擊，也透露出為何他的《桐城吳氏文法教科書》與《古文範》等評點著作時常提示文法。

三　對桐城派文論之修訂：文體分類論

吳闓生對於桐城前人文學理論的繼承與發展，最大的歧異點是文體分類論。桐城選本多照《類纂》或《雜鈔》之分類方法，如吳汝綸《桐城吳氏古文讀本》與吳闓生好友李剛己的《古文辭》等，前者選文篇數近三百篇，後者少如三十六篇，皆依姚鼐十三類分法。因此，是否依文體分類，與篇數多寡並無絕對關係。吳闓生盛讚《類纂》為「千古文學之津梁，永世不刊之典籍也。」[244]但為何《古文範》一百餘篇選文未依《類纂》體例分類，而是以朝代文家編排？不依文體分類，是否有什麼考量？吳闓生未多說明，幸其作有〈籀雅〉，首章〈文說第一〉主旨正在於辨析文體。〈籀雅〉為論述專文，評論完整，且此時吳闓生已有二十多年的著述、教學經驗，[245]又與《古文範》的修訂時間接近，晚《古文範》重刊本三年，頗有參考價值。

（一）辨體為先

〈籀雅．文說第一〉開頭即說：

---

243 吳闓生，余永剛點校：《北江先生詩集》，卷一，頁79。

244 吳闓生：《古文範》，下編一，姚鼐〈復魯絜非書〉，頁186。

245 吳闓生的評點著作始於光緒三十年（1904）；民國元年左右開始授徒講學。〈籀雅〉作於民國二十一年（1932）。

凡為文章，必先辨體，體之不明，則無以下筆。[246]

開宗明義地揭示作文必先「辨體」，「體」指體類，即文章體裁的類別。隨著文學的發展與成熟，各種文體自有其適當的格式，不可率性為之。以碑誌類為例，吳闓生曾言：「金石文字，當以嚴重簡奧為宜。」[247]墓銘用以記述死者事蹟，本該端莊慎重，以簡潔的文辭表現出死者的精神深處。故作文必先明瞭體式，此亦為歷來許多文家所看重。[248]

（二）《文選》、《類纂》與《雜鈔》的文體分類缺失

〈籀雅・文說第一〉未細論各體，而直接進入正題，舉出《昭明文選》、《古文辭類纂》與《經史百家雜鈔》三種，總論選本的分類得失：

> 《昭明文選》編次失序，識者笑之。姬傳所輯以「類纂」名，審乎例也，然其所分猶近煩碎，而苦無綜括之法。曾氏《雜鈔》約以三門，善矣，而曰「著述」、曰「告語」、曰「記載」，猶未當也。夫**著述亦告語也**，此奚足為區別？且著述、告語舉不可以為類：作者秉筆，在我則為著述，示人則為告語，凡載之簡編以詔後者皆是也，豈得於眾作中而獨別之以為一門乎？至於**詞賦之在文家，顯為異類**，而曾氏以與論著并

246 吳闓生：《北江文集》，卷十二，頁888。

247 吳闓生：《古文範》，下編一，韓愈〈柳子厚墓誌銘〉，頁155。

248 例如王應麟說：「文章自有體裁，凡為某體，務須循其本色，庶幾當行。」（〔宋〕王應麟：《詩藪・內編》，臺北：廣文書局，1973，頁81）。又如吳訥也說：「文辭以體製為先。」（〔明〕吳訥《文章辨體》，臺北：長安出版社，1987，頁78）。姚永樸亦言：「欲學文章，必先辨文類，門者其綱也，類者其目也。」（姚永樸：《文學研究法》，上海：商務印書館，1926，九版，頁25）。

> 列於著述門，不可謂達於體矣。（尚節之云：「駁曾說鑿然，當於人心。」）詔令、奏議、書牘，以為告語，可也。**哀祭之文，則詞賦之屬耳**，以附之上三者，疏矣，此皆曾氏之未審者。[249]

蕭統《文選》為中國文學史上的第一部詩文總集，並將選文細分為三十九類，[250]分類方式影響後人甚多。但該書分類未善，姚鼐指出：「昭明太子《文選》分體碎雜，其立名多可笑者。」[251]姚永樸也評道：「錄文既繁，分類復瑣，……徒亂學者之耳目。」[252]《文選》所分之文類，多所名異實同，如騷、七、雅、對、問，其實都是設辭，當屬辭賦類；表、上書、彈事，都是奏議類。性質功能相似，卻分立名目，易於混淆。

到了姚鼐《類纂》，避免《文選》缺失，詳細辨別各體異同，歸納為十三類。不過，吳闓生以為《類纂》「苦無綜括之法」，仍稍嫌煩碎；而他雖欣賞曾國藩進一步統括為「著述」、「告語」、「記載」三大門類的作法，[253]但以為曾氏三門十一類之歸屬問題，須再斟酌。吳闓生對《雜鈔》分類法的反駁意見，可歸納為三點：

---

249 吳闓生：《北江文集》，卷十二，頁888。

250《文選》序中所舉文體跟書中實際的分類不盡一致，學界對於《文選》所包含的文類數量看法有異，目前一般認為是三十九種，另有穆克宏主張的三十七類、駱鴻凱等的三十八類、游志誠等的三十九類之說。若考慮名義實同的情形，多至四十七類。參見馬建智：《中國古代文體分類研究》（北京：中國社會科學出版社，2008），頁198-200。

251〔清〕姚鼐：《古文辭類纂》（臺北：臺灣中華書局，《四部備要》本，1965），頁14。

252 姚永樸：《文學研究法》，頁25。

253 曾國藩《雜鈔》以《類纂》為基礎，稍加更易，依文體性質，以論著、詞賦、序跋為「著述」，詔令、奏議、書牘、哀祭為「告語」，傳誌、敘記、典志、雜記為「記載」。

一、「著述亦告語」，不可作爲文類名稱

曾國藩分為三門的原因為：著述門「著作敷陳，發明吾心之所欲言」，告語門「以言告於人者」，記載門「記載事實，以傳示於後世」。[254]一種是闡明己意，一種是與他人對話，一種是有示於後人。如此分類，命名邏輯便出現了問題——三門其實都與言語有關，卻獨有一門名為「告語」。「告語」之命名，來自於其下的詔令、奏議、書牘、哀祭四類都有形式上存在的讀者；但如此一來，似乎另外兩門便成為了自言自說的封閉性作品。事實上，著述門用以「發明吾心之所欲言」，不就是對他人說明意旨嗎？作者發抒己意，即為著述，著書立說便是示人之語。且曾氏亦言記載門目的乃「傳示於後世」，其實也是示於未來讀者的語言。因此，「著述」、「告語」的詞意涵蓋性太廣，不能作為文類名稱。吳闓生此評邏輯性佳，獨具慧眼。

二、「詞賦」在文家顯爲異類，不可與論著類並列

曾氏所分之著述門，包含：一、論著類，《尚書．洪範》、《孟子》、古文等；二、詞賦類，《詩經》賦頌、辭賦、頌贊、箴銘等，亦含王粲、潘岳、鮑照等敷陳藻麗的六朝駢賦；三、序跋類，《易．繫辭傳》、《禮記．冠義》、傳注箋疏等。吳闓生以為詞賦不宜與論著、序跋混為一門，實出於辭賦為小道的觀念，殆與姚鼐將辭賦列為十三類之末，且不收六朝文為同理。吳闓生在〈籀雅．文說第一〉後文提到：

> 後世材力日薄，不能為史，乃降而言文，又不能踐實，而騖於

---

[254]〔清〕曾國藩：《曾國藩全集》，第14冊詩文．雜著．筆記，頁424。

虛，乃別出為詞賦、駢儷以自放，羣糜心力於無用之地。[255]

他認為史為最上，才力不足者無能為史，乃轉而追求文，每況愈下，而有詞賦駢文此等虛浮不切實際之作。吳闓生的同窗尚秉和（1870-1950，字節之）也評道「駁曾說，釐然當於人心」，可見曾氏後學非悉數贊同曾氏之分類法。

三、哀辭、祭文應屬於詞賦類，不應與詔令、奏議、書牘歸入同一門

曾氏以為哀祭類乃「人告於鬼神者」，[256]故告語門包含詔令、奏議、書牘、哀祭四類，以寫作對象為分類判準。吳闓生之所以反對，除了上文提到的「著述亦告語」，不能作為文類名稱以外，主因在於「哀祭之文，則詞賦之屬」，應與詔令等類劃分。吳闓生評韓愈〈祭柳子厚文〉說：

> 祭文，亦四言詩之一種也。……今擇其沉鬱質厚者一首，以備體例，他不具載。[257]

祭文不限字數，亦可以散語行之，但為便於祭奠時宣讀，通常為四字韻文。吳闓生以四言用韻的韓愈〈祭柳子厚文〉為祭文文體模範，另評王安石〈祭丁元真學士文〉時，也註明為「四言之體」。[258]其以四言韻文為祭文之正格，《古文範》不選韓愈散體的〈祭十二郎文〉，蓋因於此。

以上是吳闓生反對《類纂》、《雜鈔》體類之處，他另外也舉出

---

[255] 吳闓生：《北江文集》，卷十二，頁891。

[256]〔清〕曾國藩選纂，宋晶如、章榮注釋：《經史百家雜鈔．序例》（上海：國學整理社出版，世界書局發行，1948），頁2。

[257] 吳闓生：《古文範》，下編一，頁160。

[258] 吳闓生：《古文範》，下編二，頁173。

二者優點，指出《類纂》長處在於：

> 蓋自魏晉以來，駢儷日盛，遂奪文家之席，《昭明》所選，允其代表。唐宋易駢而散，散體專有古文之名，而範圍益狹，乃千古文士咸以此自足。望溪論文，至以涉及詞賦為戒。自姬傳《類纂》兼收辭賦，識者已歎為卓絕。[259]

若參看其師賀濤〈送張先生序〉，所論相近：

> 既侈其體以為賦，……承效者多沿用為體，其弊也，龐蕪而纖偽。唐韓愈氏急起而持之，汰繁抑浮。……傳之既久，或孤抱韓氏之義法而不敢他有所涉，其弊也，意固而言俚。國朝姚姬傳氏纂錄古文，益以楚辭、漢賦，其說既美矣。[260]

韓愈反對魏晉六朝駢儷華靡文風，力返於三代兩漢，倡導樸質散體之作，後人言「古文」者多沿用此意，「古文」與「駢文」遂為相對立之概念。其實韓文非全以散語行之，時雜駢句，善以雙行排比，鋪陳氣勢；而後人講「古文」者，卻迴避駢句太過，賀濤以為此易造成言語平俗的弊病。又如方苞講求雅潔，以至於力戒漢魏六朝俳語及漢賦，吳闓生指出此使「古文」之範圍益趨狹隘。他贊同姚鼐《類纂》增收辭賦，增廣「古文」師法對象，故《古文範》亦選錄屈原〈離騷〉與賈誼〈鵩鳥賦〉等文。

吳闓生又評《雜鈔》的優點在於：

> 曾氏……以敘記、典志并列於記載門，實為空前之卓識，為自來論文者所未及，文章之道得此而益尊，曾氏埘獲之功不可沒

---

[259] 吳闓生：《北江文集》，卷十二〈籀雅・文說第一〉，頁891。

[260] 賀濤：《賀先生文集》，卷一，頁94。

> 也。……取經、史、典、志，而悉納之於文，文之疆宇乃日恢，而其用益以大顯。[261]

《雜鈔》創立《類纂》所無之敘記類、典志類，合併傳誌及雜記歸入記載門中。曾國藩說：「經濟者，在孔門為政事之科，前代典禮、政書及當世掌故皆是也。」[262]曾氏特別創立的這二類，敘記類記事，收錄《尚書．金縢》、《左傳》與《資治通鑑》等；典志類記政典，收錄《周禮》、《儀禮》與《史記》八書等，皆著眼於政事，寓含經世致用之深意，[263]擴大了《類纂》的選文範圍。因此吳闓生讚美《雜鈔》不僅能恢宏學習視野，且有益於世用。文章如何用以經世，是晚清鴉片戰爭以來文壇上益發重視的，吳闓生歸納其父的治學精神在於「學術之與事功不可區分為二」；[264]教學宗旨在於「以緩急有濟於世為效，而其教之之術，厥惟文章」。[265]吳闓生之時，世變更加劇烈，他說：「致用之學必基於讀書，讀書之效必要於能文。世運雖萬變無窮，此不可以易者也。」[266]他更加強調文章的經世用途，也因為文章能經世、能傳道，故教育必基於文章。他盛讚《雜鈔》，便是基於經世致用的立場，肯定文學的實際功用。

（三）三體論：論議、記載、詞賦

行文至此，可知吳闓生不滿意《類纂》、《雜鈔》以及歷來選本

---

261 吳闓生：《北江文集》，卷十二，頁888-891。

262〔清〕曾國藩：《曾國藩全集》，第14冊詩文〈勸學篇示直隸士子〉，頁486。

263 參見周中明：《桐城派研究》（瀋陽：遼寧大學出版社，1999），頁349。李建福：《湘鄉派文論研究》（臺灣師範大學國文所博士論文，2005），頁126。

264 吳闓生：《北江文集》，卷二〈先府君行述〉，頁107。

265 吳闓生：《北江文集》，卷二〈先大夫弟子籍序〉，頁147。

266 吳闓生：《北江文集》，卷二〈重印古文讀本序〉，頁119。

體類的原因，至於應該如何分類，〈籀雅・文說第一〉接著說：

> 竊以為文之體格可劃分者，有三而已：一曰論議，姚氏所列論辨、序跋、奏議、書說、詔令、贈序；曾氏所引經、子，曰篇、曰訓、曰覽、曰義、曰傳注、箋疏、說、解、曰議、曰原，皆是也。一曰記載，姚氏所列傳狀、碑誌、雜記；曾氏所分記人、記事、記典，如經、如史、如通鑑大事記、如典、如志、如表、如書、如後世事略、年譜之類，皆是也。一曰詞賦，姚氏所列辭賦、箴銘、贊頌、哀祭；曾氏所收賦、頌、詩歌、騷、七、設論、符命、及六朝以後駢儷藻繪之文，皆是也。此三者義例截然，不相混淆，各為一體，其他同門異戶，小別大齊，各以類附，可矣。……經傳子集皆「議」也，史乘典志皆「敘」也，詩詞頌賦皆「寫」也。文之三體，亦不外是爾。……三體既別，然後其旨趣可約而言。蓋論者主乎理，敘者主乎事，寫者主乎情。[267]

吳闓生把所有文章統攝為三大體類：經籍、傳疏、諸子、古文中之議論解說者，皆屬論議類；凡是帶有記敘性質的史書、傳狀碑誌等，皆屬記載類；以情意為勝，輔以辭藻的文章，皆屬詞賦類。曾氏《雜鈔》根據《類纂》損益，而吳闓生又進一步統和，加以修改。除了更正三大文類之名稱以外，並將詞賦類獨立，根據體式與體貌，將哀辭類與祭文類歸入詞賦類中。下以表格整理三家文類分法：

---

[267] 吳闓生：《北江文集》，卷十二，頁889。

表2-2-1 吳闓生〈籀雅・文說〉與《類纂》、《雜鈔》的文體分類方式比較表

吳闓生〈籀雅・文說〉	姚鼐《類纂》與曾國藩《雜鈔》	
論議（主乎理）	姚	論辨、序跋、奏議、書說、詔令、贈序
	曾	（經、子）篇、訓、覽、義、傳注、箋疏、說、解、議、原
記載（主乎事）	姚	傳狀、碑誌、雜記
	曾	（記人、記事、記典）經、史、通鑑大事記、典、志、表、書、後世事略、年譜
詞賦（主乎情）	姚	辭賦、箴銘、頌贊、哀祭
	曾	賦、頌、詩歌、騷、七、設論、符命、六朝以後駢儷藻繪之文

吳闓生突顯這三大體類的「議、敘、寫」的性質，並揭示了以「理、事、情」為主的寫作宗旨。評論雖從創作者的立場出發，但其實也可視為評鑑文章優劣的準則，橫跨了創作與評點的審美標準。三大體類的定義截然不同，分類邏輯嚴密，可避免定義模糊的互涉問題。其他異名同實、性質與旨趣相近的文類，便能各自歸附三大類底下。

（四）從〈籀雅・文說〉來看《古文範》的編次方式與文體評論的兩個問題

最後回到本小節欲解決的《古文範》體類問題，有兩個問題可在〈籀雅・文說〉找到解答。

一、《古文範》的選文編排依時代文家順序，未分門別類。

選文較多的韓愈文十八篇，與次之的王安石文十篇，[268]未依作品繫年，亦未按作家文集卷次。[269]

韓文選文依序是：〈原道〉、〈張中丞傳後敘〉、〈送董邵南遊河北序〉、〈送幽州李端公序〉、〈送溫處士赴河陽軍序〉，首五篇屬論議類。第六至十二篇〈上宰相書〉、〈上張僕射書〉、〈潮州刺史謝上表〉、〈與孟尚書書〉、〈答劉秀才論史書〉、〈與汝洲盧郎中論薦侯喜狀〉、〈平淮西碑〉屬記載類。第十三篇〈進學解〉，吳闓生說：「避其名，取其意而變其體耳，此下二篇皆與馬、揚所為無異。」[270]這是與〈籀雅・文說〉三體論不能相合之處，若以「馬、揚所為」而論，第十三篇〈進學解〉與第十四篇〈送窮文〉當入詞賦類；若依原題「解」而言，應為論議類，皆無法解釋為何此兩篇置於記載文之間，因吳闓生未多說明，此二篇的編排位置暫時無解。至於第十五篇〈鄆州谿堂詩并序〉，吳闓生視為碑誌，[271]與第十六、十七篇〈柳子厚墓誌銘〉、〈柳州羅池廟碑〉都屬記載類。最後一篇為祭文，屬詞賦類。整體而言，除了〈進學解〉、〈送窮文〉以外，符合三體類的排序。

王安石選文依序是：〈周禮義序〉、〈書義序〉、〈詩義序〉，前

---

268 選文最多的文家為司馬遷十九篇，其性質相同皆為史，皆屬記載類。而韓文、王文則選文性質不相同，故在此僅討論後二者。

269 如韓愈於貞元十七年（西元801年）作〈與汝洲盧郎中論薦侯喜狀〉、元和七年（西元812年）作〈進學解〉、元和十三年（西元818年）作〈平淮西碑〉，《古文範》未依作品繫年。參見〔宋〕方崧卿：《韓文年表》，收錄於徐敏霞校集：《韓愈年譜》（北京：中華書局，1991），頁94-101。又，韓愈文集卷次為第一、二卷：賦、雜著；第三卷：書；第四卷：序；第五卷：哀辭、祭文……，《古文範》亦未依照文集卷次排序。

270 吳闓生：《古文範》，下編一，頁149。

271 吳闓生把韓愈〈鄆州谿堂詩并序〉歸為碑銘類，相當少見，歷來多列為雜記類。詳見本文第六章第二節。

三篇雖是「序」，但內容性質有關經義，可視為論議類。第四至八篇〈讀孟嘗君傳〉、〈答司馬諫議書〉、〈答姚闢書〉、〈泰州海陵縣主簿許君墓誌銘〉、〈度支副史廳壁題名記〉，都是記人記事的記載類。最後兩篇〈祭元珍學士文〉、〈祭曾博士易占文〉為祭文，屬詞賦類。此十篇順序符合三體類的規則。

為何選文大抵依照先論議、後記載、最後詞賦的順序？他在〈籀雅・文說第一〉談到：

> 循其塗轍，則當先論而後敘；究其能事，則實論易而敘難；而所謂寫者，特論之附庸耳。……夫論之為用，以抉別是非，調達疏暢為職志者也。學者苟知把筆為文，皆必率先乎是。……若乃詩賦、歌頌、駢文之屬，則就論之體而加藻飾焉、瑑刻焉。……為史者，苟非兼綜本末，辨極精微，則未能瞭然於其心；而不精於文律，則不能釐然而出諸其手口。[272]

這段敘述清楚地說明了學習文體的順序。論議文重在辨清題旨，過程條理明晰，學習者不僅能學習文旨道理，也有清理思緒、開拓思路的作用，如吳闓生評《韓非子》時便說：「此意穎妙至極，鈍根人道不出半字。童兒學之，最足開濬智識。」[273]此評論便是站在初學教材以「調達疏暢」，能暢通增廣智識為宜而言。而論議與敘事相比，吳闓生以為敘事更難，因論議文最根本的功用在於說理，能表達清楚單篇的文旨即可；但史類等記載文章動輒牽涉龐大的史料，寫史者既須具備完善全面的歷史知識，又需精通於文章法度，避免生吞活剝史事，能以簡御繁，使讀者一讀就通。故有論議文的寫作基礎後，再學記載

---

272 吳闓生：《北江文集》，卷十二，頁890。

273 吳闓生：《古文範》，上編一〈難篇・齊桓公飲酒〉，頁39。

文是比較恰當的。至於祭文等詞賦類，吳闓生以為寫情意的詞賦不過是議論文的附庸，學習者有論議文為基礎，再練習如何增加辭藻的精美度即可。可知《古文範》的文家選文，大抵依照論議→記載→詞賦的順序，是站在教學立場上安排的。

《古文範》不將選文分類，可能是吳闓生認為不必要；[274]抑或《古文範》成書時間至少早〈籀雅〉三年，此時他的三體觀念尚未成熟；也有可能是因為以文家順序編排，能更集中地突出文家特色。

二、贈序文何以爲「別體」？

《古文範》所選韓愈〈送董邵南遊河北序〉一文，吳闓生說：

> 送序後出，在文章中為別體。其文皆友朋相贈之言，而必有種種情態絡緯其間，以喚起興味。[275]

何謂「別體」？字面之義，可解為贈序文為唐代新興的後出文體，與序跋文有別，如姚鼐《類纂》便分為二類。但原因應不只於此，可參酌〈籀雅・文說〉之三體分類方式——為何贈序類歸屬於論議類，主於「理」？乍看《古文範》此則評論，或許會以為贈序以「情」為主，但其實吳闓生更重視贈序文中的「理」。《古文範》所選錄的四篇贈序，評點的著重處常是「理」多於「情」，多提示文字背面的深意。如〈送董邵南遊河北序〉，引朱熹「故反其詞以深譏其不臣而習亂之意」，評道：「朱子此說最能見文章深處，千古不傳

---

[274] 吳闓生自己的《北江文集》、其父汝綸的文集、其師賀濤的文集，都依寫作時間排序，未分門別類。《北江文集》與其父文集皆由他自己編選，《賀先生文集》則是協助徐世昌編選，吳闓生有很大的決定權，可能是他覺得沒必要分類編排。

[275] 吳闓生：《古文範》，下編一，頁129。

之秘在此。」[276]又評〈送幽州李端公序〉：「意在諷厲效順，而借往事著筆。」[277]以及評〈送溫處士赴河陽軍序〉：「此文意含諧諷，詞特屈曲盤旋。」[278]之所以蘊含了「譏」、「諷」的深意，便是基於對朋友感情，某些想法或建議不便明言，才委婉言之，而情感有時也是一種說服技巧，俗謂「說之以理，動之以情」是也。吳闓生的著重點在於「理」，「理」是寫作主旨所在，也是他評論贈序文的著眼處。韓愈之後，贈序文成為一種融合說理、抒情及敘事的文體，[279]為散文開創了一個新的藝術境界。吳闓生特別欣賞韓愈贈序文融合說理、抒情及敘事的作法，此作法影響深廣，頗受後世摹仿，這是他稱贈序文為「別體」的第二個原因。

整體而言，吳闓生的「義法」文論大抵秉承桐城前人，具內涵與形式的雙層意涵，有時則側重於法度規矩。在民初桐城文派屢被質疑批判之時，他數次聲明法度乃自然形成，非桐城獨創，強調義法是學習的正確途徑。對於桐城前人，則特別推崇姚鼐與曾國藩，肯定曾氏對桐城文論的改革，說明曾氏並未違背姚鼐《類纂》「以秦漢三代為歸」之旨，強調曾國藩本於桐城正脈。這份認同，或許也受到當時新舊文派之爭的影響而強化，向內靠攏團結，穩定宗門根源。

吳闓生的文學觀念與桐城前人最大的異處在於文體分類論。他在〈籀雅‧文說第一〉指出《類纂》與《雜鈔》分類的優缺點，加以修訂成「論議、記載、詞賦」三大類，並說明各文類的性質與寫作宗旨。以此論檢視《古文範》的兩個文體問題，能得到解答：一是《古

---

276 吳闓生：《古文範》，下編一，頁129。

277 吳闓生：《古文範》，下編一，頁131。

278 吳闓生：《古文範》，下編一，頁131。

279 參見張春榮：《姚惜抱及其文學研究》（臺灣師範大學國文所博士論文，1988），頁105。

文範》選文為何不分門別類，作家選文亦不依繫年或原文集卷次，細究排序方式，大抵符合其三大類的原則。二是吳闓生為何評贈序文為「別體」，除了贈序文是唐代新興的後出文體以外，也因他以「理」為贈序文之寫作主旨所在，欣賞韓愈贈序文融合說理、抒情及敘事的作法。

第三章
吳闓生著述與《古文範》概述

吳闓生的評點著作自光緒三十年（1904）起陸續刊行，民國十年之後尤多，畢生完成至少十四種，數量豐富，是否有什麼共同特色？且令人好奇的是，他處於民初新舊劇烈衝擊的時代，仍堅持評點古籍，他的古籍評點用意是什麼，有受到新文化運動的影響嗎？這是本章第一節要討論的問題，另介紹吳闓生的國學論文〈籀雅〉，以及《古文範》的前身《桐城吳氏文法教科書》。

《古文範》刊行與修訂的時間很長，跨越十多年，版本亦多，關於成書時間與版本、編纂目的，以及選文的原因與用意，於第二節敘述。

第一節　吳闓生之著述與時代背景

吳闓生的著作依性質約可分為五種，一是其父遺作之纂輯與校正，如《點勘史記》、《桐城吳先生日記》等。二是西學譯作，完成於遊學日本時期與任直隸學校司總編譯時期。三是在北洋政府幕中有關袁世凱的著作：《容菴子弟記》、《居仁日覽》，為半官方性質，皆與他人合著而成。四是他自己的詩文集。五是古籍評點類著作。

吳闓生的《北江詩集》成書於民國十二年、四十五歲之時，由其文學社自行刊印，五卷，今有合肥黃山書社點校本、臺中文听閣圖書有限公司《民國詩集叢刊》影印本。《北江文集》初刊於民國十三年，七卷；民國二十二年續刊，合計共十二卷，皆文學社自印，今有臺中文听閣圖書公司《民國文集叢刊》影印本。文集之編目不分文類，依干支紀年；唯第七卷卷末有書札九首與演講辭一首，為初刊時之卷末附錄，寫作時間未詳。吳闓生在民國十三年後所作詩歌、與民國二十三年後所作的文章，皆未再續補入集中，甚為可惜。

吳闓生的評點類著作繁多，寫作時間前後跨越了三十餘年，加以身處急遽變化的動盪時期，讀者宜了解其時代背景。本節主要探討吳闓生評點類著作的特色與時代背景，並介紹〈籀雅〉及《桐城吳氏文法教科書》。〈籀雅〉為吳闓生晚年所作的一組國學理論論文，能看出吳闓生的文學觀念，對《古文範》部分評點的解讀頗有助益。《桐城吳氏文法教科書》則為《古文範》之前身，於本節略述其版本與寫作目的，以做為後章探析《古文範》的基礎。

一　評點類著作的特色

吳闓生的古籍評點著作至少有十四種，下以表格整理。

表3-1-1　吳闓生古籍評點著作列表

成書時間	初刊題名、卷數	合著者	吳闓生增修、重刊情形	今通行本	備註
光緒30年（1904）	《桐城吳氏文法教科書》二卷	x	光緒33年，增訂再版。	弟子曾克耑取此書與李剛己《古文辭》合刊，更名為《桐城吳氏古文法》，有臺灣中華書局本、文津出版社本。	

宣統元年（1909）	《左傳文法讀本》十二卷	劉培極	民國12年，修訂易名為《左傳微》。	《左傳文法讀本》有文听閣圖書有限公司影印本。 《左傳微》有臺灣中華書局影印本、文听閣圖書有限公司影印本、黃山書社校注本。	
民國2年（1913）	《國文教範》卷數未詳	吳闓生評點，高步瀛集解。	①民國8年，修訂易名為《古文範》四卷。 ②民國16年、18年皆重刊，此二版無高步瀛的集解。	《古文範》有臺灣中華書局本、北京中國書店本。	
民國2年（1913）	《孟子文法讀本》七卷	吳闓生評點，高步瀛集解。	民國10年，高氏再校刊行。	臺灣中華書局影印本、文听閣圖書有限公司影印本。	
民國7年（1918）	《昭昧詹言》二十一卷	x	x	北京朝華出版社影印本（清末民初文獻叢刊）	
民國11年（1922）	《尚書大義》三卷	x	民國19年，修訂為《尚書衍義》。民國26年，再次增修。民國30年，成《定本尚書大義》。	臺灣中華書局影印本、文听閣圖書有限公司影印本、北京中國書店本。	

民國12年（1923）	《周易大義》二卷	x	x	臺灣中華書局影印本。	大抵據其父《易說》原本，吳闓生的評論較少。
民國13年（1924）	《晚清四十家詩鈔》三卷	x	x	臺灣中華書局影印本、浙江古籍出版社點校本。	
民國15年（1926）	《漢碑文範》四卷	x	x	北京中國書店影印本。	
民國16年（1927）	《詩義會通》四卷	x	x	臺灣中華書局影印本、文听閣圖書有限公司影印本、上海中西書局點校本。	
民國19年（1930）	《古今詩範》十六卷	x	x	臺灣中華書局影印本。	
民國22年（1933）	《吉金文錄》四卷	x	x	香港萬有圖書公司本、北京中國書店影印本。	偏重集釋，評論較少。
民國26-34年（1937-1945）	《文史甄微》二卷	x	x	x	稿本，未付梓。
未詳	《古文典範》二十五卷	徐世昌編選，吳闓生評點。	吳闓生同門賀葆真（賀濤之子）校刊，然刻板後並未印行。	今存卷一至卷十六、卷二十四，有北京中國書店據殘板影印本[1]。	

此外，必須說明的是，今臺灣中華書局有《吳評古文辭類纂》，題為「吳闓生纂」，實則非出自吳闓生之手。此書原為吳汝綸集錄諸家評論，後徐樹錚又抄錄吳汝綸之評語，以「《諸家評點古文辭類纂》」為名刊行，事見書前徐氏序文。臺灣中華書局於一九七一年更改書名出版，誤植成吳闓生評。書中幾處「吳辟疆云」、「闓生案」，為徐樹錚所抄錄。[2]又，吳孟復說「《古文辭類纂》……桐城吳摯甫先生有點勘本，蕭縣徐樹錚有集評本」，亦可證。[3]

若不計後續修訂本，吳闓生至少有十四種評點著作。不僅數量豐富，且涵蓋經史子集，經部有《左傳》、《孟子》、《尚書》、《周易》、《詩經》；史部有《史記》，為《桐城吳氏文法教科書》與《古文範》所選；子部有《韓非子》與《莊子》，同為《桐城吳氏文法教科書》與《古文範》選文；集部則有《漢碑文範》，《晚清四十家詩鈔》的晚清桐城諸家各體詩，《古今詩範》漢魏六朝至元代詩歌，以及方東樹《昭昧詹言》。吳闓生於經史子集皆加以評點，與其父吳汝綸的評點特色相同。

另一個特色便是教學性質濃厚，《桐城吳氏文法教科書》卷首明言宣告此書乃小學堂教科用本，《古文範》亦為講課選本，《古今詩範》完成於萃升書院任教期間，《尚書大義》更是長達三十年的執教之間，經過多次修改而完成的講本。評點內容通常詳細說明作者微有涵義之處，能揭示文章宗旨，又善用譬喻，使讀者容易理解。今人吳孟復說：

1　參見徐世昌編，吳闓生評點：《古文典範》（北京：中國書店，2010），〈出版前言〉，頁2。

2　如卷十一信陵君〈諫與秦攻韓〉「攻冥阸之塞」句，眉欄抄錄：「吳辟疆云：『作危隘，上當有策字，原本亦誤。』（頁259）後文「夫不患秦之不愛南國，非也」句，眉欄抄錄：「『非也』下，吳刻插注云『之，猶及也。』闓生案：『此姚氏誤說。』」

3　吳孟復主編：《古文辭類纂評註》（合肥：安徽教育出版社，2004），卷首序，頁3。

> 從桐城派作者來說，最突出的一點，還是他們幾乎無一不是以教書為職業。……既以教書為業、那就不但自己寫文章，還要給人講文章，教人做文章。……他們必須探索語言使用的常規，講明開合、伏應、穿插、頓宕的技巧，指出應該怎樣寫與不應該怎樣寫，即文章的宜忌所在。[4]

吳闓生雖然身在幕府，但始終不忘教書之樂，本文第二章提過，他在還沒有定時講學時，弟子便已有五十多人，而後在瀋陽萃升書院時，學生更多達五、六百人。身為有實際講學經驗的教師，吳闓生對於作文技巧，如「開合、頓宕」等，確實多所提及，吳孟復的這段描述，不僅能說明桐城諸家的特色，也適用於吳闓生的評點著作。

二　評點類著作的時代背景

吳闓生古籍評點著述的時代背景，可從政治、社會與文學環境三方面來看。

（一）政治方面

吳闓生講學的內容是古典經學、詩文，並常整理講述內容，加以刊行。晚清民初是震盪的時代，在這樣時局底下講述舊學，是否有什麼用意？他的評點著作從光緒三十年開始，民國十一至十九年間尤多，經歷了有史以來政治最劇烈變動的時期，清末的皇族內閣、民國的革命、袁世凱稱帝失敗、多次的倒閣與內閣改組、北洋軍閥的暗鬥與割據、派系對戰；外交上還有列強環伺，逼迫中國簽訂合約。吳闓生既然擔任幕僚，又曾當過內閣教育次長、總統府秘書、國務院參議

4　吳孟復：《桐城文派論述》，頁18-20。

等，天下大事就擺在眼前，他不是閉門寫作的人，今人余永剛便指出他詩集內容思想上的特色為「反映現實，寄慨遙深」、「關注國家安危」、「抨擊政治腐敗」。[5]詩集如此，那麼，他的評點著述是否也是如此？又或者說，國事如此紛亂，他為什麼無法忘懷於評點古籍呢？

這背後原因，與他思想的轉變有關。吳闓生早年極有用世之志，期盼能一展長才，如光緒二十一年（1895）《馬關條約》前後，作〈感懷〉：「天下方憒憒，吾儕當何為？安能拘世議，宴坐讀書帷。……韞櫝無美玉，處囊非利錐。何當生兩翅，八極從翻飛。」[6]以及光緒二十四年（1898）〈追和杜公壯遊元韻〉：「世事未可料，志業安有常？當風厲六翮，坐待排雲翔。」[7]這兩首詩皆清楚顯現了他期盼受用以濟世救亂的渴望。然而日月其邁，塵世浮擾，吳闓生親身經歷庚子拳亂、父親病逝、被誣陷與革命黨刺客勾結、母親逝世、長官楊士襄猝逝等事連番而來；至宣統二年（1910），吳闓生的心理所感已異於昔時，雖受恩人馬佳紹英之薦，出任度支部財政處總辦，自嘲之意卻是躍於紙上，如詩作〈到天津重入幕府戲作〉言：「平生仕隱兩無方，浪竊虛聲不自望。博得諸曹平面視，又來抑抑食公堂。」[8]此「戲作」與年少時的自負之氣截然不同。宣統三年的〈元旦盛雪次韻和同府諸公〉，說得更加明白：

> 伊余初束髮，壯往志亦頗。赤手睨長鯨，修鱗擬么麼。詎知八海胸，不救十口餓。誕願竟何憑？謾文徒瑣瑣。景運向休明，韶華方潭沱。公等勉鷹揚，吾歸姑縱舸。[9]

---

5 吳闓生著，余永剛點校：《北江先生詩集》，〈前言〉，頁25-28。

6 吳闓生著，余永剛點校：《北江先生詩集》，卷一，頁58。

7 吳闓生著，余永剛點校：《北江先生詩集》，卷一，頁60。

8 吳闓生著，余永剛點校：《北江先生詩集》，卷五，頁211。

9 吳闓生著，余永剛點校：《北江先生詩集》，卷一，頁64。

擁有一身文學長才，但面對實際政治環境之時，竟是無處施展，空看民瘼，此詩呈現出對時局的無力感，也透露出對文學的懷疑與失望。現實的遭遇推翻了年少價值觀與理想，不難理解為何他年僅三十一歲，便已有休隱之念，南歸家鄉隱居年餘，並屢拒他人之聘請。[10]

民國十三年年底，吳闓生〈晚清四十家詩鈔自序〉說：

> 世變愈降，則前哲所樹為彌高，宜其益不相及。往者不可接，來者無由知，持此區區殘簡，質之無極之人世，其存其亡，茫乎不可究詰也。茲余編覽未竟，益皇然繼之以悲也。[11]

《晚清四十家詩鈔》收錄蓮池詩友之作，動機在於追懷前賢，保留遺作，一方面卻也流露出惶然迷惑之感。

看似消極，不過我們應該記得，在民國九年的時候，吳闓生便有五十多名弟子，且一直持續刊行評點著作，民國十二年起，還開始按時講學，學生人數更多。此外，他也上書對前總統徐世昌說過：

> 奔走肆應者，最某之所短也，而文字著述，則其較長也。……編輯課本、評定試卷，此皆某所優為，且極樂為之事。[12]

與前段引文相比，這份自信並非代表思想矛盾，而是在消極無力與積極述作之間，有時會是拉鋸滑動的狀態，不是一兩年內突然轉變。即使吳闓生曾經不甘心只做個純粹的文人，想對百姓有所貢獻，想在政治上有所功績，因而產生茫然無岸之感，但他決定調整心態，終能振

---

[10] 宣統二年（1910），吳闓生有〈余自去歲歸里屢卻畿輔之聘而半年以來故人多鼎貴者自交遊以至妻孥無不望其復出也戲題以寄王古愚〉詩一首。（吳闓生著，余永剛點校：《北江先生詩集》，卷四，頁189）

[11] 吳闓生：《北江文集》，卷八，頁609。

[12] 吳闓生：《北江文集》，卷七附錄〈與長官〉三首其二，頁592。

作——從事自己最擅長也樂意的事情，致力於著述點評，提攜後進。

民國十八年作的〈吳門弟子集序〉，更可以看出他回歸文章著作的決心：

> 諸君少時皆斐然有述作之思，欲以文采垂曜後世，及後遭逢多故，……奔走呼號，冀有補於國事，向者文學譔述之事稍稍輟矣。爾後世變益殷，……國勢傾頹乃如江河之下注，莫可猝挽。荏苒久之，大率心驟氣盡，回顧平生所為，其有功於國計民生者蓋鮮。於是喟焉太息，竊半生致力，不如少日文章著作之為可喜而所得多。[13]

這是吳闓生乃至昔日蓮池同學相同的感慨，慨歎的就是文學與政事之間的選擇。除了吳闓生擔任幕僚以外，谷鍾秀、王振垚、常堉璋、籍忠寅、鄧毓怡、李景濂等吳汝綸門生，也都是「今議院中卓卓有聲者」，[14]然而，有志之士終究受挫於益加變端無窮的國事，無法以少數人之力來挽回狂瀾，回顧以往所為，竟是徒然，於是兜轉了一大圈，重新回到文學裡。民國二十年，吳闓生的〈高母張太夫人壽序〉與〈李芷洲續刻詩序〉，也都有相同的感悟與慨歎，[15]可見此念縈繞於心。現實的政治環境，曾讓吳闓生心灰意冷，但反過來說，也促使他回到文學的懷抱中。

（二）社會方面

政局動盪，軍閥連年惡戰，連帶造成社會風氣衰敗，世風不古。民國十六年，弟子馮復光為其祖父請作墓碑銘，吳闓生〈馮君墓碑

---

13 吳闓生：《北江文集》，卷十，頁792-793。

14 吳闓生著，余永剛點校：《北江先生詩集》，卷一，頁66。

15 吳闓生：《北江文集》，卷十一，頁819、845。

銘〉中說：

> 世治導之以禮教，世亂毆之以功利。禮教積而民風正，功利急而民氣嚣，嚣陵之極，至於舉世皇皇，求媮一日之安而不得。[16]

民國二十年的〈崞縣徐先生碑〉也說：

> 世教日替，前哲遞承之風範既掃地而無復留遺，士生其間，知有私而不知有公。[17]

類似此等慨歎，屢見於吳闓生文集中。民國創建之後，變端災禍比晚清還要劇烈，亂世征戰，民眾難免捨棄倫常道德，改以利益為優先。禮教不行，民風不正，於是世風日趨功利，人心惶惶。以往鄉賢義舉典範不再被重視，新生一代受風氣感染，只知私有功利，無人真誠地為公眾做事。吳闓生年少時期成長於直隸冀州、蓮池，其父汝綸致力教化，文風興盛，他曾說：「僕生安樂之時，而履豐亨之境。」[18]只是美好不再，吳闓生以滿腹聖賢學問目睹世風之劇變，心急如焚，救世的使命感自然湧現而上，弟子賀培新便說：

> 君子生當亂世，憫斯民之莫救，慨世俗之混淆，漂泊於干戈之際，……掇拾補苴，挽世風於萬一，其用心亦良苦矣。……吾夫子垂教救世之本恉不尚庶幾存乎？此吾師北江先生所以勤勤著述，而小子於鑽仰之餘，所睪然高望者已。[19]

---

16 吳闓生：《北江文集》，卷九，頁682。

17 吳闓生：《北江文集》，卷十一，頁837。

18 吳闓生：《北江文集》，卷一〈遣怨答嚴翼亭〉，頁30。

19 吳闓生：《詩義會通》（臺北：臺灣中華書局，1970），卷首賀培新〈後序〉。

古來君子，每當生於亂世，眼見人民疾苦、流俗善惡不分，心中讀過的經典自然地便會驅使他們行動，背負起救世之志，渴望能力挽狂瀾，彌補缺失，而這便是吳闓生著述的用意。古文經籍中的道理，並非只能活於過去的書面之中，吳闓生授徒講學，勤奮著述點評，便是希望能闡發經籍當中具普遍性、無時間限制、又可用以行世的微言大義，據此導正社會風氣，這也是吳闓生弟子們所敬佩的。賀培新的這段話，清楚傳達了其師的著述心態。今人蔡妙真也指出，吳闓生《左傳微》的特色之一是重新檢視禮制，「政治制度可以改變，倫常卻依然可以是社會的核心」，[20]吳闓生透過評點著述，向世人重新辨析禮制，力圖穩固社會秩序。

（三）文學環境方面

以上是政治、社會環境的背景因素，那麼文學環境呢？清末科舉廢除，西方思潮湧入及翻譯事業蓬勃發展等，都促進白話文運動的開展。民國成立之時，南京政府便已廢止小學讀經科，[21]隔年袁世凱北洋政府雖下令恢復讀經，然反復古之風氣醞釀愈盛。民國四年，陳獨秀《青年雜誌》（第二卷起改名為《新青年》）大力倡導民主與科學精神，抨擊專制政治、重新評論孔子，帶動各種報刊爭相翻譯西方思潮理論。[22]民國六年正月，胡適在《新青年》發表〈文學改良芻議〉，針對傳統文學提出八個主張：「須言之有物、不摹仿古人、須講求文法、不作無病之呻吟、務去濫調套語、不用典、不講對仗、不避俗字

20　蔡妙真：〈未許經典向黃昏──《左傳微》評點的時代特色〉，《興大中文學報》第27期（2010年6月），頁255。

21　參見王炳照主編：《中國近代教育史》，頁212。

22　參見錢理群等：《中國現代文學三十年》（北京：北京大學出版社，1998，修訂本），頁13-14。

俗語。」[23]並從「一時代有一時代之文學」文學進化論的角度立說，認為文言文已經喪失活力，必須廢除，力倡白話文。二月號的《新青年》，陳獨秀進一步發表了措辭更為激烈的〈文學革命論〉，從形式到內容批判，反對傳統文學，提出三大主義：「推倒雕琢的阿諛的貴族文學，建設平易的抒情的國民文學；推倒陳腐的鋪張的古典文學，建設新鮮的立誠的寫實文學；推倒迂晦的艱澀的山林文學，建設明瞭的通俗的社會文學。」[24]影響之大，不僅錢玄同（1887-1939）、劉半農等人表態支持，魯迅發表白話小說〈狂人日記〉及〈孔乙己〉，在控訴傳統禮教與諷刺儒生方面獲得極大成效；北大學生傅斯年、羅家倫等也創辦《新潮》月刊響應。改革風潮迅速蔓延全國，各地學生團體陸續仿效創辦白話刊物，單是民國八年就有四百多種，文學革命運動獲得了廣大的迴響。改革分子在教育上全盤西化的主張同時也受到廣泛支持，[25]到了民國九年四月，北洋政府遂順應時勢，正式訓令全國：「凡國民學校一二年級，先改國文為語體文，以期收言文一致之效。」[26]同年四月，訓令民國十一年之後凡國民小學教材一律改用白話文。[27]教育制度的變遷，文言文教科書的逐漸被淘汰，初等教育不再讀經書古文，等同在根本上與傳統文化正式割裂。

這波由《新青年》掀起的文學革命，站在「反封建」的自覺上去攻擊代表封建制度形象的舊文藝，[28]不只反對經學及大範圍的傳統文

23 胡適：《胡適文存》（臺北：遠東圖書公司，1971，三版），第一集，頁5。

24 陳獨秀：《新青年》（上海：上海書店，1988），第二卷第六號〈文學革命論〉。

25 參見王鳳喈編著：《中國教育史》（臺北：正中書局，1990，二版），頁362。

26 參見文啟責任編輯：《中國近代教育史料匯編．民國卷》（北京：全國圖書館文獻縮微複製中心，2006），頁120。按：此「言文一致」便是主張口說與文書兩種語言同步，不作古文。

27 參見王炳照主編：《中國近代教育史》，頁287。

28 參見趙家璧主編：《中國新文學大系．小說．導言》（臺北：業強出版社，1990），

學，更將「古文」從中揭出，如錢玄同堅信「古文是不通文章的，漢字是野蠻的文字，應該把它們撕毀、踐踏，而改用通順的白話文和文明的拼音字。」[29]於是桐城派的古文成了眾矢之的，對桐城的評議隨之攀上高峰，如陳獨秀稱歸有光與桐城諸人為「十八妖魔輩」，[30]如周作人對桐城派多所批判，[31]而最具代表性者即為錢氏的這句話：「惟選學妖孽，桐城謬種，見此又不知若何咒罵。雖然得此輩多咒罵一聲，便是價值增加一分也。」[32]以妖孽稱駢文之學，以謬種稱古文之學，在五四新青年中不脛而走，被廣泛引用。[33]桐城派受批判的不僅古文，還有經學，被一概而論為阻止進步的守舊派，如吳闓生的老師姚永概（1866-1923）於民國八年擔任正志中學教務長，勉勵學生讀經，便受到錢玄同等人的非議。[34]

不只報章刊物一再批判傳統文學與桐城文人，觀察北京大學的歷史也可清楚看見桐城派的式微。先是章炳麟的弟子錢玄同、黃侃等應聘至北大任教，「對嚴復手下的舊人採取一致的立場，認為那些老朽應當退位」，[35]促使林紓、姚永概離開。而後蔡元培於民國五年十二月出任北大校長，主張思想自由、兼容並包；隔年陳獨秀任北大文科學長，《新青年》隨之遷京，新文化運動便以北大為基地快速發展起

頁2。

29 錢玄同：《錢玄同文集》，第三卷〈吉林的反國語運動〉，頁176。

30 陳獨秀：《新青年》（上海：上海書店，1988），第二卷第六號〈文學革命論〉。

31 參見舒蕪：〈「桐城謬種」問題之回顧〉，收錄於王曉明主編：《二十世紀中國文學史論》（上海：東方出版社，1997），第1冊，頁336-360。

32 錢玄同：《錢玄同文集》，第一卷〈贊文藝改良附論中國文學之分期〉，頁1。

33 參見關愛和：〈二十世紀初文學變革中的新舊之爭——以後期桐城派與『五四』新文學的衝突與交鋒為例〉，《文學評論》，2004年第4期，頁64-73。

34 參見錢玄同：《錢玄同文集》，第一卷〈姚叔節之孔《經》談〉，頁316-320。

35 沈尹默：〈我和北大〉，收錄於陳平原、夏曉虹編：《北大舊事》（北京：生活·讀書·新知三聯書店，1988），頁166。

來。今人陳平原說：「另一位正宗的桐城傳人姚永樸，在北大任教的時間是一九一〇年二月至一九一七年三月，親眼目睹了最高學府裡桐城勢力之由盛而衰，以致被章門弟子及師友『掃地出門』的全過程。這種牽涉文派之爭的學院政治，在民初的北大愈演愈烈，成了五四新舊文學論戰中另一個隱密的戰場。」[36]且因為發明「選學妖孽，桐城謬種」口號的錢玄同是章炳麟在東京時的學生，陳獨秀等人也對章太炎表示敬意，「章門弟子虛幌一槍，專門對付『桐城』去了，這就難怪『謬種』不斷挨批，而所謂的『妖孽』則基本無恙」。[37]這是一個較隱晦性的檯面下資料，北大出身的陳平原從另一角度解讀民初學界的文派競爭現象——為何民初另有章炳麟、劉師培及章士釗等舊學學者，卻屬桐城派被新文學陣營攻擊得最為嚴重。

吳闓生不像林紓曾發表文章反擊過新文化運動，[38]他大抵上是一種清者自清的態度。不過，從他的詩文集之中，也可清楚看到他的反對立場，例如：

> 今世議益狂恣，焚阬（坑）之禍有逾秦火。[39]
>
> 近世學子惑於蠭起之異說，幾欲舉古聖相傳之教法一掃而盡去之，……於是人心蕩佚，莫可範圍，而風俗之隳壞，禍變之仳離，遂為振古所未有。[40]

新文學革命的主張益趨極端，廢掉漢字改用羅馬拼音之議甚至盛行一時，凌厲而破壞的程度超過秦代焚書。留學回國的青年高喊革命，其

---

36 陳平原：《作為學科的文學史》（北京：北京大學出版社，2011），頁18。

37 同前註，頁22。

38 林紓曾作〈妖夢〉、〈荊生〉等小說以影射新文學陣營人士，發表後受到更多回擊，一時文壇爭擾不休。

39 吳闓生：《北江文集》，卷七〈虞含章所為文序〉，頁517。

40 吳闓生：《北江文集》，卷九〈影刊開成石經序〉，頁690。

餘學生也大受蠱惑，群起效尤，許多年輕人只是盲目行動，把「古／今」、「舊／新」的比較對立視為唯一模式，[41]為反對而反對。人心震盪不平，一味剷除舊有根本，籠罩在激昂又不知克制的氛圍中，使吳闓生甚感痛心。諸如此類紛擾亂象，加深他維護舊學的決心。

三　評點類著作的用意

吳闓生面臨的正是千古以來變故最劇烈的新時代，世人動輒蔑視割棄傳統，舊有文化面臨全面崩盤，他該如何自處，又該如何應變？他講學的時間，經歷了新文學運動沸沸揚揚的高峰，且還與文學革命陣營同在北京。但是，來向吳闓生學習經書、古文的學生餘一百人，數量之多，不可小覷。令人好奇的是，吳門師徒有沒有受到新文化運動的影響？吳闓生自己的看法如何，他收徒講學的用意是什麼？而來學古文的弟子又有什麼想法？

答案便是力挽狂瀾，絕對不能讓這傳承千年的道統學問斷滅在自己這代，必須將之傳承下去，所以吳闓生持續講學、評點古籍、刊行著作，文集中常見的「抱殘守缺」，就是如此。早在光緒三十一年時，他已經有此等自覺，〈尚書讀本序〉說：「願當世君子不以離經蔑聖為務者，抱殘缺以待之而已。」[42]這「抱殘缺以待之」實際上要待的，便是後人的回歸與學習。民國七年，吳闓生有感於改革風氣愈烈，說：

> 觀前清之文學，實肇於前明季晚之時，則知耆賢逸老硜硜然抱

41　參見孔範今主編：《二十世紀中國文學史》（濟南：山東文藝出版社，1997），頁98。

42　吳闓生：《北江文集》，卷二，頁135。

> 殘守缺於風微人往之餘，以承先而嬗後者，其藴澤所流為彌遠也。今變故紛賾（紜），追溯承平文物之隆如隔世矣。[43]

吳闓生從文學史的發展軌跡舉例，有晚明耆老的「抱殘守缺」，清代文學得以繁榮，有所積累，乃得以淵遠流長。這昭示了他的企盼，希望自己能「承先而嬗後」，作為文化傳脈欲斷時的中流砥柱。

民國九年，弟子賈獻廷、張慶開等集同學五十餘人為題名錄，吳闓生作〈來學諸子題名記〉，說：

> 邪說漫行，相襲並作，舉先王所為典章禮教，大抵蕩裂無遺。……今諸子乃欲本區區所聞，篤行守死而不變，且集徒部立徽幟以張之，其不量輕弱，亦已甚矣。雖然，惡可以不自竭也？……去者益多，則任者益重；叛之愈亟，則其悔之也亦愈深。……君子之處世也，不患世之不治，而患道之不明；不患人之不從，而患己之不立。[44]

清楚說明為何要以少搏多，近乎不自量力，最主要的原因便是「道」的責任在自己身上，這是讀書人自發性的責任感。世變紛至沓來，新學少年又動輒拋棄踐踏所有傳統，傳統核心價值被暴力改寫批判，只怕自此一瀉而下，失去原貌，當耆宿相繼凋零而去，將會陷入無任何挽救餘地的局面。這便益發顯現傳道的重要，也是身為知識分子不可逃避的責任。作於民國十二年的〈先大夫羣書點勘跋〉，也再次強調：

> 世變無盡，學問之塗（途）亦無盡，今日所遭值為前古所未嘗

43 吳闓生：《北江文集》，卷六〈悅雲山房集序〉，頁462。

44 吳闓生：《北江文集》，卷七，頁513。

> 有，後來之變尤不可測知。要之，當今之世古今絕續嬗化之交也，際茲絕續嬗化之交，開新造大之業，不能不待於方來；而整齊已往之所有，使之昭然而可觀、秩然而不紊，於以息異喙而闢康衢，則今茲之折中，蓋有不容已者矣。[45]

可知吳闓生的治學目的不僅是「抱殘缺以待之」而已，更要能「整齊已往之所有」。因此他在這樣的環境底下收徒講學，刊行古籍評點，並提攜弟子，堅持這條路走到了最後。

這些民國之後的評點著作，與吳闓生的第一本評點著作《桐城吳氏文法教科書》相比，顯現出更強烈積極的使命感。《桐城吳氏文法教科書》寫於光緒三十年（1904），寫作動機比較單純，是受託而成的教師課本。（詳後文）清光緒末年，學界及輿論抨擊舊學的力度相比之下還算平緩，在《桐城吳氏文法教科書》的〈序〉、〈例言〉乃至書中評語，看不太到保留舊學與道統、免遭抹滅的使命感。參照吳闓生這時期的文章，如光緒二十九年的〈重印古文讀本序〉，這時強調的是舊學與新學「當相輔而行」，[46]二者並重。但之後革命事起、軍閥連年戰亂，衝擊學術思潮、人倫秩序，舊學遭到激烈的貶抑唾棄，新文學成為主流，青年知識分子的主張也更趨極端。吳闓生逐漸轉向保存傳統，傾全力於古籍評點，民國之後出版的《古文範》等，背後便承擔著更大的責任。從題名也可看出吳闓生的用意，所謂的「古文範」，不只是古文的範本而已，更是維繫人心世道的重要模範。

至於來學的弟子想法，在其師著作的序跋多有所展露，如民國十一年，李剛己之子李葆光的〈尚書大義序〉：

---

[45] 吳闓生：《北江文集》，卷七，頁544。

[46] 吳闓生：《北江文集》，卷二，頁120。

> 夫吾人所貴於學者，以其當繼古而開今也。當代豪傑苟能沉潛此書，以深求前世聖賢修身治國之道，而奮起以挽今日衰季之局，其尤為先生辛苦著書之本指（旨）哉！[47]

又如民國十六年，吳兆璜的〈古文範後序〉：

> 世運之變遷無常，無深識閎博之士，殆不足明察于未然，……世運賴乎人才，而人才興於學問。先生提挈後進，孜孜焉講貫研索之不倦，……先生用意之深，而以振興人才為己任乎！嗚呼！波騰雲詭，擾攘紛紜，向之所有，席捲而盡，數千年不絕如線之傳，將泯滅消沒，視為鞮象重譯之書，而竟莫之或識也，不亦悲夫！此先生與吾徒所以齗齗於斯冊，而不敢怠已者歟。[48]

以及民國十九年，潘伯鷹的〈古今詩範後序〉：

> 吾邦之危兀臬兀（阢隉），至今而極，文學之敝，亦至今而極，舉國呻吟於外患內憂之中，……遼東三省密邇強鄰，激勵亦甚，倔起益速，誦往烈之遺篇，孕新國之偉作，意在斯乎！意在斯乎！[49]

諸如「挽今日衰季之局」、「振興人才」、「運新國之偉作」之語，弟子不約而同皆將古籍與大環境連結，顯現出強烈的危機感與救世圖存的期盼。當中又以吳兆璜的〈古文範後序〉將吳闓生的著述精神闡述得尤為通透具體。為何吳闓生師徒要「齗齗於斯冊」，為何在這樣的

---

47 吳闓生：《尚書大義》（臺北：臺灣中華書局，1970，臺一版），卷首。

48 吳闓生：《古文範》，卷首。

49 吳闓生：《古今詩範》（臺北：臺灣中華書局，1970，臺一版），卷首。

危急存亡之秋仍埋頭吟誦先賢遺作，在此便有了很好的說明：古文中應對世變，通變致用的精神價值，並不會因為改朝換代而毀壞，具有超越時間的永恆性；且人才興於學問，人才不能不培養，而培養之道，正在於讀書。吳門師徒心中的對於傳統文化的責任感是一貫的，時局如此嚴酷，數千年來不絕之傳即將斷滅，時人向西化及白話文蜂擁而去，不知道舊有學問的珍貴，古文竟成了沒人認得的方言譯書一般。這幾篇序將吳闓生的心態表達得很清楚，也見得出弟子具有相當自覺，風雨飄搖之際而能薪火相傳，實屬可慰。

四　〈籀雅〉

〈籀雅〉收錄於吳闓生《北江文集》卷末，是一組十二篇的國學理論，寫作用意與目的明確，題下自記：

> 世亂益甚，學說不明，怛然心傷，作〈籀雅〉。《記》曰：「子所雅言，《詩》、《書》、執禮，皆雅言也。」籀者，紬讀之也。凡十二篇，壬申十月。[50]

民國二十一年，吳闓生有感於時局震盪，「學說不明」，各方學說趨於極端、偏廢正道，吳闓生雖身為政府幕僚，卻無法力挽狂瀾，是以「怛然心傷」，乃作〈籀雅〉，呼籲學子不可盲從。

吳闓生引《論語．述而》第十七章解「雅」，「雅」即雅言、正言，如《詩經》中蘊含的人情倫常，《尚書》裡的政事道理，以及禮節秩序等，這些道理具有恆久性，不會因時間而改變。承載這些道

[50] 吳闓生：《北江文集》，卷十二，頁887。

的語言，更不會是違於日用，僅存於過去書籍的死語言。[51]又解「籀」義為「紬讀之」，即抽引而出，加以誦讀。「籀雅」即抽引出中國傳統學問中之符合正道，且適用於日常的活語言，加以歸納為系統性的文論，用以闡明學術正道，糾正當時「學說不明」的現象，振發傳統精神，這是吳闓生作〈籀雅〉的用意。

〈籀雅〉的題名與此段題下說明，反映出吳闓生在民初文壇上的立場，他不贊同民初錢玄同等人的國語運動，雖未明顯發聲抨擊白話文，但其堅守住傳統國學的原則，甚為明確。

〈籀雅〉依次分為〈文說〉二篇、〈史說〉二篇、〈詩說〉、〈字說〉、〈說鼎〉、〈說禮〉、〈說莊〉、〈說騷〉、〈說杜〉及〈說學〉。從題名來看，不免令人好奇，為何吳闓生只舉出這些主題？是否他認為這些具有強大的概括性，可以代表傳統的國學精神？觀察每一篇大意，如〈文說〉、〈史說〉與〈詩說〉為關於文章、史學、詩歌的理論性總則；〈字說〉與〈說鼎〉為甲骨金文之考辨；〈說禮〉反駁時論，闡明禮教的必要性；[52]〈說莊〉澄清莊子的治世思想其實同於儒家；[53]〈說騷〉詳細解釋屈原〈九歌〉中每一篇的寓意；〈說杜〉說明

---

51 《論語．述而》第十七章，疏曰：「雅言，正言也。」朱熹注：「雅，常也。執，守也。《詩》以理情性，《書》以道政事，禮以謹節文，皆切於日用之實，故常言之。禮獨言執者，以人所執守而言，非徒誦說而已。」〔宋〕朱熹：《四書章句集註》（臺北：鵝湖出版社，1984），頁97。

52 〈說禮〉：「大同之世，不獨親親，……雖今日最新之學說，社會平等之名論，寧有過是者乎！……今後生小子一聞禮義之說，輒顰蹙而不欲道，甚者侈口妄議曰：『禮教殺人。』嗚呼，禮教果殺人乎哉！」（《北江文集》，卷十二，頁920-924）。按：「禮教殺人」之言，指魯迅〈狂人日記〉所帶出的批判禮教風潮。

53 〈說莊〉：「意旨初無異也，然莊生之旨掩昧於眾人之耳目，而莫察者亦多矣。……讀儒老兩家之作，悲慨無極。嗚呼！吾獨不得為治世之民也夫！」（《北江文集》卷十二，頁924-928。）後文舉莊子〈徐無鬼〉、〈則陽〉詳細說明，澄清莊子的意旨實與孔子相同，只是莊子慣以反言出之，後人亦多不察。

杜甫〈詠懷古蹟〉與〈諸將〉兩篇聯章體的詩意；〈說學〉明確提出學問之道在於「博」、「約」二項。吳闓生以此十二篇組成〈籀雅〉，論述內容涵蓋了經、史、子、集，不限於狹義之文學層面，是關於傳統國學的整體性評論。

以往學界比較少留意民初的舊學，〈籀雅〉在時間點上可算是舊學的總結，透露了當時舊學學者的觀點，內容上也有針對時論的辯解，相當具有參考價值。

五　《古文範》的前身：《桐城吳氏文法教科書》

本論文的主題是《古文範》，在此先簡單介紹其前身《桐城吳氏文法教科書》（簡稱《古文法》）。

（一）版本

吳闓生的第一本古文評點著作《桐城吳氏文法教科書》，於光緒三十年（1904）寫成，隔年由上海文明書局出版。收錄《韓非子·難篇》十四章，《史記》表序六篇、贊十四篇。因該書「頗風行一時」，兩年後再版，〈例言〉說：

> 既而印行後，頗風行一時，兩次翻版咸盡。泛觀近刻文法書，尚未有善於此者，則此本未宜遽廢。幕府無事，因重加釐定，以所錄多係短篇，因增入韓非〈說難〉，及史公〈報任安書〉兩大篇，以為長篇文字模範。[54]

可知銷售情形不錯。當時科舉已經廢除，八股文不再是學子必學的

[54] 吳闓生、李剛己：《桐城吳氏古文法》，卷首。

考試文體，吳闓生特別增選〈說難〉與〈報任安書〉（即〈報任少卿書〉）兩篇長文，用以提示章法結構布局，可知章法結構並非只能用於文八股時文，實有助於鑑賞古文。

宣統元年（1909），《古文法》三版，仍由文明書局刊行，曾流通回故鄉安徽。[55]

一九六四年，吳闓生弟子曾克耑取其《古文法》與李剛己《古文辭》合刊，更名為《桐城吳氏古文法》，在香港自費印行。一九七〇年，臺灣中華書局據此本印行。曾克耑為何取二書合刊？從其序可知：

> 桐城吳摯父先生以高文碩學，為世大師，……先師本之以說《韓非》、《史記》，剛己先生本之以說古文辭。蓋二書出而古文之祕闡發無餘蘊矣。……發篋出二書彙刊之，題曰「桐城吳氏古文法」，以先師批本為篇上，而以剛己先生所批為篇下，又於其中各區上下焉。[56]

曾克耑認為，二書皆秉於吳汝綸之教，且都能闡發古文之秘。李剛己與吳闓生皆師事賀濤、范當世，另亦師事張裕釗、吳汝綸，而從吳汝綸尤久，吳、李兩人學習路數甚近，兩書評點解說亦詳，選文精簡，適於初學者學習。又，兩書的文體分類方式也不同，吳闓生《古文法》因僅選錄《韓非子》、《史記》，選文便依照原書順序；而李剛己《古文辭》則依照《類纂》十三類分法。曾克耑將二者合印，蓋有補充《古文法》之意，從書名也可以知道，此書以吳氏父子為主，李剛己為輔。

---

[55] 《古文法》曾在「孔夫子舊書網」拍賣：http://www.kongfz.cn/10150909/，此書蓋有「安徽省立第二師範學院珍藏」印鑑與圖書登錄碼。拍賣檔案照片請見附錄附圖四。

[56] 曾克耑：〈桐城吳氏古文法序〉，吳闓生、李剛己《桐城吳氏古文法》，卷首。

一九七九年，臺北文津書局亦出版《桐城吳氏古文法》，內容同於臺灣中華書局本。

（二）寫作目的

《古文法》的寫作目的，是為了童蒙初學之用的教師用本。初版序說：

> 曩刻先君所選古文讀本，為初學善本，第疏釋不具，讀者病諸。保定、兩江公立小學堂既成，請文法教科書于余，因取讀本中韓非諸難，粗加詮次；益以史公序贊若干首，本於庭訓，不惜詳且盡，慰蒙求也。

吳汝綸雖有古文讀本於課堂傳授用，[57]但因文章注釋不完整，讀者無法讀此一書便了解文義。適逢保定、兩江公立小學堂成立，新式學堂與傳統私塾、書院不同，求編文法教科書。[58]吳闓生便依其父的古文讀本，選出《韓非．難篇》，另選《史記》論贊數篇，詳加評點提示，以為初學讀本。再版〈例言〉也說：

---

57 此書難尋，可能是光緒二十九年（1903）直隸學校司排印局鉛印本，今藏於內蒙古圖書館。吳汝綸另編有《桐城吳氏古文讀本》，由上海光明書局於光緒三十年出版，然該本未選《韓非子．難篇》，吳闓生此言之「古文讀本」，或許指直隸學校司排印局本。

58 參見〔日〕平田昌司：〈光緒二十四年的古文〉，收錄於陳平原主編：《現代中國》第一輯（武漢：湖北教育出版社，2001），頁168。按：吳闓生所編纂者應為高等小學堂（學齡12-15歲）用本。光緒二十九年（1903），《奏定學堂章程》規劃為初等小學堂（學齡7-11歲）課程以認字、理解文理為目標；高等小學堂開始讀古文，習寫作文。教科書採審定制，民間可自行編纂再送審。此制度施行至宣統三年為止。參見王炳照主編：《中國近代教育史》，頁180。邱秀香：《清末新式教育的理想與現實——以新式小學興辦為中心的探討》（臺北：國立政治大學歷史系出版，2000），頁112-137。

> 余著此編，初止為同鄉學堂童蒙之便用而已。……此本出後，同人多加謬賞，而頗有議其程度太高者……此諸評騭，竊未敢苟同……若以程度過低相責，所無可辭，安得轉議其高乎！並此而高視之，則必從白話俚詞入手，恐終其身無入文學之路矣。……吾書若得良教師口講指畫，廣譬而取喻之，七、八歲稚子所能通。……吾獨有一語須申明者：此本乃教師用而非兒童用者。教師玩味批語，心領神會，以之教授兒童，殆無善於此者。

《古文法》為小學堂用本，有議為程度太高者，蓋因受到當時白話文改革聲浪之影響，要求以白話文為初學教本。吳闓生不以為然，他雖支持學習西方學術，非一味守舊，但仍然堅守住桐城古文傳統之最後底線，特別申明《古文法》確實是為七、八歲稚子童蒙學習所作，只是需要良教師的指導。教師細讀吳闓生評點後，心領神會，再「口講指畫」、「廣譬而取喻之」，教授文章妙處，兒童即能知曉文章作法。否則單求兒童自習其書，而能通曉《韓非子》論辯之理、《史記》言外之意，是不可能的。

《古文範》收錄了《古文法》選文，刪去《史記》兩篇傳贊（〈范雎蔡澤列傳贊〉、〈傅靳蒯成列傳贊〉），其餘三十四篇皆收入其中，比率佔百分之九十四。或修改題名，或增訂評點文字，大抵沿用前作；評點增修處不多，多是字句稍作修改，或補充說明前作未明處，故筆者將《古文法》視為《古文範》的前身。《古文範》也延續了《古文法》為童蒙教學而作的特色，解說文意詳細，評點文字生動，時常揭示學子宜多留意之處。

第二節　《古文範》概述

《古文範》歷經刊印多次，本節依現有的文獻材料，爬梳版本資訊與傳布情形。桐城前人的古文選本眾多，其中尤以姚鼐《類纂》與曾國藩《雜鈔》為吳闓生所推重，那麼，他為何要另外編選古文選本，編纂目的為何？選錄這些文章有什麼用意？以下分三小節敘述。

一　成書時間與版本

《古文範》，四卷，為吳闓生在北京講學的教學用本之一。

初名為《國文教範》，民國二年由京師國群鑄一社刊行，石印本，題為「吳闓生評解，高步瀛集箋」，現藏於中國國家圖書館。[59]

民國八年，易名為《古文範》，由中華書局出版，線裝排印本。此本罕見，僅於《北江詩集》點校本與《桐城縣志》記有書目資訊，[60]筆者尚未尋獲。

民國十六年，弟子賀培新、李鉞、張慶開、吳兆璜等人提議重刊《古文範》，[61]由吳闓生「文學社」[62]自行刊印，吳闓生說「十六年五月復加更定編次」，[63]可知選文順序經過調整，改成先依朝代，再依文家

59　參見石珂：〈桐城末學古文選本綜錄〉，《文學遺產》網路版，2013年第2期，http://wxyc.literature.org.cn/journals_article.aspx?id=2481）。

60　吳闓生著，余永剛點校：《北江先生詩集》，卷末〈北江著述目錄〉，頁250。桐城縣地方志編纂委員會編：《桐城縣志》（合肥：黃山書社，1995），頁576。

61　參見吳闓生：《古文範》，卷首序。

62　「文學社」為民國十二年之後吳闓生在北京組成的社團，是講學處所，也集資刊印書籍，他的許多著作都是文學社自行刊印。

63　吳闓生：《古文範》（民國十八年文學社刊本），〈目錄〉，頁4。

排序。此本無高步瀛的集箋，獨留吳闓生的評點。

民國十八年，文學社再刊《古文範》。線裝，四冊，封面由「水竹邨人」（徐世昌）題署。上編一末頁補註《韓非子．難篇》選文的校記，註明：「己巳三月闓生記。」[64]己巳即民國十八年。現藏於臺灣師範大學圖書館。

民國五十九年，臺灣中華書局出版《古文範》，為「臺一版」；與民國七十三年的「臺二版」內容相同。有精裝本及平裝本，合四卷為一冊。卷首原序（民國十六年之重刊序）與內文，據原書影印。其他更動處為：封面、卷首書名頁重新製作；新增〈古文範提要〉、〈中華國學叢書序〉，以及弟子曾克耑的〈桐城吳氏國學秘笈序〉；目錄重新打字排版；內文每頁的原線裝中縫（即書口）下緣，新增阿拉伯數字頁碼。此版本印刷量大，國內大學圖書館多有收藏，為今之通行本。

一九九〇年（民國七十九年），北京中國書店重刊《古文範》。線裝，四冊。封面、目錄、內文皆依原書影印，不加新頁碼。與臺灣中華書局本相較，內頁之評點內容皆同。

目前筆者尋獲三種版本，以表格整理如下。

64 吳闓生：《古文範》（民國十八年文學社刊本），卷一，頁78。

表3-2-1　《古文範》今存版本比較表

版本	1929年文學社重刊本	1970、1984年臺灣中華書局影印本	1990年北京中國書店影印本
書皮（封面）		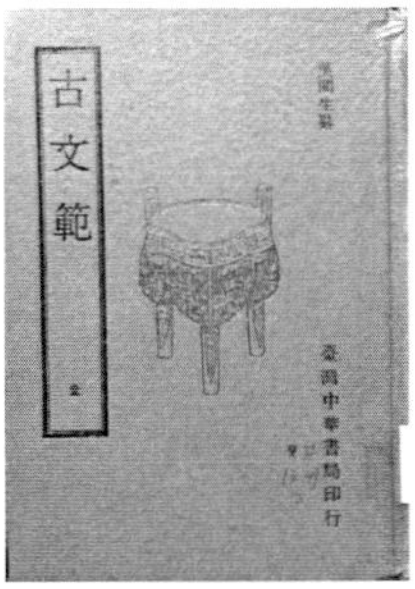	
書名頁（內封面）		 重新打字排版	
牌記	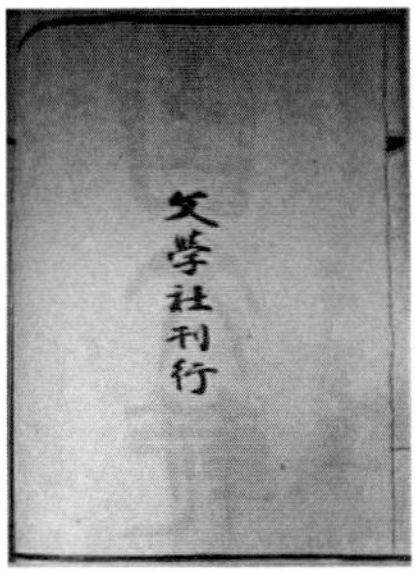	無	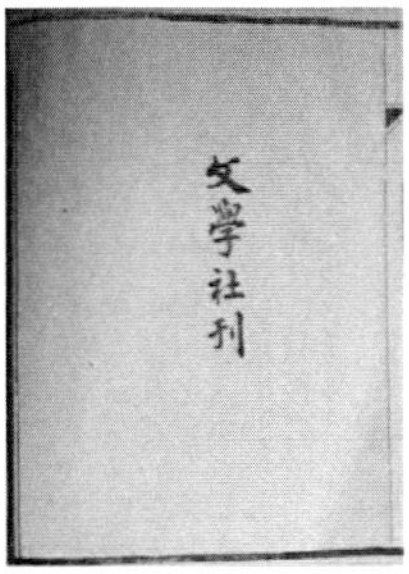

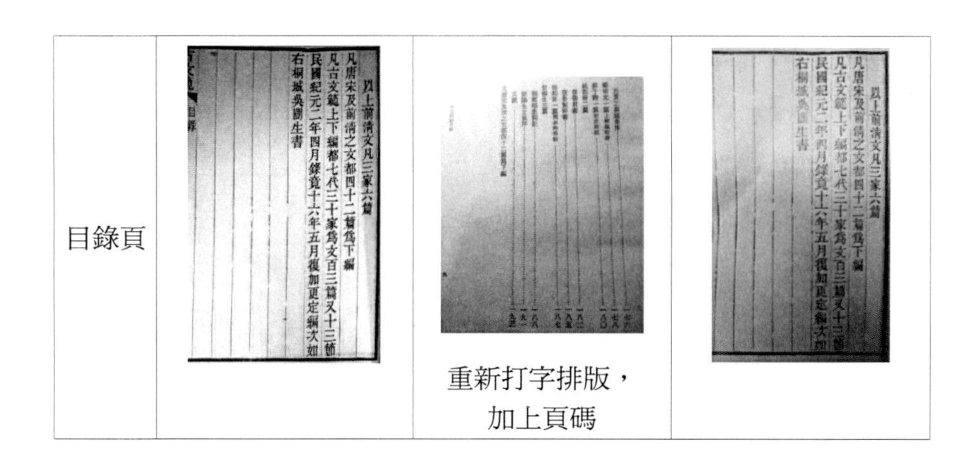

目錄頁	以上前清文凡三家六篇 凡唐宋及前清之文都四十二篇爲下編 凡古文範上下編都七代三十家爲文百三篇又十三節 民國紀元二年四月錄竟十六年五月復加更定編次如 右桐城吳闓生書	重新打字排版， 加上頁碼	以上前清文凡三家六篇 凡唐宋及前清之文都四十二篇爲下編 凡古文範上下編都七代三十家爲文百三篇又十三節 民國紀元二年四月錄竟十六年五月復加更定編次如 右桐城吳闓生書

筆者推測，臺灣中華書局本、北京中國書店本皆依據民國十六年本，原因如下：

一、臺灣中華書局本：第一，卷首有民國十六年的序。第二，與民國十八年本相較，無民國十八年本上編一末頁的補校記（「己巳三月闓生記」），此本影印頁面含下頁半欄，既然印有最後一行的卷次與校對學生姓名，應不至於漏掉頁面中間的補校記（如下圖）。推測極有可能依據民國十六年本。

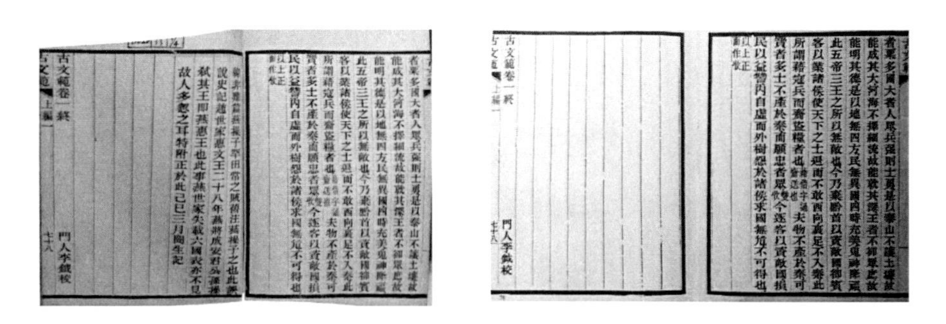

圖3-2-1　《古文範》民國十八年本（左）、臺灣中華書局（右）的上編一末頁

二、北京中國書店本：依原書複製影印，但封面、書名頁、牌記，皆與民國十八年本不同（見上表），可知非依據民國十八年本。此本亦無上編一末頁的補校記，適逢第一冊卷末，隔頁便是封底，無下頁半欄（如下圖），可能因為是空白頁而直接摘除。此本內頁與臺灣中華書局本皆同，極有可能依據民國十六年本。

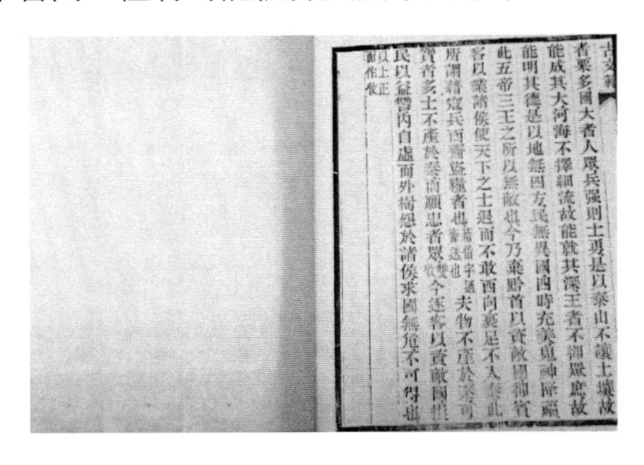
古文範
者衆多國大者人衆兵彊則士勇是以泰山不讓土壤故
能成其大河海不擇細流故能就其深王者不卻衆庶故
能明其德是以地無四方民無異國四時充美鬼神降福
此五帝三王之所以無敵也今乃棄黔首以資敵國卻賓
客以業諸侯使天下之士退而不敢西向裹足不入秦此
所謂藉寇兵而齎盜糧者也藉借字通齎送也夫物不產於秦可
寶者多士不產於秦而願忠者衆今逐客以資敵國損
民以益讎內自虛而外樹怨於諸侯求國無危不可得也
以上正面作收

圖3-2-2　《古文範》北京中國書店本的上編一末頁

無民國十八年本的補校記，接連封底，無下頁半欄。

吳闓生在世時，《古文範》至少刊行四次，讀者可能不少。當時教育與舉才制度已經變遷，但仍有許多中等學校的國文教師採用古文評註讀本作為教材。[65]即使如新文學作家周作人，也在民國二十四年時讀過《古文範》，周作人欲了解韓愈文章的佳處，選擇了金聖歎的《天下才子必讀書》與吳闓生的《古文範》這兩種「態度很不相同」的選本來讀，[66]可知《古文範》在當時的新、舊學界皆具有一定的知名度與受重程度，也是選本之中重視道統、文統者的代表。民初十餘

65 參見劉黎紅：《五四文化保守主義思潮研究》（北京：中國社會科學出版社，2006），頁95-96。

66 參見周作人：《苦茶隨筆・廠甸之二》（臺北：里仁書局，1982），頁40。

年來雖經歷文學革命運動，但不代表舊學便處處受壓，無伸展空間，以往的現代文學史多站在新文學的立場，貶低舊文學作家的努力，這是不太公平的。

《古文範》的刊行與修訂跨越很長的時間，關於時代背景、寫作用意，已於前文第一節與吳闓生的其他評點著作一併討論。另外，《古文範》的選文排序方式不按照桐城其他選本的文體分類，也已於第二章第二節文學觀念中探討，茲不贅述。

《古文範》為通代選本，起自先秦莊子，下迄清代曾國藩。在吳闓生之前，桐城派的通代選本已有《類纂》、《雜鈔》等，吳闓生也屢屢表達對這兩者的敬重佩服之心，那麼，他為何另外編選《古文範》呢？他為何只挑選這些文章，是否有什麼原因或用意？這是接下來要討論的問題。

二　編纂目的

關於吳闓生編選《古文範》的用意，弟子賀培新、吳兆璜與曾克耑三人的序皆提及。賀培新說：

> 蓋為學之道，由約而之博，由博而返乎約，斯為善學矣。古之選文者，如《文粹》、《文鑑》之屬，可謂博矣，然不知所折中；如《關鍵》、《軌範》之類，可謂約矣，然殊有所未備也。至於姚氏《類纂》、曾氏《雜鈔》，而後斯文之體因以大備，浩博之觀乃至是而無憾。然欲約之而取其精，吾知其難也。[67]

---

[67] 吳闓生：《古文範》，卷首序。

賀培新的序先從「約」、「精」的角度來說明《古文範》的編纂用意。他認為古來選本多有所偏失，姚鉉《唐文粹》、呂祖謙《宋文鑑》太過龐雜，[68]稱得上是「博」。呂祖謙《古文關鍵》以及謝枋得《文章軌範》雖能闡發文章微旨，但取法的對象不能溯源至先秦兩漢，仍有許多不足。[69]至於《類纂》與《雜鈔》則是最完備的，但還可以更「約」更「精」。賀培新提出「博」、「約」二者兼顧，再由「約」更進一步到「精」，點出吳闓生編纂《古文範》的目的，便是從《類纂》與《雜鈔》精選出佳文，換言之，即為精選本。這說明了為何《古文範》的選文，除了《韓非子・難篇》、《史記》論贊、梅曾亮文、曾國藩文之外，其他選文多與《類纂》及《雜鈔》重疊。

不過，吳闓生編纂《古文範》，是用以取代《類纂》與《雜鈔》嗎？賀培新接著說明：

> 吾師之教人，一以姚、曾二家為主，未嘗與之立異也。雖然，所由以躋乎二家之域者，必有階焉，則今之所選者是已。學者由是選而精之，以汎（氾）濫乎百家，以進窺二氏之所得。……蓋其始也，必藉是編以階進；而其既也，窮微造極，而仍不外乎是焉。[70]

參看吳兆璜的後序，所論相同：

> 茲編為先生精意所寄，啟闢蹊徑，正偽盻兮。學者得此，上窺

---

68 《唐文粹》收文、賦1104篇，詩961首。《宋文鑑》（即《皇朝文鑑》）收賦 80餘篇、詩騷1000餘篇、文 1400餘篇，作者逾兩百人。

69 《古文關鍵》只選韓、柳、歐、曾、蘇洵、蘇軾、張耒共六十二篇。《文章軌範》選漢至宋代六十九篇，較不符合吳闓生取法先秦兩漢（《左傳》、《史記》與漢賦等）的文學觀念。

70 吳闓生：《古文範》，卷首序。

> 姚氏《類纂》、曾氏《雜鈔》微言奧旨，如循流溯源，排闥入室，洞然而無所隔閡也，亦非淺矣。[71]

賀、吳二弟子皆以《古文範》為學習初階，再進展到姚鼐《類纂》與曾國藩《雜鈔》。我們在第二章談吳闓生的文學觀念時提到，雖然他反對《類纂》與《雜鈔》的文體分類法，另有新解；但他非常佩服姚鼐與曾國藩的批評文論，並認為曾國藩推本姚鼐，改良了桐城義法。賀培新說其師「一以姚、曾二家為主，未嘗與之立異」，強調其師評論文章的觀點繼承姚、曾二人，不違背他們的選文原則，同時也將老師置於桐城派譜系中的重要位置。因《類纂》、《雜鈔》體製過於博大，初學階段或感吃力，故其師乃編選《古文範》。可知《古文範》的選文雖然多與《類纂》及《雜鈔》重疊，但並非用以取代前人的選本，而是經過篩選，適合學子入門的精選本，以作為學習的基礎。

另一弟子曾克耑於民國五十八年作〈桐城吳氏國學秘笈序〉，說：

> 先師北江先生，……本其夙聞于摯父先生者，成《古文法》、《古文範》。……學者苟能于先師之選窺其微，進而再事摯老三書，則文章之事，無待他求矣。[72]

曾克耑連結吳氏父子的著作，以為研讀吳闓生《古文範》之後，可由此進一步研讀吳汝綸的《諸子集評》、《史記集評》與其評點的《古文辭類纂集評》三書。雖不同於賀培新、吳兆璜之上溯《類纂》與《雜鈔》，但弟子都以《古文範》作為桐城前人選本的學習前導，為研讀古文的基礎。

---

71 吳闓生：《古文範》，卷首後序。

72 吳闓生：《古文範》，卷首。

三　選文原因與用意

關於《古文範》選錄的作家數、篇數，目錄末尾有記：「凡《古文範》上下編，都七代三十家，為文百三篇又十三節。民國紀元二年四月錄竟，十六年五月復加更定編次。」[73]此與實際數目相合。弟子賀培新的序作於同年，但記為「三十有一家，為文越不過百首」，則些微失誤。

關於《古文範》的選文標準，吳闓生沒有作序或凡例說明，弟子賀培新說的「約」、「精」（詳前節引文），嚴格來說並不能當作選文標準，畢竟何謂「精」，何謂「約」，是頗為主觀的意見，也稍微籠統。以下僅就《古文範》書中所言，分析選文的原因與用意。

《古文範》選文共一〇三篇及十三小節《莊子》節錄，收錄前作《桐城吳氏古文法》原有的《韓非子》和《史記》三十六篇選文，再增選先秦至清代曾國藩之文。但各個作家的篇數不甚均勻，如下表：

73　吳闓生：《古文範》（民國十八年文學社刊本），卷一，頁78。按：臺灣中華書局本的目錄頁重新打字排版，無此段文字。

表3-2-2 《古文範》選文作家篇數

朝代	作家（括號內為該作家篇數）	作家數	篇數
周秦	莊子(4篇全篇，13節節錄)、韓非(15)、屈原(1)、戰國策(6)、蘇代(1)、樂毅(1)、魏無忌(1)、[74]魯仲連(1)、李斯(1)	9	31篇 13節
漢魏	漢文帝(1)、淮南小山(1)、賈誼(2)、司馬相如(1)、司馬遷(19)、楊惲(1)、揚雄(1)、漢光武帝(1)、班固(1)、諸葛亮(1)、曹植(1)	11	30
唐	韓愈(18)、柳宗元(2)	2	20
宋	歐陽脩(2)、王安石(10)、曾鞏(2)、蘇洵(1)、蘇軾(1)	5	16
清	姚鼐(2)、梅曾亮(1)、曾國藩(3)	3	6
	總計	30	103篇 13節

可以發現，三十位作者當中，莊子、韓非、司馬遷、韓愈與王安石五人特別多，選錄比例各為：莊子15%，韓非13%，司馬遷16%，韓愈16%，王安石8%，這四位只是全部作者中的17%而已，然而他們的作品合起來便佔了68%，超過三分之二。

為何這幾位作者特別多呢？吳闓生在目錄中略有說明，他說：

> 上篇：以莊生、史公為主，而漢以前諸家附之。
>
> 下篇：以韓文公為主，而自唐以來附之。多錄荊公者，入韓之梯徑也。

---

[74] 按：魏無忌〈諫與秦攻韓〉和魯仲連〈遺燕將書〉見於《戰國策》、吳闓生說：「以下……亦見《國策》，然皆自譔之文，故別出之。」（《古文範》上編一，蘇代〈約燕昭王書〉，65頁。）故筆者將之歸屬於作家名下。

顯然吳闓生有意特別注重莊子、司馬遷、韓愈與王安石四人。此外，《韓非子》選文亦多，以下先討論莊子等四者選文，並探究《韓非子》的選文用意。

（一）《莊子》

先看莊子，吳闓生說：

> 莊子之文瓌瑋連犿，洸洋恣肆，超然埃壒之表。學者宜從此境入手，以廣己而造大，庶藥凡猥淺滯靡弱之病。[75]
>
> 莊子高文至多，不可盡錄，今取其精湛而宕逸者，節錄若干首，以為後生學文之助，而於老、莊之道，亦可以略見一班（斑）也。[76]

可知是為了讓初學者學習莊子高深的言外之意、酣恣跌宕的文境與精湛偉茂的詞采，以此避免靡弱之病。這跟前文提到以《古文範》為初階教程有大的關係，是站在學生立場安排的。另外，中國傳統思想以儒家為主，選錄《莊子》，亦有助於學生認識老莊思想。

《莊子》由內篇、雜篇、外篇三部分組成，《古文範》的莊子選文為四篇全篇、十三節節錄；四篇全選的是〈逍遙遊〉、〈駢拇〉、〈馬蹏〉、〈胠篋〉，後三者都屬外篇。我們今日看來可能覺得奇怪，如果要讓學生認識老莊思想，為何不是以內篇為主呢？吳闓生解釋道：

> 以下三篇憤激恣肆，跌宕沉鬱，文氣極為英鷙，在《莊子》中稍為別調，故列於外篇之首。……姚姬傳謂周、秦間賢者之

75　吳闓生：《古文範》，上編一，《莊子．逍遙遊》題下評，頁1。

76　吳闓生：《古文範》，上編一，《莊子．養生主》題下評，頁14。

> 文，非莊子所為，竊謂非莊子不能作也。[77]

〈駢拇〉、〈馬蹏〉、〈胠篋〉這三篇的內心情感是憤激沉鬱的，因為憤激不平，下筆噴薄而出，形成放縱恣肆、跌宕不拘的文勢，與《莊子》其他篇通脫的態度較不相同，姚鼐以為出自莊子後學。吳闓生則根據作品本身的文氣，判斷為莊子本人所作。他評《莊子》時，「恣肆」、「縱宕」、「跌宕」等語隨處可見，這固然是《莊子》文章的特色，倒也透露出《古文範》選錄的用意，以《莊子》文改善學子「凡猥淺滯靡弱之病」。

（二）《史記》

至於《史記》，吳闓生對司馬遷推崇備至，讚歎之情時常溢出言表，他說：

> 子長空前絕後，文中之聖。《史記》中高文不可盡錄，今從姚《選》之例，僅錄六〈表序〉，益以〈報任安書〉，聊見概略云。[78]
> 贊乃紀傳之後論，本非獨立文字。惟《史記》大篇多應全讀，此本不能盡錄，而史公奇氣尤於後論見之，故錄數首以見一斑。[79]

自方苞以來，桐城選本慣常保留《史記》原傳完整性，僅選〈自序〉或〈報任少卿書〉或〈表序〉，如方苞《古文約選》錄史公〈自序〉一篇，姚鼐《類纂》選〈表序〉六篇，吳汝綸《桐城吳氏古文讀本》亦選〈表序〉而已，曾國藩《雜鈔》雖另選某些列傳，但都全傳收錄。《古文範》選錄〈表序〉以外，又增選列傳論贊十二則，此為突

---

77 吳闓生：《古文範》，上編一，《莊子．駢拇》題下評，頁6。

78 吳闓生：《古文範》，上編二，《史記．十二諸侯年表序》題下評，頁89。

79 吳闓生：《古文範》，上編二，《史記．項羽本紀贊》題下評，頁98。

破桐城前人之處。吳闓生所謂「奇氣」，指司馬遷的言外之意，例如〈蕭相國世家贊〉，評說：「漢興諸功臣，史公觀之，皆不足當其一盼，故此諸篇最可誦。……揶揄尤甚。」[80]以為司馬遷或極力頌揚、或無一字褒貶，但其實別有寓意，只因他礙於身處本朝，故含蓄道出。（詳見本文第五章第三節）

（三）韓愈文

再談韓愈，吳闓生對韓愈同樣推崇備至。韓愈選文多達十八篇的原因有二，一是韓文能得《左傳》、《史記》的長處，〈送溫處士赴河陽軍序〉夾評說：

> 凡文字以意在言外，委婉不盡為最上乘，《左氏傳》最為擅場，《史記》亦數數見之，韓文中類此者蓋可指數。自餘各家，於此微恉寥乎絕矣。[81]

吳闓生指出「意在言外，委婉不盡」是文章最上乘的境界，他的《左傳微》也持有相同意見，[82]並認為整個文學史中，最擅長此法的要屬《左傳》，次為《史記》，最後是韓愈，其他人則微乎其微。〈潮州刺史謝上表〉夾評也說：「微詞諷動天子，……言在此而意在彼，遂覺韻味無窮。」[83]「意在言外」是一種寫作手法，也會影響風格。〈答劉秀才論史書〉題下評說：「文章之事，專尚奇詭。」[84]指作家隱藏心意，故意以反言或不合常理的話語出之，形成奇詭的風格，可說是「別有

---

[80] 吳闓生：《古文範》，上編二，頁100。

[81] 吳闓生：《古文範》，下編一，頁131。

[82] 吳闓生《左傳微》說：「言在此而意在彼，最為文之神境，所謂語南意北者也，……左氏書中極聖文字。」卷三〈襄仲之亂〉，頁92。

[83] 吳闓生：《古文範》，下編一，頁137。

[84] 吳闓生：《古文範》，下編一，頁141。

寓意」、「意在言外」的進一步發展。

二是韓愈的排佛文章，〈原道〉題下評說：

> 往者饒陽常稷生君傳印先君所評姚《選》古文，於退之文獨刊去〈原道〉、〈與孟尚書書〉等數篇不載，以其闢佛也。……退之則固以闢佛為畢生大事業也。……此兩篇皆退之之大文，講文事者固莫之能外也。[85]

吳闓生的蓮池同學常堉璋（字濟生，又字稷笙）刊印吳汝綸評點的《類纂》，將韓愈與闢佛有關的文章全都刪去。吳闓生特於《古文範》中聲明，排佛為韓愈一生大事，〈原道〉與〈孟尚書書〉二篇絕不可省去。[86]唐代佛教興盛，憲宗以國君之尊奉請佛骨，使得佛教更加風靡。韓愈以一人之力對抗，上表諫言，直指其害，冒著觸犯龍顏的危險，寫得理直氣壯，盛氣磅礴，這是吳闓生評為「大文」、認為一定要選錄的原因。

以上是根據吳闓生之評歸納出的選錄原因，不過，韓文也非每篇都有奇詭的特色，或是都與闢佛有關。比起《莊子》與《史記》，韓愈選文的用意並不明顯；事實上，韓文的選錄與否，更多取決於吳闓生個人的審美傾向與愛好。上述的奇詭風格是其一，第二是他愛好雄壯的漢代碑賦氣勢，〈平淮西碑〉評為「漢碑之氣體」，[87]非賦體的〈潮州刺史謝上表〉評為「全運以漢賦氣體」，[88]並認為〈鄆州谿堂詩

---

85 吳闓生：《古文範》，下編一，頁122。

86 韓愈排佛的文章還有〈諫佛骨表〉、〈送浮屠文暢師序〉，但吳闓生沒說明為何不收此二篇；只收〈原道〉與〈孟尚書書〉，或許是受到曾國藩影響，曾國藩評〈與孟尚書書〉說：「此為韓公第一等文字，當與〈原道〉並讀。」（見於吳汝綸點勘，吳闓生纂錄：《群書點勘：韓昌黎集》，民國十二年蓮池書社排印本，頁41。）

87 吳闓生：《古文範》，下編一，頁145。

88 吳闓生：《古文範》，下編一，頁136。

并序〉「蔚為鉅觀」、「奇偉獨絕」。[89]第三是他欣賞韓愈傲直的個性與抱負，如〈上宰相書〉及〈上張僕射書〉評道「屈（倔）強兀傲之天性」、「不阿曲以徇人」，[90]〈送幽州李端公序〉評為「最見公之偉抱，文亦英偉軼蕩非常」。[91]這三點是他沒有明言，但是從他的喜好可以看出選文的標準。

（四）王安石文

接下來看王安石，吳闓生在《古文範》目錄清楚地宣示「多錄荊公者，入韓之梯徑也」，用意正是使學生由王學韓。王安石追步韓愈，早在宋代歐陽脩就曾提及，清人張謙宜等也注意到兩者的墓誌銘具有承續關係；[92]方苞亦評「介甫變退之之壁壘，而陰用其步伐」，[93]認為王安石轉變韓愈墓誌銘的形式，但寫作手法與韓愈類似。[94]曾國藩從另外的角度評道：「予論古文，總須有倔強不馴之氣，愈拗愈深之意。故於太史公外，獨取昌黎、半山兩家。」[95]指出韓、王的個性與文氣有近似處。吳闓生則說：

荊公崛起宋代，力追韓軌，其倔強之氣、峭折之勢、樸奧之

89 吳闓生：《古文範》，下編一，頁154。

90 吳闓生：《古文範》，下編一，頁132、135。

91 吳闓生：《古文範》，下編一，頁130。

92 歐陽脩曾託曾鞏轉告王安石：「勿用造語及模擬前人，……孟、韓文雖高，不必似之也，取其自然耳。」見於〔宋〕曾鞏：《元豐類稿》（臺北：臺灣商務印書館，《四部叢刊》本，1968），卷十六〈與王介甫第一書〉，頁125。張謙宜云：「昌黎墓誌有無繫詞者，……後惟半山仿此體似之。」〔清〕張謙宜：《更定文章九命》，收錄於王水照編：《歷代文話》（上海：復旦大學出版社，2007），第4冊，頁3904。

93 〔清〕方苞：《古文約選．凡例》（臺北：臺灣中華書局，1969），頁10。

94 參見沈秀蓉：《王安石文風轉變特色之研究——以中晚年文章為討論中心》（臺灣師範大學國文所碩士論文，1999），頁144-146。

95 〔清〕曾國藩：《曾國藩全集》，第20冊家書〈致諸弟〉，頁47。

> 詞，均臻閫奧，獨其規摹稍狹，故不及韓之縱橫排蕩、變化噴薄，不可端倪，然戛戛獨造，亦可謂不離其宗者矣。先大夫嘗謂學詩與文皆當從荊公入，以其矜練生硬，足以矯流俗凡猥浮滑之病也。[96]

吳闓生從三個方面說明王安石力追韓愈之處：一是韓愈個性「屈（倔）強兀傲」，[97]王安石個性剛強，兩人文章皆有股倔強之氣，此評近於前文引述的曾國藩評論。二是王安石遒勁險峭多轉折的文勢，與韓愈的部分文風類似，張裕釗評韓愈〈張中丞傳後敘〉便說「屈盤遒勁，雄岸自遂處，仍係退之本色」，[98]以多折遒勁、雄放恣肆為韓文的本色。三是樸實高古的詞語。吳闓生引其父之言，說明王安石的詞語有「矜練生硬」的長處，學之能矯正低淺平俗的弊病。雖然他又提出王安石的缺點為「規摹稍狹」，較為狹隘拗硬，未若韓文變化多端，恣意無拘，但即使如此，也瑕不掩瑜。吳闓生遵從其父之教，注重王文的「矜練生硬」，認為其矜持琢練的文句與生硬的風格，能矯正一般人過於平易隨興而出的弊病，故初學者宜從王安石入手，這是他選錄王文的用意。

（五）《韓非子》

釐清莊子、司馬遷、韓愈與王安石四者的選文用意之後，再看篇數亦多的《韓非子》。《韓非子》選文共十五篇，含〈說難〉與十四章〈難篇〉。在前身《古文法》中，吳闓生以〈說難〉作為學子的

---

96 吳闓生：《古文範》，下編二，王安石〈周禮義序〉題下評，頁166。

97 吳闓生：《古文範》，下編一，韓愈〈上宰相書〉，頁132。

98 見於吳汝綸點勘，吳闓生纂錄：《群書點勘：韓昌黎集》，頁29。

「入古之梯徑」，[99]後來《古文範》刪去此語，因為他增選了《莊子》與王安石文，認為更適合初階學子矯正平凡輕浮的毛病。歷代古文選本收錄《韓非子》者甚為少見，即使有，頂多也是〈說難〉一篇。[100]為何吳闓生選錄〈難篇〉，且多達十四篇呢？吳闓生說：

> 論難之文，以韓非為極則，用筆深刻廉悍，冰解的破，無堅不摧，使對敵者無置喙餘地，而英姿颯爽，勁快無匹。千古名家辨（辯）論文字，無不導源於此，而莫有能與之抗行者，可謂絕調矣。[101]
>
> 此意穎妙至極，鈍根人道不出半字，童兒學之，最足開濬智識。[102]
>
> 蓋韓非之作〈難〉，所以窮物情之奧，而示論辨之方。於事理之是非得失，初不必斤斤致意……既旁通曲暢，義蘊之皆盡，有不能出其才識以辨治當世之事者乎？此韓非作〈難〉之本意，而吾輩研習之微旨也。[103]

吳闓生以韓非文為千古議論文章之源，並認為設難問答的〈難篇〉尤能展現韓非勁快強悍的特色。吳闓生指出韓非創作〈難篇〉的目的，是使統治者推究文中論難的義蘊，藉此培養治理政務的能力。〈難篇〉既能開通智慧，使思路清晰，增進理解事理的能力，也是學子寫作議論文章的模範，非常適合作為初學教材。〈難篇〉通常先簡敘一段史事，但凡有違情理，或不合政治效益，或凡人訛傳者，都是韓非

99　吳闓生、李剛己：《桐城吳氏古文法》，頁27。

100　如〔宋〕謝枋得《文章軌範》、〔清〕林雲銘《古文析義》、〔清〕余誠《古文釋義》與〔清〕過珙《古文評註》等，《韓非子》僅收〈說難〉一篇。

101　吳闓生：《古文範》，上編一〈難篇〉題下評，頁28。

102　吳闓生：《古文範》，上編一〈難篇．齊桓公飲酒〉夾評，頁39。

103　吳闓生：《古文範》，上編一〈難篇．魯陽虎欲攻三桓〉夾評，頁46。

詰難的目標，一步步地推論辯駁，藉以提出信服力強的定論。其剖析、論議、引證、歸納的過程，可謂精采絕倫。[104]

吳闓生另從文章法度的角度說明選錄〈難篇〉用意，他說：

> 韓非諸〈難〉，篇幅不多，眾法畢備，讀之最能開拓心思、增長筆力。後生把筆學文，從此入手，洵無上法門也。[105]

點出〈難篇〉有許多文法佳處，初學者應由此入手以加強藝術性。他在〈難篇〉各篇夾評中，也時常明確標示出「法」，如「五字烹鍊，文句之法」，[106]「總結前篇作收，章法完密」。[107]除此以外，韓非「古奧」的語句也是學習重點，如吳闓生評〈說難〉為：「此篇多烹鍊古奧之句，樸拙簡勁，最可摹仿。」[108]〈難篇．趙簡子圍衛之郛郭〉也說：「詞指樸奧，語覈而意盡，最可學。」[109]都是提點學生模仿韓非高古的文辭句法。

由以上所述，可知《古文範》選韓非文的用意有三，一是開通學子智識，二是學習議論文章的寫作手法，三是模仿韓非古樸簡勁的語句。

（六）其他

《古文範》選文之中另有一類可注意者，吳闓生多評為「至文」、「至性」之例，如樂毅〈報燕惠王書〉題下評：

---

104 參見張素貞：《韓非子難篇研究》（臺北：臺灣學生書局，1987），頁6。

105 吳闓生：《古文範》，上編一〈難篇．彌子瑕有寵於衛國〉尾評，頁49。

106 吳闓生：《古文範》，上編一〈難篇．歷山之農者侵畔〉，頁33。

107 吳闓生：《古文範》，上編一〈難篇．靡笄之役〉，頁37。

108 吳闓生：《古文範》，上編一，頁25。

109 吳闓生：《古文範》，上編一，頁42。

> 此篇與孔明〈出師表〉皆千古英雄抒吐肝鬲之文，其慈良愷惻，坦白質直，亦最相近，皆無意於文，而實天下之至文也。[110]

又如漢光武帝〈賜竇融璽書〉題下評：

> 此文乃英雄披豁胸臆，掬赤誠，與人相見之談，所謂「推心置腹能得人死力」之道也。[111]

又如諸葛亮〈出師表〉題下評：

> 至性纏綿，字字從肺腑中流出，可格金石，可泣鬼神，此天地之元氣也。[112]

以及曹植〈下國中令〉題下評：

> 悽惋動人，亦至性之所流露。[113]

這四篇的著重點相同，都在於作者忠君愛國的性格與誠摯的情感，足以令歷代讀者動容淚下。《古文範》的評點內容，雖較多著墨於文意評析、作家風格與結構法度，但由此四篇亦可知道，吳闓生對於情意有相當程度的重視。

綜而言之，《古文範》選文最多的《莊子》、《韓非子》、司馬遷、韓愈與王安石當中，《莊子》、《韓非子》與王安石文三者有較明顯的選文用意與教學目標：如以《莊子》醫治「凡猥淺滯靡弱之

110 吳闓生：《古文範》，上編一，頁67。
111 吳闓生：《古文範》，上編二，頁117。
112 吳闓生：《古文範》，上編二，頁118。
113 吳闓生：《古文範》，上編二，頁120。

病」；以《韓非子・難篇》開通學生思路，學習論辨文體的作法，模仿韓非古樸簡勁的語句；以王安石文矯正「流俗凡猥浮滑之病」。三者皆欲使初學者避免平凡淺弱輕浮之病，教學用意顯著，此與《古文範》作為教學用本有關。

選錄《史記》的用意，在於闡發前人所未洞察的司馬遷深意，探析「奇氣」。而韓愈文的選文用意則較不明顯，以〈送溫處士赴河陽軍序〉等接軌《史記》「意在言外」的特色，以〈原道〉與〈孟尚書書〉說明韓愈一生的闢佛事業。此外，選文原因亦受到吳闓生個人的審美觀念與性格影響。他欣賞韓愈的倔強個性與陽剛風格，認同王安石「矜練生硬」的文句，實則他自己的個性便頗為倔強，他的文章風格也偏向雄放。（關於吳闓生的個性，詳見本文第二章第一節附論。）欣賞雄奇，反過來說，就是不喜歡平易的風格，所以歐蘇文選的甚少，吳闓生認為歐陽脩開啟後代專習平易的文風，並指責三蘇往往隨興所出，破壞文章應有的法度，使後人流於輕率妄為，古文文體遂壞。[114]因此，《古文範》於宋代以後、王安石以外的文章，只選了寥寥數篇，明代不選，清代只取桐城派姚鼐、梅曾亮、曾國藩三人，實與他的風格偏好有很大的關係；而清代三者，也是出自尊師重祖之故。儘管賀培新說其師「一以姚、曾二家為主，未嘗與之立異」，但客觀而言，《古文範》的選文取向近於曾國藩雄奇一路；且於唐宋八大家中僅推崇韓愈與王安石，指責歐陽脩與三蘇所帶來的負面影響，實偏離三祖重視唐宋八家的作法。

---

114 歐陽脩〈送田畫秀才寧親萬州序〉題下評：「宋以後無復真古文矣。歐公雖不尸其咎，然公之文實導人於平易，而不能引人日上，則昭然無可疑也。」（《古文範》下編二，頁164）。蘇洵〈上韓樞密書〉題下評：「三蘇專以意勝，不復留心章法詞句之間，……故謂古文之體壞於三蘇，……始作俑者，能無任受咎哉！」（《古文範》下編二，頁178）。詳見本文第五章第三節。

第四章
《古文範》的內容思想與評點形式

桐城前人的評點著作極為豐富，本章首先分析吳闓生的評點觀念，探討他對桐城前人評點的看法。在前賢立言滿紙的情形下，吳闓生的評點是否還有發揮空間，筆者擬以賈誼〈過秦論〉一文的尾評為例，說明他如何闡發文章的精微處、挖掘前人之所未見。

第二節論《古文範》的思想內涵，《古文範》選錄多篇《莊子》與《韓非子》，時有政治制度的延伸議論，筆者將分成學術思想與政治思想兩點探討。

《古文範》運用很多圈點符號，於第三節探討圈點符號意義，與評、注的方式及功用。

第一節　吳闓生的評點觀念

古文評點選本始於南宋，明、清二代蓬勃發展，桐城派作家也多有評點詩文的習慣。自方苞、劉大櫆與姚鼐之後，評點逐漸成為桐城派的文學批評傳統。[1]吳闓生之時，前有方、劉、姚、方東樹與其父汝綸等眾多評點先賢，他對前人的評點成績有什麼看法？吳闓生自己的古籍評點著述也很多，他的評點著作是否有一貫的側重處，或者認為評點應該達成什麼目標？這是本節想要探討的問題。

1　參見孫琴安：《中國評點文學史》，頁320。

一　對桐城前人評點的看法

古文評點選本始於南宋呂祖謙《古文關鍵》，批語、圈點兼具，稍後真德秀《文章正宗》與謝枋得《文章軌範》等，亦皆有評、點。明代以八股取士，考官喜於文卷上圈點標識，評定優劣，士人與書商爭相模仿，評點之法蔚為風行。[2]

評點原先止於集部文學，而後擴及史部，史書尤以《史記》在明代最盛，如茅坤《史記鈔》、歸有光《歸震川評點史記》等。而後經、子部的評點亦開展而出，如清代方苞《左氏評點》、劉大櫆《評點揚子法言》、姚鼐《評點大戴禮》等。[3]桐城作家評點著作豐富，大致上仍以詩文為主；末期吳汝綸則於經、史、子、集皆大量評點，是桐城派中評點數量最多者，據吳闓生〈先大夫羣書點勘跋〉所記，共有九十二種。[4]吳闓生〈先大夫羣書點勘跋〉說：

> 平（評）點之法始自前明，其初蓋由制科文字師師相詔，聊以識別高下，至為微淺。自歸熙甫點定《史記》，而其業始尊。熙甫之讀《史記》，別為丹、黃二筆，自以旨趣所寄，他人未易測也。自是以後，方、姚諸公於文辭皆有點識，學者傳寶之，姬傳且謂「圈點啟發人意，逾於解說」。夫文字之精微，固非語言所能盡旨，窮於口說，惟點識足以明之，此姬傳之所尚也。顧方、姚所平（評），止於文藝；及曾文正公鈔經史百家，而範圍益廣，然皆一時悅懌，藉證心期，未嘗綜極古

2　參見尤信雄：《桐城文派學述》，頁113。

3　參見孫琴安：《中國評點文學史》，頁267。

4　吳闓生：《北江文集》，卷七，頁541。

今，為此空前之偉業也。先大夫好學出自天性，……自六經子史百家之書，無不昕夕披覽，擇其菁華，手寫口誦，精心釐定，……其為業蓋前古之所未聞。[5]

這篇跋文清楚呈現吳闓生的評點觀念：他以為評點的方法始於明代，由科舉考官批閱八股文的形式轉化而來，用途只是為了判別等第，評論的程度都很低淺。桐城文家多尊崇歸有光的《史記》評點，歸氏以紅、黃二筆標誌文章的旨趣，吳闓生認為他人未必能懂。桐城前人多以為評點有益於研讀古文，如姚鼐說「圈點啟發人意，有愈於解說者」；[6]又如吳汝綸主持蓮池書院時，要求學生必須圈點《類纂》及《史記》。[7]吳闓生意見與前人相同，肯定圈點，以為圈點附於字句旁邊，可以直接標示文章的精微處，比文字性的評論更有啟發性，認同評點有助於文學的鑑賞與學習。方苞、姚鼐雖有經、子部之評點著作，但吳闓生以為他們的評點「止於文藝」，而曾國藩《雜鈔》選文雖擴增經史子部，但與方、姚都是「一時悅懌，藉證心期」，挑選合於自己心意或文學理論的作品。因此他更推崇其父的評點作法，經、史、子、集全加以評點，縱貫古今百家，擇選名山之作，整部皆評，不節錄選文、不剔除部分。吳闓生於〈先大夫諸史點勘跋〉也讚美其父的評點成就：

古人丹鉛點竄僅供文學之一助，至盡取數千年來宏編鉅冊、經史羣藝，一以義法裁之，則其事先公所刱，為亘（亙）古未嘗

5　吳闓生：《北江文集》，卷七，頁542。

6　姚鼐：〈答徐季雅〉，收錄於佚名編：《明清名人尺牘》，頁19。

7　參見張繼（1882-1947）：《張溥泉先生全集》（臺北：中央文物供應社，1951），〈回憶錄〉光緒二十四年，頁231。按：張繼之父張以南（?-1923）受學於張裕釗及吳汝綸。

有也。[8]

吳汝綸的評點遍及歷代經、史、子、集部，予以勘定校正，且皆以「義法」作為評點的宗旨，為吳闓生讚歎為空前創舉之因。

但吳闓生這兩段評論的背後，還有三個地方應該留意：

一、關於評點的起始年代，目前學界多以南宋呂祖謙《古文關鍵》為第一本評點選本，書中刻有評論及圈點符號。吳闓生的學生賀培新在〈古文範序〉說：「古之選文者，……《關鍵》、《軌範》之類，可謂約矣，然殊有所未備也。」可知吳闓生知道《古文關鍵》、《文章軌範》等書的存在，其父點勘的《古文辭類纂集評》[9]也常引述真德秀《文章正宗》的評論，但不知他為何視這些為一般評選本，而非有圈點的評選本，因而把評點推遲至明代。

二、曾國藩《雜鈔》本身並無評點，吳闓生提及《雜鈔》，是為了鋪墊其父進一步評點經史子書的成就，而忽略曾國藩指責過圈點。曾氏多次明言圈點的壞處，認為圈點是後代「科場時文之陋習」，[10]不應該反過來施之於古書；「讀者囿於其中……不能自拔」，[11]以為會使學者過於依賴，無益於學。雖然曾氏也勉勵自家兄弟把姚鼐的《類纂》「加圈一遍」，[12]留意圈點處的意義，但他的態度，與其他桐城文家較為不同。

三、這段評論由明代歸有光說起，而以桐城派文家的評點為主，

---

8 吳闓生：《北江文集》，卷七，頁502。

9 吳汝綸匯集歸有光、方苞、梅曾亮、曾國藩、張裕釗等人評論，成《古文辭類纂集評》，後徐樹錚又補錄吳汝綸評語，刊成《諸家評點古文辭類纂》。今臺灣中華書局出版時，誤植成吳闓生評，易名為《吳評古文辭類纂》，非是。

10 〔清〕曾國藩：《曾國藩全集》，第14冊詩文，〈經史百家簡編序〉，頁232。

11 〔清〕曾國藩：《曾國藩全集》，第14冊詩文，〈謝子湘文集序〉，頁188。

12 〔清〕曾國藩：《曾國藩全集》，第20冊家書，〈致諸弟〉，頁96。

未提及明、清二代的其他評點著作。歸有光本就受到桐城文家的重視，與桐城派的關係較深，此側面反映出吳闓生的評點習慣，觀察他的評點著作，屢屢提及「先大夫曰」，也時常引述桐城前人的評論，卻很少引用派外文家的看法。雖然他會參考派外樸學家的意見，如《古文範》所選《莊子・養生主》一文，引俞樾（1821-1907）說法解「『枝經』肯綮」義；[13]又如賈誼〈過秦論〉，他否定梁玉繩（清乾隆間人）改「『安土』息民」為「案士」，[14]但他引述這些人的考證，只是用以解釋字義，並非用於文學性質的批評。且因其父吳汝綸在校勘方面已經下了很多功夫，[15]吳闓生很多時候引述的「先大夫曰」，是其父考察字書、參證過其他樸學家如錢大昕等人意見後的結果。[16]如《史記・十二諸侯年表序》文末：「表見《春秋》、《國語》學者所譏盛衰大旨，著於篇，為成學治國聞者要刪焉。」句中「譏」字，吳闓生夾注：

> 先大夫云：「『譏』者，『僟』之借字。《說文》：『僟，精謹也。』《類編》：『深練於事，曰僟。』」闓生案：猶下文所謂「謹其終始」也。[17]

引其父之考證，釋為謹慎、精煉，意即表現出《春秋》、《國語》學者所謹慎傳達的盛衰大勢，刪去繁蕪，取其要者。吳闓生又於案語延

---

[13] 吳闓生：《古文範》，上編一，頁14。

[14] 吳闓生：《古文範》，上編二，頁84。

[15] 參見江山：〈論吳汝綸的校勘學思想〉，《淮北煤炭師範學院學報》（哲學社會科學版）第31卷第1期（2010年2月），頁26-28。

[16] 吳闓生〈史記集評後跋〉說：「先公生平於《史記》致力最勤，……如錢辛楣《考異》、梁玉繩《志疑》、王懷祖《雜志》及張廉卿先生評識，皆摘在此冊。」吳汝綸：《史記集評》（臺北：臺灣中華書局，1970），第4冊，卷末。

[17] 吳闓生：《古文範》，上編二，頁90。

伸比較字義，註明「譏」字與〈建元以來侯者年表序〉「謹其終始，表見其文」的「謹」字同義。這是一種節省力氣的作法，不必一一查考諸書，但其實無形中也限制了他的視界，可能會忽略被其父汰除的訊息，而影響對文句的解讀。吳闓生的評點立場以自家師承為主，較少認同或引述派外的觀點，可以說帶有排外性。

二　評點目標

桐城後期除了吳汝綸以外，吳闓生其師賀濤等人也注重評點古籍，吳闓生〈賀先生墓表〉說：

> 其詔學者必以文字為入德之門，亦以此要其歸，不唯喻其理而已，安章宅句之法必深擘而詳討之，以為義法明而古人之精神乃可見，得其精神而道術乃可深造也。……所評騭古書及所為文，亦於失明後為多。[18]

吳闓生指出，賀濤講學時不只使學生通曉文意而已，必深究文章的「安章宅句之法」，由謀篇布局、章法結構等法度，得知文章的義理與作家的精神。換言之，探究文法是一種必要手段，章法謀篇雖屬於技巧層面，但承載著道，讀懂文法才能進入更深層的道德義理，這與前文提到吳汝綸「一以義法裁之」的評點態度是相通的。這一段話描述賀濤的教學精神，其實也是吳闓生自己的評點宗旨。

吳闓生的評點也很講求文法，其第一本評點著作即命名為《桐城吳氏文法教科書》，後又有《左傳文法讀本》與《孟子文法讀本》

---

[18] 吳闓生：《北江文集》，卷五，頁400-402。

等，從題名都可看出他對文法的重視。[19]另以《古文範》而言，信陵君〈諫與秦攻韓〉不依《戰國策》原文，而採《史記》版本，乃因吳闓生認為《史記》剪除了冗文贅字，「參觀之可悟古人安章宅句之法」。[20]再看《古文範》的王安石選文，「局勢開拓」、「接筆挺拔」、「頓挫有力」、「句句勁折」等評語隨處可見，他揭示出的這些文法有一共通特色，能由此突出王文遒勁的精神力量。

評點能彰顯作家的精神，是吳闓生肯定評點價值的主因，〈古文辭類纂評點序〉說：

> 或謂評點之體，疑若近陋者妄也。陋不陋在學識高下，不在外著之迹。學識至矣，點竄經傳，以示來茲皆可法式；如其未也，即緘默不發，庸詎免於陋乎？惟前賢之所究極者，既皆精神微眇之事，持之以褻諸聲利競逐之場，吾恐其孰視若無睹也。[21]

這段文字回應當時批判評點的言論，吳闓生強調，評點雖由科場批點時文的形式轉化而來，但萬不該因此而一概抹殺。畢竟「非有亘（亙）絕古今之特識，何以別白涇渭，垂矩矱於萬世哉」？[22]圈點看似容易，但若不是身懷學識，怎麼知道哪裡該圈點，哪處該提示後學

19　今人龔鵬程論道：「直到清末民國，還有吳闓生評點、高步瀛集解的《孟子文法讀本》……，足見從宋明以來，幾乎無書不可以文法的講求來閱讀，……批選圈點又幾乎成了中國人讀書的基本方式。」龔鵬程：《文學批評的視野》（臺北：大安出版社，1990），頁407。按：以書名觀之，在經書後直接冠以「文法」為題者，亦足以顯現「文法」在吳闓生評點的比重。

20　吳闓生：《古文範》，上編一，頁70。

21　吳闓生：《北江文集》，卷六，頁415。按：此文亦見於《諸家評點古文辭類纂》卷首，而文字稍有出入，文集的出版時間在後，筆者採用文集版本。

22　吳闓生：《北江文集》，卷七〈先大夫羣書點勘跋〉，頁544。

呢？學識不到者，則保留筆墨，勿妄加評論，這是評點的彈性。況且前人評點探究的是古文中精神微眇之處，若只是當作追求功名的工具，恐怕無法領會好處。今人馮書耕論道：「大抵凡事百為，有利亦有其弊，……若歸有光、茅坤輩，雖為時文說法，則並非一無所取。」[23]所言甚是。評點文學雖受時文形式影響，也有許多評點書的著作目的便是為科考而作，但不應因此忽略當中佳者，甚至一概否定。

吳闓生讚美其父的評點往往能「窮極單微，抉摘杳冥，洞澈表裏」，[24]可見他評點的目標，在於探查作者寓含的幽微深意，詳加闡述。例如《古文範》評司馬遷的言外之意往往鞭辟入裡，探查出前人所未發現的意涵，令人驚歎（詳本文第五章第四節）。另外，也可以觀察後人的相關評論，來看吳闓生有否能達到他的評點目標。弟子吳兆璜說：

> 北江先生……平騭各家之文，摘其微詞奧義，開導後學。[25]

弟子賀培新也說：

> 北江先生幼承家學，……思力過絕於人，能冥契古人之精微，抉白秘隱，以大豁於當世。[26]
>
> 夫學者不博，則無以窮千古盛衰之變；不約，則無以極一心宥密之微。[27]

這三則評論不約而同地指出吳闓生的評點能探知文中「微詞」、「精

---

23 馮書耕：《古文辭類纂研讀法》（臺中：雅言出版社，1981，增訂本），頁349。

24 吳闓生：《北江文集》，卷七，〈先大夫羣書點勘跋〉，頁543。

25 吳闓生：《北江文集》，卷首序，頁3。

26 吳闓生：《北江文集》，卷首序，頁5。

27 吳闓生：《古文範》，卷首序。

微」，能啟發文意的幽微處，因而能契合古人的精神，使後人得知以往未被窺知的深意。賀培新的〈古文範序〉也回答了一個問題——為何吳闓生能探知古人的精微之處？因其有廣博的學識基礎。由「博」返於「約」，融會貫通，守其要點，因此能探盡古人內心的「宥密之微」。此外，吳闓生的另一本評點著作《左傳微》也可以看出他的評點精神，他解釋題名取為「微」的原因，即是為了闡明那些被忽略的「微詞渺旨」；[28]而闡發「微詞渺旨」不僅是他評《左傳》的目標，同時也是他所有評點著作的共同目標。

觀察派外學者對吳闓生的評論，劉聲木《桐城文學淵源考》說：「思力過絕時人，能冥契古人之精微，抉白秘隱，以發明其滯奧，釐定其高下，開導後學。」[29]錢基博《現代中國文學史》也說：「平騭各家之文，摘其微詞奧義，開導後學。」[30]可以發現他們直接化用了吳兆璜與賀培新的評論，也都認同吳闓生的評點能揭明文家幽微的深意。

關於吳闓生評點的闡發「微詞渺旨」的特色，還可以參看弟子曾克耑作的〈桐城吳氏國學秘笈序〉，此文作於吳闓生卒後，綜述吳氏父子的評點精神：

> 古文自姚、曾而後，惟先師父子所評釋為能盡集前人之說而得其要，發其獨具之見而得其微，以淺近簡易之說，闡廣大精微之境。評點愈于解說，探索優于考證，使讀者怡然理順，渙然冰釋。[31]

曾克耑指出，桐城派的評點著作自姚鼐《類纂》與曾國藩《雜鈔》之

---

28 吳闓生：《左傳微．凡例》，卷首，頁10。

29 劉聲木：《桐城文學淵源考》，頁295。

30 錢基博：《現代中國文學史》，頁146。

31 吳闓生：《古文範》，卷首。

後，惟有吳氏父子評點最佳，不僅集合前人評論之佳者，且能以淺近語言，進一步闡發獨特見解。在評點內容上，省略考證集解的力氣，以評論文章為優先，並探索作家深意，啟發讀者，曾克耑這段話很能傳達吳氏父子的評點精神。

今以《古文範》賈誼〈過秦論〉的實際批評，來說明吳闓生詳討文法，闡發微詞渺旨的評點目標：

> 〈過秦〉三篇，文字自為首尾，本當作一篇讀。……首篇責秦王，中篇責二世，末篇責子嬰，界畫井然。次篇雖仍從秦王起，而以守威定功為言語，意以趨重二世，後雖有「驕淫之主」二句，所以自醒其作意也。末篇則專責子嬰，與上二篇相承，至「其救敗非也」止，子嬰論已完，「秦王足已不問」十句總結。三篇章法細密，以下更別出一意作收，大旨自負其才略足以經濟當世，而壅蔽於絳、灌之流，不得施行，故藉以發慨，意思深遠，所謂「文中有我在者也」。作文之主義在此，前人多未窺見，方望溪乃云「所以稱先王者甚膚淺，賈生之學適至是而止」云云，可謂夢囈妄語矣。[32]

吳闓生解釋〈過秦論〉後二篇承前者而來，下篇又以「秦王足已不問……二世受之……子嬰孤立無親……」十句，分別對應三者，以此總結，三篇自為首尾，即「章法細密」。不只如此，篇末另開的「當此時也，士非無深慮知化之士也」一段，為賈誼主旨所在，也是「章法細密」處，非隨手寫入。表層文意是希望後代君主記得「前事不忘，後事之師」，切勿跟隨秦朝的杜諫之舉。而細究對應處，不只回應上篇的「仁義不施」，中篇的「守威定功」、「信功臣」，下篇的

---

32 吳闓生：《古文範》，上編二，頁83。

「群臣之不信」，亦各有扣合處，章法細密，而前人多未能探知。方苞批評篇末「先王知壅蔽之傷國也，故置公、卿、大夫、士，以飾法設刑，而天下治」這一句為「甚膚淺」，以為賈誼跟管子、樂毅的法家思想相同，見識僅止於此。[33]吳闓生指出方苞理解方向有誤，說明賈誼寄寓了自身遭遇的感慨：賈誼年少才高，漢文帝又讓他主持律令更定等事宜，甚至欲任為公卿，引起周勃、灌嬰、東陽侯等人的嫉妒，盡力讒害賈誼。文帝乃改為長沙王太傅。[34]賈誼強調納諫的重要，其實也是他自己的願望，希望文帝能廣開言路，還給自身清白，此為主旨所在。吳闓生跳出來指責方苞之言為夢囈，倒也顯得理直氣壯。這是他詳討文法，彰顯古人深意的例子。

第二節　內容思想

《古文範》的評點方式大多就文論文，偶爾引申發揮議論。這些引申發揮的地方，有調和儒道的見解，也有政治制度的延伸議論。另外，吳闓生評點《韓非子・難篇》時，也能接受韓非對儒家的詰難，肯定其長處，以下分學術思想與政治思想兩小節探討。

一　學術思想內涵

民國之後，吳闓生是一位立場堅定的儒者，面對陳獨秀、錢玄同

33　方苞眉批：「所以稱先王者甚膚淺，賈生特管、樂之儔，所見適至是而止。」見於徐樹錚輯評：《諸家評點古文辭類纂》，卷一。今臺灣中華書局本易名為《吳評古文辭類纂》，第1冊，頁9。

34　參見〔日〕瀧川龜太郎：《史記會注考證》（臺北：文史哲出版社，1997），卷八十四〈屈原賈生列傳〉，頁22，總頁988。

等人的攻擊，他主張保留孔子之學，認為六經維繫人心世道，萬不能廢。如〈與長官〉三首其二說：「本日者，總統批令小學讀《論》、《孟》二書，教育部聞而大譁，實則不但《論》、《孟》宜讀，即《詩》、《書》、《左傳》等，亦皆宜讀。」[35]又如民國六年前後，〈孔教會聖誕講經代表馮大總統到會演辭〉說：「尊崇孔教以陶淑人心，培植根本，實為切要。」[36]雖然他一生的思想傾向都是儒家，但也能接受其他諸子的學說，就選文而言，《古文範》中《莊子》、《韓非子》的選文篇數，為第三、第四多；從編纂目的來看，《古文範》是初學用本，而收錄《韓非子》的前身《古文法》，更是為六、七歲的稚子所編寫。以《莊子》與《韓非子》為初學的研讀重點之一，這是他思想的開通之處。再觀察《古文範》有關學術思想的評語，可以得出以下兩點：

（一）調和儒道

《莊子．胠篋》一文以盜跖「盜亦有道」、「跖不得聖人之道不行」為例，得出「脣竭則齒寒，魯酒薄而邯鄲圍，聖人生而大盜起」此一論點，吳闓生夾評說：

> 引魯酒事以見勢不相及，而事實相因，此見莊子本意，初未嘗詆毀聖人也，特無奈假聖人之說以肆其姦者何耳。世以此文為有倍聖道，未細究其義恉也。[37]

吳闓生指出，莊子反對的不是聖人本身，而是世上有了聖人這存在之後，反而會造成不好的附帶作用，如盜跖行偷竊之實，卻假借聖人之

---

35 吳闓生：《北江文集》，卷七附錄，頁593。

36 吳闓生：《北江文集》，卷七附錄，頁597。

37 吳闓生：《古文範》，上編一，頁11。

道；又如「魯酒薄」此一史事，楚宣王朝會諸侯，魯恭公後至而酒薄，態度又傲慢，楚宣王大怒攻魯。那時梁惠王想要攻打趙國，原本還害怕魯來救趙，正好楚魯相戰，便趁機進軍邯鄲。[38]換言之，莊子說「聖人生而大盜起」的背後意涵，是聖人與大盜原本並不相干，但終究會產生連帶關係。莊子本意不在詆毀聖人，乃面對亂世的沉痛無奈之言，以反言出之。吳闓生另外說過：「儒之言質，而莊之言諧，意旨初無異也，然莊生之旨掩昧於眾人之耳目，而莫察者亦多矣。」[39]能補充說明他對〈胠篋〉的這段評論，吳闓生以為儒家與莊子的出發點其實相通，皆有鑑於亂世的各種亂象而提出學說，只是表達方式不同，後人多未能看出莊子反言的真正意旨，因而以為莊子強烈地掊擊儒家。這是他調和儒道的一種方式。

（二）接受莊子、韓非對於儒家的部分詰難

《古文範》節錄《莊子・天運》一節，末尾有西施捧心、醜人效顰一段，以諷刺儒家不能應時而變，猶欲行三皇五帝之禮義法度。吳闓生尾評說：

> 莊子之譏姍孔子者多矣，至此篇所談，則儒者幾不能復為之辨。[40]

以為儒者無法應對此則譏諷，意即吳闓生也認同莊子應時而變的論點。

至於《韓非子》選文，〈難篇・歷山之農者侵畔〉一章，韓非以

---

38 參見〔晉〕郭象注，〔唐〕成玄英疏，〔清〕郭慶藩集釋：《莊子集釋》（臺北：廣文書局，1971），卷四中，頁95。

39 吳闓生：《北江文集》，卷十二〈籀雅・說莊〉，頁924。

40 吳闓生：《古文範》，上編一，頁19。

矛盾之說，詰難堯、舜不可能同時並處聖賢地位，夾評說：

> 拍案叫絕，以此駁難堯、舜，無以復加，孔子更生，幾不能為之措對。[41]

與上則《莊子・天運》尾評頗有異曲同工之妙，皆承認他們的諷刺有理。又如〈難篇・景公過晏子〉一章，晏子勸諫景公減刑，韓非以為晏子不問該刑適當與否，只因刑罰太多而反對，一意緩刑施惠，這是「利姦邪而害善人也，此非所以為治也」。吳闓生尾評說：

> 韓子刑名之學，故不以殺人為非。語雖殘覈少恩，然亦持之成理。[42]

吳闓生雖不認同法家嚴刑峻法，卻也支持韓非反對隨意減刑的見解。

吳闓生時常表露對韓非議論文字的佩服，如評〈說難〉說：「議論特有至味，足以發人深省。」[43]評〈難篇・鄭伯將以高渠彌為卿〉說：「見解獨超。」[44]又如〈難篇・齊桓公飲酒〉一文，甚至評為「兒童學之，最足開濬智識。」[45]認為《韓非子》的辯論說理是非常好的兒童學習教材。韓非因其法家主張的關係，自古以來被較多文人排斥，桐城派的文統、道統也無法家學說立足之處，但吳闓生能拋開歷來成見，持平而論，實屬可貴。

只是，吳闓生的思想立場自然仍以儒家為主，當他遇到不能同意的法家學說時，便會加以糾正。如〈難篇・管仲有病〉，管仲建議齊

---

41 吳闓生：《古文範》，上編一，頁32。
42 吳闓生：《古文範》，上編一，頁38。
43 吳闓生：《古文範》，上編一，頁28。
44 吳闓生：《古文範》，上編一，頁47。
45 吳闓生：《古文範》，上編一，頁39。

桓公遠離小人豎刁，韓非以為若以「愛其身」的相同標準衡量，則不能為公子糾殉節的管仲，也應該主動遠離桓公。對此，吳闓生評道：

> 韓子天資刻薄之處，不宜傚效。[46]

以「刻薄」形容韓非性情，其實也包含對於法家學說不講仁義情分的批判。

又如〈難篇・管仲有病〉後文，韓非主張「君臣之際，非父子之親也，計數之所出也」，吳闓生評：

> 此真申、韓學術，循是說也，取而代之，以自便私圖，亦無不可矣，流弊安有窮耶？[47]

又如〈難篇・魯陽虎欲攻三桓〉，韓非以為「臣主之間，非兄弟之親也。劫殺之功，制萬乘而享大利，則群臣孰非陽虎也」，吳闓生夾評說：

> 韓子為學，未聞仁義道德之說，其視君臣相與，專以利結而已，則其終何所不至，此等議論，非盡矯辨，由其根柢薄也。[48]

吳闓生反對法家以法、術、勢控制臣子的主張，說明利益是隨時都可以變動的無根之物，若一切都只衡量利益，則流弊無窮，戰爭動亂便是因此而來。

綜上可知，吳闓生雖站在儒家立場，但他能接受道、法二家對儒家的質疑，承認所言有理，大多時候也能客觀地評論《莊子》與《韓

---

[46] 吳闓生：《古文範》，上編一，頁34。

[47] 吳闓生：《古文範》，上編一，頁35。

[48] 吳闓生：《古文範》，上編一，頁45。

非子》的佳處。他的學術思想具有轉圜通融的空間，使書名「古文範」這個「範」字的涵義更加寬廣，道家與法家的文章觀念也可以是古文的模範。

二 政治思想內涵

在談《古文範》的政治思想之前，先了解大概的時代背景。清末甲午戰敗後，士大夫變得較願意主動接觸西學，康有為、譚嗣同、梁啟超等提倡君主立憲，這是中國政治思想上的一大改變，不過他們基本上仍然輕視民權革命，目的在於保皇救國。戊戌變法失敗，清廷於宣統年間讓步，實行立憲制度，但其實只是為滿族自身服務的集權計畫。立憲黨人大感失望，部分轉而支持革命黨，中國二千年來之君主專制思想逐漸動搖鬆脫，孫中山的起義行動獲得更多人的支持，終於推翻滿清政權，實行三民主義與五權憲法制度。[49]

吳汝綸早在同治十二年（1873）左右便已開始研讀西學，[50]後與傳教士林樂知、李提摩太等人來往，為嚴復譯作寫序，教育上主張融洽中、西，[51]影響其子闓生甚多。嚴復與吳汝綸父子頗有交情，光緒乙未至戊戌之間陸續發表〈原強〉、翻譯《天演論》等作，並多次公開批判專制政治、提倡自由平等說，[52]於開通風氣的功勞極大。再看吳闓生，他年少學過英文，遊學日本期間，再精進日文，有大量的西學譯作，譯序中時常展現他兼採中、西學的觀點，如〈西史教科書譯

---

49 參見李劍農：《中國近百年政治史》，頁171-298。蕭公權：《中國政治思想史》（臺北：聯經出版公司，1982），頁991-998。

50 參見賀濤：《賀先生文集》，卷三〈吳先生墓表〉，頁285。

51 參見李景濂：〈吳摯甫先生傳〉，收錄於〔清〕吳汝綸著，施培毅、徐壽凱校點：《吳汝綸全集》，第4冊，頁1128。

52 參見王爾敏：《晚清政治思想史論》（臺北：王爾敏自印本，1969），頁220-231。

序〉認同民權革命，[53]〈法律學教科書序〉肯定西人以法律治國。[54]民國之後，他也主張「學問之道，與化俱進，……融液古今」，[55]「不背時趨，而亦不忘古先之彝訓」，[56]強調融通古今，中西並重，不可偏廢。

但是，為何桐城派後期的這些文人，會被視為保守倒退？如翻譯西學的嚴復，成為一個「開明的保守主義者」？[57]原因在於，這些「保守」的批評，是站在新學的立場而產生的，是經過比較後的結論，今日來看，我們應有同情的理解。民國之後，中外戰爭頻仍，嚴復等人受歐戰刺激，期望回歸中國傳統，[58]吳闓生也因各種戰禍亂象，強調傳統禮教維繫人心的功用，[59]因而與五四運動的主旨反道而行。且此期思潮革興更加激烈，青年不只批判舊文學與舊教育制度，也欲將社會人倫、宗法禮制連根翻新，甚者倡議廢除漢文，全面改用拼音文字，[60]破壞性極為強烈。吳闓生眼見時人「幾欲舉古聖相傳之教法一掃而盡去之」，[61]在改革分子過於激進的情形下，他從理論上的「融液古今」，逐漸偏向舊學，最終將重心放在講授國學與評點古籍。

吳闓生等人被批判為保守的原因，其實還受到政治因素的影響。

---

53 吳闓生：《北江文集》，卷二，頁132。

54 吳闓生：《北江文集》，卷二，頁137。

55 吳闓生：《北江文集》，卷七〈靳仲雲詩序〉，頁545。

56 吳闓生：《北江文集》，卷十一〈何坫丞先生傳〉，頁829。

57 郭斌龢：〈嚴幾道〉，收錄於陳湛綺責任編輯：《民國珍稀短刊斷刊》（北京：全國圖書館文獻縮微複製中心，2006）江西卷第3冊，頁228。

58 參見黃克武：〈嚴復與《居仁日覽》〉，《臺灣師大歷史學報》第39期（2008年6月），頁57-74。

59 如吳闓生說：「世治導之以禮教，世亂敺之以功利。」（《北江文集》，卷九〈馮君墓碑銘〉，頁682。）「改革以來，海宇分裂，戰禍日滋，中人之家大抵破壞，……語曰『倉廩實而知禮節』，此豈所語於今日者哉！」（《北江文集》，卷十〈劉府君碑〉，頁763。）

60 錢玄同：《錢玄同文集》，第三卷〈漢字革命與國故〉，頁136-141。

61 吳闓生：《北江文集》，卷九〈影刊開成石經序〉，頁690。

袁世凱有政治才幹，成功迫使溥儀退位，加以禮遇文人，上任後陸續頒令尊孔、守禮法等政策，[62]以總統之權位提倡舊學。吳闓生在清末之時便對其抱有好感，[63]民國後不僅擔任袁氏幕僚，也身兼袁氏五子、八子的老師，力讚尊孔、讀經等政策。[64]對於袁世凱的作為，吳闓生雖偶有諷議，[65]但在復辟之前，褒仍遠多於貶。如民國二年，吳闓生與沈祖憲合纂《容菴子弟記》，自稱為容菴（袁世凱）之子弟；又如民國四年，袁世凱接受日本二十一條約，被視為國恥，而吳闓生詩文集中不見此事之評議，在同年六月所作的袁氏大姨太壽文中，又將其比為「后妃」、袁氏比為「文王」，有「大總統懋德豐功」等讚語。[66]稍後，袁世凱公開帝制活動，欲將共和改為君主立憲制，群情激憤，民眾發現原來袁氏上任後的舊學政策，是為了復辟思想而準備，[67]「籌安會」六君子為時論所痛罵，嚴復名列其中。亂平後，吳闓生代黎元洪、段祺瑞、馮玉祥等長官作黃興及蔡鍔之祭文。民國六年，也作〈國葬祭文〉二首、〈雲南倡義始末記序〉，肯定黃、蔡之

---

62 民國元年，南京臨時政府頒布〈普通教育暫行辦法〉，一律廢止小學讀經科。隔年袁世凱在北京就職總統，陸續下令尊孔、守禮法，恢復文廟祭孔；民國四年，又頒布〈特定教育綱要〉，明令：「極力提倡古學，發展固有文化」。參見王炳照主編：《中國近代教育史》，頁212。

63 雖然吳汝綸曾與袁氏產生嫌隙，光緒二十八年（1902），吳汝綸家書說：「去年袁蒞任時，留我甚堅，我固辭不就，彼遂挾嫌至此。」（《吳汝綸全集》，第3冊．輯佚〈諭兒書〉，頁648）但後來袁世凱復建蓮池書院為校士館（後改名為「文學館」），聘請賀濤主講，讓賀濤教學完全自主，使吳闓生相當感激。（參見《北江文集》卷五〈賀先生墓表〉，頁401）光緒三十四年（1908），袁世凱五十大壽，吳闓生便替長官代作了多達五篇的壽文，讚揚袁氏的功績。

64 參見吳闓生：《北江文集》，卷七附錄〈與長官〉三首其二，頁593。

65 如民國三年，吳闓生作〈書蘇允明諫論後〉，弟子賀培新注記：「項城在位，專以金錢武威驅策天下，故先生之論如此。」（《北江文集》，卷五，頁392）。

66 吳闓生：《北江文集》，卷五〈袁母沈夫人五十壽序〉，頁394。

67 參見王建軍：《中國近代教科書發展研究》，頁219。

功，譴責袁氏「亂國經」。[68]但整體而言，吳闓生抨擊袁氏的力道並不大，這多少使他蒙上保守倒退的陰影。[69]

了解上述這些背景，再來觀察《古文範》中幾則與時政有關的評論，可以有一些合理的懷疑：吳闓生的思想是否確實為保守倒退？他評論韓愈〈原道〉及柳宗元〈論語辨〉都提到了共和制度，他以新學的觀念檢視傳統的古文內涵，是否只是換種角度解釋，以回應時人的批判罷了，目的仍舊是為了維護君主專制政權？這是《古文範》的兩個政治思想問題。

（一）政治制度必須應時而變

《古文範》選錄莊子文多達四篇十三節，吳闓生於評點文法之外，亦寄寓其對當時政治制度的慨歎。如莊子〈駢拇〉一篇，吳闓生夾評道：

---

68 如吳闓生〈國葬祭文‧蔡鍔〉說：「帝制既夷，民極既建。凜凜大義，亘（亙）古無變。誰亂國經，此胡云可。」（《北江文集》卷六，頁443）。〈雲南倡義始末記序〉說：「方帝制議興，國本既搖，舉國惶然不知所以為計，……民國肇造僅六載，而兵革之禍，屢興未已。」（《北江文集》卷六，頁449）。

69 另一個影響桐城後期文人評價的軍閥還有徐樹錚，因不能確定吳闓生後來對他的觀感如何，附註於此。徐樹錚奉林紓為師長，另透過吳闓生結識姚永概，再由姚永概認識馬其昶，與桐城文人友好。（參見曹振強：《徐樹錚與桐城派關係研究》〔安徽大學，中國近現代史碩士論文，2013〕，頁7）民國三年，徐樹錚創辦正志中學，邀請從北京大學離職的林紓、姚永概前往任教。民國五年，徐樹錚刊印吳汝綸集評的《古文辭類纂》，吳闓生在序文稱讚徐樹錚「篤志好學」、「表彰微學勤矣」，（《諸家評點古文辭類纂序》，卷首序。）民國八年，吳闓生受託作〈徐府君碑〉，亦稱許徐樹錚之功績。（《北江文集》，卷六，頁473-475）但徐樹錚後來的聲名不佳，他自恃出使外蒙有功，態度橫肆，又支持武力政策，促成直皖戰爭及第一次直奉戰爭，致使連年內戰，連帶影響桐城文人的評價。（參見李劍農：《中國近百年政治史》，頁534-537。錢基博：《現代中國文學史》，頁174。舒蕪〈「桐城謬種」問題之回顧〉，收錄於王曉明主編：《二十世紀中國文學史論》，第1冊，頁346。）

> 老、莊欲返天下於渾樸之初，亦徒寄空想，而不能見之於事實者耳。[70]

以及韓愈〈原道〉夾評：

> 民智既開，不可復遏，老、莊欲返斯民於渾樸無為之世，實為迂談。[71]

道家以為仁義乃儒家揭舉而出，將仁義比喻為多餘而不必要的枝節，透過否定仁義等儒家德行，來摒除仁與不仁的人為標準，以此除去世人心中美惡的差別，反璞歸真，回到三代之前的上古淳樸之時。然而，人類的文明畢竟會不斷演進發展，無論是時空環境或是人心所想，都不會與民智未開之時相同。老、莊自然無為的主張，終究只能留在理想層面，無法真正實現。這反映出吳闓生的歷史進化觀點，他在莊子〈天運〉中說得更清楚。〈天運〉談到「古今非水陸與？今蘄行周於魯，是猶推舟於陸也，勞而無功，身必有殃」，吳闓生夾評說：

> 此莊生達變之言也。夫周尚不可行之於魯，而欲行孔子之道於數千年後之今日，宜其扞格而不通矣。[72]

孔子身處周文疲弊的春秋亂世，他欲恢復西周的禮制，周遊列國十三年也是為此而努力。莊子批評儒家的主張猶如推舟於陸，分不清楚時世已變。此則評論，可以與上則引述的〈駢拇〉夾評合看。莊子雖能達變，但道家的理想仍是回復到上古時代；而孔子雖然贊成制度必須

---

70 吳闓生：《古文範》，上編一，頁7。

71 吳闓生：《古文範》，上編一，頁124。

72 吳闓生：《古文範》，上編一，頁18。

因革損益，但仍期盼保有周文的典章制度。換言之，儒、道的理想世界，都是過往的美好時代。吳闓生在夾評中引申發揮，評論孔子之道實在不可再用於今日。

那麼，我們還可以提問的是，吳闓生他自己也提倡孔子之道，贊成小學保留讀經科的教育政策；他與儒、道的理想主張，有什麼分別呢？關於這個問題，可以參考吳闓生對其父治學精神的敘述，〈先府君行述〉說：「先君以為自古求道者必有賴於文，而其效必有以利濟乎當世，……通變以為世用。」[73]馬其昶也有類似描述：「其教始學必本周秦古籍，由訓故以求通其文詞，而要以能知當時之變備緩急。」[74]吳門的教學起始於先秦古籍，而他們追求的目標，是要能知世變、通達世變，以至於世用。弟子吳兆璜的〈古文範後序〉也說：「世運之變遷無常，……世運賴乎人才，而人才興於學問。……先生用意之深，而以振興人才為己任乎！」點出吳闓生評點《古文範》等古籍的用意，在於由學問以通世運之變，提拔通曉古今變遷的人才。吳闓生面對文學革命運動所造成的破壞行為，挺身保揚舊有的經典文化，使「斯文一線之傳未墜於地」。[75]他所致力的確實是傳統古籍，但他講授古籍的目的在於貫徹古今精神，審時度勢。因此他認為舊學的精神必須保留，而政治制度得合乎當代的實際使用。這與儒家期盼恢復過往的典章制度，或道家拋棄人為文明回到上古的主張，是不同的。

（二）讚揚共和制度

《古文範》初次刊行於民國二年，已是推翻君主專制、實行民權

73 吳闓生：《北江文集》，卷二，頁106。

74 馬其昶：〈吳先生墓誌銘〉，收錄於錢儀吉編：《清代碑傳全集》第3冊，《續碑傳》卷八十一，頁16。

75 吳闓生：《北江文集》，卷五〈上趙次山總裁辭清史館協修書〉，頁379。

共和制度之時，後於民國八年、十六、十八年皆曾修訂重刊，中間經過民國五年的袁世凱帝制失敗，六年的張勳復辟等事，為中國政治制度最大幅震盪的時期。吳闓生選評韓愈〈原道〉、〈上張僕射書〉，以及柳宗元〈論語辨〉、〈伊尹五就桀贊〉這幾篇文章時，議及專制或共和政治，相當令人驚艷。

韓愈〈原道〉說：「君者，出令者也；臣者，行君之令而致之民者也；民者，出粟米麻絲，作器皿，通貨財，以事其上者也。君不出令，則失其所以為君；臣不行君之令而致之民；民不出粟米麻絲，作器皿，通貨財，以事其上，則誅。」主張君、臣、民三者各有應盡的責任，若不盡本分，則須受死。吳闓生夾評說：

> 退之此語頗為新學少年所叢詬。實則今世之法，凡為國民，皆負有納稅之義務，背此義務，固國法之所不容，於退之之說無異也。且專制之世，視君主若帝天，神聖不可犯，而此文獨曰「君者，出令者也」，又曰「不出令，則失其所以為君」，則固具有共和之真精神，而豪（毫）不帶專制時代臣下諂佞之臭味。則韓公之識，實已夐絕千古矣。[76]

當時青年詬病的是這句「民不出粟米……則誅」，以為韓愈幫襯專制時代君主掌握生殺大權，視人民為草芥。吳闓生澄清，韓愈並沒有偏心君、臣、民任何一方，每個角色都盡自己應盡的義務而已。共和時代的人民也有納稅的義務，更何況韓愈生活在千年之前的專制政權底下，卻有膽識把君主定位為「出令者」，認為君主若沒有好的政令，「則失其所以為君」。此見解符合共和制度建立在民權基礎之上的精神，實屬難能可貴，故吳闓生推崇為「夐絕千古」，能傲視兩千多年

---

[76] 吳闓生：《古文範》，下編一，頁124。

來的一般士人。

又如韓愈〈上張僕射書〉說：「下之事上，不一其事；上之使下，不一其事。量力而任之，度才而處之，其所不能，不彊使為。是故為下者不獲罪於上，為上者不得怨於下矣。」韓愈以為上司應該衡量下屬的才能，再委派調度，能讓部下發揮最好的實力，也不會受到埋怨。吳闓生夾評說：

> 以下之獲罪，與上之得怨相提並論，亦極平等之理想，破專制之陋習者也。[77]

指出韓愈將上下部屬的獲罪與得怨二者並提，展現出平等的對待關係，不受專制時代的奴才思想所禁錮。

又如柳宗元〈論語辨〉上篇有言：「孔子者，覆生人之器者也。上焉堯、舜之不遭，而禪不及己；下之無湯、武之勢，而己不得為天吏。生人無以澤其德，日視聞其勞死怨乎，而己德涸焉，無所依而施，故於常常諷道云爾而止也。此聖人之大志也，無容問對於其間。」柳宗元以為孔子生不逢堯、舜之禪讓盛世，本身又無商湯、武王之勢位，不能代天行道，日聞百姓之勞苦而無所用其才，故時有諷道之言。吳闓生夾評說：

> 共和者天下之公理，古今之通義，今世之論，幾以為自西人而栨獲之，不知此義古人莫不解也。如《左傳》、《孟子》言之詳矣，特詘於因革之大勢而不易挽耳。東坡〈對策〉云：「天下者，非君有也，天下使君主之耳。」立於專制之朝，而敢昌言如此。然則君主之淫威，自理學盛後乃益熾與！柳子〈封建論〉所謂「公天下」、「私天下」，及此文所謂「禪不及己」、

77　吳闓生：《古文範》，下編一，頁135。

「不得為天吏」等語，皆具有共和之精神，最是其學識卓偉處，彼何嘗以一姓之統紀置心目間哉！[78]

吳闓生認為共和制度的精神，其實早就展現於中國古籍之中，並非時論所以為的創自西哲盧梭等人。《左傳》與《孟子》言之甚詳，其餘則如上述的韓文，以及柳文、東坡文。第一，《左傳》者，如襄公十四年：「天之愛民甚矣，豈其使一人肆於民上，以從其淫？」吳闓生《左傳微》評道：「左氏論治至精，極合于共和原理，數千年來自孟子外，他人莫能見及、莫敢昌言者也。」[79]第二，孟子者，其主張「民為貴，社稷次之，君為輕」，吳闓生評道：「超越古今絕大學識，視盧梭、彌勒諸賢，上下千年，東西萬里，若合符節，所以為亞聖也。」[80]第三，柳宗元者，其〈封建論〉評論周代的封建制度出自於護衛子孫的私心，為「私天下」；而秦代郡縣制度雖以天下、百姓盡臣服於我，但畢竟跳脫出宗族諸侯的分封方式，以為是為「公天下」之開端。吳闓生《古文範》未選錄〈封建論〉，他另於《古文典範》評道：「不但封建為非，即帝王世及亦不合公理。……柳子生於君主時代，不敢昌言耳，而其識固已及此矣。」[81]讚賞柳宗元〈封建論〉於評議封建制度以外，也暗示世襲制度之缺點，展現出共和政治的精神。第四，蘇軾的〈御試制科策〉也以為君主之權位授受於天，天下並非國君一人所私有。吳闓生以為《左傳》與《孟子》立場鮮明，態度堅決，持論有力，故極力盛讚；至於柳文與東坡文，比較起來雖力度稍微不足，但他們身處專制思想堅固的時代，卻敢如此議論，自為千古

---

78 吳闓生：《古文範》，下編一，頁162。

79 吳闓生：《左傳微》，卷六，頁190。

80 高步瀛集解，吳闓生評點：《孟子文法讀本》（臺北：臺灣中華書局，1970），卷七，頁152。

81 徐世昌編，吳闓生評點：《古文典範》（北京：中國書店，2010），卷一，頁15。

嘉言。

比較《古文範》、《左傳微》和《孟子文法讀本》的這幾則相關評論，可以發現：《古文範》稱共和制「此義古人莫不解也」，似乎說得較過，其實並不盡然。吳闓生自己也說：「中國自秦以降，困於君主專制，二千餘年以媕婀為道德，諂媚為政體。載籍所陳，自孟子而外，蓋鮮有論及此者。」[82]在百家爭鳴的先秦時代，諸子思想活躍自由，各有政治主張；秦漢之後，君主專制愈加鞏固，尤其宋代理學興盛之後，綱常倫理、君臣上下之分更加嚴格；明清二代的廷杖、文字獄等，更把士人的思想桎梏到了極致。吳闓生所說的「此義古人莫不解也」，或許我們可以理解為此「古人」專指先秦之前，他另外說過「今祧帝制而立民權，乃稍近于古者均天下之義」，[83]指出共和民權制度合於先秦《禮記》的理想。此外，他在《古文範》語氣比較強硬，可能是想向當時的文學革命分子抗議，證明古文並不是保守落後、專制體制的附庸，這些傑出的古文大家，絕不是規規焉附和取媚專制政權的腐儒，能有合於當時新思想的敻絕智識。關於政治制度的這些評語，散落在吳闓生的不同著述中，或評為「敻絕千古」，或推為「學識卓偉」，賞識之情，溢於言表。

上述評論盛讚共和制度與民主思想，他評《尚書》也說：「由皇極而嬗為民極，真千古大同之精義矣。」[84]可知吳闓生雖致力於古籍評點，絕非為了維護君主專制政權，他不是落後的守舊分子，能因時而變。此外，也能看出他將古文現實與時事連結起來的用心，他親身實踐「融液古今」和「通變以為世用」的治學精神，向時人闡釋古文範本中的共和精神。他以當代的觀點，延伸議論古文，數量雖然不多，

82 高步瀛集解，吳闓生評點：《孟子文法讀本》，卷七，頁152。

83 吳闓生：《北江文集》，卷十二〈籀雅・說禮〉，頁924。

84 吳闓生：《北江文集》，卷九〈洪範九疇解〉，頁679。

但這些評論都是不可忽略的明珠；且都能符合作者原意，不會因為了符合時代潮流，而隨意曲解古文。吳闓生讓經典保有原先的內在精神，而又有新的理解角度，這是他評點著作的佳處。

第三節　評點形式

本章第一節談過，吳闓生認同姚鼐的「圈點啟發人意，有愈於解說者」，以為評點的好處遠大於壞處。桐城後期的古文選本，如梅曾亮《古文詞略》和曾國藩《雜鈔》等皆不施評點；到了吳氏父子，則重現評點此一形式，可看出他們對圈點啟發性的重視，也可視為桐城後學選本的回歸。吳闓生的《古文範》等評點著述，大多是刻本形式，沿用圈點符號以表示句讀，不用國語新式標點。

本節分析《古文範》的評點形式，至於與桐城前人選本的評點形式之比較，於第六章談《古文範》對桐城派的繼承與創新時討論。

一　圈點符號說明

吳闓生眾多評點著述當中的序跋，皆無說明圈點符號的用意，所使用的符號種類多寡也不盡相同，如他在光緒末年的第一本《古文法》，圈點只有「・」與「。」二種。或許因為此書由其姊夫廉泉的上海文明書局印行，為新式排印本，故圈點符號從簡，後期在他自己文學社刊印的刻本才有較多種圈點符號；也可能是此時期尚未定型，民國之後則逐漸發展出一套較完備的圈點符號。

《古文範》的目錄篇名不加圈，選文中皆有圈點，除了表示句讀、在該字右下角的「・」以外，有以下四種：

字。　表示文章佳處，多與章法結構的提醒有關

字‧　表示文章佳處，多與文意主旨有關

字△　表示文章重複提起，或互相呼應處

段末＿　分段處，表示截斷。（在豎行直排文字中為水平方向）

（一）「。」

例如莊子〈逍遙遊〉，自「野馬也，塵埃也，生物之以息相吹也」起，至「而後乃今將圖南」，文字右側連續有「。」：[85]

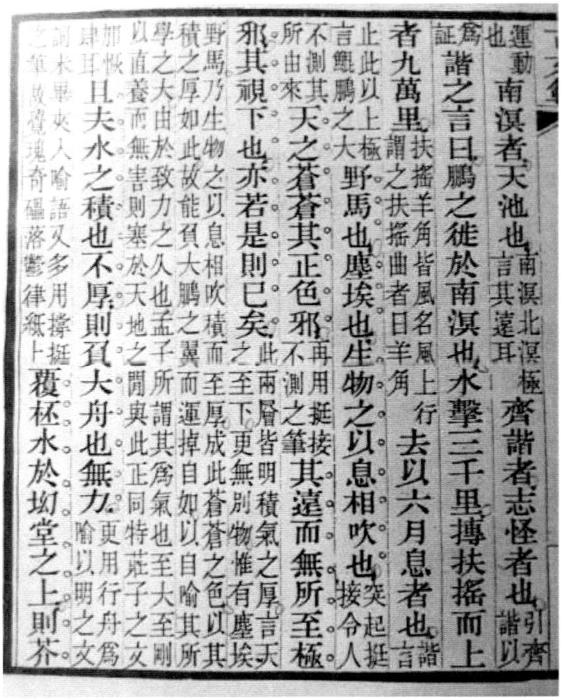

圖4-3-1　《古文範》圈點符號「。」

85　吳闓生：《古文範》，上編一，頁1。

又如賈誼〈過秦論〉，「一夫作難而七廟隳，身死人手，為天下笑者，何也？仁義不施，而攻守之勢異也」五句，文字右側連續有「。」：[86]

古文範

時之士也然而成敗異變功業相反也尚未遽落先虛宕一筆試使
山東之國與陳涉度長絜大比權量力則不可同年而語
矣再將前意覆說一遍文氣乃覺樸奧與李斯諫逐客書中閒同法然秦以區區之地致
萬乘之權招八州而朝同列百有餘年矣然後以六合為
家殽函為宮頓蓄處精力瀰滿一夫作難而七廟隳一句掉轉峭勁無比身
死人手為天下笑者何也仁義不施而攻守之勢異也正意
止此一句千盤萬迴不肯輕落止為頓出此句謀篇之奇
千古獨絕 先大夫嘗訓闓生曰孟子舜發於畎畝章千
盤萬轉主意至章末始露與此篇正同此篇章法正從孟
子得來也 過秦三篇文字自為首尾本當作一篇讀以
首篇特為雄橫故今止錄一篇其二三篇亦皆勁拔可觀
足與首篇相稱合觀之義旨乃備而讀者每不能了解今
為詮釋之如下蓋三篇大旨首篇責秦王中篇責二世末
篇責子嬰界畫井然次篇雖仍從秦王起而以守威定功

圖4-3-2 《古文範》圈點符號「。」

此等施「。」處，或指出「突起挺接」、「撐挺之筆」，或評為「頓出此句，謀篇之奇」，多與章法結構有關。

86 吳闓生：《古文範》，上編二，頁84。

（二）「・」

例如莊子〈逍遙遊〉，自「故夫知效一官」起，至「猶有所待者也」，文字右側連續有「・」：[87]

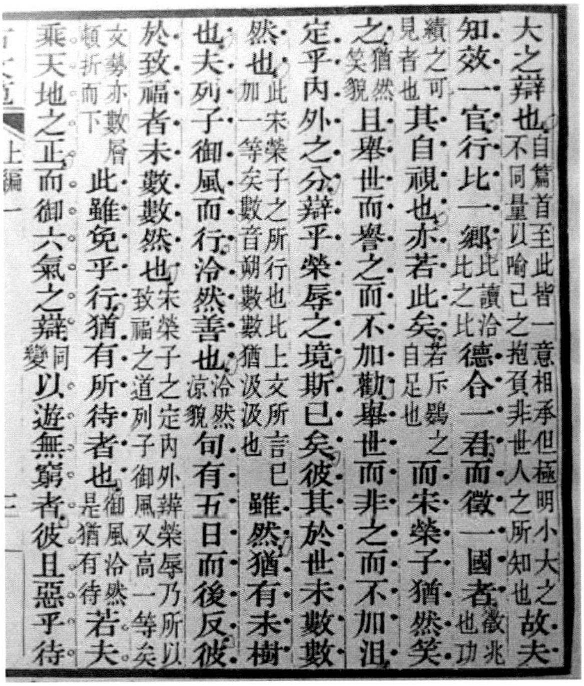

大之辯也。自篇首至此皆一意相承但極明小大之不同量以喻已之抱負非世人之所知也故夫知效一官行比一鄉比讀比洽之比德合一君而徵一國者徵兆也功績之可見者也其自視也亦若此矣若斥鴳之自足也而宋榮子猶然笑之猶然笑貌且舉世而譽之而不加勸舉世而非之而不加沮定乎內外之分辯乎榮辱之境斯已矣彼其於世未數數然也此宋榮子之所行也比上文所言已加一等矣數音朔數數猶汲汲也雖然猶有未樹也夫列子御風而行泠然善也泠然涼貌旬有五日而後反彼於致福者未數數然也宋榮子之定內外辨榮辱乃所以致福之道列子御風又高一等矣文勢亦數層頓折而下此雖免乎行猶有所待者也御風泠然是猶有待若夫乘天地之正而御六氣之辯同變以遊無窮者彼且惡乎待

古文範 上編一 三

圖4-3-3 《古文範》圈點符號「・」

87 吳闓生：《古文範》，上編一，頁3。

又如司馬相如〈難蜀父老〉，自「當斯之勤」至「聲稱浹乎於茲」，文字右側連續有「・」：[88]

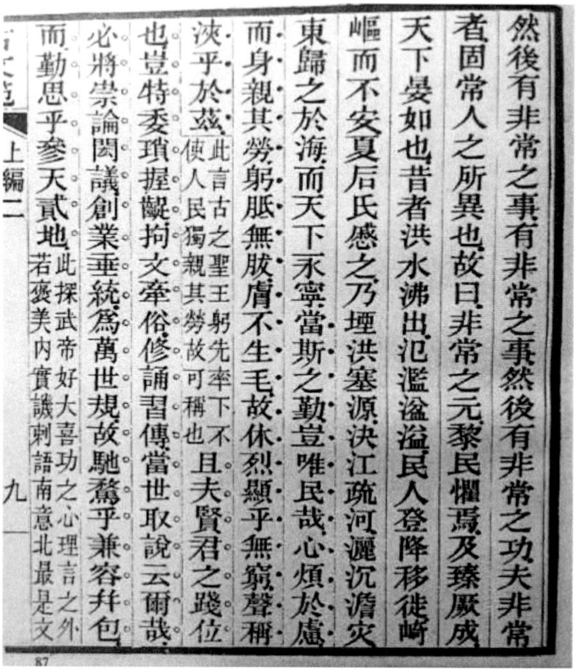

然後有非常之事有非常之事然後有非常之功夫非常
者固常人之所異也故曰非常之元黎民懼焉及臻厥成
天下晏如也昔者洪水沸出氾濫溢溢民人登降移徙崎
嶇而不安夏后氏感之乃堙洪塞源決江疏河灑沉澹災
東歸之於海而天下永寧當斯之勤豈唯民哉心煩於慮
而身親其勞躬胝無胈膚不生毛故休烈顯乎無窮聲稱
浹乎於茲此言古之聖王躬先率下不使人民獨親其勞故可稱也且夫賢君之踐位
也豈特委瑣握齪拘文牽俗修誦習傳當世取說云爾哉
必將崇論閎議創業垂統為萬世規故馳騖乎兼容并包
而勤思乎參天貳地此探武帝好大喜功之心理言之外若褒美內實譏刺語南意北最是文
上編二　九
87

圖4-3-4　《古文範》圈點符號「・」

此等施「・」處，多與文意主旨佳處有關。如莊子〈逍遙遊〉以宋榮子及列子等人為例，突顯後者之修為高過前者，藉以抒發己之懷抱。如司馬相如〈難蜀父老〉，施「・」處八句描述古聖先王愛民如子，躬先親勞的勤奮態度，寓含暗諷武帝之旨。

---

[88] 吳闓生：《古文範》，上編二，頁87。

（三）「△」

《古文範》中施「△」處較少，僅見於屈原〈離騷〉等六篇選文。如〈離騷〉的「世溷濁而不分兮，好蔽美而嫉妬」，以及「時溷濁而嫉賢兮，好蔽美而稱惡」：[89]

以逍遙 二句頓宕 及少康之未家兮留有虞之二姚理弱而媒
拙兮恐導言之不固時溷濁而嫉賢兮好蔽美而稱惡
夫曰前段言多方以救楚國之將亡而為小人所隔此段
言廣求羣賢卒無一得而各以溷濁妬蔽束之然後以閨
中邃遠結求賢以哲王不寤結 危 閨中既以邃遠兮哲王
亡之無救姚氏所說殊非本指
又不寤 總結上兩段文情激 越異常神氣奮出 懷朕情而不發兮余焉能忍
與此終古 以蒼茫感 喟作收 索瓊茅以筳篿兮 筳破竹也折 竹而卜曰篿 命靈
氛為余占之 靈氛善 占者 曰兩美其必合兮孰信修而慕之 閩生

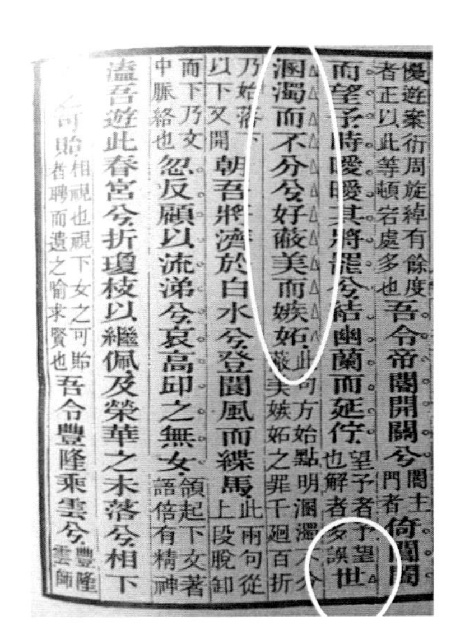
優遊案衍周旋綽有餘度 者正以此等頓宕處多也 吾令帝閽開關兮 閽主 門者 倚閶闔
而望予 時曖曖其將罷兮結幽蘭而延佇 望予者予望 也解者多誤 世
溷濁而不分兮好蔽美而嫉妬 此句方始點明溷濁不分 蔽美嫉妬之罪千迴百折
乃始落下 以下又開 朝吾將濟於白水兮登閬風而緤馬 此兩句從 上段脫卸
而下乃文 中脈絡也 忽反顧以流涕兮哀高丘之無女 領起下文著 語倍有精神
溘吾遊此春宮兮折瓊枝以繼佩及榮華之未落兮相下
女之可貽 相觀也觀下女之可貽 貽者聘而遺之喻求賢也 吾令豐隆乘雲兮 豐隆 雲師

圖4-3-5 《古文範》圈點符號「△」

屈原〈離騷〉藉「求女」喻己求國君之懇切，先是求高丘之女未果，屈原以「世溷濁而不分兮，好蔽美而嫉妬」二句道出自己在現實政治上受到的委屈；後回到求女為喻的幻想世界中，描述改求下女，求宓妃、簡狄、二姚而不得，以「時溷濁而嫉賢兮，好蔽美而稱惡」二句，再次陳述為小人所排擠，聖聽壅蔽之悲痛。重複提起，主旨相同，故施以「△」提醒。

89 吳闓生：《古文範》，上編一，頁54、55。

又如司馬遷〈十二諸侯年表序〉列舉出孔子《春秋》之後的著史者與史書，「左氏春秋」、「鐸氏微」、「虞氏春秋」、「呂氏春秋」、「荀卿、孟子、公孫固、韓非」、「漢相張君」、「上大夫董仲舒」此等，文字右側皆有「△」：[90]

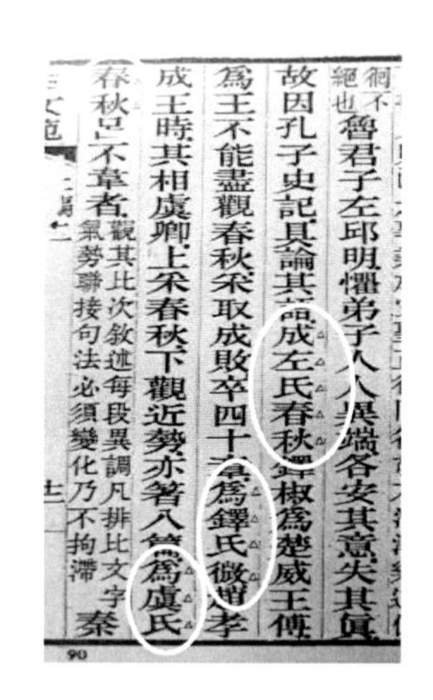
衟不絕也魯君子左邱明懼弟子人人異端各安其意失其眞
故因孔子史記具論其語成左氏春秋鐸椒爲楚威王傅
爲王不能盡觀春秋采取成敗卒四十章爲鐸氏微趙孝
成王時其相虞卿上采春秋下觀近勢亦著八篇爲虞氏
春秋呂不韋者觀其比次敘述每段異調凡排比文字氣勢聯接句法必須變化乃不拘滯秦

莊襄王相亦上觀尚古刪拾春秋集六國時事以爲八覽
六論十二紀敘呂氏春秋獨詳爲呂氏春秋及如荀卿孟子公孫
固韓非之徒各往往捃摭春秋之文以著書不可勝紀文總
敘一漢相張蒼歷譜五德張君謂張蒼也君一作蒼上大夫董仲舒推
春秋義頗著文焉以上歷載春秋以來各家而下文出已意以論斷之且各疏其偏失之處因落
到今之年表神氣峻厲奇肆俊偉與前敘孔子一段遙遙相應文境之高無復筆墨痕跡太史公曰儒
者斷其義馳說者騁其辭不務綜其終始歷人取其年月

圖4-3-6 《古文範》圈點符號「△」

由孔子《春秋》起筆，列舉《春秋》以來各史家的著作動機、用意、特色等，用以敘衰世史家的著述用意，施「△」加以註明。

此外，又如諸葛亮〈出師表〉反覆多次的「宜」與「不宜」；[91]韓愈〈原道〉反覆數次的「今其言曰」、「今其法曰」、「今也」、「今也」；[92]韓愈〈張中丞傳後敘〉的「城陷」、「及城陷」；[93]以及韓愈〈上宰相書〉的九處「皆已」，三處「豈復有」，十一處「豈盡」[94]等，文

90 吳闓生：《古文範》，上編二，頁90。
91 吳闓生：《古文範》，上編二，頁118。
92 吳闓生：《古文範》，下編一，頁123。
93 吳闓生：《古文範》，下編一，頁128。
94 吳闓生：《古文範》，下編一，頁133。

字旁皆施「△」。這些「△」用來表示文章重複提起，或互相呼應，或迴環反覆處。

（四）「＿」

「＿」用以表示文章分段處，多數選文皆有，篇幅較短者如《史記》之列傳論贊、王安石〈讀孟嘗君傳〉等無此分段記號。

以司馬遷〈報任少卿書〉為例，共分為六段，吳闓生在該篇尾評特別說明：「全篇大旨，可分六段，自首至『幸勿過』為第一段，答任安之詞。自『僕聞之』至『尚何言哉』為第二段，憤己之被刑。……第五段言著書傳後，所以自重，自『負下未易居』至末，為第六段，以感憤作收。」[95]

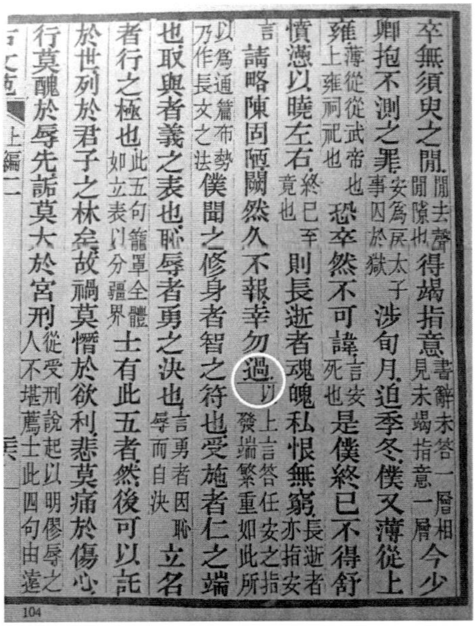
卒無須臾之閒閒去聲閒隙也得竭指意書辭未答一層相見未竭指意一層今少
卿抱不測之罪安為戾太子事因於獄涉旬月迫季冬僕又薄從上
雍薄從從武帝也上雍祠祀也恐卒然不可諱言安死也是僕終已不得舒
憤懣以曉左右終已竟也至則長逝者魂魄私恨無窮長逝者亦指安
言請略陳固陋闕然久不報幸勿過以上言答任安之指所發端繁重如此
以為通篇布勢乃作長文之法僕聞之修身者智之符也受施者仁之端
也取與者義之表也恥辱者勇之決也言勇者因恥辱而自決立名
者行之極也此五句籠罩全體如立表以分疆界士有此五者然後可以託
於世列於君子之林矣故禍莫憯於欲利悲莫痛於傷心
行莫醜於辱先詬莫大於宮刑從受刑說起以明僇辱之人不堪薦士此四句由遠
上編二
104

圖4-3-7　《古文範》圈點符號「＿」

95　吳闓生：《古文範》，上編二，頁111。

每一段各有主旨，與前後文所記之事不同，故能分段研讀。此「__」圈點符號意義較明顯易懂。

今人鍾志偉觀察明清二代的唐宋八大家選本之圈點符號，如茅坤《唐宋八大家文鈔》與儲欣《唐宋十大家全集錄》等，得此結論：「圈點符號運用多者，都較為重視文章的布局、章法或是文意理解。」[96]吳闓生《古文範》圈點運用地相當頻繁，此語用以檢視《古文範》，亦可符合。

二　評注方式

《古文範》中的評語有題下評、夾注（夾評）、尾評三種，無眉批。

（一）題下評

《古文範》多數選文皆有題下評，少數如王安石〈答姚闢書〉、曾鞏〈范貫之奏議集序〉等無題下評。有些選文的題下評僅寥寥數字，如柳宗元〈論語辨〉只注記「柳子厚二篇」五字，非評論性質。

《古文範》題下評的用途不一，以同性質的《史記》諸表序為例，如解釋題意者：〈十二諸侯年表序〉與〈秦楚之際月表序〉；說明創作背景者：〈建元以來侯者年表序〉；概述文章內容者：〈十二諸侯年表序〉。此外，也不僅限於評論本篇，如〈十二諸侯年表序〉兼評全部的表序：「諸表序乃史公精心結撰之文，每篇皆別有寓意。」[97]可知吳闓生評點時，應是視此文是否須於開頭解釋說明，而後評論於

96 鍾志偉：《明清「唐宋八大家」選本研究》（臺北：文津出版社，2008），頁136。

97 吳闓生：《古文範》，上編二，頁89。

題下，若不須說明，便直入本文。《古文範》的題下評是因應實際需求而彈性設置的，是以用途並不統一，也不強制每篇皆有。

（二）夾注與夾評

《古文範》將文中注語、批語全部統一於文中，以雙排小字印行，功用多元：

一、用以訓詁

(1) 標示讀音：如「器苦窳」注：「窳，音庾，上聲。」[98]

(2) 解釋字義：如「繁禮君子」注：「繁禮，多禮也。」[99]

二、以「先大夫曰」引用其父之訓釋，省略考證之力氣

如：「先大夫曰：『牛馬走，當是先馬走之誤。』」[100]

三、說明作者文意

如《史記．六國表序》：「漢高祖之得天下，功德甚薄，史公意頗輕之。其論秦處，意皆注在漢也。」[101]

四、評論作家

如韓非〈難篇．晉文公將與楚人戰〉：「韓非長處，總是斬截透快，句句到場，針針見血，絕無顢頇不盡之病，蓋其姿性然也。」[102]

五、提示章法布局

如韓愈〈張中丞傳後敘〉敘述完南霽雲之事，以「張籍曰」另開一段，夾注：「此下專記張籍之言，乃知章首預提張籍之故，所以使

---

98 吳闓生：《古文範》，上編一，韓非〈難篇．歷山之農者侵畔〉，頁31。

99 吳闓生：《古文範》，上編一，韓非〈難篇．晉文公將與楚人戰〉，頁28。

100 吳闓生：《古文範》，上編二，司馬遷〈報任少卿書〉，頁103。

101 吳闓生：《古文範》，上編二，頁92。

102 吳闓生：《古文範》，上編一，頁30。

通篇章法緊湊不散漫也。」[103]

如王安石〈書義序〉「命之重大而承以輕眇，茲榮也，祇所以為媿與」，夾評：「句法本之《法言》。」[104]

六、與其他文章、作者引申比較

如韓非〈難篇．管仲有病〉：「蘇明允〈管仲論〉，世所膾炙，不知彼文全襲韓非而為之也。」[105]

如韓非〈難篇．趙簡子圍衛之郛郭〉：「全用四字短句，是琢練處，太史公常如此。」[106]

綜觀整本《古文範》之夾注及夾評，當中尤以章法布局用語最為頻繁，信手翻閱，諸如「頓挫」、「跌宕」、「提筆」、「接筆」、「收束」等語，時入眼簾。吳闓生相當重視文法的評析，此即前文第一節所說的「安章宅句之法必深擘而詳討之，以為義法明而古人之精神乃可見」，[107]從文法入手，由此闡發作家文意。

（三）尾評

《古文範》的唐代之前選文多數皆有尾評，少數如《莊子．養生主》與漢光武帝〈賜竇融璽書〉則無；而宋、清二代之選文，無尾評者不少，如王安石〈度支副使廳壁題名記〉、曾鞏〈范貫之奏議集序〉、蘇軾〈赤壁賦〉、姚鼐〈復魯絜非書〉與曾國藩〈湘鄉昭忠祠記〉等，皆無尾評。

尾評的功用如夾評一般，有多元化的特色。如解釋全篇文意者：

---

[103] 吳闓生：《古文範》，下編一，頁128。

[104] 吳闓生：《古文範》，下編二，頁168。

[105] 吳闓生：《古文範》，上編一，頁35。

[106] 吳闓生：《古文範》，上編一，頁43。

[107] 吳闓生：《北江文集》，卷五，〈賀先生墓表〉頁400。

賈誼〈過秦論〉；如評論收尾方式者：揚雄〈抱孫會宗書〉、王安石〈答姚闢書〉；如評論風格者：賈誼〈鵩鳥賦〉、柳宗元〈伊尹五就桀贊〉。也有引申比較其他作家者：如司馬相如〈難蜀父老〉，尾評說：「學文者故當導源於此……韓公所以起八代之衰，亦由此也。」[108]延伸議論韓愈取法西漢揚雄等人的古賦，培養雄壯文氣。

有時尾評與題下評的功用是重疊的，如韓非〈難篇．衛靈公之時〉末尾有針對全部〈難篇〉的總評：「韓非諸〈難〉，篇幅不多，眾法畢備，讀之最能開拓心思、增長筆力。」[109]若將此評移置於題下，亦無不可。

將《古文範》與吳闓生的另一本評點著作《古文典範》比較，觀察兩書皆選錄之篇章，會發現有些評論相同，同樣置於題下，如蘇洵〈上韓樞密書〉一文，評道：「三蘇議論文字明爽俊快，……專以意勝，不復留心章法詞句之間，……故謂古文之體壞於三蘇，……始作俑者，能無任受咎哉？」[110]評論三蘇文風與其帶來的負面影響。而有些評論，則是《古文範》作為題下評，《古文典範》置於尾評，如王安石〈周禮義序〉，評道：「荊公崛起宋代，……尤為醇到之詣，王集中亦不多得。」[111]論王安石文章風格，而位置不同。由此看來，吳闓生對於尾評與題下評的設置，並未限定位置。

---

108 吳闓生：《古文範》，上編二，頁88。

109 吳闓生：《古文範》，上編一，頁49。

110 吳闓生：《古文範》，下編二，頁178。徐世昌編，吳闓生評點：《古文典範》，卷六，頁115。

111 吳闓生：《古文範》，下編二，頁166。徐世昌編，吳闓生評點：《古文典範》，卷三，頁47。

第五章
《古文範》的文學主張

評點選本為文家表述文學理念的一種方法，透過作品的篩選與細部批點，以鑑別優劣，闡明其文學主張。在《古文範》的評論之中，關於創作筆法的評論最多，次為文章風格與對作家的批評。本章以歸納分析的方式，將分散於各選文中的評語整合為創作技法論、風格論、作家批評論三節。創作技法論探討寫作筆法與文藝技巧，吳闓生評文家如何運用熟練的手法，有秩序地組織文字形式，以傳達意旨者，屬之。風格論探討單篇作品呈現出的格調、精神力量與藝術風貌。作家批評論討論吳闓生對作家的評價，包含作家整體風格、寫作特色與對後世的影響等。

第一節　創作技法論

文法，即語文詞句構造組織之法則，桐城派文論「義法」之「法」者也。本文第四章第一節談過，吳闓生以為「文不可無法，固也，盈天下物皆有法度」，[1]他認為法度是自然形成的，古來名家的文章皆有嚴謹的法，法度是學習文章的正確途徑，不可隨意踰越。也說：「安章宅句之法，必深擘而詳討之，以為義法明，而古人之精神乃可見。」[2]詳討文法是吳闓生進一步探究文義的基礎，故文法是他評

1　吳闓生：《北江文集》，卷十二〈籀雅・文說〉，頁893。

2　吳闓生：《北江文集》，卷五〈賀先生墓表〉，頁400。

點的重心，也因此《古文範》中時常分析文章的作法與結構。

在本節討論《古文範》的創作技法理論之前，先說明筆者的分類方式。文章由字、句組織而成，南朝劉勰（約465-522）說：「因字而生句，積句而成章，積章而成篇。」[3]桐城劉大櫆說：「積字成句，積句成章，積章成篇。」[4]文章由字、句、章組織成篇，為普遍性原理。查考桐城派筆記類文論的文法分類方式，姚範（1702-1771）說：「字、句、章法，文之淺者也，然神氣體勢皆階之而見。」[5]師法桐城派的吳德旋（1767-1840）也說：「章有章法，句有句法，字有字法。到純熟後，縱筆所如，無非法者。」[6]姚範與吳德旋皆將文法分為「字法」、「句法」、「章法」三類。至於姚永樸的系統化文學理論專書《文學研究法》，則未將文法分類。[7]

今觀吳闓生《古文範》，時有指為「字法」、「句法」、「章法」之處（詳後文），而關於他的「章法」定義，可參見他在方東樹《昭昧詹言》裡的評論。《昭昧詹言》論學詩方法，其中有「章法」一種，曰：「章法有見於起處，有見於中間，有見於末收。或以二句頓上起下，或以二句橫截。」吳闓生眉批說：

---

3 〔梁〕劉勰著，范文瀾注：《文心雕龍注．章句》（臺北：文光出版社，1973），頁570。

4 〔清〕劉大櫆：《論文偶記》，收錄於王水照編：《歷代文話》（上海：復旦大學出版社，2007），第4冊，頁4110。

5 〔清〕姚範：《援鶉堂筆記．文史談藝》，收錄於王水照編：《歷代文話》，第4冊，頁4126。

6 〔清〕吳德旋講述，呂璜纂錄：《初月樓古文緒論》（臺北：臺灣中華書局，《四部備要》本，1965），頁2。

7 姚永樸《文學研究法．格律》說：「一篇有一篇之格。蓋欲謀篇，必製局；欲製局，必立格。」（上海：上海商務印書館，1926，九版，頁30）未將文法分類。

> 章法，謂通篇布置。此所言，則是其中提頓一二筆耳。[8]

他認為「章法」包含方東樹所說的提筆、頓筆等章節段落之間的組織方法，亦包含全篇整體的布置手法。在中國古典文學批評中，「章法」本就常與「篇法」、「謀篇」、「布局」、「格局」、「法度」、「布置」等詞通用，皆指文章的結構經營，「章法」既是修飾篇章的方法，也是組織篇章的法則。[9]據此，筆者將《古文範》的創作技法論分為字法、句法、章法三類探討。

一　字法

《古文範》中標明為「字法」者有三處，一在《史記．漢興以來諸侯王年表序》：（細明體字為選文，【 】內標楷體字為吳闓生夾評。）

> 天子觀於上古，然後加惠，使諸侯得推恩，分子弟國邑，故齊分為七，趙分為六，梁分為五……齊、趙、梁、楚支郡名山陂海咸納於漢，諸侯稍微。【「稍」字，**字法**。此時諸侯微弱已甚，云「稍微」者，自天子一方言之也。】[10]

漢初迫於形勢，大肆分封同姓諸王與異姓功臣。百年之後天下平定，加以親屬益疏，朝廷為避免諸侯尾大不掉，實行推恩眾建、嚴整法治

8　〔清〕方東樹著，吳闓生評：《昭昧詹言》（民國七年武強賀氏刊本），卷一〈通論〉，頁8。按：此篇論學詩之法共六種：「創意，造言，選字，隸事，文法，章法」。其中文法一項，方氏說明道「以斷為貴，逆攝突起」，也是章節之間的結構法則。

9　參見馮永敏：《散文鑑賞藝術探微》（臺北：文史哲出版社，1997），頁182。仇小屏：《篇章結構類型論》（臺北：萬卷樓圖書公司，2000），頁3。

10　吳闓生：《古文範》，上編二，頁95。

刑責，以削弱諸侯。對此，司馬遷僅陳列讁削之後的諸侯形勢，後以一句「諸侯稍微」輕巧表現。吳闓生點出此「稍」字須特別注意，因其時諸侯形勢已衰減至極，但漢廷自然希望諸侯可更弱小，現下情形不過是「稍微」減弱而已；所謂的「加惠」與「稍」微，皆暗含著朝廷的藉口與心態。這是歷代注疏與評點家甚少提及之處，如吳汝綸眉批雖指出「此段言削弱太甚」，[11]但未解釋為何實際情勢是削弱太過，而司馬遷的原文卻說是「稍」微。吳闓生推究根本原因，指出司馬遷實乃以朝廷的觀點行文，是頗具洞察力的新見。

又如司馬遷〈報任少卿書〉：

> 今舉事壹不當，而全軀保妻子之臣，**【字法、句法。】**隨而媒孽其短，僕誠私心痛之！【沉著痛切，無以復加。】……陵未沒時，使有來報，漢公卿王侯皆奉觴上壽。後數日，陵敗書聞，主上為之食不甘味，聽朝不怡，大臣憂懼，不知所出。……僕懷欲陳之，而未有路，適會召問，……明主不深曉，**【字法、句法。】**以為僕沮貳師，而為李陵遊說，遂下於理。[12]

此文有二處並評為「字法、句法」，先分析「字法」，「句法」留待下一小節。初，李陵未敗，公卿王侯皆極力褒揚李陵軍之威猛；隨後李陵敗書傳來，漢武帝不悅，大臣隨之憂懼，深恐漢武帝遷怒。於是無人為昔時「甚得名譽」[13]的李陵申辯，反倒迅速「媒孽其短」，構陷罪名，看在司馬遷眼裡，怎能不痛心！他急欲為李陵辯解，好不容易等

---

11 吳汝綸：《史記集評》，第1冊，頁264。

12 吳闓生：《古文範》，上編二，頁105-106。

13 〔漢〕班固撰，顏師古注，〔清〕王先謙補注：《漢書補注》（臺北：藝文印書館，1955），卷五十四〈李廣蘇建傳〉，頁1145。

到主上召問此事，侃侃直言，卻使得漢武帝大怒，將他貶黜下獄，又因家貧不能自贖，左右親近無人為他說話，而有之後的辱刑。「全軀保妻子」五字，意思非僅僅字面上的愛惜身家性命而已，諸臣保全了自家人，同時卻也損害了李陵的聲譽，將他推入深淵。他們隨風轉舵的行為，是司馬遷所欲指責的，責罵之語雖未現於紙上，而諸臣醜態盡在其中。司馬遷心中悲憤難平，卻終究只能獨自承受，既無法疾聲呼告自己的冤枉，亦不能責怪降罪於己的武帝，僅能以「明主不深曉」五字道出，曲折委婉至極。「全軀保妻子」與「明主不深曉」二處，不直言責怪群臣、推許武帝為「明」君，實則隱藏了多少無法訴之於世的悲憤，壓縮於短短五字中，評為「字法」原因在此。

韓愈〈平淮西碑〉則有一處評為「用字法」。此文記唐憲宗元和九年，淮西節度使吳少陽之子元濟謀叛，割據蔡州，又與其他節度使勾結，至十二年收復淮蔡一事。文中夾評道：

> 凡叛有數，【當云「凡叛有道」，而叛不可言道，故云「有數」，此**用字法**。】聲勢相倚；吾強不支，汝弱奚恃？[14]

吳闓生說明「有數」原本應作「有道」，但「道」字有正道、真理之義，叛亂逆臣者，豈可稱「道」？因此韓愈改為「數」，選字態度謹慎，思考周密，故吳闓生評為「用字法」。與「字法」相比，「用字法」更加強調作家選字的考量與效果。此評亦見於高步瀛《唐宋文舉要》。高、吳二人友好，《舉要》為民國二十四年刊行，於《古文範》後出，說明更為詳盡，可參酌之：

> 吳北江曰：「數者，術數，猶言叛亦有法也。文本當云『凡叛有道』，然叛不可言道，故改言『數』，足見公用字下句縝

14　吳闓生：《古文範》，下編一，頁148。

> 密。孫注乃云『叛者數鎮』，則失其義矣。」步瀛案：據下文「吾強汝弱」，孫注似亦可通。[15]

「凡叛有數」之「數」為何意，歷來多解為數量，如孫汝聽（活躍於1131-1162）注「謂叛者數鎮」，文讜（活躍於1165-1173）注「言不過數人而已」；又如儲欣（1631-1706）注「謂王承宗、李師道」，[16]指王、李這些聯合鄰鎮，相繼叛變的節度使。高步瀛認為孫注解為數量可通，能呼應下文「吾強不支，汝弱奚恃」的「汝」字，即汝等叛者。與他注相比，吳闓生看法特別，為推求韓愈〈平淮西碑〉的命意而來，說法也可以同意；此解能突顯出韓愈宣揚國威，發揚朝廷德政的用意，以及嚴謹的作文態度，因此他批判舊注錯失真諦，可謂獨具慧眼。

總歸以上「字法」與「用字法」，是指用字特別，在文中具有關鍵意義，另有寓意，讀者須細心思量，方能得知作家真意。吳闓生多發前人之所未言，眼光敏銳精準，且能挖掘更深層的含意，此為他評點的心思細膩之處。

二　句法

「句法」即組織句子的文法。先看上文討論「字法」時提過的司馬遷〈報任少卿書〉：

> 今舉事壹不當，而全軀保妻子之臣，【**字法、句法。**】隨而媒

---

15 高步瀛：《唐宋文舉要》（上海：上海古籍出版社，1992，新一版），甲編卷二，頁294。

16 孫汝聽、文讜、儲欣之注解，見於羅聯添編：《韓愈古文校注彙輯》（臺北：國立編譯館，2003），第3冊，頁2327。

> 孽其短，僕誠私心痛之！……僕懷欲陳之，而未有路，適會召問，即以此指，推言陵之功，欲以廣主上之意，塞睚眥之辭。未能盡明，明主不深曉，【**字法、句法**。】以為僕沮貳師，而為李陵遊說，遂下於理。[17]

評為「句法」之因，為二句在文中起了強烈的轉折作用——原本期待諸臣說些公道話，反而落井下石；原本希望武帝能聽進自己的意見，不但不被採納，甚至遭受遷怒而連帶受罪——在上下文之間，造成急遽的衝突與矛盾。「明主不深曉」一句，未使用一般常用的「而」、「然」等連接詞，瞬間形成一種無處宣洩的絕望與悲憤，文勢極強，隱含深意，須讀者多加體會。此處的「句法」，與《古文範》的「字法」（用字特別，另有寓意）較接近，而與其他「句法」的差別較大，應屬特例。

《古文範》的其他「句法」，大致上有兩種指向：一種與句型結構相關，例如評論排比文字「句法參錯可愛」，富於變化之美；一種則偏向評論此句法所形成的風格，如評為「高古」與「簡峻」等。關於後者，於第二節風格論中討論。

與句型相關的「句法」，指字句的結構組織方法，涉及文句的句讀方式、[18]句中詞語組成的順序等。如司馬遷〈報任少卿書〉：

> 其素所蓄積也僕以為有國士之風。【十四字作一句讀，**句法**跌

17　吳闓生：《古文範》，上編二，頁105-106。

18　句讀者，古書無標點符號，古人以「、」、「。」、「·」等符號表示語句的停頓與休止，是正確解讀文意的基礎。句讀起源很早，《禮記·學記》已有「一年，視離經辨志」之相關談論。漢代章句之學興起，分析句讀為訓詁重要內容之一，這些句讀符號與南宋評點文學興起之後的圈點符號相同或相似，關係密切。參見任遠：《句讀學論稿》（杭州：浙江古籍出版社，1998），頁96-99。張伯偉：《中國古代文學批評方法研究》，頁544-547。

宕。】[19]

司馬遷原文中，前後句主詞不同，即李陵平日孝親、信士、清廉、恭儉，司馬遷認為他的行為可謂國士風範。為何吳闓生在評二句可「作一句讀」，或許可理解為「僕以為其素所蓄積也有國士之風」一長句讀之，與短句相比，長句誦讀起來更加抑揚頓挫，跌宕生姿。

又如柳宗元〈論語辨〉：

> 生人無以澤其德，日視聞其勞死怨呼。【勞死，視也；怨呼，聞也。此古大家**句法**。】[20]

言孔子生不逢堯、舜盛世，又無位以代天行道。「日視聞其勞死怨呼」一句，「勞死」為視覺，「怨呼」屬聽覺，柳宗元將「視聞」二動詞合併敘述，賓語合併在後，即「日視其勞死、聞其怨呼」之意，類似今日修辭學所謂的「錯綜法」之「交錯語序」者。[21]「錯綜法」能產生靈活變化之美，而子厚此句，又兼有筆墨簡練之長處，其中無任何連接詞連接，四賓語並列，歷落而下，形成緊湊之勢。

以上二處評為「句法」者，皆指句型優美特殊，讀者應須留意。再看其他評為「句法」處，可將《古文範》中關於句型的「句法」，歸納出四個特色：

（一）留意句型與文意相似處

吳闓生有時會指出某文之句法，和某文某處相同。如《史記．高

---

19 吳闓生：《古文範》，上編二，頁105。

20 吳闓生：《古文範》，下編一，頁161。

21 「錯綜法」之「交錯語序」，如曹丕〈與吳質書〉「昔伯牙絕弦於鍾期，仲尼覆醢於子路；痛知音之難遇，傷門人之莫逮。」調換詞語順序，第三句承首句，第四句承次句。參見沈謙：《修辭學》（臺北：五南圖書公司，2010），頁427。

祖功臣年表序》：

> 始未嘗不欲固其根本，而枝葉稍陵夷衰微也。【〈封禪書〉「初未嘗不肅祗，後稍怠慢也」，**句法**與此同。】……至太初，百年之閒，見侯五，餘皆坐法隕命亡國，秏矣。罔亦少密焉，然皆身無兢兢於當世之禁云。[22]

兩者上句為「始未嘗不」、「初未嘗不」，言漢朝立國之初分封子弟功臣，鞏固政權，態度慎重；下句「稍陵夷衰微」、「稍怠慢」，謂百年之間，由原先分封的百餘人剩下如今五人，諸王不能約束自家以避禁令，其身怠慢，而其勢衰微。二者文意、句型皆相近，故評為「句法與此同」。

又如韓愈〈進學解〉：

> 冬暖而兒號寒，年豐而妻啼饑。……不知慮此，而反教人為？【《漢書・蕭望之傳》「不肯碌碌，反抱關為」，**公句法**本此。】[23]

韓愈勇於彈劾權臣李實，因而受讒，貶官陽山；後雖任國子博士，家人亦不得溫飽。韓愈借學子之口陳述己身困境，頗有自嘲之意，而另一方面，也是勉勵自己繼續堅持志向，勿向現實低頭。東漢蕭望之學問淵博，以治《齊詩》為人稱道，然個性耿直，不肯趨附大將軍霍光，遂署小苑東門候，屈居卑職。同輩王仲翁官至光祿大夫給事中，問他為何寧處低位，望之對以「各從其志」。[24]吳闓生評韓愈此句句法本於〈蕭望之傳〉，不僅是句型肖似，也因二人處境相似，文意可

22　吳闓生：《古文範》，上編二，頁96。

23　吳闓生：《古文範》，下編一，頁150。

24　參見〔漢〕班固撰，顏師古注：《漢書補注》，卷七十八〈蕭望之傳〉，頁1436。

通。

又如韓愈〈柳州羅池廟碑〉：

> 吾棄於時，而寄於此，與若等好也。【先大夫曰：「《史記‧汲黯傳》『棄居郡，不得與朝廷議也』，公句法本此。」】[25]

此評承自其父，未見於吳汝綸之《群書點勘‧韓昌黎集》或徐樹錚集評之《諸家評點古文辭類纂》，可能是聞於口耳。汲黯性剛直，時諍諫武帝。後楚地盜鑄銖錢盛行，武帝以其為淮陽太守。其時酷吏張湯受寵，汲黯希望能留在京城，然而終究只能接受外調，不得再議於朝廷之上；臨行前託付李息，務必留意御旁小人，代為進諫。[26]柳宗元年少得志，然永貞革新失敗，貶為永州司馬，地處南蠻，心恆惴慄，十年後再貶為柳州刺史。韓愈記其死前一年，交代部將魏忠等人建廟祭祀，願死後仍能膏澤斯民。兩人所言，句型相似，亦皆飽含擔憂社稷國家之情。

上述例子的句型與文意皆極為相像，若非博覽群書，無法有此等連結比較之功力。吳闓生標明為句法的用意，不只在學習句型形式，也注重內容淵源，揭示古人的精神志向。

（二）注意句型的變化

另一個側重點是句型變化，如《韓非子‧難篇‧管仲有病》：

> 聞開方事君十五年，齊、衛之間不容數日行，棄其母，久宦不歸，其母不愛，【每句皆變調，古人無刻板無字也。】安能愛

---

25 吳闓生：《古文範》，下編一，頁159。

26 參見〔日〕瀧川龜太郎：《史記會注考證》，卷一百二十〈汲鄭列傳〉，頁11-13，總頁1250。

> 君？……或曰：「……明主之道不然，設民所欲以求其功，故為爵祿以勸之；設民所惡以禁其姦，故為刑罰以威之。慶賞信而刑罰必，君舉功於臣，而姦不用於上。【意用兩排，而**文法**變化。】雖有豎刁，其奈君何？」[27]

此章以管仲死前的諫言為駁難對象。管仲建議桓公疏遠豎刁、易牙和開方三人，如開方出身衛國，衛、齊來回只需數日，但十五年來未曾歸鄉探母，管仲認為這樣的行為違於常情，不可能發自內心忠愛國君。「聞開方事君十五年」數句，首句主語為管仲，述其聽聞；次句論衛、齊二地來往時程；後三句主語為開方，寫法又稍異，末句本應作「不愛其母」，韓非倒裝為「其母不愛」。五句間主語與詞組順序各有變壞，靈活生動。後文申明法家學說，強調君主掌握賞、罰權柄的話，臣下自然為君盡力；即使有豎刁這些小人，又怎麼能動搖得了國政？「君舉功於臣，而姦不用於上」，意即君王明察功績，給予臣子獎勵；則臣下安守本分，不會作姦犯上，兼論賞、罰，又分為君臣兩方面論說，此即「意用兩排」。前句言「舉功」，後句謂「姦不用」，變換句中動詞、名詞的順序，故評為「文法變化」。

又如《史記・十二諸侯年表序》：

> 魯君子左丘明懼弟子人人異端，各安其意，失其真，故因孔子史記，具論其語，成《左氏春秋》。鐸椒為楚威王傅，為王不能盡觀《春秋》，採取成敗，卒四十章，為《鐸氏微》。趙孝成王時，其相虞卿上采《春秋》，下觀近勢，亦著八篇，為《虞氏春秋》。呂不韋者，【觀其比次敍述，每段異調。凡排比文字，氣勢聯接，句法必須變化，乃不拘滯。】秦莊襄王相，

---

27 吳闓生：《古文範》，上編一，頁33-35。

> 亦上觀尚古，刪拾《春秋》，集六國時事，以為八覽、六論、十二紀，【敘《呂氏春秋》獨詳。】為《呂氏春秋》。[28]

司馬遷列述孔子之後的《春秋》續寫者，或先言其人名、或先敘其時代（君王），著重點也不盡相同。如左丘明與鐸椒二者，側重於其著書動機；如虞卿與呂不韋二者，敘其書之採錄範圍；而對於《呂氏春秋》的體例則記錄得特別詳細，說明其體例最為完整，內容更趨完備。一般人羅列作家與書籍，通常使用同樣的語句型式陳述，不免拘謹呆板，司馬遷則運用不同的方式敘述，不僅活潑生動，且又詳略有別，能顯現何者為要，文法變化多端，為史公長處之一。

又如《史記・六國表序》：

> 夫作事者必於東南，收功實者常於西北。故禹興於西羌，湯起於亳，周之王也，以豐鎬伐殷，【**句法**參錯可愛。】秦之帝用雍州興，漢之興自蜀漢。[29]

司馬遷列舉五朝興盛之根據地，句型富含變化之美：前二者夏、商之句型相同，為國君名＋動詞＋地名，僅抽換詞面。周朝則在國君名與地名之間，寫入武王伐殷之事。後二者秦、漢之句型組成相似，而略有差異，且秦朝另點出一「帝」字，蓋因秦始皇為史上第一個大一統的君主。五句之中，句型差異最大者為中間的周朝，不僅引入武王伐殷一事，又將發跡之地名（豐、鎬）置入其中，此處句型長短產生變化，詞語順序也更為靈活，達成「參錯可愛」的效果。

又如韓愈〈原道〉：

---

[28] 吳闓生：《古文範》，上編二，頁90。

[29] 吳闓生：《古文範》，上編二，頁92。

> 有聖人者立，然後教之以相生養之道。為之君，為之師。驅其蟲蛇禽獸，而處之中土。寒，然後為之衣，饑，然後為之食。木處而顛，土處而病也，然後為之宮室。為之工以贍其器用，為之賈以通其有無，為之醫藥以濟其夭死，為之葬埋祭祀以長其恩愛，為之禮以次其先後，為之樂以宣其湮鬱，為之政以率其怠倦，為之刑以鋤其彊梗。相欺也，為之符、璽、斗斛、權衡以信之。相奪也，為之城郭甲兵以守之。害至而為之備，患生而為之防。【**句法**變化。】[30]

本段安插「為之」於句首或句中，歷列住處、衣食、器物、商賈、醫藥、喪葬和禮樂等，包羅萬象，鋪敘聖人之教化內容。其中「寒，然後為之衣」三句，與「相欺也」二句，句型稍有變化；末尾的「害至而為之備」二句，把「害」、「患」倒置句首，將「為之」調整於單句之中，更能提高警覺性。宋代呂祖謙評此句「轉文好」，[31]謝枋得評「變化九樣句法」，[32]吳闓生評為「句法變化」，皆注意到句型的轉變。此段排比直下，而長短不同，富於變化靈動感，一氣呵成，氣勢雄健。[33]吳闓生評論《孟子》時說過：「章法變化，凡數排文字，末必變換，此亦定法也。」[34]主張大段排比文字句末尾句型應有所變化，以此視韓愈〈原道〉此段文字，亦能符合。如此不僅能避免單調，若末尾為此段文字的主旨所在，更能吸引讀者的注意。

另外，吳闓生在《史記・秦楚之際月表序》篇首計算句子的字

---

30 吳闓生：《古文範》，下編一，頁123。

31 〔宋〕呂祖謙：《古文關鍵》（上海：上海商務印書館，1936），頁11。

32 〔宋〕謝枋得批選，〔明〕李九我評訓，〔明〕王守仁敘言，〔日〕原田由己標箋：《文章軌範》（臺北：廣文書局，1970），卷四，頁157。

33 參見王基倫：《韓柳古文新論》（臺北：里仁書局，1996），頁206。

34 高步瀛集解，吳闓生評點：《孟子文法讀本》，卷五〈萬章下・敢問友〉，頁107。

數，也是句型的另一種討論：

> 太史公讀秦楚之際，曰：「初作難，發於陳涉；【上三字，下四字。】虐戾滅秦，自項氏；【上四字，下三字。】撥亂誅暴，平定海內，卒踐帝祚，成於漢家。」【上十二字，下四字。】[35]

秦楚之際，號令三嬗，首發自陳涉揭竿起義，再為項羽殺戮子嬰，自立為王；後為劉邦圍軍垓下，結束楚漢相爭，統一天下。三者中，敘漢朝事蹟尤詳，可見司馬遷身處本朝之史家立場；將前後數十年之事濃縮於短短三句之中，文字極為精要。吳闓生夾注為「上十二字」，乃以人物為主體，將一句中的詞語分為兩組：前組詞語敘其事蹟，後組揭明何人所為，因此視為一句讀之。這樣的字數計算方式，顯示出文家敘述方式的變化與著墨的輕重，亦可視為「每句皆變調」、「每段異調」的具體表現。

上述引文多出自《韓非子》與《史記》，前者為議論文字，後者為與敘記史筆，論辨文少不了陳述道理、敘述文不免鋪陳事物，若句子長短與文法組成大致相同，便顯得單調無趣。此理同呂祖謙所謂「文字一篇之中，須有數行整齊處，有數行不整齊處」[36]也。吳闓生提醒學者除了注意變化詞語順序、文句長短，也應練習如何掌握文章的詳、略，能看出作者之用心所在。

這些鋪陳排比的文字，今日修辭學稱為「排比法」，只是今日修辭學中的排比法「以字同、意同」為準則，[37]而吳闓生更強調「文法變化」、「每段異調」，主張排比文字必須有所變化，避免鋪排的同樣

---

35 吳闓生：《古文範》，上編二，頁93。

36〔宋〕呂祖謙《古文關鍵‧總論》，頁4。

37 陳望道：《修辭學發凡》（臺北：文史哲出版社，1989），頁201。

語句型式、使用重複的詞語，這是現在修辭法的教學較為忽略的。

（三）注重文句的「烹練」

《古文範》常舉出文句「烹鍊」、「鍊」處，如《韓非子．難篇．歷山之農者侵畔》：

> 且舜救敗，期年已一過，三年已三過，舜壽有盡，天下過無已者，有盡逐無已，【五字烹鍊，**文句之法**。】所止者寡矣。[38]

舜前往紛爭不平之處，拯救弊端、教化人民，躬處其中長達一年。韓非批評此舉為「有盡逐無已」，以有限的壽命，去追補天下人無窮的罪過，成效過於緩慢。短短五字，表達出舜親身救敗但實效不彰的情況，故評為「烹鍊」。「烹」本為一種烹調方法，「鍊」為冶金，用高溫火燒使銅鐵去除雜質更為堅硬；「烹鍊」即調理鍛鍊字句，去蕪存菁，使文意更加深刻。

又如《韓非子．難篇．管仲有病》：

> 慶賞信而刑罰必。【慶即賞也，信、必，皆言其不二。**句法**烹鍊。】[39]

「信」、「必」為單詞，精選此二字以強調賞罰的重要，文句密度精實，讀來鏗鏘有力，極具說服力。

又如賈誼〈過秦論〉：

> 及至秦王，續六世之餘烈，振長策而馭宇內，【**句法**鍊。】吞

---

[38] 吳闓生：《古文範》，上編一，頁33。

[39] 吳闓生：《古文範》，上編一，頁35。

> 二周而亡諸侯，履至尊而制六合，……威振四海。[40]

〈過秦論〉篇首鋪排秦孝公至襄王六世的功績，論及秦王政時，先以「續六世之餘烈」總括前述的先王之業，再用「振長策而馭宇內」領起後文「吞二周而亡諸侯」等兼併天下的功績，用字精簡，內容充實，兼有形式對稱之美。

《古文範》另有二處單評為「鍊」，可一同參看，一為《韓非子．難篇．景公過晏子》，晏子以為刑罰過多而勸諫景公減刑，韓非駁道：

> 刑當無多，不當無少。【八字鍊。「當」去聲，言得其當則無所謂多，不當則無所謂少也。】[41]

吳闓生以較和緩的長句解釋韓非文意，相比之下，韓非原句無「則」、「所謂」等虛字，顯得精簡勁拔。

以及《韓非子．難篇．魯陽虎欲攻三桓》：

> 仁貪不同心，【五字鍊。】故公子目夷辭宋，而楚商臣弒父，鄭去疾予弟，而魯桓弒兄。[42]

韓非舉史例論述臣下心意各異，如宋國庶出公子目夷主動讓位，楚國太子商臣弒父自立，鄭國公子去疾讓位給兄弟，魯桓公謀害庶出兄長奪位。「仁貪不同心」意即群臣或仁忠或貪利，心志各異，此五字相當精煉。

在《古文範》中，以韓非〈難篇〉評為「句法高峻」、「句法烹

---

40 吳闓生：《古文範》，上編二，頁82。

41 吳闓生：《古文範》，上編一，頁38。

42 吳闓生：《古文範》，上編一，頁46。

鍊」尤多，一因先秦紙筆尚未發明，書寫不便，刻鏤艱難，簡潔與省略尤為必然；[43]二因其為辨難文字，比起迂迴冗言，語言精簡更能增加吸引力與說服力。吳闓生所謂的「鍊」，非指單單雕琢辭藻，內容空洞；而是言之有物，千錘百鍊，使之簡潔勁健，能精準表達出作家主意，文意更加深刻。

（四）提出鍛鍊文句的方法

吳闓生重視文句的簡潔、精實，他另提出學子的練習方向，即翦除虛字。如《韓非子．難篇．歷山之農者侵畔》：

> 且舜救敗，【今人文此句當云「且舜之救敗也」，便冗弱矣。欲求勁健不弱，止（只）是**裁翦得虛字好**。史公引《國策》文字，將虛字翦去許多，可悟**鍊句之法**。】[44]

虛字會使語氣和緩，如「且舜救敗」與「且舜之救敗也」相比，二者雖只差兩字（「之」、「也」），但後者語氣絕對比不上前者強勁。論辨文章之成功因素，除了內容須有理之外，文句上更要能簡勁有力，斬釘截鐵，使人信服，這是刪除虛字的成效。若學者想進一步學習如何裁翦虛字，吳闓生指點學子可以比較《史記》裡引用《戰國策》之處，觀察多餘的虛字在哪，刪減之後效果又如何。如《戰國策．趙策》記秦圍邯鄲一事，魏將辛垣衍遊說趙尊秦為帝，平原君猶豫未決；魯仲連聞之，欲平原君引見自己於辛垣衍，勸辛氏拒秦。《國策》記平原君對辛垣衍說「勝請為紹介，而見之於將軍」，[45]史記改為

43　參見易孟醇：《先秦語法》（長沙：湖南教育出版社，1989），頁473。

44　吳闓生：《古文範》，上編一，頁33。

45〔漢〕劉向集錄：《戰國策．趙策》（上海：上海古籍出版社，1985），卷二十，頁704。

「勝請為紹介，交之於將軍」，[46]刪去連接詞「而」，語勢勁快，平原君希望辛、魯二人見面的語氣，便顯得更勁健有力。

又如司馬遷〈報任少卿書〉：

> 勇、怯，勢也；【一字一句，乃知古文所以勁拔，全在能翦去閑字耳。】強、弱，形也。[47]

意即勇、怯，乃情勢之不同，強、弱，由於情形有所異；勇與怯、強與弱，皆因形勢使然。省略連接詞與贅字，能形成鏗鏘有力，強勁挺拔的文勢。

有時翦除連接詞等，文句便會縮短，成為短句連用的句式，如《韓非子．難篇．趙簡子圍衛之郛郭》：

> 賞厚而信，人輕敵矣；刑重而必，人不北矣。長行徇上，數百不一；喜利畏罪，人莫不然。【全用四字短句，是琢練處。太史公常如此。】[48]

趙簡子攻衛，策士燭過勸諫簡子免去護具，與戰士同列在敵軍的攻擊範圍內，以激發士氣。韓非不以為然，認為加強賞利、刑罰才是正確的治軍方式，連用八個四字短句，以反駁燭過之論，一氣而下，議論強勁。這些短句經過精煉而來，吳闓生指出《史記》行文亦常如此，如〈十二諸侯年表序〉：

> 政由五伯，諸侯恣行，淫侈不軌，賊臣篡子滋起矣。【敘次

46 〔日〕瀧川龜太郎：《史記會注考證》，卷八十三〈魯仲連鄒陽列傳〉，頁4，總頁974。

47 吳闓生：《古文範》，上編二，頁108。

48 吳闓生：《古文範》，上編二，頁42。

簡潔，……行文專用短句，無虛字斡旋，歷落錯列，尤饒古趣。】[49]

行文簡潔，東周十二國情勢瞭如指掌，排列而下，中間全無連接詞，僅末尾一助詞「矣」字作結。這些連用的短句，經過作者一番琢磨後而出之，汰除冗言，使字句樸實、文氣雄勝；且文意深刻，非後世排句徒然堆砌詞藻、但求形式對稱而已。

以上為《古文範》評論句法時較顯著的特色，此外，另有兩處可以注意：一是古語精簡，古人有時候只說「半句」，其後不再贅述，吳闓生稱為「半句文法」。如《韓非子・難篇・魯陽虎欲攻三桓》：

> 未知齊之巧臣，而廢明亂之罰，責於未然，【「未知齊之巧臣」一句，語勢未終，言未知其必為亂，而以亂人視之，則為妄也。古人常有此**半句文法**。觀「責於未然」句，則上句之意可悟。】而不誅昭昭之罪，此則妄矣。[50]

魯國陽虎作亂，欲奔於齊，齊景公納諫而囚陽虎。韓非駁難陽虎其實只是個拙人，將叛亂意圖表現得太明顯，齊必有更奸詐的巧臣。若欲使群臣忠誠，則國君須嚴明追究陽虎之罪，殺陽虎乃可止亂。初讀此句「未知齊之巧臣，而廢明亂之罰」，語似未盡，只覺轉接突兀，不知文意如何，必待讀至「責於未然」一句，才知上文之意。意即今國君尚不知何者奸何者忠，欲收殺雞儆猴之效，則萬不可放過陽虎之罪；亦不可事先認為某巧臣必為亂，否則等同輕舉妄動。此所謂「半句文法」，意謂上下文可補充說明文意，不多贅言者。

二是韓愈〈答劉秀才論史書〉，指出了「韓公句法」：

49　吳闓生：《古文範》，上編二，頁89。

50　吳闓生：《古文範》，上編一，頁46。

> 僕年志已就衰退，不可自敦率，宰相知其他才能不足用。【「他才能不足用」，猶言無他長。世俗本多於「他」字上增一「無」字，則「不足用」三字為贅語，非韓公**句法**矣。先大夫依古本校定如此。】[51]

引文為韓愈自述其情形。「宰相知其他才能不足用」一句，多作「宰相知其無他才能，不足用」，如朱熹《考異》、蔣之翹注本、盧文弨批校本、東雅堂集注本、曾國藩《雜鈔》與馬其昶校注本等皆是。[52]姚鼐《類纂》作「他才能不足用」，[53]未說明「無」字之相關校對情形；吳汝綸的韓集點勘本則無「無」字，下注：「依宋本減去『無』字」。[54]吳闓生從父說，並從文法角度說明，若如俗本之方式，則「無他才能」與「不足用」意思相同，「不足用」便成贅字，不合韓愈行文習慣。

另外，關於王安石〈祭丁元珍學士文〉一文，吳闓生說：「矜鍊崛屼，句法亦極錯縱變化，奧樸入古，最為可觀，其訣專在多用逆折之筆也。」[55]此篇祭文為四言韻文，評為句法變化非因字句長短參差之

---

51 吳闓生：《古文範》，下編一，頁142。

52 朱熹《考異》、蔣之翹本與盧文弨本，見於羅聯添編：《韓愈古文校注彙輯》，文外卷上，頁3434。東雅堂本見於《文淵閣四庫全書》本與中華書局《四部備要》本。〔唐〕韓愈：《昌黎先生集》（臺北：臺灣商務印書館，《文淵閣四庫全書》，1983），第1075冊，別集十四，頁498。〔唐〕韓愈：《昌黎先生集》（臺北：臺灣中華書局，《四部備要》本，1965），外集卷二，頁6。〔清〕曾國藩：《經史百家雜鈔》（臺北：臺灣中華書局，《四部備要》本，1965），卷十五，頁11。〔唐〕韓愈著，馬其昶校注，馬茂元整理：《韓昌黎文集校注》（上海：上海古籍出版社，1986），頁669。

53〔清〕姚鼐：《古文辭類纂》（臺北：臺灣中華書局，《四部備要》本，1965），卷二十九，頁15。

54〔清〕吳汝綸點勘，吳闓生纂錄：《群書點勘．韓昌黎集》，頁82。

55 吳闓生：《古文範》，下編二，頁173。

故，而在於「多用逆折之筆」。「逆、折」屬於段落間之結構組織的範疇，從吳闓生在文中夾評所給予的提示如「逆提」、「逆接」等來看，亦屬段落間之變化。雖評為「句法」，但筆者挪至下一小節「章法」中的「逆筆」討論。

三　章法

本節所探討的章法，除了《古文範》中明確指出「章法」、「謀篇」者以外，也包含其他關於布局方法的說明，凡跟結構組織有關的手法，皆在討論範圍內。這些章法技巧散於各篇選文，並未冠以先後次序，筆者將之歸納為七項，分別是：起筆、安排層次、逆筆、提筆、頓筆、聯絡照應與收筆。

（一）起筆

吳闓生欣賞文章在開頭就能清楚展現「主意」，即文旨、命意，關於這個要求，他評《韓非子・難篇・晉文公將與楚人戰》一文說得尤為透澈。此文敘述晉、楚將戰，晉文公先召舅犯商問：「吾將與楚人戰，彼眾我寡，為之奈何？」舅犯建議「詐之」；後文公又召雍季，問以相同問題，雍季答：「以詐遇民，偷取一時，後必無復。」雍季不正面回答文公所問，卻批評舅犯的意見。韓非駁難，首先便針對此，劈頭道出：

> 雍季之對，不當文公之問。【此句便非常勝人，蓋既為前事作難，自當以雍季為不是，但手筆稍弱，斷不能如此劈頭說破。學者試掩卻此句，各為前案作難一篇，下筆時，必先有許多例行閒話，斬截不盡，不能如此直說，便是冗弱，便是爛漫。觀

韓非此文，開頭一語，便將主意揭出，分明涇渭，便是快絕峻絕也。凡作文主意最要拏定，最要明顯。讀他人文字，連盡數行，茫然不知其命意所在，最足令人煩悶。但如韓非此句，破空而來，奇橫無匹，自是千古所罕耳。所謂「起頭處來得勇猛」，所謂「開門見山」，所謂「針針見血」，皆是此妙也。滑口誦過，便抹殺千古妙文矣。】[56]

雍季之答非所問，是韓非所要駁論的第一點。韓非簡單一句，便將主意揭舉明白，看似容易，實則困難。吳闓生從反面舉例說明，請學子事先不看韓非的駁難，試以己力行之，則必有許多閒話圍繞不清，無法一語中的，雜蕪橫生。文辭枝蔓，論點便不能集中，就不能成功駁難對方。而開頭的散漫閒扯，很多時候是因為心中主意尚未確定便貿然下筆，因此勸誡學子務必先設想好。吳闓生又連用三個評點常用語，其中「開門見山」出自嚴羽《滄浪詩話》評李白詩，比喻一句話就能扣緊主題，[57]吳闓生強調韓非如此開頭，質問氣勢勇猛，犀利精準，為其筆力過人之處，必須仔細體會。

又如《韓非子・難篇・管仲有病》，也是首句破的。此篇敘管仲將死，勸齊桓公遠離易牙等三個小人：易牙烹煮其子、豎刁自宮、開方十餘年不回家，皆不合人情常理，非真心愛國君者。韓非駁難，開頭便說：

管仲所以見告桓公者，非有度者之言也。【亦是開門見山。如此開端發明主意，最足令人醒快。】[58]

---

[56] 吳闓生：《古文範》，上編一，頁29。

[57] 參見鄭頤壽主編：《辭章學辭典》（西安：三秦出版社，2000），頁234。

[58] 吳闓生：《古文範》，上編一，頁34。

韓非開門見山起筆，劈頭一語道出主旨，其後針針見血，全對病處下筆。此章可分為兩部分，先駁倒管仲之論，例如管仲認為小人不愛自身，安能愛君，韓非指出倘若如此，則盡死力輔主之忠臣終不得用；且管仲自身不能為公子糾殉節，不愛其主，是應在驅逐之列，此為管仲不曉法度之處。後半部分聲明其法家學說，假使真懂明主之道，則應以賞為餌，以刑罰威之，自然不須驅逐。無論是前半部分的駁難，或後文的學說主張，都現於章首的「非有度者之言也」，無半點閒文。此種作法可避免詞語雜亂，扣緊主旨展開，讀者能立刻掌握主旨；而歸根究柢，仍得力於「作文主意最要拏定，最要明顯」。

又如《史記．六國表序》，篇首說：

> 太史公讀《秦記》，至犬戎敗幽王，周東徙洛邑，秦襄公始封為諸侯，作西畤，用事上帝，僭端見矣。【凡作文每篇必有一定主意，主意既定，通篇議論均必與其本意相發，乃不背繆枝蔓。所謂一意到底，所謂如放紙鳶，線索在手；所謂獅子弄球，千變萬態，目光常有所注。如前篇（按：指〈十二諸侯年表序〉）以遭亂著述為主，故起處便說箕子、師摯等。此篇以無道得天下為主，故發端即以秦之僭事上帝為言，無一字是閒文也。】[59]

〈六國年表〉起於周元王元年（西元前475年），迄秦王子嬰為項羽所殺（西元前206年），包含秦始皇兼併六國、一統天下之時期。因秦焚書之故，所載多根據《秦記》；而表前序文，亦以秦為主。表序篇首先引出《秦記》與秦襄公「作西畤」之事，後雖提及六國情勢，然僅寥寥百餘字，篇末如「燒天下詩書」、「秦取天下多暴」等，所論

59　吳闓生：《古文範》，上編二，頁91。

皆秦事，不再關注六國。故方苞說：「通篇以秦為經緯。」[60]吳闓生指出此篇主旨「以無道得天下為主」，篇首的「作西畤，用事上帝」，以及後文的「位在藩臣，而臚於郊祀」和「尊陳寶」，都與「本義相發」；即秦在諸侯領地內造祭祀白帝的祭壇、以諸侯身分祭天、供奉陳寶等舉，都透露僭端，與秦暴力征伐六國之事相互闡發。此為作家主意已定，所用史例、所發議論皆合於主旨，故行文無一處枝蔓。吳闓生又用「放紙鳶」、「獅子弄球」兩個形象化的譬喻加以說明，「放紙鳶」見於姚鼐評歸有光〈歸府君墓誌銘〉，[61]謂行文時雖有放有縱，但始終抓牢線索，未離主旨。此外，前篇〈十二諸侯年表序〉也是如此，篇首說：「太史公讀《春秋》、《歷譜諜》，未嘗不廢書而歎也。」後以《左傳》、《鐸氏微》與《呂氏春秋》等書為例，說明亂世史興的現象，表明自己的著述動機與用意。篇首的箕子與師摯，一為紂臣，見象箸而哀嘆；一為魯國樂官，因三桓僭妄而蹈海避亂。二者皆為亂世之臣，加以師摯曾敘次樂章，以〈關雎〉、〈鹿鳴〉為始，含諷刺之意，與亂世著述之篇旨相映。故〈十二諸侯年表序〉的「〈鹿鳴〉刺焉」一句，吳闓生夾評說：「發議與通篇所論著述相映。」[62]同樣強調選取的材料、筆鋒走向宜與主旨有關，能相互闡發者為佳。

又如司馬遷〈報任少卿書〉，吳闓生選錄用意乃「以為長篇文字模範」[63]，篇首的「太史公牛馬走司馬遷再拜言，少卿足下：曩者辱賜書，……請略陳固陋，闕然久不報，幸勿過」，夾評說：

---

[60] 〔清〕吳汝綸：《史記集評》，第4冊，頁1320。

[61] 姚鼐：「作文如小兒放紙鳶，只要綫堅牢耳，雖放至數百丈，無傷也。若本無綫，雖數尺之高，亦不可得。」見於徐樹錚輯評：《諸家評點古文辭類纂》（即臺灣中華書局出版之《吳評古文辭類纂》），第5冊，卷50，頁1084。

[62] 吳闓生：《古文範》，上編二，頁90。

[63] 吳闓生、李剛己：《桐城吳氏古文法》，卷首〈桐城吳氏文法教科書．例言〉。

發端繁重如此，所以為通篇布勢，乃作長文之法。[64]

本文為司馬遷對任安的回信，篇首告以「闕然久不報」之故。通常依回信慣例，此應答辭簡筆帶過即可，例如「會東從上來，又迫賤事，相見日淺，卒卒無須臾之間」等語交代原因便應足夠，但司馬遷在篇首先澄清自己「身殘處穢，動而見尤」的景況，而後沉痛說明：「僕大質已虧缺矣，雖材懷隨、和，行若由、夷，終不可以為榮，適足以發笑而自點耳。」坦白說出橫降於自身的辱刑，將所有的不堪攤開於對方面前，超出原本書信開頭的應答慣例範圍，悲痛沉重若此，是為「繁重」。吳闓生以為起筆已為全篇旨意布局，順勢引出受刑，領起後文忍辱苟活只為完成《史記》的主旨。

上文幾例，為《古文範》中特別強調起筆主意安排之處，當中以《韓非子・難篇》解說得特為明白。蓋〈難篇〉寫作目的為駁倒他說，闡發法家學術，是以立論必須清楚有力。而無論是何種文章，作文都必有一中心主意，下筆前便得確定主旨為何，並安排文中該如何表述，方得避免離題、枝蔓橫生的毛病。吳闓生在評點時，除了探尋文章主意，掌握歸宿外，也特別以寫作的角度，指點讀者需先拿定命意，娓娓勸戒，猶如教師親身指導學子，讀來倍感親切。

（二）安排層次

一篇佳作除了中心主旨挺立以外，隨著命題的展開書寫，時常呈現出不同的層次，如《韓非子・難篇・靡笄之役》的層次便相當清晰。此章敘晉、齊交戰後，韓獻子將斬首敵兵，郤獻子聽到消息後，趕往阻止，已經行刑完畢。眼見事態已成，郤獻子反而建議「胡不以徇」，以因首巡行示眾，並解釋自己是為韓獻子「分謗」，即當共

---

[64] 吳闓生：《古文範》，上編二，頁104。

犯。韓非駁難道：

> 郤子言不可不察也，非分謗也。【揭明主意。】韓子之所斬也，若罪人，不可救；救罪人，法之所以敗也，法敗則國亂。若非罪人，則不可勸之以徇，勸之以徇，是重不辜也。重不辜，民所以起怨也，民怨則國危。【**作兩層發揮**，雄快駿厲，迅邁無前。】郤子之言，非危則亂，不可不察也。【**總束上兩層**，凡文字有散無整，不成章法。俗手多任意為之，能者必於此加意。】且韓子之所斬，若罪人，郤子奚分焉？斬若非罪人，則已斬之矣，而郤子乃至，是韓子之謗已成，而郤子且後至也。夫郤子曰「以徇」，不足以分斬人之謗，而又生徇之謗，是何言分謗也？【「不足分謗」收前段，「生徇之謗」收後段，**層層結束**。】昔者紂為炮烙，崇侯、惡來又曰：「斬涉者之脛也」，奚分於紂之謗？【**又加引證一層**，氣益樸厚。】[65]

本章作法，先作兩層發揮：首先，若是罪人，不可救之，否則法敗國難。再者，若非罪人，則萬不可將無辜者徇眾，否則民怨國危。以此二層展開論述，迅速切入主旨，引出國亂或國危的後果後，以「郤子之言，非危則亂，不可不察也」立刻加以小結，使文章有整紀不散漫。接著駁論郤子後至，「不足分謗」收前段（已經處決，不可能再分謗），「生徇之謗」收後段（徇眾反而會引發更多怨謗），結束此二層。行文至此，前事皆已駁倒，韓非再加引證一層，引用紂王史事，言明助紂為虐分明是「益謗」，安能稱為「分謗」？以上經過吳闓生的分析，層次更加明瞭。議論事理之文，作者透過層次的設計與安排，定下論點，展開論證，便能有效表達想法。又如〈難篇・齊桓

65 吳闓生：《古文範》，上編一，頁36。

公之時〉章，共分五層駁論，吳闓生夾注說：「層層駁難，如剝蕉抽繭，雋快無匹。」[66]亦為同理。

上述之層次，為論點的增加開拓，所針對的對象不同，文旨有異；而有些文章的手法，則是將一件事情或相同的文意，安排為兩個層次道出。如李斯〈諫逐客書〉：

> 今陛下致崑山之玉，有隨和之寶，……此數寶者，秦不生一焉，而陛下說之，何也？必秦國之所生然後可，則是夜光之璧不飾朝廷，……西蜀丹青不為采。所以飾後宮，充下陳，娛心意，悅耳目者，必出於秦然後可，【得力處全在此處**更加一折，將一段隔為兩層**，文氣彌覺樸茂奧衍，渾穆重厚，玩之不盡，不然則靡弱矣。此等文法，上古文字時時有之，後世則不知此，所以單薄。】則是宛珠之簪、傅璣之珥、錦繡之飾不進於前，而隨俗雅化，佳冶窈窕，趙女不立於側也。【**一意折為兩層**，重疊言之，古人所謂三代秦漢之文義皆雙建，氣不孤伸者也。然其行氣必剛勁直下，使人忘其為對舉之文，氣體所以軒翥。魏晉六朝與秦漢文體之分在此，駢文之所以見擯於古學者，惟以此也。】[67]

此段以寶物與音樂為喻，論不應驅逐外籍客卿。從「今陛下致崑山之玉」至「西蜀丹青不為采」其實意思已表達清楚，但李斯未轉入他意，改論別事，乃又開「所以飾後宮」以下數句，至「趙女不立於側也」為止，作為再次加強的論證。兩層雖採用不同的珍寶器物為喻，實則意旨相同，鋪排手法亦相同，讀來鏗鏘有力，氣勢雄厚。吳闓生

---

66 吳闓生：《古文範》，上編一，頁40。

67 吳闓生：《古文範》，上編一，頁76-77。

強調此二層文字雖是一意對舉，但因為其中加入了「折」，即透過反面假設形成一種轉折之勢，故能有力而不靡弱，此為秦漢與魏晉六朝之排偶文字的差別；另一方面，也反映出桐城派自曾國藩以後取法漢賦，調節駢散以取氣勢的文論主張。[68]

另如韓愈〈柳子厚墓誌銘〉，敘小人原先「誓生死不相背負」，但一有利害衝突，便反目相向：

> 落陷穽（阱），不一引手救，**【一層。】**反擠之，**【二層。】**又下石焉者。**【三層。一句中凡分三層，其委曲切盡如此。】**[69]

不僅不伸手援救，反而乘機排擠，甚至主動加害。在短短一句內，文意層層累加、推進，比喻切合，將小人趨炎附勢的行為刻畫得極其深刻。

（三）逆筆

「逆」，與「順」相對，清代包世臣（1775-1855）說：「文勢之振，在於用逆；文氣之厚，在於用順。」[70]逆如逆水行舟，激起浪花，是為振起；順則如層波疊浪，浪頭順著潮水而來，故云深厚。[71]桐城派談論逆筆者不少，如方苞評《左傳》說：「古人敘事，或順或逆，

---

68 唐宋古文運動反對六朝空洞的駢儷文體，後人學古文者遂以散行為主；桐城三祖亦重散輕駢，多用單音詞、句皆散行，氣體難免流於柔弱。曾國藩提出：「一奇一偶者，天地之用也。……遷之文，其積句也皆奇，而義必相輔，氣不孤伸，彼有偶焉者存焉。」（〔清〕曾國藩：《曾國藩全集》，第14冊詩文，〈送周荇農南歸序〉，頁236。）強調文學應該像天地間兼有奇、偶一樣，駢散兼用。

69 吳闓生：《古文範》，下編一，頁157。

70 〔清〕包世臣：《藝舟雙楫．論文．文譜》（臺北：臺灣商務印書館，1977），頁5。

71 參見周振甫：《文章例話．寫作編．順逆》（臺北：五南圖書公司，1994），頁111。

或前或後，皆義之所不得不然。」[72]認為順筆、逆筆皆出於事理之當然，合於義法。[73]又如方東樹主張：「文法以斷為貴，逆攝突起，崢嶸飛動倒挽，不許一字平順挨接。」[74]論逆筆突破尋常的承接方式，往往斷開前句所談之事，突然接寫景語或議論，有時與前文乍看無關，卻能統攝起後文，比起平鋪直敘的寫法，更能形成突起飛動的文勢。吳汝綸以為方說「精當」，雖論古詩，但「可通之於文」，抄錄至日記中。[75]又如張裕釗說：「凡文字用順筆便平，用逆筆便奇。」[76]吳闓生之師姚永概也有類似看法：「凡文字順筆最平，逆筆最奇。順筆最易為，而難於出色；逆筆最難下，而易驚人。作人最宜順，萬不可逆；而作文卻不宜順，以逆為貴。」[77]同樣顯示出對於逆筆的重視。**比較方苞、方東樹與姚永概之說，可發現方苞尚且兼重順、逆，方東樹則認爲「不許一字平順挨接」，姚永概甚至直言「以逆爲貴」，透露出桐城派中期之後喜逆筆、貶平順的趨勢。**[78]

---

72 〔清〕方苞口授，王兆符等傳述：《左傳義法舉要》（臺北：廣文書局，1977），卷一，頁9。

73 參見吳孟復：《桐城文派述論》，頁55。

74 〔清〕方東樹著，汪紹楹校點：《昭昧詹言》（北京：人民文學出版社，1961），卷一〈通論〉第28則，頁10。

75 〔清〕吳汝綸著，施培毅、徐壽凱校點：《吳汝綸全集》，第4冊〈日記．纂錄下〉，頁1033、1035。

76 見於朱任生編：《古文法纂要》（臺北：臺灣商務印書館，1984），頁201。

77 姚永概著，陳春秀校點：《孟子講義》（合肥：黃山書社，1999），頁53。

78 **按：同樣受業於吳汝綸門下、吳闓生的好友李剛己，則把「逆筆」與「正筆」相對。**其於韓愈〈送董邵南序〉的「夫以子之不遇時，苟慕義彊仁者，皆愛惜焉。矧燕趙之士，出乎其性者哉」五句，夾注：「此段文之正意，在『風俗與化移易』二語，則此上五句，皆逆筆也。……凡反面、傍面文字，皆為逆筆。」（吳闓生、李剛己：《桐城吳氏古文法》，頁96）又如韓愈〈祭柳子厚文〉的「凡物之生，不願為材，犧尊青黃，乃木之災」四句，夾注說：「此等比喻，即係旁面文字，故均謂之逆筆。」後文「子之自著，表表愈偉」等處，則評為「正筆」。（同前書，頁145）可知李剛己所說的「逆筆」與「正筆」相對，指從反面、旁面襯托主旨的文吳闓生創作時喜用逆筆，時人稱之為「文家用逆之至奇者也」。[79]其解釋逆筆的原理，曰：

> 文字逆接，乃古人定法，不必用反詰之筆，如「豈」字、「不」字者方為逆也。凡常人胸中無此接語，而能手乃為之者，皆為逆筆，退之所云「口前截斷第二句」也。[80]

逆筆並非反詰筆法，逆筆為文章各段落或層次間承接不平順者，反詰筆法指以「豈」字、「不」字等提出問題，形成追問或責難。順承前文語意，接續而下，此事容易；逆接前文，橫插而來，驚人耳目，乃是文家功力。逆筆的使用方式與呈現效果多樣，要之皆在突破常人順接語法。又轉用韓愈〈記夢〉詩句，說明逆筆的作法有時是「口前截斷第二句」，[81]刪除原先順接文句，則下句便成逆接。

逆筆在《古文範》中是極受重視的一項筆法，如《韓非子・難篇・晉文公將與楚人戰》一章，便評有四處逆筆。晉、楚將戰，晉文公問：「彼眾我寡，為之奈何？」舅犯建議「詐之」。文公又召雍季，問以相同問題，雍季回答：「焚林而田，偷取多獸，後必無獸；以詐遇民，偷取一時，後必無復。」後晉文公用舅犯之謀戰勝，歸來行酒時，卻先雍季而後舅犯，以「雍季言，萬世之利」之故。韓非難

字，以其餘事物對映假說比喻者，皆屬之。而吳闓生對逆筆的定義則同於方東樹與姚永概，即「逆筆」與「順筆」相對，故吳闓生於〈送董邵南序〉、〈祭柳子厚文〉無任何與逆筆相關的評論。(《古文範》下編一，頁160。)

79 吳闓生著，余永剛點校：《北江先生詩集・前言》，頁23。按：余永剛未明指「時人」為誰。

80 吳闓生：《北江文集》，卷七，〈再答河渠〉，頁587。

81 韓愈〈記夢〉：「夜夢神官與我言，……壯非少者哦七言，六字常語一字難。……口前截斷第二句，綽虐顧我言不歡。乃知仙人未賢聖，護短憑愚邀我敬。」(《昌黎先生集》(臺北：臺灣中華書局，《四部備要》本，1965)，卷七，頁5) 韓愈假藉夢中仙人預言一事，寄寓不屈從權貴之旨。吳闓生加以化用，比喻逆筆作法。

道：

> 雍季之對，不當文公之問。凡對問者有因，因小大緩急而對也。【承上文追原對問之法，不再從雍季身上糾纏，便是有截斷。……所謂**逆接**，所謂**不平**，所謂**口前截斷第二句也**。夫既已說到雍季，忽又撇開不管，萬無此理。但凡手必先就雍季身上敘說幾句，然後追原對問之法，便是平鋪直敘順寫。此獨先原對問之法，然後再落到雍季，便是**逆接、不平**。**凡文章佳處，最喜逆起、逆接**，但又不能脫節失次，淩躐亂雜，要在細心玩味古人佳文，然後知所法守耳。】所問高大，而對以卑狹，則明主弗受也。【更加一句，仍不落到雍季，**以取逆勢**，凡**逆勢**愈折愈佳。全從空際發揮，並不靠實雍季，便是**逆勢**。……但憑空發揮對問之理，文筆便高絕峻絕，突兀不平也。】今文公問以少遇眾，而對曰「後必無復」，此非所以應也。【前文**逆勢**已足，此處方點明本題；再不點明，又恐顢頇鶻突，令人不知所謂矣。佳文最要明顯，但絕不平敘直說耳。】……故曰：雍季之對不當文公之問。且文公不知舅犯之言，【並未申明舅犯所言云何，先行叫破文公之不知，便是逆。此等在韓非幾成常調，他人胸中則萬萬無有。】舅犯所謂不厭詐偽者，不謂詐其民，請（謂）詐其敵也。……文公之所以先雍季者，以其功耶？則所以勝楚破軍者，舅犯之謀也，以其善言耶？則雍季乃道其後之無復也，此未有善言也。舅犯則以（已）兼之矣。【此句開下文，亦是**逆折**，因未言所以兼之之故，而先叫出兼字，故為**逆**也，亦是**劈空而來**，**先行揭出主意**。與前幅三處**逆筆**異曲同工，但前文峭厲，此則紆徐諧婉。】舅犯曰「繁禮君子，不厭忠信」者，忠，所以愛其下

也，信，所以不欺其民也。[82]

此章逆處有四處：一、「凡對問者有因，因小大緩急而對也。」韓非開頭定論雍季答非所問，卻不順著寫為何是「不當文公之問」，文意在此截斷，突然接寫對問之法須依循「小大緩急」的原理，此為「逆接」開頭的定論。二、「所問高大，而對以卑狹，則明主弗受也。」仍然不解釋為何雍季是答非所問，不從雍季本身下手，憑空發揮，轉而舉例對問原則，文理遂突兀不順，形成高峻的文勢，即「逆勢」。三、「且文公不知舅犯之言。」韓非上句才剛小結「雍季之對不當文公之問」的原因，尚未解釋舅犯的建議，此句便突然批判文公並不是真正了解舅犯的建議；後文才說明舅犯所言是詐敵，而非詐民，文公有所誤解。先說結論，再往前追溯推論，結論與推論的順序相反，亦為逆筆。四、「舅犯則已兼之矣。」先評論雍季所說不是善言，突然展開舅犯能「兼之」的另一層文意；先說出「兼之」二字，再轉折評論「兼之」的內容，論述舅犯兼有戰功與善言，此為「逆折」。此四處全都是逆筆，而有細微差異，簡而言之，不順著前文文理而接寫他事，為「逆接」；前文有尚未解決之事物，卻以逆筆避開，營造高峻的文勢，便形成「逆勢」；調換結論與推論的順序，也是逆筆的一種；而若改談其他論點，以逆筆開出下一層轉折，便是「逆折」。

吳闓生同時也說明逆筆有其使用原則：一、「不能脫節失次，淩躐亂雜。」雖看似憑空發揮，初以為無關，其實與論述主旨有極大關係。如引文中第二個逆筆便是「從空際發揮」，前文提出對問之常理原則，但不寫雍季缺失之處在哪，逆筆橫空插入的「所問高大」三句，正是韓非所要下手的駁難處，以看出雍季所答專駁舅犯所言的心態。二、「前文逆勢已足，此處方點明本題。」既已連續使用二逆

---

[82] 吳闓生：《古文範》，上編一，頁29-31。

筆，已經引起讀者好奇心，文勢亦已蓄足，若再不點明主旨，讀者將茫然不知文意。可知逆筆雖看似「從空際發揮」，實與主旨相關，須能回應文旨，絕非隨意竄入。

又如《韓非子·難篇·歷山之農者侵畔》，敘述舜前往紛爭不平之處，拯救弊端，教化人民，躬處其中長達一年。韓非駁難，首句說：

> 或問儒者曰：「方此時也，堯安在？」【起筆妙想天開，奇警無匹，匪夷所思，讀之若與本題絕不相關，不知其命意所在，**逆筆**之妙，一至如此。且此亦何待問，真可發一噱也。】其人曰：「堯為天子。」「然則仲尼之聖堯奈何？【愈轉愈奇，到此猶不落題，靈妙空幻，可謂至極。用筆全從空際掉轉，使人絕不知其所謂。……常人作**逆筆**文字，只將一樣說話翻轉去說而已，誰能作淩空攝影之筆，如天外飛來，奇警不測如此？】聖人明察在上位，將使天下無姦也。」【至此方點明主意，若先說出此句，便自一文不值。但凡手胸中若有前幅問答，必先從此問下手，此乃仙凡之判。】[83]

此章故事敘述的是舜的德化，不關堯之事，而韓非駁難卻突然提問堯在何處，這便是不順接前文，逆筆另起質難。韓非代替儒者回答後，仍不回應前文故事，還憑空飛來，復問一句：「然則仲尼之聖堯奈何？」一逆再逆，翻出新意。讀者初看只覺莫名其妙，至後文「聖人明察在上位，將使天下無姦也」，才豁然開朗，原來這就是韓非駁難設問的靶心——堯、舜如同矛、楯，不可能同世而立；儒者同時聖堯、賢舜，實有邏輯失誤。因此，前頭的逆筆真為神來一筆，雖是從

---

[83] 吳闓生：《古文範》，上編一，頁32。

空際發揮，卻早已鋪墊好質問基礎，與主旨切合。吳闓生再次強調逆筆的妙處，並假設若改用順筆，則無法如此令人驚喜。透過他的分析，可知逆筆能避免平鋪直敘的呆板無趣，使文章有更富趣味，引起讀者期待。

隨著在不同文章段落間的作用有異，逆筆又有「逆騰」與「逆攝」不同的呈現。如《韓非子・難篇・趙簡子圍衛之郛郭》，本章敘述簡子攻衛，而士兵疲弊，簡子聽策士燭過的建議後，拋卻楯櫓，並站在敵方攻擊範圍內，因而大勝。韓非駁難道：

> 簡子未可以速去脅櫓也。嚴親在圍，親犯矢石，孝子之所以愛親也。【**逆騰**而入，發議奇詭，不知從何處來。】孝子愛親，百數之一也。……好利惡害，夫人之所有也。[84]

韓非直接下定論說簡子不可脫去護具，卻未說明為何不可，又突然插進「嚴親在圍」一事，只覺突兀，讀至後文的「孝子之所以愛親也」，才知意思是孝子因為愛親，願意身犯矢石救父，但百人中恐怕只有一人有此孝心；更何況簡子與士兵既非父子，與親情相比，利、害才是上位者應採行的計策。可知是一反面舉例說明。「逆騰」便是暫時離題，逆筆寫入另一層事物，或反面、或旁面著筆，翻轉挪移變化不可預測，故評曰「不知從何處來」。

至於「逆攝」，吳闓生〈與李右周進士論《左傳》書〉一文中曾特別說明：

> 「**逆攝**」，吉凶將至，輒先見敗徵，此尤其易識者已（矣）。……橫空特起，無所附著，蕩駭心目，莫此為尤。[85]

---

[84] 吳闓生：《古文範》，上編一，頁42。

[85] 吳闓生：《左傳微》，卷首，頁3。

「逆攝」便是以逆筆涵攝後文之事。逆筆另起，不附著於前文身上；而後文之情事，已隱含於此。如前文談過的司馬遷〈報任少卿書〉：

> 今舉事壹不當，而全軀保妻子之臣，隨而媒孽其短，僕誠私心痛之！【張廉卿先生……云：「此蓋**逆攝**下面文字，先作頓挫乃爾，有籋雲乘風之勢。」闓生案：此等處，皆平空驀起，作凌空翻掉之筆，故覺奇橫逼人。】[86]

在這之前，司馬遷敘述自己對李陵的欣賞敬重，之後欲寫朝中眾臣對於李陵兵敗的前後反應，由原先的「公卿王侯皆奉觴上壽」轉為「大臣憂懼」，先以寥寥數句，總括諸臣愛惜身家性命、誣陷李陵，前後不一的行為已蘊含於逆筆之中。張裕釗評為「逆攝」、「頓挫」，謂下文將有轉折，此先頓筆收斂，逆筆攝起，蓄積其勢，有助於下文更好地開展。

另外，王安石〈祭丁元珍學士文〉，吳闓生幾乎全篇評以逆筆：

> 矜鍊崛屼，句法亦極錯縱變化，奧樸入古，最為可觀，其訣專在多用**逆折**之筆也。[87]
>
> 我初閉門，屈首詩書。一出涉世，芒無所知。援挈覆護，免於阽危。【**逆提**。】雝培浸灌，使有華滋。微吾元珍，【**逆接**。】我殆弗殖。如何棄我，隕命一昔。以忠出恕，以信行仁。至於白首，困厄窮屯。又從擠之，使以躓死。豈伊人尤，【**逆接**。】天實為此。有槃彼石，可誌於丘。【**逆提**。】雖不屬我，【**逆接**。】我其徂求。請著君德，銘之九幽。以馳我哀，不在醪

86 吳闓生：《古文範》，上編二，頁105。

87 吳闓生：《古文範》，下編二，題下評，頁173。

羞。【逆收。】[88]

此篇「句法」之錯縱變化來自於前後文承接時「多用逆折之筆」，而非句內組織所形成，故筆者歸入「章法」討論。評為逆處有六：一、篇首敘己閉門讀書，不諳世事，突然說起丁寶臣提攜的恩德，是逆筆提起下文。二、「雝培浸灌」二句，是順承上文所說的照顧自己，而忽然以「微吾元珍」設問若無元珍該當何如，是為逆接，並趁勢帶出元珍之死。三、追述元珍生平品行「忠恕信仁」，為何卻躓死他鄉，以「豈伊人尤」反問，是逆筆接其橫死，透露不捨之情。四、「可誌於丘」逆筆提起下文為其作墓誌銘一事。五、「雖不屬我」前未言磐石為誰所有，是逆筆接彼石之事。六、前面說請求為元珍作墓銘，末二句不順承此意，改說非因濁酒而哀傷，是以逆筆作收。綜觀六處逆筆，皆不順承前文，在短短篇幅中掀起波瀾，加深悲痛激昂之情。吳闓生之評語，為高步瀛所認同，其《唐宋文舉要》全數抄錄。[89]

《古文範》之中，評為逆筆者以《韓非子・難篇》為最多，也說明得最詳細，除了上文引述的以外，其他如〈桓公解管仲之束縛〉、〈齊桓公之時〉二章，也評了多處逆筆。是以吳闓生評道：「此等在韓非幾成常調，他人胸中則萬萬無有。」[90]那麼，為何《韓非子・難篇》有這麼多與逆筆有關的評語呢？原因在於，〈難篇〉的寫作目的是透過駁難他事，藉以闡述法家學說。戰國百家爭鳴，論辯要使人折服，必有鮮明強勁的論點，先下論點才能引起注意，若是照著推理順序慢慢道出，就無法吸引讀者。加上論辯需要強盛氣勢，「以逆取勢」，也可滿足此一需求，故吳闓生說逆筆在韓非「幾成常調」，與

88 吳闓生：《古文範》，下編二，夾評，頁173。

89 高步瀛：《唐宋文舉要》，甲編卷七，頁963。

90 吳闓生：《古文範》上編一，〈難篇・晉文公將與楚人戰〉，頁30。

〈難篇〉的寫作用意有很大關係。

整體而言，逆筆依其出現時機與使用方式，會有不同的功用與效果，故有不同種類。如逆筆在篇首，為「逆起」；用以承接者，為「逆接」；在段末者，便是「逆收」。又如「逆勢」者，即該處能振起文勢，「逆攝」則有攝起後文的功能。在理論上，文理不平不順者，便是「逆」；《古文範》中批評為逆筆之處，便有不平鋪直敘順寫，或調換結論與推論順序，或逆寫已知結果與事件經過，或斬斷前文、憑空而來，或暫時離題、實則反面舉例以說明等，皆為逆筆。其所評之逆筆，靈活多變，不拘一格。透過吳闓生詳細的剖析說明，讀者更能領略文中變化順逆敘述的奇妙；這些不同的運用方式，也使逆筆在練習創作方面得到較高的實踐性。

（四）提筆：長篇多用提振之筆振起文勢

「提筆」，即是提起一事，可帶領振起下文，有時即為下文情事之主旨或綱領。如魯仲連〈遺燕將書〉，時燕將攻下齊國聊城，懼讒不敢歸齊，後齊田單反攻聊城，歲餘，雙方僵持而士卒多死。魯仲連遂寫信以弓箭射入城中：

> 楚攻齊之南陽，魏攻平陸，而齊無南面之心，以為亡南陽之害小，不如得濟北之利大，故定計審處之。今秦人下兵，魏不敢東面；衡秦之勢成，楚國之形危；齊棄南陽，斷右壤，定濟北，計猶且為之也。且夫齊之必決於聊城，公勿再計。【忽**提筆**作英決語，氣象咄咄逼人。】今楚魏交退於齊，而燕救不至。【再從上文說下。】[91]

91　吳闓生：《古文範》，上編一，頁74。

當時齊國南郡南陽、右壤平陸為楚、魏所攻，魯仲連首先分析，在失去南陽與復濟北聊城兩相權衡之下，聊城是齊必定的目標；再者，齊、秦已和議，楚、魏不會再貿然進攻，齊國情勢比原定計策時更具優勢。行筆至此，魯仲連表明齊必得聊城之決心，此為「提筆」，先提齊必得聊城，再繼續補充說明齊之其他優勢，即楚、魏退兵，且燕將無任何援兵，故謂「再從上文說下」。這幾句的敘述順序，常人或許先說「秦人下兵」，帶出「楚魏交退」，再威以「燕救不至」，而後以「齊之必決於聊城」小結，此為平鋪直敘。魯仲連則提起「齊之必決於聊城」插入先寫，精神振厲，加上語氣堅決，勢在必行，形成淩人的氣勢。

又如司馬遷〈報任少卿書〉一文，第二段敘述受宮刑之悲憤，面對任安不能「推賢進士」的指責，司馬遷說：

> 昔衛靈公與雍渠載，孔子適陳；商鞅因景監見，趙良寒心；同子參乘，袁絲變色，自古而恥之。夫中材之人，事有關於宦豎，莫不傷氣，【**提筆作頓挫**，以寓其憤鬱之氣，造語有噤齘聲。】況慷慨之士乎！如今朝廷雖乏人，奈何令刀鋸之餘，薦天下豪儁哉！[92]

司馬遷以雍渠、景監與趙同（即趙談）三宦官為例，表示自古以來、包含孔子也恥於與他們同列，接著另外提起「中材之人」，隱含自身景況，暗含多少憤鬱之氣，語氣隨之停頓，是為「頓挫」。從「中材之人」進一步引出「慷慨之士」與「豪儁（雋）」，表明身受辱刑，實已無法再推薦賢能，激憤不堪。「中材」三句，是提起處，亦是停頓處，寓含不可輕易告人的悲憤，宕開一筆，波瀾起伏。

---

92 吳闓生：《古文範》，上編二，頁104。

「提振」者，則是提筆振起文章精神，通常是文意正向積極處。如〈報任少卿書〉第四段：

> 勇、怯，勢也；強、弱，形也。審矣，曷足怪乎？且人不能蚤自裁繩墨之外，已稍陵夷，至於鞭箠之間，乃欲引節，斯不亦遠乎？【此段**再提再振**，凡此**提振**處，皆精神噴溢處也。】古人所以重施刑於大夫者，殆為此也。[93]

言勇與怯、強與弱，殉節與苟且偷生，皆因形勢使然，不應責怪不肯自殺者。在這六句之中，情緒較低，亦非真正的心聲。「且人不能蚤自裁繩墨之外」五句，以反詰句振起，此處才是司馬遷的想法。他為了完成《史記》而就刑，接受宮刑已是恥辱，如果此時才自殺以昭示節操，已屬無濟於事。與前文相較，此處翻轉上文語意，勉勵奮發，精神振起，故評為「提振」。

又如〈報任少卿書〉第五段，欲列舉古今聖賢著述，以申明自己忍辱苟活的原因，說：

> 古者富貴而名摩（磨）滅，不可勝記，唯俶儻非常之人稱焉。【**提筆**軒爽。此下始歸重著書傳世正面。如此大篇，須玩其轉折提頓，英偉磊落，絕不猶人處。】蓋西伯拘而演《周易》，仲尼戹而作《春秋》，……《詩》三百篇，大抵賢聖發憤之所為作也。[94]

「唯俶儻非常之人稱焉」此句為提筆，帶出以下的《周易》、《春秋》、〈離騷〉等等發憤之作，總括下文所引述之聖賢，此亦為「提

---

93 吳闓生：《古文範》，上編二，頁108-109。

94 吳闓生：《古文範》，上編二，頁109。

筆」。

綜觀司馬遷〈報任少卿書〉一文，吳闓生注為「提筆、提振、提頓」處近二十處，為何如此之多，他解釋道：

> 長篇中必時時用此等提頓，局勢乃振拔不懈。[95]

長篇文章若一概平鋪直敘，未免平板乏味，善用提頓等提筆，不僅能造成文勢有所高低起伏，富波瀾變化之美，也能振領起文章的高度。此觀點亦見於韓愈〈張中丞傳後敘〉之夾評：

> 說者又謂遠與巡分城而守，城之陷自遠所分始。以此詬遠，此又與兒童之見無異。……小人之好議論，不樂成人之美，如是哉！如巡、遠之所成就，如此卓卓，猶不得免，其他則又何說！【**再提再振**。長篇多用**提振**之筆，以縱蕩其神氣，恐其曼衍不振，而入於靡弱也。】當二公之初守也，寧能知人之卒不救，棄城而逆遁？苟此不能守，雖避之他處，何益？及其無救而且窮也，將其創殘餓羸之餘，雖欲去，必不達。二公之賢，其講之精矣！守一城，捍天下，以千百就盡之卒，戰百萬日滋之師，蔽遮江淮，沮遏其勢，天下之不亡，其誰之功也！[96]

此文補李翰〈張巡傳〉闕漏處，並為許遠辯白。安史亂時，張巡、許遠守睢陽城，內無糧草，外無援兵，苦守長達十月。二人分區守禦，城陷，俱為所虜，張巡殉節，許遠死於押往洛陽途中。朝廷收復睢陽後，張巡子去疾上書，指責「城陷，賊自遠分入」，而許氏子弟則無人能為許遠申辯。從內容來說，「巡、遠之所成就」四句解消了前文

---

95 吳闓生：《古文範》，上編二，頁107。

96 吳闓生：《古文範》，下編一，頁127。

論述謗誣時的憤慨情緒，引導出後文的成就，文意與情緒益加正向積極，提振文章的精神氣韻。從寫法技巧而言，韓愈先批駁對許遠的謗議，提筆說出張巡、許遠的卓越成就，接著才說明他們的成就內容，例如不棄城撤退的原因，與「守一城，捍天下」、保衛富庶江淮地區的重大意義。如此，便是先以「巡、遠之所成就」四句作為後文的綱領。

綜上而言，使用提筆的優點，一能避免過多的平鋪直敘，形成波瀾起伏的文勢，尤以長篇文章為宜。二是這些提起來的綱領，往往具有充實的精神力量，導向光明正面，提升論述的高度。另外，與逆筆中的「逆攝」相較，吳闓生所評的提筆有時也會涵攝後文，但該處往往順接前文，語意並不突兀，非如逆筆般橫空而來，二者差別在此。

（五）頓筆：頓挫以蓄其勢

頓筆，為古典文學批評中常見的一項筆法。姚鼐曰：「文章之妙，在馳驟中有頓挫，頓挫處有馳驟。若但有馳驟，即成剽滑，非真馳驟也。」[97]方東樹評謝惠連詩，曰：「故為頓挫往復，以避輕便滑利順直、無留步之病。」[98]又如林紓論頓筆可以「息養其行氣之力」。[99]頓筆之妙，即在文氣盛行馳驟之處，頓加收斂，避免直率平滑，蓄積氣勢，助於下文開展得更好。

以屈原〈離騷〉為例，屈原一再申明渴望能施展抱負、輔佐楚王的強烈願望，但現實的政治環境卻是「黨人偷樂」，「競進貪婪」，所培植的人才也變質腐化，更糟糕的是楚懷王「信讒齌怒」，「不察民

---

97 〔清〕姚鼐：〈與石甫姪孫書〉，收錄於佚名編：《明清名人尺牘》，頁82。

98 〔清〕方東樹著，汪紹楹校點：《昭昧詹言》，卷五〈大謝・附謝惠連〉，第83則，頁158。

99 林紓：《畏廬論文・用筆八則・用頓筆》（臺北：文津出版社，1978），頁52。

心」，態度搖擺不定。屈原只能獨自堅持清明的政治原則，當理想與現實幾經衝突卻仍不得平衡，他說：

> 屈心而抑志兮，忍尤而攘詬。伏清白以死直兮，固前聖之所厚。悔相道之不察兮，延佇乎吾將反。迴朕車以復路兮，及行迷之未遠。【轉筆。此在全篇為絕大**頓挫**關捩。】步余馬於蘭皋兮，馳椒丘且焉止息。【此二句**頓宕**之詞。】進不入以離尤兮，退將復脩吾初服。【進既不合，且恐罹罪，不如遂吾初服。「初服」字攝下。】製芰荷以為衣兮，集芙蓉以為裳。[100]

屈原受盡委屈，忍辱負重，表明自己寧死也不願向小人妥協的決心。「悔相道之不察」二句，透露佇立良久的不捨之情；至「迴朕車以復路」二句，又加深了他的迷惘與矛盾心情：調轉車頭吧，趁著迷途未遠時，追尋另一個理想的環境吧？語意猶豫轉變，文勢亦為一大停止挫轉處。前文一氣直下，顯現出絕不妥協屈服的堅定信念；而後稍稍止步，懸崖勒馬，摧折前文以死誓願的氣勢，扭轉出另一關鍵樞紐：離開楚國，另覓賢君。〈離騷〉後半部借女嬃、重華、靈氛與巫咸等人設辭，所言仍是佐楚與遠遊二者間的掙扎，故吳闓生評「在全篇為絕大頓挫關捩」，為全篇反覆推衍申言之主意，有控勒全文的作用。後「步餘馬於蘭皋」二句再設一停頓，想像「迴車復路」的途中休息情形，言仕途不得施展抱負，那就修潔自身，重拾初衷吧。此處文勢休止，兼開宕下文的「初服」，「蘭」、「椒」與「芰荷」、「芙蓉」，同是象徵潔淨美好的品德，此為「頓宕」。

又如〈離騷〉後文描述「上下求索」的幻想世界：

> 前望舒使先驅兮，後飛廉使奔屬。鸞皇為余先戒兮，雷師告余

[100] 吳闓生：《古文範》，上編一，頁52。

以未具。【此皆設想求治之方。告余未具，則中間之**頓折**也。】吾令鳳鳥飛騰兮，又繼之以日夜。飄風屯其相離兮，帥雲霓而來御。【御，讀為迓。】紛總總其離合兮，班（斑）陸離其上下。【此二句亦**頓宕**波折之筆，使局勢開拓，而文氣益厚，魏文帝所謂「優遊案衍」，「周旋綽有餘度」者，正以此等**頓宕**處多也。】吾令帝閽開關兮，倚閶闔而望予。時曖曖其將罷兮，結幽蘭而延佇。世溷濁而不分兮，好蔽美而嫉妬。【此句方始點明溷濁不分，蔽美嫉妬之罪，千迴百折乃始落下。】[101]

屈原描述自己上天下地，日以繼夜的求女過程，前有月神駕車，後有風神緊緊追隨，又有靈鳥先驅警戒，然而雷神卻尚未準備齊全。他急欲上行，不待雷神，轉令鳳鳥疾馳。鸞皇與雷師之間，原本順流而下、蓄勢待發的文勢猛地打斷停頓；雷師與鳳鳥之間，無任何猶豫之言，語意急遽轉折，故評為「頓折」。屈原上路之後，雲霓隨旋風飄聚，前來迎接，「紛總總其離合」二句，形容飄風、雲霓紛紜湧現，光采陸離之貌。與初登路途時的迫切心情相比，此處旁寫途中情景，不逕接上天門一事，文氣較為疏宕，緩解前文之勁疾，形成波折。曹丕《典論．論文》曾說：「優遊案衍，屈原之尚也，……據托譬喻，其意周旋，綽有餘度。」[102]謂屈原作品具有「優遊案衍」之特色，以修辭技法而言，便是因情起興，設喻選辭，情、辭間遊刃從容。吳闓生引此證頓筆妙用，在直流而下或急遽轉折的文句之後，下一頓筆，疏宕其氣，可能稍稍繞開，但始終周旋於主旨間，使文章節奏富有變化姿態。後文敘帝閽拒關，以及「溷濁不分」之慨歎，正因有前文頓

---

[101] 吳闓生：《古文範》，上編一，頁54。

[102]〔清〕嚴可均校輯：《全上古三代秦漢三國六朝文》（北京：中華書局，1958），《全三國文》卷八，頁11，總頁1098。

筆的止息蓄勢，遂使末尾落下的旨意更有力量。

頓筆可以是內容意念的停頓屈折，表現出曲直、收放的節奏變化，而有些頓筆，則來自音律方面的抑揚變化，[103]前者如〈離騷〉所評的頓筆，後者如信陵君〈諫與秦攻韓〉（即《戰國策・魏策・魏將與秦攻韓》）：[104]

> 異日者，秦在河西晉，【河西，晉之故地，故謂之河西晉】國去梁千里，有河山以闌之，有周、韓以間之。從林鄉軍以至於今，秦七攻魏，五入國中，邊城盡拔。文臺墮，垂都焚，林木伐，麋鹿盡，而國繼以圍。【文勢直下，如長江大河一瀉千里；故疊用三字句，使其犖确（確）歷落，錯亘（互）其中，步步留頓，以取遲重。讀之彌覺樸奧，所謂躋攀分寸不得上，論文家所謂遏字訣也。】又長驅梁北，東至陶、衛之郊，北至乎闞，【此三句乃馳驟處。】所亡於秦者，山南、山北、河外、河內，大縣數百，名都數十。秦乃在河西晉，去梁千里，而禍若是矣。【再加**頓挫**之筆，以蓄其勢，如勁隼盤空，翩然不下；盤馬彎弓，抑而後發，何止千回百轉！】又況於使秦無韓有鄭地，無河山而闌之，無周、韓而間之，去大梁百里，禍必百此矣。【至此乃一落千丈矣。】[105]

前數行長句奔放驟馳，一氣直下；後連用「文臺墮」四短句，這些嚴整的三字句遏住前文氣勢，一頓再頓，彷如咽住。文章若只一味馳

[103] 參見曹順慶、王南：《雄渾與沉鬱》（南昌：百花洲文藝出版社，2001），頁215-216。

[104] 吳闓生說：「亦見《國策》，然皆自譔之文，故別出之。」（《古文範》上編一，頁65。）筆者依《古文範》選文題名。

[105] 吳闓生：《古文範》，上編一，頁72。

驟，易流於剽滑浮率，讀之滑口誦過，囫圇吞棗；若有所歇止，則有所留意琢磨，故謂「以取遲重」也。此為句型長短參差形成的頓筆，氣韻流轉，音節抑揚更迭。暫歇之後，下文復放縱奔馳，而以「禍」字對比千里之距，勒韁收束，形成先放、再收，復放、又收的變化姿態。猶如鷹隼已鎖定獵物，先於空中盤旋蓄勢，而後一擊中的。[106]方東樹曾以「將軍欲以巧服人，盤馬彎弓惜不發」形容頓挫之妙，[107]吳闓生蓋承續此見，認同頓筆盤旋、抑止、挫轉之用，蓄勢以待發。此文旨在存韓拒秦，先說韓國尚存時，秦國之威禍已然如此，便是為後文主旨蓄勢，使韓國若亡，則魏國情勢更加嚴苛，如此安排，極具說服力度。

吳闓生另從氣息吸吐的角度說明頓筆，如賈誼〈過秦論〉：

> 孝公既沒，惠文、武、昭襄，蒙故業，因遺策，南兼漢中，西舉巴蜀。……延及孝文王、莊襄王，享國日淺，國家無事。【兩代無事，恰好頓挫。震川所謂如人吐氣一般。】及至秦王，續六世之餘烈，振長策而馭宇內。[108]

此評在吳闓生後來的《古文典範》有所補充，可一同參看：

> 此三句乃文字停頓處，歸震川所謂如人吐氣一般，凡有要緊文字在下，必要先行停頓一般，然後氣乃振厲也。[109]

前有孝公至昭襄王之功績如排山倒海般鋪排而來，後有秦始皇兼併天下，威震四海的空前大業，以三句短短總括這段期間的孝文王與莊襄

106 參見周振甫：《文章例話．寫作編．擒縱》，頁98。

107〔清〕方東樹著，汪紹楹校點：《昭昧詹言》，卷一〈通論〉第69則，頁24。

108 吳闓生：《古文範》，上編二，頁82。

109 徐世昌編，吳闓生評點：《古文典範》，卷一，頁7。

王，正好給人喘氣的空間。這是合於史實的寫法，又能使節奏變化生動。猶如游泳換氣時，須吐出胸中殘氣，再取新鮮氣息，乃鼓勁前進；文章在預備張緊之前，略筆歇息，稍微放鬆，放鬆正是為了蓄勢，更加能襯振起後文的精要文字。

又如韓愈〈平淮西碑〉：

> 明年，平夏；又明年，平蜀；又明年，平江東；又明年，平澤潞。遂定易定，致魏、博、貝、衛、澶、相，無不從志。皇帝曰：「不可究武，予其少息。」【**頓挫**處如生龍活虎，所謂如人吐氣者。】九年，蔡將死。蔡人立其子元濟以請，不許。遂燒舞陽，犯葉襄城；以動東都，放兵四劫。[110]

此文主要記憲宗元和九年吳元濟謀叛，勾結數州一事。韓愈在進入正題之前，先從唐高祖一路寫下，鋪敘憲宗平定邊疆等地之功，以「不可究武」二句為之安頓小結，後再著筆於吳元濟。遂於前後文之間，語意停頓轉折，辭氣顯得和緩，為下文的重筆馳驟而盤算。

「頓筆」是《古文範》中極為重視的筆法，以「頓挫」為多，另外又有「頓宕」、「頓折」等。「頓」是收束、歇止、停蓄；「挫」是挫轉，「宕」是開宕，「折」則是曲折，三者意義相近而稍有不同，要之皆在避直就屈，便能更深入地描述。整體而言，下文將有精要之言，先以頓筆使之遲重，迂迴前進，以便展開論述焦點，喚起注意，便是頓筆。頓筆的轉折之勢可以來得兇猛，但並非戛然止住；頓宕是為了開下，頓挫後復以馳驟，有張有弛，使文勢靈活生動，展現節奏音韻的變化之美。

---

[110] 吳闓生：《古文範》，下編一，頁145。

（六）聯絡照應

除了指出某處的筆法以外，吳闓生亦重視各章節段落間的聯絡照應，或評為「與前文相映成章法」，或「前後照映章法」，或「通篇一氣貫注」，或「首尾一線貫注」，或「雙雙對照」等，便是著眼於全文的組織結構之美。如《韓非子・難篇・管仲有病》：

> 明主之道不然，設民所欲以求其功，故為爵祿以勸之；設民所惡以禁其姦，故為刑罰以威之。……君臣之際，非父子之親也，計數之所出也。……且桓公所以身死蟲流出尸不葬者，是臣重也，……故有不葬之患也。明主之道，【復舉明主之道以諍之，**與前文相映成章法**。】一人不兼官，一官不兼事。[111]

此章論明主之道，首在嚴明賞罰；次論君臣間不應倚靠情感聯繫，而在於術數之運用；並藉齊桓公之死，申論權臣擅主之害。至此駁難已完，而韓非復舉「明主之道」回應前文，明示所敘所論皆合乎於「明主之道」，突顯立意，增加論證強度。

又如魯仲連〈說辛垣衍拒秦〉（即《戰國策・趙策・秦圍趙之邯鄲》），時秦圍趙國邯鄲，魏王使辛垣衍遊說趙尊秦為帝。魯仲連欲止之，求見辛氏。見面之前，辛氏曰：「吾聞魯連先生，齊國之高士也。衍，人臣也，使事有職，吾不願見魯連先生也。」晤談之後，辛氏謝曰：

> 始以先生為庸人，吾乃今日而知先生為天下之士也。【特與起處相應，以為**前後照映章法**。】吾請去，不敢復言帝秦。[112]

---

[111] 吳闓生：《古文範》，上編一，頁35。

[112] 吳闓生：《古文範》，上編一，頁65。

同樣是說魯仲連為「高士」、「天下之士」，初時所言僅是客套推託之辭，會談後所說，才是發自衷心的肺腑之言。重提一次，伏應對照，更能映襯出魯仲連的識見之深遠。

又如賈誼〈過秦論〉上篇，篇首鋪敘秦孝公等人功業之盛，後以陳涉起義對比秦亡之易，至文末才揭明主旨：

> 秦孝公據殽函之固，擁雍州之地，……并吞八荒之心。【起即莊重得勢，精神已足籠罩全篇。】……陳涉，甕牖繩樞之子，甿隸之人，……天下雲集響應，贏糧而景從，山東豪俊遂並起而亡秦族矣。【以上言秦亡之易。通篇一氣貫注，如一筆書，大開大闔。】……一夫作難而七廟隳，身死人手，為天下笑者，何也？仁義不施，攻守之勢異也。【正意止此一句，千盤萬迴不肯輕落，止為頓出此句。謀篇之奇，千古獨絕。 先大夫嘗訓闓生曰：「《孟子》〈舜發畎畝〉章，千盤萬轉，主意至章末始露，與此篇正同，此篇章法正從孟子得來也。」】[113]

謂起勢莊嚴矜重，氣勢宏偉，與全文相副。「精神」可有兩種理解：一是內容的呼應，賈誼雖未提早揭出施仁政之旨，但命意早已定下，文章奠基在仁政上展開，貫串全篇。二是「氣象」，吳闓生後來另評有《古文典範》，亦錄此文，他將「精神」二字修改為「氣象」，[114] 即文章形成的風格：歷代王業鋪排而下，形成遼闊的局勢，與全文描述的天下功業相互映發，氣勢雄壯。主旨雖設於篇末，但全篇所述之事皆是為主旨而經營，厚集其勢，千絲萬緒，繫於一點，故謂「通篇一氣貫注」。如篇首提及秦孝公時，商鞅「立法度，……秦人拱手而

---

113 吳闓生：《古文範》，上編二，頁81-83。

114 徐世昌編，吳闓生評點：《古文典範》，卷一，頁8。

取西河之外」，「立法度」即實施嚴刑峻法，富國強兵，武力奪取天下，皆非仁政。曾問學於吳汝綸的唐文治（1865-1954）也評此數句道：「振攝全篇之局，所謂翕如也。」[115]謂提領起後文，所引史事切合主旨。又如秦孝公時採用連橫政策，而後「追亡逐北，伏尸百萬，流血漂鹵（櫓）」；秦王政時的「焚百家之言，……弱天下之民」，都是反面著筆，呼應篇末「仁義不施」的正面意旨。反、正開闔開闔說理，氣勢一線到底，洶湧翻騰，形成一種「千盤萬轉」的文勢。積足事例，乃發議論，落下主旨，具一錘定音之效。吳闓生另引述其父遺訓，指出賈誼〈過秦論〉此種寫法得自《孟子》。〈舜發畎畝章〉以舜、傅說、膠鬲、管夷吾、孫叔敖與百里奚等人為例，得出末尾「生於憂患，死於安樂」的結論，吳闓生在《孟子文法讀本》中眉批說：「通體盤旋，為末二句蓄勢，章法極奇，賈生〈過秦〉所自出。」[116]所言相同。

「一氣貫注」以外，《古文範》也有評為「一線貫注」者。方東樹曾說：「章法須一氣呵成，開合動盪，首尾一線貫注。」[117]指文章可能或正或反，或斷或續，文理翻騰震盪，但非率漫復亂，百川歸海，始終有一貫的中心。[118]如韓愈〈原道〉，首段立論：「博愛之謂仁，行而宜之之謂義。由是而之焉之謂道，足乎己無待於外之謂德。」辨斥

115 唐文治：《國文經緯貫通大義》（臺北：文史哲出版社，1987，再版），頁234。

116 高步瀛集解，吳闓生評點：《孟子文法讀本》，卷六，頁136。

117〔清〕方東樹著，汪紹楹校點：《昭昧詹言》，卷十四〈通論七律〉第2則，頁375。

118 按：桐城諸家所評之「開合」（或作「開闔」），意指大致相同。觀察《古文範》中的「開闔」，如《韓非子・難篇・桓公解管仲之束縛》夾評說：「凡手前段之下，必順接負桓公之威云云，乃一定之法。今偏能再於題前，作此翻騰頓盪開闔，尺幅有萬里之勢，皆才力過絕人處。」（《古文範》上編一，頁37）又如《史記・漢興以來諸侯王年表序》題下評：「此篇質敘形勝始末，而是非得失自見，讀此可悟行文陰陽闔開之妙。」（《古文範》上編二，頁94）其所謂「開闔」（或作「闔開」），指岔開跳接後再回歸本旨；或者正、反說理，有務虛者、有務實者。

老子之道、德離開仁義，為一人之私言，非真正的道、德。次段闢老、佛，為「訊末」之事；再論聖道，為「求端」，溯源先王之教，此段與首段立論重複，再次闡揚聖人之道與教。韓愈接著說：

> 其為道易明，而其為教易行也。是故以之為己，則順而祥；以之為人，則愛而公；以之為心，則和而平；以之為天下國家，無所處而不當。是故生則得其情，死則盡其常；郊焉而天神假，廟焉而人鬼饗。【頓束處十分酣足】曰：「斯道也，何道也？」曰：「斯吾所謂道也，非向所謂老與佛之道也。」【文太長則恐氣不振拔，故復加一問以警醒之，且與起處照應，以便**首尾一線貫注**。】[119]

韓愈闡揚聖人之道與教於此，文意本已昭顯，可結束「求端」之事，卻又再句一句「何道也」，韓愈答以「非向所謂老與佛之道」，順勢帶出下文道之正統：堯、舜、禹、湯、文、武、周公、孔子、孟軻。此為一警醒問句，使文回歸到主旨，此旨於首段已點出，重複言之更顯重要，又能帶出後文。呂祖謙評此問句為「關鍵，鎖盡一篇之意」，[120]謝枋得評為「文有收拾，有關鎖」，[121]謂此意為全文樞鈕，主旨盡在於此。吳闓生評為「首尾一線貫注」，亦著重於此句文意的重要，儒道為旨，貫通全文；佛老非道，則是反面串起，通篇材料有所歸宿，未曾渙散。

又如韓愈〈張中丞傳後敘〉，有三處夾評顯現聯絡照應的章法主張。一是篇首的「雷萬春」，認為應是「南霽雲」之誤：

---

119 吳闓生：《古文範》，下編一，頁125。

120〔宋〕呂祖謙：《古文關鍵》，頁14。

121〔宋〕謝枋得：《文章軌範》，卷四，頁5。

> 李翰所為〈張巡傳〉……頗詳密，然尚恨有闕者：不為許遠立傳，又不載雷萬春事首尾。【「雷萬春」，茅順甫疑作「南霽雲」。此文前半發明許遠、後半附記霽雲，先著此二語以為關鍵。】[122]

雷萬春者，張巡部將之一，城破後殉國。南宋李塗認為篇首此言傳鈔有誤：「『雷萬春』三字，斷是『南霽雲』，但俗本誤耳。此序前半篇是說巡、遠，後半篇是說南霽雲，即不及雷萬春事，三字誤無疑。」[123]茅坤看法相同。另有反對此論者，如黃宗羲與儲欣以為史書不載雷萬春之事，後人自然不得其詳，韓愈只是記錄路過張、許二公廟時所聽所聞，不必前提後應。[124]吳闓生認同應作「南霽雲」，「關鍵」即文章綱目之意，後文欲提之事，預先於前文點出，有提示作用，且使文章整體看來較為完整連貫，能先行確立文章主意。韓愈既已表明舊傳不載雷萬春首尾頗為闕恨，而後文卻不見雷萬春，只附記南霽雲請求援兵一事，若從章法布局的觀點來考量，結構便不夠嚴謹。曾問學於吳汝綸的唐文治，也從結構的角度認為「首段雷萬春確為南霽雲之誤，否則中間南霽雲兩段，無著落矣」。[125]

二是後文記張籍之言：

> 張籍曰：【此下專記張籍之言，乃知章首預提張籍之故，所以

122 吳闓生：《古文範》，下編一，頁126。

123〔宋〕李塗：《文章精義》（臺北：莊嚴出版社，1979），第40則，頁70。

124〔清〕儲欣：「『雷萬春』，茅鹿門謂當作『南霽雲』，而黃梨洲非之，黃近是。蓋所謂不載首尾者，如《唐書》云『雷萬春者，不詳所從來』，前人不載，後人自不得詳也。……往來汴徐之間，耳聞目見，得南將軍事而具書之，著已傳著，史法固然，何必前提後應哉？」轉引自羅聯添編：《韓愈古文校注彙輯》，第1冊，頁388。

125 唐文治：《國文經緯貫通大義》，頁41。

> 使通篇**章法緊湊**不散漫也。】「有于嵩者，少依於巡。」[126]

篇首交代作文緣起時說：「愈與吳郡張籍閱家中舊書，得李翰所為〈張巡傳〉。」後敘張巡、許遠守城與南霽雲等事，又記張籍所引述的于嵩之言，特別點明張籍。吳闓生從章法角度說明，如此前提後應者，可使全文結構有主線綱領，免於散亂。

三是文末補記張巡軼事：

> 及城陷，賊縛巡等數十人坐。【著此一段與前記巡死時相照應。古人文字皆**雙雙對照**也，特加以參差變化，令人不覺耳。】且將戮，巡起旋，其眾見巡起，或起或泣。巡曰：「汝勿怖。死，命也。」[127]

張巡死前情景，見於文中二處。前處因韓愈僅聞於泗州故老，史料不足，僅記「賊以刀脅降巡，巡不屈，即牽去」寥寥數語。文末一段記張籍之言，引述于嵩之親身經歷，方詳寫張巡死前與士兵的對話，以及「陽陽如平常」的態度。睢陽城已滅，戮滅前夕情狀少有人知，韓愈分二處著筆，為合於文理的自然寫法，故評「令人不覺」。讀者兩相對照，便覺張巡忠義赤誠之心更加煥發。

以上幾篇，皆顯示出吳闓生對章法聯絡照應的重視。主旨既定，行文可以有散有聚，有正有反，要之皆合於主旨。「前後照映」與「雙雙對照」者，可能是相同性質的加重強調，可能是異質的反襯；側重點不僅是單純為前後文的呼應而已，更在於能襯托主旨，運用對比，使語意增強。「首尾一線貫注」則謂脈絡貫串全篇，文中或許開展多項論點、或旁面著筆，然步步深入，終究會回到全文最主要的

---

[126] 吳闓生：《古文範》，下編一，頁 128。

[127] 吳闓生：《古文範》，下編一，頁 129。

旨意上，首尾緊扣密合，條貫統序，氣脈相連。「關鍵」則是全文樞鈕，於篇首略先提點，則結構有綱領撐起，不致散漫，亦能收「章法緊湊」之效。

（七）收筆

收筆，即總束上文，如《韓非子・難篇・晉文公將與楚人戰》：

> 舅犯前有善言，後有戰勝，故舅犯有二功，而後論雍季，無一焉而先賞。【此收全篇也。凡行文必有**總挈**之處，或在前，或在後，或在中央。無總處則散錢如串，不成片段，不能成章矣。】「文公之霸，不亦宜乎？」仲尼不知善賞也。【**收**亦簡淨，總不向閒文末節不要緊處浪擲半點筆墨，所謂惜墨如金是也。】[128]

韓非於章末總結賞罰的運用原理。所謂「總挈」，便是總束、挈起條目，收結文章重點，再次申明旨意。收筆不只用於篇末，文中每段亦應收結，予以清晰的架構。且收筆以簡淨為佳，呂祖謙〈麗澤文說〉曾說：「結文字需要精神，不要閑言語。」[129]聚精會神於主旨，勿再額外多生枝蔓，方能使文旨益加鮮明突出。

又如屈原〈離騷〉：

> 何昔日之芳草兮，今直為此蕭艾也？豈其有他故兮，莫好脩之害也。余以蘭為可恃兮，羌無實而容長。委厥美以從俗兮，苟得列乎眾芳。椒專佞以慢諂兮，榝又欲充夫佩幃。既干進而務

---

128 吳闓生：《古文範》，上編一，頁31。

129〔宋〕呂祖謙：《麗澤文說》，見於張鎡：《仕學規範・作文》（臺北：臺灣商務印書館，1983，《文淵閣四庫全書》，子部雜家類第176冊，卷三十四，頁8。）

> 入兮，又何芳之能祗？固時俗之流從兮，又孰能無變化？覽椒蘭其若茲兮，又況揭車與江蘺！【隨手**收拾**前文，章法完密。】惟茲佩之可貴兮，委厥美而歷茲。芳菲菲而難虧兮，芬至今猶未沬。[130]

此段以香草為喻，言楚國政治環境日益惡化，培育起來的新秀不好修潔，變節腐化。蘭虛有其表而無實德，椒專權讒佞而傲慢，樧則外貌似椒，濫竽充數；個個鑽營個人利祿，不能自振其芳。蘭、椒為芳草中最名貴者，揭車、江蘺一般資質者便不用再說。敘眾芳蕪穢之用意，在於申明自己始終堅持美德，屈原於對比自己之前，先收結群眾情形，更能顯現眾清獨醒的悲哀與潔身自好的堅持。

由上可知吳闓生相當重視收筆的總束作用。姚永概嘗云：「長文字中，必有總束停頓之筆，而後不至散漫直率。」[131]二人所論收筆，不僅在全篇文末，亦指每段之後的總束。吳闓生評司馬遷〈報任少卿書〉也說：

> 上之不能納忠效信，有奇策材力之譽，自結明主；次之又不能拾遺補闕，招賢進能，顯巖穴之士；外之不能備行伍，攻城野戰，有斬將搴旗之功；下之不能積日累勞，取尊官厚祿，以為宗族交遊光寵。四者無一遂，【每排敘後，必隨手作**總結**，章法所以明晰。】苟合取容，無所短長之效，可見於此矣。[132]

此段為司馬遷從自述其況，吳闓生點出他以「四者無一遂」總結前文在四個方面的描述，使文章更具條理。收筆除了可以梳理文章脈絡，

---

130 吳闓生：《古文範》，上編一，頁57。

131 姚永概著，陳春秀校點：《孟子講義》，頁89。

132 吳闓生：《古文範》，上編二，頁104-105。

使之有整無散；亦能總結骨幹，突顯作文主意。

《古文範》中的「字法」，偏向選字、用字之法，文家態度謹慎，不妄下一字，以此寄寓言外之意。吳闓生的分析往往鞭辟入裡，帶領讀者探究更深層的含意，讀來屢受啟發。「句法」著重於句型變化與鍛鍊文字，特別欣賞先秦作品的精簡語法。「章法」所論多矣，實則多源自確定主旨與避免平直此二要求。主旨拿定，方安排起筆，設想行文層次，並設計文旨的前後對照及伏應處；又重收筆，力圖結構組織明晰，首尾周密。而因忌諱平鋪直敘，故強調逆筆、提筆與頓筆的運用，三者皆能使文勢跌宕變化，靈活生動，並重視逆筆形成的驚奇效果。吳闓生透過文法，將文章內容剖析得極其透澈，並非形式分析而已。

第二節　風格論

本節探討《古文範》對於單篇作品呈現出的格調、精神力量與藝術風貌的批評，筆者採用「內容與形式統一」的觀點，探討從作品的內容思想與藝術形式表現出來的風格特色。[133]在這之中，雄直、含蓄、高古與詼詭四種風格，是《古文範》談得最多也最深入者，足見吳闓生的重視，以下分四小節討論。

一　雄直

雄直，即氣勢雄壯，質直剛建。雄直之「直」者，非謂文勢平直無奇，而是指內容思想剛直，合乎正道。如《戰國策‧秦策‧扁鵲說

133 參見王之望：《文學風格論》（臺北：學海出版社，2004），頁4。

秦武王》，敘秦武王耳、目有病，扁鵲請除之。左右親信卻說除去的話未必根治，且還會損傷感官功能。武王以此告扁鵲，扁鵲怒曰：

> 君與知之者謀之，而與不知者敗之。【雋快。】使此知秦國之政也，則君一舉而亡國矣。【古今天下事之敗壞，其弊大抵坐此。激昂忼（慷）慨而出之，千古**雄快壯絕**之文。作此文者，意固不為醫發也。】[134]

武王不尊重醫者的專業判斷，而聽信左右親信的臆測，若在政治上亦是如此，則國政壞矣。藉醫術言政事，由小見大，思想內容正確，志氣昂揚，故能理足氣壯。加以語言簡潔，如「君與知之者謀之，而與不知者敗之」二句，不說「而與不知者謀之，則敗」，省略「謀之」，直接將「敗」當成敗壞事情的動詞，形成雋爽勁捷之勢。雄壯之文，非連篇累牘方能有之；短篇直爽明快，發人深省如此者，亦能收「雄快壯絕」之效。

又如魯仲連〈說辛垣衍拒秦〉（即《戰國策・趙策・秦圍趙之邯鄲》），記趙、秦長平之戰後二年，秦又圍趙；魏王畏秦，遣辛垣衍遊說趙尊秦為帝。魯仲連聞之，勸戒辛垣衍切勿尊秦，並善用史例，以鬼侯、鄂侯取媚紂王而脯醢，證明逢迎之害；以鄒、魯不臣於齊閔王，強調小國亦能抗拒大國之理。篇末敘魯仲連辭謝封賞而去。吳闓生曰：

> 此文有關周末形勢及魯連大節，文亦**英偉非常**。茅順甫云：「**雄駿明快**，可為論事之法。」[135]

---

[134] 吳闓生：《古文範》，上編一，頁58。

[135] 吳闓生：《古文範》，上編一，頁65。

趙大敗於長平，四十餘萬士卒被坑殺，秦之暴震駭天下。如此情勢，魯仲連不向強權暴力妥協，不帶個人欲望為天下謀事，以及重義輕財的節操，都顯得難能可貴。在雄辭駁辨之中，其以義抗暴的信念表露無遺，淋漓暢快，毫無畏縮之態；所舉用史例亦切合實際，可作為議論說服的模範。

又如信陵君〈諫與秦攻韓〉（即《戰國策・魏策・魏將與秦攻韓》：

> 戰國時能率天下諸侯抗秦者，公子一人而已。考其行事，真曠代之英雄也，故其文**雄勁奇偉**。有諸中形諸外，以此知文字不可偽為。[136]

〈諫與秦攻韓〉一文中，信陵君敘述魏與秦、韓之形勢及兵略，瞭如指掌，識見深遠；又痛陳秦禍之烈，嚴持國格尊嚴，凜然正氣透出紙上。信陵君為人仁，《史記》敘其「能以富貴下貧賤」、「諸侯以公子賢、多客，不敢加兵謀魏十餘年」。[137]魏安釐王十一年，欲親秦伐韓，以求故地，信陵君諫以存韓拒秦之策。二十年，秦圍趙之邯鄲，安釐王雖遣兵前往，實觀望不救。信陵君乃矯魏王令，代將軍晉鄙，擊秦救趙。三十年，於秦極強盛之時，統率五國，退秦兵於函谷關，威振天下。吳闓生云「有諸中形諸外」，即以為作者的行事風範與文氣的雄直有很大的關聯。

又如賈誼〈鵩鳥賦〉，吳闓生評曰：

> 論既奇創，而**豪放淋漓**之氣，足以震蕩（盪）古今，讀之使人

136 吳闓生：《古文範》，上編一，頁70。

137〔日〕瀧川龜太郎：《史記會注考證》，卷七十七〈魏公子列傳〉，頁1、3，總頁937。

> 神王（往）。[138]
>
> 意旨多取之莊子，恢奇閎肆處似之。至其**雄偉非常**，有揮斥八極之概，則賈生所獨擅也。[139]

〈鵩鳥賦〉藉由人鳥對話展開議論，抒寫對福禍吉凶的思考，闡發人生哲理，構思奇特。又多引老、莊言談，寬慰己身懷才不遇之悲，在齊萬物、泯生死的寬廣世界中，試圖超脫個人的形體拘執。本文的夾評多為釋義，對「雄偉」無更多批評；為何吳闓生以為較之《莊子》，賈誼更具有雄偉氣概，可歸因於辭賦的形式。如賈誼以史證明福禍的莫測，〈鵩鳥賦〉寫道：「彼吳強大兮，夫差以敗；越棲會稽兮，勾踐霸世。斯游遂成兮，卒被五刑；傅說胥靡兮，乃相武丁。」內容充實，前云帝王興衰，後二者為人臣遭遇，暗含賈誼自己的用世感觸；句式富於對稱之美，文采斐然。又如後文比較凡夫俗子與達人、真人，曰：「小智自私兮，賤彼貴我；達人大觀兮，物無不可。……眾人惑惑兮，好惡積億；真人恬漠兮，獨與道息。」各種不同的價值追求與生命態度歷落而下，反覆交錯對比，最終看透人生，得出順應自然的結論。辭采的背後有意旨支撐，抒發對處世態度的感慨與反省，氣力贍足，因而恣肆奔放，酣暢淋漓。另如賈誼〈過秦論〉，亦為其雄偉文風的代表作之一，姚鼐評「雄駿閎肆」，吳闓生引用之。[140]

又如司馬相如〈難蜀父老〉：

> 耆老大夫……進曰：「……今割齊民以附夷狄，敝（弊）所恃以事無用。鄙人固陋，不識所謂。」【此作者本旨，卻於父老

---

[138] 吳闓生：《古文範》，上編二，題下評，頁84。

[139] 吳闓生：《古文範》，上編二，尾評，頁85。

[140] 吳闓生：《古文範》，上編二，頁81。

> 口中見意。以下答詞，則皆譎詭之文也，馬、揚諷諫之書例如是。】使者曰：「……夫賢君之踐位也，……必將崇論閎議，創業垂統，為萬世規。故馳鶩乎兼容并包，而勤思乎參天貳地。【此探武帝好大喜功之心理言之，外若褒美，內實譏刺，語南意北，最是文章勝境。】[141]
>
> 西漢文章之盛，氣體**雄直**，而奇文奧旨足以副其氣，而舉其辭，故巍然浩然如山海之富，而蛟龍萬變，皇惑出沒其中。蓋揚、馬於斯尤為極軌，此文章之瑰瑋大觀也。[142]

司馬相如曾任中郎將，平定西南夷族邛、莋、冉駹等，《史記》載：「還報天子，天子大說。」[143]此文所說便是通西夷一事，為問答論難形式。篇首假藉蜀地父老之言，論西夷難以攻克，耗費國民財力，開發邊境為無用之事。漢廷使者逐一駁難，強調教化西南、施以仁義的重要。字面看來，為迎合武帝之作，南宋樓昉（活躍於1190-1194）評：「使人主觀之，乃所以助成其好大喜功之心，非所以正救其失也，然文字佳。」[144]僅肯定其文辭優點。吳闓生以為此文假托諷意，蜀父老之言為正意；使者所謂賢君應創業立功、兼容天地云云，皆為詭辭，意在暗諷武帝。若以詭辭的角度解讀，這篇文章的思想便是剛直的，只是以奇詭的方式反筆行之，隱藏作家真實的意旨。這種「語南意北」，言在此而意在彼的方式，深得吳闓生欣賞，並認為相如與揚雄其他帶有諷刺性質的辭賦，亦勝在此點。他以為西漢辭賦散文往往內容充足，富於雄直氣勢，與深奧意旨相互映發；加以辭采絢麗，

---

141 吳闓生：《古文範》，上編二，夾評，頁86-87。

142 吳闓生：《古文範》，上編二，尾評，頁88。

143〔日〕瀧川龜太郎：《史記會注考證》，卷一百一十七〈司馬相如列傳〉，頁67，總頁1223。

144 見於謝枋得：《續文章軌範》，卷二，頁411。

體式鋪陳排比有如山海，雄壯宏偉。桐城派自曾國藩之後，便喜取法漢賦，以恢宏氣勢，吳闓生殆受此影響。

又如班固〈封燕然山銘〉，記東漢和帝元年，車騎將軍竇憲大破北匈奴之功。篇首先簡潔交代年月人事，鋪陳己方軍容之壯盛，再描述攻克戰績，一舉拿下匈奴王首級，至此氣勢攀至巔峰，震駭人心。「四校橫徂，星流彗掃。蕭條萬里，野無遺寇。於是域滅區殫，反旆而旋」數句，吳闓生夾評說：「斷句鍊字，即作〈兩都賦〉本領。」[145]語言凝煉，磅礴大氣壓縮於嚴整文字中，更顯國威顯赫。故吳闓生評道：

> **閎駿雄偉**，稱題之作。[146]

全文敘述場面廣闊，橫掃千軍之盛況尤其噴薄雄偉，文采粲然，與頌讚性的紀功銘體相副。

另有雄直而短小精悍者，如王安石〈讀孟嘗君傳〉：

> 世皆稱孟嘗君能得士，士以故歸之；而卒賴其力，以脫於虎豹之秦。嗟乎！孟嘗君特雞鳴狗盜之雄耳，【接筆**英壯挺拔**。】豈足以言得士？不然，擅齊之強，得一士焉，宜可以南面而制秦，尚何取雞鳴狗盜之力哉？【此層尤為開拓閎放，使局勢一張。】夫雞鳴狗盜之出其門，此士之所以不至也。[147]

歷來多稱孟嘗君能養士，《史記》雖載其所招致者，含「亡人有罪者」，又說「孟嘗君招致天下任俠，姦人入薛中」，[148]而世人多關注於

---

145 吳闓生：《古文範》，上編二，頁118。

146 吳闓生：《古文範》，上編二，題下評，頁117。

147 吳闓生：《古文範》，下編二，夾評，頁169。

148〔日〕瀧川龜太郎：《史記會注考證》，卷七十五〈孟嘗君列傳〉，頁6、26，總頁

孟嘗君憑藉門客之助，逃出秦國。王安石以「孟嘗君特雞鳴狗盜之雄耳」一筆推翻歷史定案，發前人未有之議，文勢駿快崛起；緊接再開一論，指出孟嘗君非真能得士者，格局益加寬遠。吳闓生總評此文說：

> 此文乃短篇中之極則，**雄邁英爽**，跌宕變化，故能尺幅中具有波濤萬里之勢。[149]

此文見解深入，言之有理，雖篇幅短小，然尺幅萬里，盡在其中；加以轉筆峭拔有力，意義層出，遂使文勢跌宕生姿。

又如王安石〈祭曾博士易占文〉：

> 地大天穹，有時而毀。星日脫敗，山傾谷圮。人居其間，萬物一偏，固有窮通，時數之然。至其夭壽，尚何憂喜。要之百年，一蛻以死。【識議英偉，振古絕今，而以四言出之，尤為奇縱。】方其生時，窘若囚拘。其死以歸，混合空虛。以生易死，死者不祈。唯其不見，生者之悲。【以上橫空發議，局勢開拓，筆力**雄偉**。】[150]
>
> 以議論驚�出色，尤勝前篇（按指〈祭丁元珍學士文〉），質之韓公，略無媿色者也。[151]

曾易占即曾鞏之父，曾出為信州玉山知縣，為小人誣陷，因而坐罪失官，家居十二年，病卒。吳闓生以為此文勝在議論驚奇創新，發前人未有之論。例如論天地萬物變化流轉之道，以「蛻」字形容死亡彷彿

925、930。

149 吳闓生：《古文範》，下編二，題下評，頁169。

150 吳闓生：《古文範》，下編二，夾評，頁174。

151 吳闓生：《古文範》，下編二，題下評，頁173。

生命蛻變至新的階段；又云生時若拘限於世，死後反而能解脫至空虛渾全之中，寬慰生者，突破生命遷化的悲痛。所論之天地物化寬廣遼闊，超越於生死侷限，似有莊子曠達之意，而祭文的四言形式，縱橫連綿而下，足與內容相發。

整體而言，文家見識深遠，胸中浩然正氣貫注筆下，精神力充沛量，便容易產生雄壯氣勢。若為人不正，淨是徇私曲從之言，即使滔滔不盡，不可謂為雄直；如若言談空洞無物，專在雕琢辭藻上的鋪陳排比，亦不免流於靡弱。作品的內容思想正確，是雄直的先決條件，而辭采瑰瑋，結構跌宕變化，亦可加襯氣勢的雄壯。

二　含蓄

含蓄，即文意含藏不露，予人無盡之味。劉大櫆論文主張：「文貴遠，遠必含蓄。……言止而意不盡者尤佳。」[152]比起描述具體事物，用隱約的手法暗示反而能更有想像空間，故能深遠，有無窮之味。又曾國藩有「文章八美說」，其中「茹」者：「眾義輻湊，吞多吐少。」[153]謂含蓄之處，往往含意豐富，但藏得極深，甚少明示，讀者須慢慢咀嚼，仔細體會。

如樂毅〈報燕惠王書〉：

> 先王……棄羣臣之日，餘教未衰，執政任事之臣，修法令，順庶孽，施及乎萌隸，皆可以教後世。【痛先王有如此偉烈，而繼世不能守也，……無限嗚咽悲涼自在言外。】臣聞之，善作者不必善成，善始者不必善終。【再頓再提，轉接處純以神

152〔清〕劉大櫆：《論文偶記》，收錄於王水照編：《歷代文話》，第4冊，頁4112。

153〔清〕曾國藩：《曾國藩全集》，第18冊日記，同治四年一月二十二日，頁137。

> 行，而意思**含蓄**不盡。「善成」、「善終」，語意漸次迫切，此下又復咽住，更不再提，專就己之進退、去就立論，以明心迹。】昔伍子胥說聽於闔閭，……夫免身立功，以明先王之迹，臣之上計也；離毀辱之誹謗，【「離」即「罹」，言罹罪而誅死。不明言死，亦**茹咽**不肯盡，以存忠厚也。】隳先王之名，臣之所大恐也。[154]

燕昭王時，樂毅破齊七十餘城，三城未下而昭王死。惠王即位，素與樂毅不睦，又受齊人反間，樂毅遂奔趙。齊破燕之後，惠王懼趙國伐燕，乃責備樂毅捐棄燕國，辜負昭王的知遇之恩。樂毅修書說明先王重用之因，申明自己對燕國的忠心，並回憶昭王遺詔，昭王曾告誡後王應修法施恩，而惠王卻是疑忌功臣，信讒絀賢。樂毅悲痛於惠王違於先王遺訓，卻不顯怨尤憤懣，此其委婉敦厚處。「善作者，不必善成」二句，提起二語便咽住，強自壓抑，欲語還休。樂毅不說自己蒙冤，以及即使歸燕也不得惠王重用，甚至可能被殺的憂慮，而改以伍子胥之例證之。「舉事以見義」，[155]委婉不點破，暗含無限委屈，愈顯悲涼。後文再次申明心迹，「離毀辱之誹謗」一句，吳闓生以為「罹」字指惠王聽讒，欲加死罪，更顯樂毅顧念君上的敦厚。含蓄並非隱晦難解，有時反而能更鮮明地反映立場或情感；樂毅忠而見疑，面對惠王的斥責，始終懇切言之，未嘗疾呼詈罵，含蓄吞吐忠臣的悲痛與無奈，一片赤誠撼動人心。

又如司馬遷《史記・漢興以來諸侯王年表序》：

> 天子觀於上古，然後加惠，使諸侯得推恩，分子弟國邑。【此

---

154 吳闓生：《古文範》，上編一，頁69-70。

155 參見傅隸樸：《修辭學・渾全》（臺北：正中書局，1969），頁108。

> 削奪諸侯之計。云「觀於上古」、「推恩」、「加惠」者，當時所借之口實如此也。須**會其涵**、**茹意思**於筆墨之外。】[156]

漢初封宗室諸侯，至武帝時，用主父偃之計：「令諸侯得推恩分子弟，以地侯之，彼人人喜得所願。」[157]名為推恩，使諸侯之子孫各得封地，實意在削弱藩鎮之勢，僅為口惠。此序以朝廷立場行文，吳闓生提示讀者須細嚼文意，方能得知言外之意。

又如諸葛亮〈出師表〉：

> 親賢臣，遠小人，此先漢所以興隆也。【提。】親小人，遠賢臣，此後漢所以衰頹也。先帝在時，每與臣論此事，未嘗不痛恨於桓靈也。【忽提筆唱歎，唏噓於邑，無窮意恉**茹咽**筆墨之外。】[158]

諸葛亮北伐前，上表勉勵後主廣開言路，賞罰公正，並教以親賢遠佞。諸葛亮列舉郭攸之等忠臣，提筆慨歎兩漢興衰關鍵正在於用人之道。東漢多是幼主繼位，外戚干政，皇帝稍長又寵幸宦官，藉以擺脫外戚勢力，內亂爭軋不止，桓、靈二帝尤其昏庸，荒淫無道，致使民亂四起。吳闓生指出此處有「無窮意恉茹咽筆墨之外」，但未多說文家深意為何。可能是蜀漢為漢室血脈，更不應該重蹈覆轍；可能是表明劉備為明主，自己亦是滿懷忠誠；也可能是感於先帝知遇恩情，能與下文的三顧草廬之事呼應；更可能是針對後主的庸弱而言，唯恐他走上「親小人，遠賢臣」一途。曾國藩論「茹」為「眾義輻湊」，或

---

156 吳闓生：《古文範》，上編二，頁95。

157〔日〕瀧川龜太郎：《史記會注考證》，卷一百一十二〈平津侯主父列傳〉，頁26，總頁1189。

158 吳闓生：《古文範》，上編二，頁119。

許評點家不將該處說死，可使讀者獨立思考，激發出更多的解讀方式。

又如韓愈〈送溫處士赴河陽軍序〉：

> 大夫烏公以鈇鉞鎮河陽之三月，以石生為才，以禮為羅，羅而致之幕下。未數月也，以溫生為才，於是以石生為媒，以禮為羅，又羅而致之幕下。【韓公嶔奇尚節之士，於溫、石等之趨迎大府，意皆不以為然。〈寄盧仝詩〉所謂「彼皆哆口論世事，有力未免遭趨使」者也。此文意含諧諷，詞特屈曲盤旋，在《韓集》中亦不可多得之文字。〇凡文字以**意在言外，委婉不盡**為最上乘，《左氏傳》最為擅場，《史記》亦數數見之，韓文中類此者蓋可指數。自餘各家，於此微恉寥乎絕矣。夫為文不能涵泳微意，則詞盡而意與之盡，平直淺近，復何蘊藉之可言乎！】[159]

石洪、溫造為洛陽隱士，與韓愈交遊。元和五年（810），烏重胤（761-827）任河陽節度使，訪求賢士，禮聘石洪為幕士。石洪欣然而往，[160]後溫造因石氏之引薦，亦至烏氏幕下。歷來讀者多以為韓愈此文頌美烏重胤，將之比擬為伯樂。[161]吳闓生則以為韓愈不認同兩人輕

---

159 吳闓生：《古文範》，下編一，頁131。

160〔宋〕歐陽脩等：《新唐書・石洪列傳》：「重胤鎮河陽，……具書幣邀辟，洪亦謂重胤知己，故欣然戒行。」（臺北：臺灣中華書局，《四部備要》本，1965）卷一百七十一，頁3。

161 如清代過珙《古文評註》（臺北：宏業書局，1979，卷八，頁534），沈誾《韓文論述》（見於羅聯添編：《韓愈古文校注彙輯》，第4冊，頁1423），林雲銘（1628-?）《古文析義二編》（臺北：廣文書局，1981，卷六，頁15），李扶九編選，黃紱麟書後：《古文筆法百篇》（臺北：文津出版社，1978，卷六，頁80），諸家論韓愈對烏重胤的評價，都持正面看法。另外，林紓則以為有託諷之意，「患其為藩鎮之禍」。（《韓柳文研究法》，上海：上海商務印書館，1933，頁35）

易受聘入幕的行為，有譏諷之意，並引韓愈〈寄盧仝詩〉詩證之。韓愈後文說：「愈縻於茲，不能自引去，資二生以待老。今皆為有力者奪之，其何能無介然於懷耶？」表達賢才離去，東都遂空的遺憾。吳闓生夾評說：「借寓微旨」[162]，以為全文旨意寄寓於此憾語中，幽微不顯。高步瀛看法相同，解釋道：「韓公愛其才，而譏其輕出，亦所以深惜之也。」[163]也以為暗含譏諷。

又如王安石〈答姚闢書〉：

> 夫聖人之術，修其身，治天下國家，在於安危治亂，不在章句名數焉而已。【荊公以經世為志，不甚以姚所學為然，而語出特為輕婉。】……觀足下固已幾於道，姑汲汲乎其可急，於章句名數乎徐徐之，則古之蹈道者，將無以出足下上。足下以為何如？【能涵茹意思於筆墨之外，最可法。】[164]

姚闢究心經術，精於禮典，著有《太常因革禮》一百卷。吳闓生指出王安石治學以經世致用為要，反對執著於章句訓詁，非真正肯定姚闢之學。王安石雖然說姚闢與道相去不遠，古之行道者也無法超過他的成就，甚至反問對方意見等等，但其實皆是微辭，暗譏章句之「道」非真正的「道」。反筆行文，避開直接指陳，令人讀來玩味不盡。

又如姚鼐〈復張君書〉：

> 古之君子，仕非苟焉而已，將度其志可行於時，其道可濟於眾。誠可矣，雖遑遑以求得之，而不為慕利；雖因人驟進，而不為貪榮。何則？所濟者大也。至其次，則守官攄論，微補於

---

162 吳闓生：《古文範》，下編一，頁132。

163 高步瀛：《唐宋文舉要》，甲編卷二，頁228。

164 吳闓生：《古文範》，下編二，頁171。

國，而道不章。又其次，則從容進退，庶免恥辱之大咎已爾。【列舉仕者三等，以見己今日所處無能大有所裨益，則因人驟進，皇皇（遑遑）以求，固不可也。此意盤旋**茹咽**，不肯徑露。凡古人文字，佳處皆在含茹不露，抑揚吞吐之間。】[165]

姚鼐曾任刑部郎中等職，年四十即告病辭官，後講學書院，不再入仕。此書婉謝同鄉張曾敞之薦，[166]表明己志。吳闓生指出文中所論之仕者三等，隱含姚鼐的自況，即衡量自身之語。仕之最上者，能救世濟民，雖求人舉薦，然無損其質；次等於國家僅有微小助益，無法彰顯正道；下等但求免於恥辱罪刑而已。言外之意，即是己身既然無所益於世，便不該遑遑求官，不做那次等之仕。中國士大夫往往成長於儒家思想的培育之下，心中懷有對天下蒼生的責任感，當現實環境與理想產生落差，難免對自己的能力有所懷疑，反省過去的作為是否合於正道，將來能否再致用於世，從而判斷去處。事關士大夫的骨氣與尊嚴，難以直率告人，故姚鼐含蓄吞吐於中，委婉暗示。透過仕之三等論，其不願復出之志亦更顯堅定。至於姚鼐為何認為自己無所裨益於世，今人吳孟復以為與文字獄有關，姚鼐雖任刑部郎中，但無法改變清代文字獄種種殘酷措施，故選擇離開官場，[167]可參酌之。

以上所評之含蓄，或吞多吐少，茹咽不肯明示；或以微辭出之，蘊藏諷意。又如前文談過的司馬相如〈難蜀父老〉，吳闓生亦指出其「外若褒美，內實譏刺，語南意北，最是文章盛境」。[168]將心意改以相反的語言道出，形成諷刺的效果，也是種含蓄的表現。

---

165 吳闓生：《古文範》，下編二，頁183。

166 吳孟復《桐城文派述論》說：「〈復張君書〉，吳闓生謂即張曾敞。」（頁99）按：《古文範》中未見張君之名。

167 參見吳孟復：《桐城文派述論》，頁55。

168 吳闓生：《古文範》，上編二，頁87。

含蓄是透過讀者的想像與體會，更顯美感的一種方式，也因為每個評點者的感受有異，指出的含蓄處便不盡相同。上述吳闓生所看出的言外之意，除了樂毅〈報燕惠王書〉與韓愈〈送溫處士赴河陽軍序〉以外，桐城諸家便較少提及。因作者本身並未說盡，提供讀者想像與詮釋的空間，評點家各種不同的客觀評論，可以豐富文本的內涵，使文意更加深遠，餘味不盡。

三　高古

上一節談創作技法論時，說到《古文範》中有一種句法指的是偏向評論此寫法所形成的風格，如《韓非子．難篇．晉文公將與楚人戰》：

> 雍季對曰：……以詐遇民，偷取一時，【言偷取一時之利。古文簡直，故句法**高峻**如此。】後必無復。……夫舅犯言，一時之權也。【今語當云「一時權宜之計也」，古語但如此，常於此等處留心，句法便漸入**高古**。……韓非……行文專求簡峻，不多著筆墨。……**簡峻**便是古人佳處，今人論理論事總苦榛蕪不休，求簡不得。】[169]

晉、楚將戰，兵力相差懸殊，晉文公召舅犯商問，舅犯建議不妨詐敵。晉文公遣退舅犯，又召雍季諮詢，雍季暗示詐敵非長久之道。吳闓生指出「偷取一時」、「一時之權」為古文句法，前者省略「之利」；後者的「權」字，先秦時便有權衡輕重、變通之義，[170]後人慣言

[169] 吳闓生：《古文範》，上編一，頁28-29。

[170] 如《論語．子罕》「可與立，未可與權」之「權」字，程頤：「謂能權輕重，使合義也。」楊時解：「知時措之宜，然後可與權。」（〔宋〕朱熹：《四書章句集註》

「一時權宜之計」，文字則略為複沓。古人文字「簡直」，即行文主意既定，便切合文旨發揮，不說無關廢話，意同者不重複言之，句法便能「高峻」、「高古」、「簡峻」。所謂的「高」、「峻」，可理解為古今語言習慣不同所造成的語感落差，先秦文字比較簡潔，又多單詞，後代則發展出較多同義複詞。吳闓生指出後人文章總「苦榛蕪不休」，除了敘述繁雜以外，語言習慣也是其一。以韓非此文而言，今人讀之可能無法立曉，還得多加幾字以補充說明，使得語意重複，遂「求簡不得」。

又如韓愈〈平淮西碑〉，吳闓生亦評為「句法高古」：

> 曰：「度，汝長御史，其往視師。」曰：「度，維汝予同，汝遂相予，以賞罰用命不用命。」【句法**高古**。】[171]

此段韓愈以皇帝詔令之語氣行文，敘數年間之軍事調度。元和十年，淮西諸將久未有功，朝官請罷兵者益多，丞相裴度自請勞軍，歸，言淮西必可取下，憲宗大悅。[172]所謂「同」即同謀，言裴度與憲宗二人皆主戰。「賞罰用命不用命」一句，本於《尚書．甘誓》「用命，賞於祖；不用命，戮於社」[173]而來，謂將士聽從命令，有功，則賞於祖廟前；違背不從，則戮於社主之前。韓愈不蹈襲陳言，重加提煉鑄造，調換詞語順序，省去「於」介詞，簡略為一句，吳闓生以為這樣

（臺北：鵝湖出版社，1984），頁116）又如《孟子．盡心上》「執中無權，猶執一也」，朱熹注：「執中而無權，則膠於一定之中而不知變，是亦執一而已矣。」（同前書，頁357。）

171 吳闓生：《古文範》，下編一，頁146。

172 參見〔後晉〕劉昫等：《舊唐書》（臺北：藝文印書館，1955），卷十五〈本紀．憲宗下〉，頁256。

173 〔漢〕孔安國傳，〔唐〕孔穎達疏：《尚書正義》（臺北：藝文印書館，《十三經注疏》本，1989），頁98。

精簡的造句方式，有先秦語法高古之風。

再看他對歐陽脩〈豐樂亭記〉的評論：

> 其上豐山，聳然而特立，下則幽谷，窈然而深藏，中有清泉，滃然而仰出。【此等句法，皆失**古意**矣。】[174]

此數句排比而開，句式整齊，連用虛字「而」於句中，形成悠然婉轉之美感，起斡旋靈活之用。這些「而」字非枝蔓龐雜的贅語，吳闓生的好友李剛己評此數句，便認為「詞筆極為整潔。」[175]為何吳闓生評為「皆失古意」，參看前文數例，便能明曉。從語法的作用來說，「而」字作為連詞時對句意無所增損，是可有可無的。[176]吳闓生以此為「失古意」，主因在於如此寫法造成重複文字過多，未能精簡，因此他不欣賞。

吳闓生推崇多實詞、少虛字的筆法所形成的高古風格，反對後世多連接詞與介詞的行文習慣。雖然帶有貴古賤今的傾向，但吳闓生所強調的高古，並非生吞活剝、搬用先秦文句便能達成，而是不蹈襲陳言，鍛鍊字句，使語意深刻，方能有先秦高古之風。

四　詼詭

詼詭，即「詼諧詭譎，詩文以詼諧語趣出之，而用意深曲，不著於詞，惟使人微悟其旨也」。[177]曾國藩嘗論《莊子》文多詼詭之趣，[178]

---

174 吳闓生：《古文範》，下編二，頁165。

175 吳闓生、李剛己：《桐城吳氏古文法》，頁123。

176 參見黃六平：《漢語文語法綱要》（臺北：漢京文化事業公司，1983），頁58。

177 李建福：《湘鄉派文論研究》（臺灣師範大學國文所博士論文，2005），頁235。

178〔清〕曾國藩：《曾國藩全集》，第21冊家書〈諭紀澤〉，同治六年三月二十八日，頁490。

吳闓生評《莊子．達生》〈祝宗人玄端以臨牢筴〉一節，亦云：

> 祝宗人玄端以臨牢筴，說彘曰：「女奚惡死？吾將三月牛豢女，十日戒，三日齋，藉白茅，加女肩尻乎雕俎之上，則女為之乎？」為彘謀，曰不如食以糠糟，而錯之牢筴之中；自為謀，則苟生有軒冕之尊，死得於腞楯之上、聚僂之中則為之。為彘謀則去之，自為謀則取之，所異彘者何也？【此段極饒詼詭之趣，足以警夫熱中富貴者。】[179]

莊子假借祝史對神豬之言，諷權貴人物迷惑於榮華而自取災禍。以動物為主角的寓言，本身便帶有想像奇幻色彩；而祝史雙重標準的言論，更令人覺得荒謬可笑。透過寓言方式，使角色說出世人的言行醜態，比起直陳其理，更有詼諧趣味，亦有警醒之效。

又如韓愈〈進學解〉，描述國子先生與太學生之間的一場辯論：

> 國子先生晨入太學，招諸生，立館下，誨之曰：「……行患不能成，無患有司之不公。」言未既。有笑於列者曰：「先生欺余哉！弟子事先生於茲有年矣，先生口不絕吟於六藝之文，手不停披於百家之編。……然而公不見信於人，私不見助於友。……不知慮此而反教人為！」先生曰：「吁！子來前。【以上正意於客語中出之，而自以詼詭之詞作答。】……卓犖為傑，校短量長，惟器是適者，宰相之方也。……投閑置散，乃分之宜。若夫商財賄之有亡，計班資之崇庳。忘己量之所稱，指前人之瑕疵。是所謂詰匠氏之不以杙為楹，而訾醫師以昌陽引年，欲進其豨苓也。」【仍就匠、醫二喻作收，以取趣

---

179 吳闓生：《古文範》，上編一，頁21。

> 味。】[180]

此篇詼詭之趣，在於設言奇妙，正反虛實相摻，交陳出之。透過學子的反駁，論先生在治學、儒道、文章與為人各方面皆有所成，卻窮愁潦倒，動輒得咎，此為正意。而先生勉勵學子毋須擔心上司不明，責己坐領俸錢，襲用古籍，甚至說自己適合閒職，比起孟、荀二子更加幸運等等，都可視為反話。雖是主客問答的形式，但主之議論多為反語，客之嘻笑反詰，卻屬於正面文字。上位者選才用人未盡理想，使韓愈仕途躓跋，飽含委屈，而文末卻又再次謙遜抑己，如此尤顯弔詭。譏諷嘲弄，以假亂真，似貶實褒，此其詭譎處。加以譬喻生動，以工匠選材及醫師用藥比喻用人原則，鋪陳木材、藥材，極盡誇張形容之能事，篇末再以匠、醫的比喻作結，都更增添詼諧趣味。

以及韓愈〈送窮文〉：

> 此篇**詼詭**之趣，較前篇（按指〈進學解〉）尤勝。曾文正公嘗謂詼詭之文，為古今最難到之詣，從來不可多得者也。公以游戲出之，而渾穆莊重，儼然高文典冊，尤為大難。[181]
>
> 主人應之曰：「……凡所以使吾面目可憎、語言無味者，皆子之志也。其名曰智窮：【以上皆遊戲筆墨耳。此下則鋪張真實本領，驚栁壯駭，拔地倚天，他人胸中不能道其隻字矣。】……又其次曰交窮：磨肌戛骨，吐出心肝，企足以待，寘我讎冤。【感慨處以諧謔出之，否則嫌於淺也。】凡此五鬼，為吾五患。」[182]

---

[180] 吳闓生：《古文範》，下編一，頁149-151。

[181] 吳闓生：《古文範》，下編一，頁151。

[182] 吳闓生：《古文範》，下編一，頁152。

〈送窮文〉由主人送窮鬼一事布局展開，與鬼來往問答，本為荒誕不合現實之事，而韓愈寫得煞有其事，態度莊重，兩相衝突之間激發出諧趣。尤其歷數智窮、學窮、文窮、命窮與交窮五鬼一段，看似譴鬼，實為譽己，抒發具品德學識然而生命困頓的憤慨，鋪排而下，令人驚奇。篇末藉鬼詞比較君子小人之異，結論君子固窮，此韓愈正意者也。構思新奇獨特，題材奇幻，奇趣橫生。雖為遊戲筆墨，然議論深刻，憤於世俗，而以諧語曲筆行之，比直接言說更富於深意。吳闓生以為「以諧謔出之」能避免平淺之病，並推重此文的莊重，讚許至極。

詼詭之文，用意或警世，或刺政，或抒發憤慨，要之，寄託於詼諧中，在詭辭的背面有莊重的意旨，使讀者悟其深意。平直敘述，不免淺近，且往往近似說教；改以諧謔方式表現，不僅富於趣味，且意旨更顯深刻。

綜觀《古文範》所推舉的風格，偏重曾國藩以來的陽剛雄直路線，與雄直有關的評語比比皆是；又講究高古、簡峻的語法，使用樸質實詞，剪除虛字，這些要求也容易使文章風格偏向陽剛。至於詼詭之文，曾國藩《古文四象》中以詼詭作為文類一種，劃入「少陽」之下，亦屬陽剛文體。吳闓生雖重視含蓄之美，但非僅限於委曲婉約，情韻取勝之文，亦包含「語南意北」者，作者表面上可以極口誇耀，實則意在諷刺。在這樣的情形下，有時便會形成詭辭，予人奇詭之感。整體來說，《古文範》的風格主張是陽剛多於陰柔的，受曾氏影響較多。

第三節　作家批評論

本節討論吳闓生對作家的評價，含作家的個性、整體風格，其獨有的一家特色，與對後世的影響。《古文範》共選錄三十位作家，其中以莊子、司馬遷、韓愈與王安石的評價尤高；另外，吳闓生對歐陽脩、三蘇的評價極為鮮明，著重於他們產生的影響，值得我們注意。

一　莊子

吳闓生在〈逍遙遊〉題下評語，總括《莊子》全書及〈逍遙遊〉一文的特色：

> 莊子之文瓌瑋連犿，洸洋恣肆，超然埃壒之表。學者宜從此境入手，以廣己而造大，庶藥凡猥淺滯靡弱之病。◯《莊子》全書大旨瓌奇恣肆，此為其開宗明義之第一章，故極言其懷抱之大，非世人所與知，全篇皆假寓言見意。[183]

謂《莊子》意旨奇特高深，境界寬闊恣肆，文勢跌宕不拘，常翻轉出層層新意。又善用譬喻及寓言，設想奇幻豐富，文章便顯得瑰奇恣肆。

以〈逍遙遊〉為例，「鯤」為幼魚，而大至幾千里也；又化而為「鵬」，臂膀亦寬至幾千里；搏水可激起三千里的浪花，翅膀一揮便飛上九萬里之高空。鵬欲飛向南海，須待九萬里之風力，卻因此遭到蜩與鷽鳩的訕笑。如此一來，鯤鵬之大志，頓時便與蜩、鷽鳩之小志產生強烈對比。蜩與鷽鳩嘲笑鵬「奚以之九萬里而南為」，吳闓生夾評說：「世人之不知莊子者如此。」[184]蜩與鷽鳩限於自身狹小世界，自然不懂大鵬之逍遙，正似俗人無法明曉莊子之志。

---

[183] 吳闓生：《古文範》，上編一，頁1。

[184] 吳闓生：《古文範》，上編一，頁2。

〈逍遙遊〉後文又開「故夫知效一官」一段，比較凡人、宋榮子、列子與至人。凡人追求官職與聲望；宋榮子不在意世人評價，以定內外之分、辨榮辱之境為致福之道；列子御風而行，不汲汲追求致福之道，比宋榮子又高一等，但仍依憑於風。唯有至人、神人與聖人能順應萬物天性，遊於無窮天地，無任何依待。「至人無己，神人無功，聖人無名」三句，吳闓生夾評說：

> 自篇首至此為第一段。發明己之懷抱，特起處借鯤鵬喻入，用筆稜嶒層疊，便覺洸洋恣肆，不可捉摸。[185]

吳闓生指出，〈逍遙遊〉主旨在抒發己身懷抱之大，鯤鵬、蜩鷽、宋榮子與列子等人物，都是借喻。如蜩與鷽鳩，以自身的狹小視野嘲笑鵬鳥；又如凡人、宋榮子、列子，以為自己有所成就，但其實都汲汲營營或有所依待。所敘之境界，一層高過一層，用筆轉折令人不測；加以文辭誇大，無端崖可拘，縱橫恣肆，何等壯闊驚奇。吳闓生以為學《莊子》能避免靡弱之病，除了辭采瑰瑋的原因以外，其意旨之寬闊高超，奇特恣肆，亦是應該學習之處。

《古文範》的《莊子》夾批，大多為釋義，其餘則以風格評論為主。〈逍遙遊〉以外，如〈馬蹏〉評「奇肆恢詭」[186]，〈胠篋〉評「跌宕恣肆」[187]，〈人間世〉評「恢奇恣肆」[188]，對《莊子》的評語是比較統一的，著重於恢廓的意境，與奇特不羈、跌宕變化的特色。

---

185 吳闓生：《古文範》，上編一，頁3。
186 吳闓生：《古文範》，上編一，頁9。
187 吳闓生：《古文範》，上編一，頁12。
188 吳闓生：《古文範》，上編一，頁15。

二　司馬遷

吳闓生在《史記・魏世家贊》一文的夾評中，盛讚司馬遷的優點：

> 說者皆曰：「魏以不用信陵君故，國削弱至於亡。」余以為不然。【轉出奇境。】天方令秦平海內，其業未成，魏雖得阿衡之佐，曷益乎？【**用意俶詭，最是史公勝處**，後人鮮能悟其妙者。八家之徒，竊得一二形似，皆足以名世矣。○凡文字專就正面鋪敘，無可發揮；以詭憤蕩譎出之，其精采乃百倍生動，而趣味亦益淵永也。】[189]

字面上看來，司馬遷以秦統一天下之事實，證明秦得天意，故即使魏國重用信陵君，亦無法改動歷史，因天命在秦而不在魏。吳闓生以為此非史公真意，他痛心於魏空有信陵君而不用，而以此種詭憤之語出之；歸因於「天令」，實暗含譏刺，借古諷今，暗刺漢朝的用人問題。[190]「俶」者，善也，[191]「詭」即奇特，「用意俶詭」，便是作者文意美

---

189 吳闓生：《古文範》，上編二，頁99。

190 關於吳闓生對《史記》「天命」觀的看法，如〈六國年表序〉中「秦始小國，……然卒并天下，非必險固便形勢利也，蓋若天所助焉」數句，夾評說：「歸功於天，妙極！凡議論他人指為天助，便是誹薄語也。漢高祖之得天下，功德甚薄，史公意頗輕之。其論秦處，意皆注在漢也。若秦則已亡之國，其得天與否，何足究問哉！」（《古文範》上編二，頁92）。吳闓生指出凡是史公謂為「天助」者，文字背後皆暗含貶意，意在諷戒漢廷。因其身處本朝，且又是刑戮之人，不得直言，因此時常借秦以諷之。詳見本文第六章第二節。

191「俶」字，《說文》有二義：「善」與「始」。（〔漢〕許慎著，〔清〕段玉裁注：《說文解字》，〔臺北：萬卷樓圖書公司，2005，再版〕，頁374。）此處當取「善」義。又如司馬遷〈太史公自序〉說「扶義俶儻，不令己失時」，《索隱》作「扶

善，而以奇特的方式敘述表現。如本篇責問與諷刺的最終目的，仍然是善的。司馬遷身遭巨變，其立場又不得明言，乃出以微諷揶揄之筆。吳闓生面對這些別有寓意的文字時，除了解釋說明為何史公會如此言，並直言唐宋八家僅得其一二分之功力，極為拜服史公這種獨特的奇詭特色。

又如《史記．魏豹彭越列傳贊》：

> 懷畔逆之意，及敗，不死而虜囚，身被刑戮，何哉？【**發問瓌詭。**】中材以上，且羞其行，況王者乎？彼無異故，智略絕人，獨患無身耳，【千古英雄胸臆間情態一語揭破。】得攝尺寸之柄，其雲蒸龍變，欲有所會其度，以故幽囚而不辭云。【意氣軒昂岸瑋，雄雋非常，魏豹、彭越殆不足以當此。史公遭刑辱，自惜其才，含垢不肯死，故發為此論，以洩其幽憤之氣云爾。凡作者撰著，皆以自見，非為人也。】[192]

魏豹為魏國宗室之後，項羽立為魏王。魏豹曾歸降於劉邦，於彭城共擊項羽。漢敗，魏豹以「歸視親病」為由，[193]叛漢回魏地。劉邦遣韓信攻之，俘虜魏豹，將魏地併入漢郡，後魏豹為漢御史大夫周苛所殺。彭越，劉邦拜為魏相國，楚、漢相拒於滎陽時期，彭越先後攻下三十餘城，提供劉邦糧餉，為開國功臣之一，封為梁王。漢高祖十年（西元前196年），陳豨謀反，高祖向彭越徵兵。彭越稱病不往，將扈輒曰「不如遂發兵反」，[194]彭越不聽，其太僕告密於高祖，謂有謀反之

義『倜』儻」。（〔日〕瀧川龜太郎：《史記會注考證》，卷一百三十，頁62，總頁1347。）「俶」可通「倜」，卓越之意，為褒義。

192 吳闓生：《古文範》，上編二，頁101。

193〔日〕瀧川龜太郎：《史記會注考證》，卷九十〈魏豹彭越列傳〉，頁3，總頁1029。

194〔日〕瀧川龜太郎：《史記會注考證》，卷九十〈魏豹彭越列傳〉，頁9，總頁1031。

心。彭越遭囚，貶為庶人，流放西蜀，途中求情於呂后，反為呂后所陷，宗族遂夷。

由本傳可知，魏豹性情反覆不定，貢獻亦不大；彭越則功勞甚多，且本身無謀反之心。論贊卻云「懷畔逆之意」，又責問他們為何不死，甘願被虜，便耐人尋味。為何司馬遷不直接解釋其忍辱求生的原因，而以瑰奇的發問方式提出，吳闓生指出史公是借魏豹二人，明己「欲有所會其度」之心意。如此行文，一方面寓藏胸中所想，同時也是史公將心比心，認為魏豹二人可能有更大的志向，乃同情對方的一種寫法。

另如《史記‧季布欒布列傳贊》，也點出其「俶詭」處：

> 太史公曰：以項羽之氣，而季布以勇顯於楚，身履軍搴旗者數矣，可謂壯士，然至被刑戮為人奴而不死，何其下也？【**發問俶詭**，與魏豹篇同一機軸。】彼必自負其材，故受辱而不羞，欲有所用其未足也，故終為漢名將！賢者誠重其死，【有味乎言之。】夫婢妾賤人，感慨而自殺者，非能勇也，其計畫無復之耳。【此皆史公胸臆間語，時一發露，英光俊氣不可抑遏，史遷固天下之壯士也。】欒布哭彭越，趣湯如歸者，彼誠知所處，不自重其死，【言得死所者，無復留難之意，以甘就死者，自證其不死也。】雖往古烈士，何以加哉！[195]

季布原為項羽部下，曾多次擊敗漢軍，高祖甚怨之，懸賞千金。季布先後藏匿於濮陽周氏與魯國朱家處，後由夏侯嬰向高祖說情，於是得赦，拜為郎中。欒布，早年曾與彭越來往，窮困被賣為奴隸，後受燕將賞識，封為將軍。彭越被夷族時，欒布大聲號哭，為吏所捕。高祖

---

[195] 吳闓生：《古文範》，上編二，頁103。

怒其與彭越共謀反，欲烹殺之，欒布視死如歸，理直氣壯辯解，高祖乃釋其罪，拜為都尉。

季布、欒布二人，前者逃匿不死，後者曾為奴隸，但為人有節操，能立功建業，司馬遷都予以肯定。傳贊中責問其「被刑戮為人奴而不死，何其下也？」看來貶責甚重，但其實不是質問他們為何苟且吞生，意旨在於後文的「欲有所用，其未足也。」又由「欒布哭彭越」一事，證明欒布不重其死，前時的忍辱吞羞，只因仍有未竟之志。自殺不代表有勇氣，堅持完成心中所願，才是苟活隱忍的主要原因。此則與〈魏豹彭越列傳贊〉相同，都寄託了深意，而文字上以責問語出之，實託明其志，為詭辭也。

以上三例所指出的「詭」字，來自於文家的言外之意，當探得文章主旨後，便會更顯奇詭。與含蓄不同之處在於，這些評為「俶詭」、「瓌詭」之例，是以一種特別的方式行文，令人感到奇異詭譎，語氣或激昂，或沉鬱，或幽憤。吳闓生以「用意俶詭」概括為司馬遷的最大文章勝處，給予極高的評價。

三　韓愈

《古文範》對唐代之後的作家評價，以韓愈最高，尤集中在韓愈的陽剛風格方面，如〈上宰相書〉：

> 愈聞周公之為輔相，其急於見賢也，方一食三吐其哺，方一沐三握其髮。當是時，天下之賢才皆已舉用，奸邪讒佞欺負之徒皆已除去，……而周公以聖人之才，【硬轉】憑叔父之親，其所輔理承化之功，又盡章章如是。【頓斷】其所求進見之士，豈復有賢於周公者哉？不惟不賢於周公而已，豈復有賢於時百

> 執事者哉？豈復有所計議、能補於周公之化者哉？然而周公求之如此其急，【硬轉。一氣接下如一筆書，杜詩所謂「放筆為直幹」者也。】惟恐耳目有所不聞見，思慮有所未及，以負成王託周公之意，不得於天下之心。如周公之心，設使其時輔理承化之功未盡章章如是，而非聖人之才，【拗鬱屈盤，甚於九折阪矣。】而無叔父之親，則將不暇食與沐矣，豈特吐哺握髮為勤而止哉？惟其如是，故于今頌成王之德，而稱周公之功不衰。【排奡崒兀，驅邁票姚，列伍嚴陣，曲隊堅重，而以超逸無前之氣運之，舉重若輕，振筆直下，如馭飛行絕迹（跡）之馬而下嵯峨峻阪，騁異矜能，**奇偉獨絕**，覩（睹）如此文而不變色咋舌者，真土塊木偶人也！】[196]

韓愈於貞元十一年（西元795）上書宰相趙憬等三人，未獲回音，後復上書求用。此段先述周公輔佐成王之時，天下已行禮樂教化，風俗敦厚，邦國皆安定。下文忽論及周公本身才幹，此是一轉。又以連續三問句，反問那些求見之士是否真能有所裨益，令讀者以為韓愈否定這些進見之士，卻復又轉回周公求才本身之事，此又是一轉；然文意雖轉，氣則有所承接，設想周公急於尋才之心思，便是「一氣接下」。接著假設若周公沒有如此功績、聖人之才、也與成王無叔姪關係，會只有勤奮治國而已嗎？就因為周公本身具有這三種資格，能求才若渴，於是後代稱頌周公德行始終不衰。幾句之間，語意二次硬轉，中又有停頓斷言其功彰明，呈現矯健高聳不平的文勢。且文意論點內容堅重有力，又甚為超逸獨特，故能振筆直下，仿若駕馭快馬下陡坡，勢不可擋。一連數行文字，滿溢讚歎之情。

吳闓生總評此文又說：

---

196 吳闓生：《古文範》，下編一，頁132-133。

> 雖志在干時，而屈（倔）強兀傲之天性自不可掩，最足見公之意態。文亦偉岸奇縱，盡棄故常，獨刱一格。[197]

指出此雖為干位之作，但絕非取媚攀附之歪曲心態，且作法獨出心裁，異於一般求薦文。〈上宰相書〉前半論述周公求賢之急，後半轉回到當時政治情形與宰相身上，對照前述周公時期的清明安定，更顯出趙憬等人的平庸消極，顯現韓愈的文人風骨，得到吳闓生極高的評價。

又如〈平淮西碑〉：

> 皇帝曰：「惟天惟祖宗所以付任予者，庶其在此。予何敢不力？況一二臣同，不為無助。」【以上定計。】曰：「光顏！【文勢蒙上皇帝而下，章法奇勁。】汝為陳許帥，維是河東、魏博、郃陽三軍之在行者，汝皆將之。」曰：「重胤！汝故有河陽、懷，今益以汝。維是朔方、義成、陝、益、鳳翔、延慶七軍之在行者，汝皆將之。」【前後數年之事一納於詔命之中，排列而下，文氣振拔奇岸，得未曾有此謀篇之得勢也。】[198]

吳元濟反，遣兵燒舞陽等三城，放兵劫掠，憲宗遂詢問眾臣，得到裴度等的支持，決定出兵討伐。韓愈碑文述此一段，以簡潔文字引述憲宗此言，開啟下文各將調度安排。皇帝上推國家大任於祖宗，下交付兵權於群臣，由上而下，章法奇特，顯示出君臣上下果斷有力的決心。淮西之亂耗時數年，但碑文卻將前後數年之軍事任命調度全部納入，彷彿在同一個誥命之中完成，此作法雖於史實不合，但種種調度

---

[197] 吳闓生：《古文範》，下編一，頁132。

[198] 吳闓生：《古文範》，下編一，頁145。

得以歷數排列而下，不被打斷分裂，故文氣振拔有勁，呈現出奇特高峻的風貌，謀篇布局獨特，氣勢雄壯。下文又評：

> 勝之邵陵，郾城來降，自夏入秋，復屯相望。兵頓不厲，告功不時，帝哀征夫，命相往釐。士飽而歌，馬騰於槽，試之新城，賊遇敗逃。盡抽其有，聚以防我，西師躍入，道無留者。【以上敘平蔡之功，以下專敘平蔡後撫綏之政。】頟頟蔡城，其疆千里，既入而有，莫不順俟。【自此以下至末如一筆書，淋漓生動，沉著痛快，拔地倚天，字字欲活。杜詩、韓文所以與元氣侔者，專在此等。】……蔡人告饑，船粟往哺；蔡人告寒，賜以繒布。【一氣貫注，而純以雙行排偶之勢行之。】……凡叛有數，聲勢相倚。吾強不支，汝弱奚恃。其告而長，而父而兄。奔走偕來，同我太平。【汪洋浩瀚，極文字之大觀。嘗謂杜詩、韓文并稱，而杜詩元氣淋漓，翻江倒海之處，視韓公殆復過之。如此篇之渾茫滉瀁，韓文中固不多見，〈奉先縣〉、〈北征〉諸作，不能專美矣。】[199]

李愬之功既已述過，頌文後半篇專寫平定後的安撫措施，與蔡人生活安樂之情形。以彰顯朝廷恩德為主旨，儒家的仁政思想貫徹於中，質直剛正，一氣貫注於後段之中，充沛酣暢，故評曰「淋漓生動」。加以語言錘鍊，嚴整的四字句鋪排而下，氣勢益加雄健。吳闓生評為「汪洋浩瀚」、「渾茫滉瀁」，正是韓文雄壯風格的體現，文勢縱橫浩瀚，格局壯闊。其云「韓文中固不多見」，非指韓文不夠壯偉，而是極力盛讚此篇，可作為韓文中之大觀。故將此長篇碑文與杜詩相比，以為文氣淋漓盛暢，甚能勝過杜甫〈奉先縣〉與〈北征〉等長篇。

---

199 吳闓生：《古文範》，下編一，頁147-148。

四　王安石

吳闓生對王安石文的特色，主要在於由王學韓方面，〈周禮義序〉題下評說：

> 荊公崛起宋代，力追韓軌，其倔強之氣、峭折之勢、樸奧之詞均臻閫奧，獨其規摹稍狹，故不及韓之縱橫排蕩，變化噴薄，不可端倪，然戛戛獨造，亦可謂不離其宗者矣。[200]

吳闓生從三個方面說明王安石力追韓愈之處：一、韓愈個性「屈（倔）強兀傲」，[201]王安石個性剛強，兩人文章皆有股倔強之氣。二、王安石遒勁險峭多轉折的文勢，與韓愈的部分文風類似，如上述〈平淮西碑〉，便可見韓愈雄健多折的特色。三、樸實高古的詞語，學之能矯正低淺平俗的弊病。雖然他又提出王安石的缺點為「規摹稍狹」，較為狹隘拗硬，未若韓文變化多端，恣意無拘，但即使如此，也瑕不掩瑜。王安石「峭折之勢」、「樸奧之詞」的特色，吳闓生在其他王安石選文中較少提到，至於個性部分，可見於〈答司馬諫議書〉：

> 傲岸倔強，荊公天性，而其生平志量、政略，亦具見於此。[202]

王安石新政受到朝臣反對，司馬光責其「侵官、生事、征利、拒諫」。王安石逐一反駁，申明己之用心。篇末云：「如君實責我以在位久，未能助上大有為，以膏澤斯民，則某知罪矣。」正可見其傲岸

---

200 吳闓生：《古文範》，下編二，頁166。

201 吳闓生：《古文範》，下編一，韓愈〈上宰相書〉，頁132。

202 吳闓生：《古文範》，下編二，頁169。

之性，堅持不改其施政策略。

吳闓生另舉出王安石〈泰州海陵縣主簿許君墓誌銘〉一文乃學韓愈：

> 士固有離世異俗，獨行其意，罵譏笑侮，困辱而不悔；彼皆無衆人之求，而有所待於後世者也，其齟齬固宜。【擲筆天外，軒然撐起，局勢為之頓遠。】[203]
>
> 縱橫開闔，用筆有龍跳虎臥之勢，學韓之文，此為極則。[204]

此文篇首敘許平善於辯說，有智略，得到范仲淹等人的推薦，卻終身「棄於州縣」，惋惜其尚未施展智能，便溘然長逝。接著對比離世異俗之士與智謀功名之士，「其齟齬固宜」一句，看似說許平不合於世是理所當然。而後擲筆跳開不寫許平，論智謀功名之士「窺時附勢」，而齟齬於世者亦多，從反面襯托許平的獨行節操。可知前言許平「其齟齬固宜」，帶著惋惜與敬佩之情。正反對比，由許平之人事討論至世俗智謀功名之士，悲痛許平不得施展抱負，故此文被評為縱橫開闔，文勢強勁，可由此學韓。

五　歐陽脩

《古文範》只選歐公文二篇。〈送田畫秀才寧親萬州序〉一文，吳闓生題下評說：

> 歐公之文，丰采敷腴，風華掩映，神韻之美冠絕百代。蓋公之得於天者，非可仿效而襲似也。自此體易為人所慕悅，而學步

---

203 吳闓生：《古文範》，下編二，頁171。

204 吳闓生：《古文範》，下編二，頁171。

> 者亦多，多而又不能至，而去古人戛戛獨造之風益遠矣。蓋周、秦、三代之文，自東漢以降，興於唐之韓退之，而復衰於宋，宋以後無復真古文矣。歐公雖不尸其咎，然公之文實導人於平易，而不能引人日上，則昭然無可疑也。[205]

歐陽脩之文平易流暢，後人多學之，仿效既久，逐漸形成一種「俗調」，桐城派方苞、姚範、姚鼐等人，皆有相關批評。[206]吳闓生在《古文範》裡，詳細評論世人因襲歐文寫法所造成的問題。他肯定歐陽脩渾然天成的神韻之美，但更反對歐陽脩開啟平易暢達的文風，責備後人多學歐陽脩之平順，而偷懶不苦心經營文句的風氣，導致每況愈下，故以為古文「復衰於宋」。在古文的發展脈絡中，韓愈振起六朝靡弱之風，弟子李翺學其雅正，皇甫湜偏向奇崛，二者都不如韓愈，唐末五代駢文復興起。歐陽脩雖追軌韓愈，但反對宋初西崑體與太學體的風氣，力使文字更清順平易，不用艱難深字，倡導暢達的實用散文。[207]與唐代相比，宋代的古文運動影響層面更加廣泛，維持時間亦較長遠。但因為宋代以後的古文日趨平易，與先秦兩漢文風相去益遠，故吳闓生對歐陽脩的評價偏向負面。

---

205 吳闓生：《古文範》，下編二，頁164。

206 例如方苞認為歐陽脩〈有美堂記〉為「隨俗應酬之作」，（見於姚範：《援鶉堂筆記．文史談藝》所引，收錄於《歷代文話》頁4131。）對此，姚範認為「公文雖宋體，然勢隨意變，沖融翔逸，誦之鏗然」，（同前頁）姚範為歐公辯解，而「宋體」二字則透露時論之貶意。又如歐陽脩〈峴山亭記〉，劉大櫆曾改作首段文字，姚範亦認為「其人謂誰」二句可刪，（同前書，頁4127）姚鼐則直指「其人謂誰」二句「實近俗調，為文之疵纇」。（《古文辭類纂》，卷五十四）參見王基倫：〈「宋世格調」：以歐陽脩古文的深層解讀〉，收錄於氏著：《唐宋古文論集》（臺北：里仁書局，2001），頁123-143。

207 參見周振甫：〈歐陽脩的散文〉，收錄於《周振甫講古代散文》（南京：江蘇教育出版社，2005），頁145。

又如〈豐樂亭記〉：

> 修之來此，樂其地僻而事簡，又愛其俗之安閒。既得斯泉於山谷之間，乃日與滁人仰而望山，俯而聽泉，掇幽芳而蔭喬木。【此等詞藻亦凡近。】風霜冰雪，刻露清秀，四時之景，無不可愛。又幸其民樂其歲物之豐成，而喜與予遊也。因為本其山川，道其風俗之美，使民知所以安此豐年之樂者，幸生無事之時也。夫宣上恩德，以與民共樂，刺史之事也。遂書以名其書焉。【以上作文本恉，而其詞頗嫌繁委。】[208]

吳闓生指出歐陽脩的文辭平易無華，有時又過於繁瑣，失於精簡。如形容山林之樂數句，所使用的都是較平凡的詞彙，「俯」、「聽」、「掇」都是常見的賞景用語；「蔭喬木」雖以蔭字為動詞，然蔭本身便有樹蔭之意，於喬木的蔽蔭下乘涼，並非特別的用法。此外，對偶句多，上下對句之文意往往重複；「其」、「之」、「者」、「也」等虛詞亦不少，文字應該還有再精煉的空間。與前文談《古文範》的字法、句法之文例相比，歐陽脩的文字，未似先秦文字精簡，亦少奇字，整體風格較為平易坦率，與吳闓生欣賞的文法不同。

在韓愈〈柳子厚墓誌銘〉一文，吳闓生也順道比較歐陽脩的墓誌銘，說：

> 金石文字當以嚴重簡奧為宜，此文偶出變格，固無不可。歐公作墓銘，乃專用平日條暢之體，以就己性之所近，而文體遂為所壞，此歐公之過。[209]

---

[208] 吳闓生：《古文範》，下編二，頁166。

[209] 吳闓生：《古文範》，下編一，頁155。

吳闓生認為墓誌銘應該莊嚴重矜重，詞語簡潔，意旨深奧。以為韓愈〈柳子厚墓誌銘〉此篇較不琢鍊文字，隨情感而流洩，但仍瑕不掩瑜；至於歐陽脩的墓誌銘，則往往都是流暢坦白之詞，與其他體裁無所差別。吳闓生將後世文體失其正格的原因指向歐陽脩，強烈表達其不滿。此不同於方苞以為歐陽脩誌銘「知體要」的看法，[210]也可能是《古文範》不選歐陽脩墓誌銘的主要原因。

六　三蘇

《古文範》對三蘇的批評，和對歐陽脩的評論相近，而更嚴厲。三蘇文章，只選蘇洵與蘇軾各一篇，不選蘇轍。吳闓生於蘇洵〈上韓樞密書〉一文題下評，總評三蘇：

> 三蘇議論文字明爽俊快，得力於戰國策士為多，而老泉尤為踔厲風發。當其雄快自喜，洵足傾倒一時，而一瀉無餘，去古人渾穆高古之境夐絕矣。自古文章之事，自周秦以來降及有唐，無不精練獨創，雖一字一句之微，未有苟然而已者，其遏抑嚴重不肯輕發，古今一律。雖歐、曾之文於時稍近矣，而亦未嘗敢以輕心掉也。**獨至三蘇，專以意勝，不復留心章法詞句之間**，東坡云：「吾文如萬斛泉源，隨地涌（湧）出。」又曰：「行乎不得不行，止乎不得不止。」其所自得者如此。其所以異於古先者亦在此。古人之文，意所有不敢恣，言有所不敢盡，行於所不得行，而止乎所不能止，烏有率性自如若此者哉！**故謂古文之體壞於三蘇**，非讏言也。自是以後，三蘇文體

210　方苞曰：「北宋人誌銘，歐公而外，惟介甫為知體要。」《古文約選》，收錄於王水照編：《歷代文話》，第4冊，頁3993。

> 風靡一時，於唐以前之文字若劃鴻溝，不復相通，行千餘年以至於今。而後生莫復知有韓退之以上周秦盛漢之文字矣，始作俑者能無任受咎哉！[211]

蘇軾為文崇尚自然，其〈自評文〉曰：「吾文如萬斛泉源，不擇地皆可出，在平地滔滔汩汩，雖一日千里無難。及其與山石曲折，隨物賦形，而不可知也。所可知者，常行於所當行，常止於不可不止，如是而已矣。」[212]將寫作比喻為流水，能自然流露，當創作靈感來臨時，就如同萬斛泉源般洶湧澎湃。又以「隨物賦形」說明文章的或行、或止，都合於物情意態，主張去除刻意雕琢的人為痕跡。

吳闓生對於三蘇的譴責，一是往往一洩無餘，馳驟太快，不似古人言簡意賅，累積而後發，能莊重渾圓。二是造成後世輕率為文，專以意勝的風氣。對照吳闓生對《韓非子·難篇·管仲有病》的評語，云：「古人之所以簡峻者，皆刻意經營而為之，斷非率意而成者也。」[213]評蘇代〈約燕昭王書〉一文，也說：「古人文字每篇皆苦心經營，自具形貌，不似後人陳陳相因，下筆苟率也。」[214]顯然，吳闓生反對三蘇率意為文，便是基於講究文法經營的立場，責備其流於輕利快便的弊病，並指為負面影響後世文風的始作俑者。

吳闓生雖讚美蘇洵〈上韓樞密書〉一文「鋒穎豁達，光芒四射」，但認為「中幅繁蕪實甚」，[215]因此刪節數百字，乃錄進選本。又

---

211 吳闓生：《古文範》，下編二，頁178。

212〔宋〕蘇軾著，張志烈等主編：《蘇軾全集校注》（石家莊：河北人民出版社，2010），卷六十六，頁7422。蘇軾〈與謝民師推官書〉也有類似說法：「常行於所當行，常止於所不可不止。」同前書，卷四十九，頁5292。

213 吳闓生：《古文範》，上編一，頁36。

214 吳闓生：《古文範》，上編一，頁65。

215 吳闓生：《古文範》，下編二，頁179。

如蘇軾〈赤壁賦〉，題下評說：

> 東坡天仙化人，其於文章驅使惟心，無不如志，最為流俗所慕愛，學者紛紛摹擬，徒滋流弊。不知公文天馬行空，絕去羈絆，固無軌轍之可尋也；即如此篇，初何嘗為古今賦家體格所拘，而縱意所如，自抒懷抱，空曠高邈，敻不可攀，豈復敢有學步者哉！[216]

此評開頭，再次批判後人喜學三蘇的現象與流弊。雖然吳闓生對三蘇的指責甚為嚴厲，但對於蘇軾的〈赤壁賦〉，仍有肯定之處。他認同文中以水、月為喻，寬慰人生渺小與生命有盡之悲，抒發抱負；並讚美此文恣肆恢廓，無所羈絆的文境。末尾雖說「豈復敢有學步者哉」，但應是反面設問，譏諷後人喜學此文、而又不能有蘇軾寬闊高邈的境界，空有東施效顰之弊。

蘇文在兩宋已受到熱烈歡迎，如陸游說「蘇文熟，喫羊肉；蘇文生，吃菜羹」，[217]甚至成為時人的模仿範本；明清以來，蘇文亦備受推崇。吳闓生說三蘇文章使「唐以前若畫鴻溝，不復相通」，一方面是因為歐、蘇的寫法較平近，易於學習，此外也是因為宋代之後文風的轉變，變成以自然平易為美，反對雕琢與束縛，「文乃日趨於質」。[218]只是，蘇軾的以自然為美，後人卻容易誤解為隨興，而非累積功力之後的自然渾全之美，變得不苦心學習，未有基礎就貪圖解放，輕率為文，此為吳闓生所痛心的。蘇洵、蘇軾僅選一篇，蘇轍甚至一篇不取，用意正在他希望學子能多學習用心經營章法的文章，別再受

---

216 吳闓生：《古文範》，下編二，頁180。

217〔宋〕陸游著，李劍雄等點校：《老學庵筆記》（北京：中華書局，1979），頁100。

218 吳闓生《左傳微》評〈宋華督之亂〉有類似評語：「歐蘇以下，一洗濃郁，而為率易之詞，文乃日趨於質矣。」（卷一，頁8）。

到三蘇馳騁輕率於文的影響。

選本是經過篩選而來的再錄本，不免表現出選文者的文學鑑賞取向，《古文範》的各家選文篇數呈現懸殊之勢，正可見吳闓生對莊子、韓非子、司馬遷、韓愈、王安石文五者的重視。在這之中，《韓非子》的評論以創作技法為主，間有哲學思想之評述，對韓非子本人的評價較少。對其他四個文家的評價，則屢有精彩的發揮。吳闓生對作家的好惡往往相當鮮明，他對於歐陽脩與三蘇的評價，或許會使剛接觸到《古文範》的讀者驚訝，但仔細探察他反對的原因之後，便可知道是因為宋代之後，作古文者流於輕率為文，不留心於篇章文法的經營，批判的力道便猛烈許多。

第六章
《古文範》對桐城派的繼承與創新

桐城派從清初康雍盛世一路發展而下，中有曾國藩的中興改革，至民初新舊交替之時，仍有吳闓生等人紹續桐城義法，力抗新文學風潮。前後綿延二百多年，建立起豐富且系統性的文論，並編纂許多文章選本，流傳至今。吳闓生的弟子賀培新（1903-1952）在〈古文範序〉說：「姚氏《類纂》、曾氏《雜鈔》，而後斯文之體因以大備，……吾師之教人，一以姚、曾二家為主，未嘗與之立異也。」但是，將《古文範》的體例與《類纂》、《雜鈔》相比，卻有相異之處，賀培新此語是否完全正確，是應該釐清的問題。

本章先比較桐城派選本與《古文範》的選本體例與選文篇目，集中於與姚鼐、曾國藩的比較；後探討《古文範》對桐城派文學理論的繼承和創新；並討論《古文範》選文的評論意見。《史記》向來是桐城派的評點重心，亦是《古文範》選文篇數最多者，《古文範》有哪些地方接受或反駁了桐城派前人的意見，是值得探究的問題。從選本形式、文學理論與《史記》的細部批評三個方面深入探討，期盼能推導出較周全的結論。

第一節　選本體例與篇目的繼承、創新

桐城派文人在編撰文選讀本與評點方面有相當輝煌的成果，數量之豐富，可謂中國文學長河中的巨擘。本節討論《古文範》的選本體例、各朝代選文比例，與選文篇目受到桐城前人選本的那些影響，顯

現出怎麼樣的繼承痕跡，以及不同於前人選本的創新之處。

一　桐城派古文選本體例之比較

桐城派的古文選本，主要有方苞《古文約選》、劉大櫆《唐宋八家文約選》、姚鼐《古文辭類纂》、梅曾亮《古文詞略》；中期之後，有曾國藩《經史百家雜鈔》與《古文四象》、王先謙《續古文辭類纂》、[1]黎庶昌《續古文辭類纂》、吳汝綸《桐城吳氏古文讀本》；晚期則有吳闓生《桐城吳氏文法教科書》與《古文範》、姚永樸《國文學》、高步瀛《唐宋文舉要》等。另有李剛己評點之《古文辭》，與吳闓生評點之《古文典範》，二書分別為張之洞（1835-1909）、徐世昌（1855-1939）所編選，非桐城文人自選本。

下文先以表格比較桐城派自選的古文選本之體例異同，依初刊年或書序署名日期為序，以便釐清演變脈絡：

表6-1-1　桐城派古文選本體例比較表

編纂者與書名	選文原則	選文時代	文體分類	排序	評論形式與圈點
方苞（1668-1749）《古文約選》（1733）	1.不選經、史、子書。2.以「清澄無滓」為旨歸。	兩漢、唐宋八家。	無。	時代、作家。	1733年初刊本有眉評、夾評、尾評、圈點。

1　王先謙（1842-1917），非桐城派中人，然所纂之《續古文辭類纂》，延續姚鼐《類纂》體例，收錄桐城與陽胡派作家共38人，為研究桐城派之重要資料之一。桐城派研究學者，多將其《續古文辭類纂》納入桐城派選本中，如尤信雄：《桐城文派學述》（頁107）、吳孟復：《桐城文派述論》（頁160）等。

劉大櫆（1698-1779）《唐宋八家文約選》）	未詳。	唐宋八家。	無。	時代、作家。	坊間不傳。據尤信雄《桐城文派學述》、葉龍《桐城派文學藝術欣賞》記載，有評、點。
姚鼐（1731-1815）《古文辭類纂》（1779）	1.大抵同於方苞《古文約選》，不選經、史傳、子書。 2.與《古文約選》相異處： ⑴選《史記·表序》6篇。 ⑵增選辭賦，含屈、宋、馬、揚、魏晉駢賦等。	先秦至清代方苞、劉大櫆。	有，13類。	先分文類，再依時代、作家。	1.康鏞本（《四部叢刊》本）、李氏本（《四部備要》本）：有題下圈、題下評、圈點。 2.吳啟昌本：有評，形式未詳，無圈點。 3.1916年徐樹錚集評本：有題下圈、題下評、眉評、圈點。 4.民初王文濡評註本：有題下圈、題下評、眉評、尾評、圈點。
梅曾亮（1786-1856）《古文詞略》	1.精選自姚鼐《類纂》。 2.另增選四卷詩歌。	先秦至明代歸有光。	有，依《類纂》分類法，另增詩歌類，共14類。	先分文類，再依時代、作家。	初刊本坊間不傳，未詳。 1867年李氏校刊本有少量夾評、圈點。
曾國藩（1811-1872）《經史百家雜鈔》（1860）	1.經、史、子、集皆選。 2.集部兼收散、駢文。	先秦至清代姚鼐。	有，修改《類纂》分類法，成3門11類。	先分文類，再依時代、作家。	無。
曾國藩（1811-1872）《古文四象》（1866鈔成）	選錄符合「太陽、少陽、太陰、少陰」四象風格論之文。	先秦至唐宋八家。	有，4象8類。	先分四象，再依經、史、百家。	無。
王先謙（1842-1917）《續古文辭類纂》（1882）	選文原則同姚鼐《類纂》。	清代乾隆至咸豐年間之桐城、陽胡派作家共38人。	有，大抵依《類纂》分類法，少奏議、詔令、辭賦類，共10類。	先分文類，再依時代、作家。	無。

黎庶昌（1837-1897）《續古文辭類纂》(1890)	近於曾國藩《雜鈔》，經、史、子、集皆選。	上編：先秦經、子。中編：漢代《史記》至宋代《資治通鑑》。下編：清人文，朱彝尊至李慈銘共37人。	有，依《類纂》分類法，又增加《雜鈔》的敘記、典志類，共15類。	上中下編中各分文類，再依時代、作家。	無。
吳汝綸（1840-1903）《桐城吳氏古文讀本》(1903)	選文原則同姚鼐《類纂》。	先秦至明代歸有光。	有，依《類纂》分類法。	先分文類，再依時代、作家。	1903年直隸學校司本坊間不傳，未詳。1908年上海文明書局本（四版）有眉評、夾注、圈點。
吳闓生（1879-1949）《桐城吳氏文法教科書》（1904）	為高等小學堂編纂，以初學啟蒙為主，僅選韓非文與司馬遷文。	先秦、西漢。	無。	時代、作家。	1904年初刊本坊間不傳，未詳。1909年上海文明書局本（三版）、1970年臺灣中華書局本，皆有題下評、夾評、尾評、圈點。
姚永樸（1861-1939）《國文學》（約1909）	選文多與文學理論、文學批評相關。	先秦至清代曾國藩。	無。	時代、作家。	有尾評。無圈點。
吳闓生（1879-1949）《古文範》（1919）	1.不選經書。2.選錄史書：《史記・表序》6篇、傳末論贊12篇。3.選錄子書：《莊子》13篇與《韓非子》15篇。4.集部選文比姚鼐《類纂》少。	先秦至清代曾國藩。	無。	時代、作家。	1919年初刊本坊間不傳，未詳。1929年文學社重刊本、1970年臺灣中華書局、1990年北京中國書店本，皆有題下評、夾評、尾評、圈點。

高步瀛（1873-1940）《唐宋文舉要》（1935）	1.選錄唐宋八家與八家以外的重要名篇。 2.另選錄四卷駢文。	古文：唐代魏徵至南宋朱熹。 駢文：唐代王績至南宋文天祥。	無。	時代、作家。	分段箋釋，於箋釋中引用他人評論。 無圈點。

綜觀之，桐城派的古文選本呈現出兩種路線，一為姚鼐《類纂》，二為曾國藩《雜鈔》。清光緒、宣統年間，另有吳闓生《桐城吳氏文法教科書》與姚永樸《國文學》二書異於桐城派選本的慣例，別樹一幟。

姚鼐《類纂》上承方苞《古文約選》，不錄經、史傳、子書，與《古文約選》相異處則為增錄辭賦以輔益古文，將選文範圍擴大至通代，且建立完整的文體分類制度。《類纂》簡要概括文體為十三類，溯源各類起始，文章的分類歸屬恰當，為文學史上重要的文體論著作。桐城後人選本在選文原則、選文範圍與文體分類等方面，多沿襲《類纂》，或稍有調整。如梅曾亮《古文詞略》精選自《類纂》原有篇目，依《類纂》之分類方式，另增選詩歌，蓋與姚鼐另立辭賦類之旨相通，用以助益古文。又如王先謙《續古文辭類纂》之補續姚鼐《類纂》，視清人創作的狀況而稍有調整，少奏議、詔令與辭賦三類，其餘分類皆同。又如吳汝綸《桐城吳氏古文讀本》，不依其師曾國藩《雜鈔》的體例，而完全沿用《類纂》，僅選文範圍較為不同，錄至明歸有光為止。另如光緒三十一年（1905）有張之洞選、李剛己評的《古文辭》，李剛己為吳汝綸弟子，此本選文僅三十六篇，李剛己亦將選文依姚鼐《類纂》方式分類，唯少箴銘與頌贊二類。此等皆桐城後人在編纂選本時受《類纂》影響之例。姚鼐《類纂》一再翻刻，民初之後，尚有徐樹錚集評本與王文濡評註本，以《類纂》為底本，再抄錄桐城諸家評論於其中，《類纂》可說是桐城派評點選本中最具代表性者。

曾國藩私淑姚鼐，其《雜鈔》根據《類纂》文體分類法，修訂成三門十一類。但《雜鈔》的選文原則大異於桐城選本的慣例，每一文類必以經書為先，以示不忘本，並博採史、子書；且一改桐城三祖偏重散文的作法，兼收駢散。此廣錄經、史、子、集的方式，也見於其稍晚所編之《古文四象》。曾氏所選之「古文」，比三祖來得寬廣，開拓了「古文」選本的範圍，黎庶昌便以為姚鼐《類纂》選文「未備」，[2]乃以經、史、子書加以補續；吳闓生《古文範》選錄史傳與子書，亦名為「古文」。

光緒二十九年（1903），朝廷頒訂《奏定學堂章程》，開始廣設新式學堂，初等小學堂以認字、理解文理為課程目標，高等小學堂開始學習寫作，許多新式文法教科書應運而生。[3]小學堂以外，專科學堂之教本亦多新編。吳闓生於光緒三十年（1904）受邀編撰《桐城吳氏文法教科書》，明示為「學堂童蒙之便用」，[4]僅選錄《韓非子》十五篇與《史記》二十一篇。姚永樸於宣統元年（1909）執教直隸法政學堂，其間編有《國文學》十九篇，多與文學理論、文學批評相關，為其《文學研究法》之前作。[5]《桐城吳氏文法教科書》、《國文學》皆不分文類，只依時代作家為序。將二書與桐城前人的選本相比，選文對象大異其趣，《桐城吳氏文法教科書》所選甚至是桐城派選本皆未選

---

2 黎庶昌：《續古文辭類纂．序》（臺北：臺灣中華書局，《四部備要》本，1965），頁11。

3 參見王炳照等著：《中國近代教育史》，頁180。邱秀香：《清末新式教育的理想與現實——以新式小學堂興辦為中心的探討》（臺北：國立政治大學歷史系出版，2000），頁112-137。

4 吳闓生、李剛己：《桐城吳氏古文法》，卷首〈例言〉。

5 參見董學文、戴曉華：〈文論講疏的現代奠基之作——姚永樸的《國文學》〉，《中南大學學報》（社會科學版），第12卷第6期（2006年12月），頁725-729。

過的《韓非子・難篇》，由歷史角度觀察，或許是受到思潮衝撞與教育制度改變的影響。

民初之後，有吳闓生《古文範》與高步瀛《唐宋文舉要》。此時新舊學潮激烈交鋒，尤其民國八年五四運動之後，反古之聲更烈，吳闓生等桐城派文人著書為舊學發聲，發揚傳統文學的精神。（詳見本文第三章第一節。）《古文範》收錄前作《桐城吳氏文法教科書》，另再增錄七十六篇選文而成，維持方苞《古文約選》以來的尊經傳統，不選經書，另一方面承曾國藩《雜鈔》之例，選錄史書、諸子。與前作《桐城吳氏文法教科書》相比，《古文範》對桐城派選本的繼承更多。高步瀛《唐宋文舉要》則回歸方苞、劉大櫆以唐宋為主的傳統，但打破八家之藩籬，並兼重駢文。

再談評點形式。桐城三祖的選本皆有評點，方苞《古文約選》有眉評、文中的小字評注，與篇末長評。姚鼐因主張義理、考據、詞章三者並重，其選文中所夾之雙行小字多為考據、校勘之用，間有文學性批評。[6]《類纂》之後的桐城派古文選本大多無評點，如梅曾亮《古文詞略》；又如曾國藩對圈點持否定態度，批判圈點是「科場時文之陋習」，[7]其選本便無評點；王先謙與黎庶昌之《續古文辭類纂》亦無。至吳汝綸《桐城吳氏古文讀本》則重拾選、評結合的方式，其選文中所夾之雙行小字，多為考據、校勘用途之夾注，文學性質的批評則記於眉評。稍後，吳闓生《桐城吳氏文法教科書》與《古文範》亦皆有評、點。其選文中所夾之雙行小字，有注有評，用途近於姚

---

6 如司馬遷〈報任少卿書〉一文，姚鼐比對《漢書》與《文選》，夾注云「《文選》作『與』」、「《漢書》無『者』字」、「《選》有『守』字」、「『虆』，依《李陵傳》」，（《古文辭類纂》，卷二十八，頁1-11。）此類校注俯拾皆是。文學性批評，如「夫事未易一二為俗人言也」句下夾評：「如江河之上，風起水湧，怒濤萬變，而卒輸於海，天下之至奇也。」（同前書，頁9）。

7 〔清〕曾國藩：《曾國藩全集》，第14冊詩文，〈經史百家簡編序〉，頁232。

鼐《類纂》，但文學性的評論遠多於考據。其訓詁常逕引姚鼐或其父汝綸的考據結論，例如屈原〈離騷〉引述姚鼐語二次，引其父汝綸遺訓多達十七次，[8]在前人考據成果豐碩的情形下，此作法可節省釋義的篇幅，專注於評論文章。另外在圈點符號方面，《古文範》四種圈點符號中的三種（「。」、「．」與段末截斷符號「＿」）也見於姚鼐《類纂》與其父《桐城吳氏古文讀本》之中，使用意義大致相同。故《古文範》的評點形式，大致上回歸到姚鼐《類纂》。

以上為桐城派選本在的演變軌跡，吳闓生《古文範》大抵仍循桐城選本塗轍，其不選經書，而錄史書、諸子的作法，可說是折衷於《類纂》與《雜鈔》二者之間；選文時代範圍為通代，也與《類纂》、《雜鈔》相同。評點形式則近於《類纂》。

《古文範》與前人選本體例的異處，主要表現在文體分類方面。姚、曾之後，桐城派的通代選本皆以文類排序，吳闓生《古文範》則逕以時代作家為序。《古文範》中未說明為何不依《類纂》或《雜鈔》之分類，在他稍晚（1923年）所作的〈籀雅．文說〉中，才說明了他的文體分類理論，並修訂姚、曾的分類方法。筆者推測，吳闓生可能在民國八年編纂《古文範》之時，便已對姚、曾的分類方式持有異議，但理論尚未成熟，因此《古文範》僅以時代、作家為序。關於吳闓生的文體分類討論，詳見本文第二章第二節。

接下來探討本章前言提到的問題：《古文範》是否「一以姚、曾二家為主」？以下先比較《古文範》與《類纂》、《雜鈔》的各朝代選文比例與篇目異同。

8　吳闓生：《古文範》，上編一，頁49-58。

二　《古文範》與《類纂》、《雜鈔》的選文朝代之比較

《類纂》選文共七〇四篇，《雜鈔》共七一一篇。《古文範》共一〇三篇全文，以及十三小節的《莊子》節錄，其中有五小節選自《莊子・達生》，視為一篇篇目計算，總計一一二篇。比較三者的各朝代選文篇數，如下：

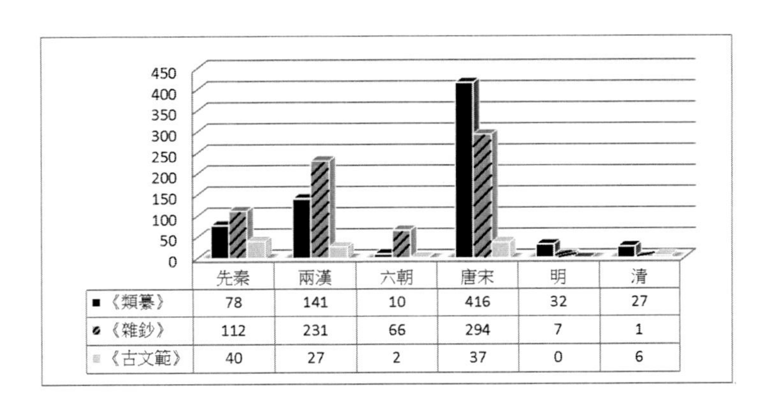

	先秦	兩漢	六朝	唐宋	明	清
■《類纂》	78	141	10	416	32	27
《雜鈔》	112	231	66	294	7	1
《古文範》	40	27	2	37	0	6

圖6-1-1　《類纂》、《雜鈔》、《古文範》選文朝代分配長條圖

因《古文範》篇數與《類纂》、《雜鈔》相距甚多，以長條圖比較數值，難免有基數差距過大的問題，以下再以圓餅圖呈現比例的分配情形：

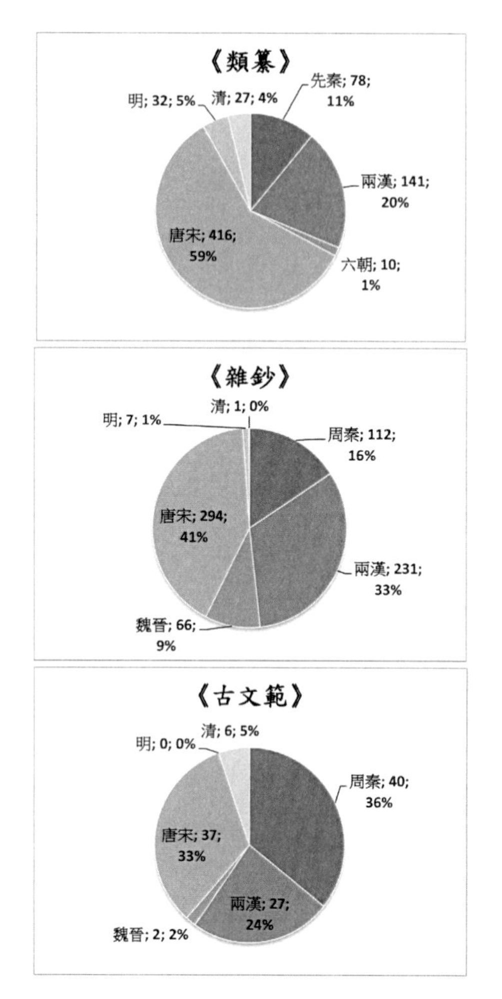

圖6-1-2　《類纂》、《雜鈔》、《古文範》選文朝代分配圓餅圖

姚鼐《類纂》以唐宋文為主，其中八家文多達四〇九篇，比例過全書之半，顯示出桐城三祖對唐宋八家文的一貫重視。曾國藩《雜鈔》亦以唐宋文最多，但篇數少《類纂》百餘篇，且次多的兩漢文，與又次之的周秦文，數量都遠多於《類纂》。此因《雜鈔》破除方苞以來古文選本的限制，博採周秦經、子，多錄兩漢史傳、典志、詔令與奏議之故。[9]《古文範》選文則以周秦文最多，唐宋文次之，兩漢文又次之，幾近於三足分立。在四十篇周秦選文中，《莊子》與《韓非子》多達二十八篇；而在二十七篇兩漢選文中，《史記》傳末論贊占十二篇，此乃承《雜鈔》選文不避史傳、諸子之例，形成選文重心的轉移。

從《類纂》至《雜鈔》再至《古文範》，周秦文的比例一路增加，唐宋文的比例逐漸減少。《古文範》選文重心改以周秦文為主，是否違於姚鼐《類纂》宗旨，可參考吳闓生〈答張江裁書〉，回答弟子關於曾國藩宗法秦漢文的提問：

> 如執事云文宗秦漢，風格斯高，桐城家法，正自如是，姬傳《類纂》七十四卷，無不以秦、漢、三代為歸，此與執事所蘄何異？[10]

吳闓生以《類纂》序言為例，說明姚鼐在溯源每種文類之時，皆上推至先秦兩漢，例如姚鼐云：「論辨類者，蓋原於古之諸子，……今悉以子家不錄。」[11]諸子文之選或不選，乃在於選本體例的限制。以此觀之，《古文範》錄《莊子》與《韓非子》二十八篇，並不違背桐城家法。

至於唐宋文，篇數雖是《古文範》的第二多，但比例已較《類纂》、《雜鈔》低很多。八家之中，吳闓生對韓愈以及王安石時有佳評，對歐陽脩的平易文風則頗有微辭，且指責三蘇隨筆行文所造成

9　按：《類纂》收漢賦22篇，《雜鈔》17篇，《雜鈔》兩漢選文多於《類纂》的原因不含漢賦。其他周秦、兩漢各體類的文章，《雜鈔》則明顯多於《類纂》。

10　吳闓生：《北江文集》，卷九〈答張江裁書〉，頁672。

11　〔清〕姚鼐：《古文辭類纂・序目》，《四部備要》本，頁1。

的壞影響，[12]因此柳、歐、曾、蘇洵、蘇軾文合之僅選九篇，蘇轍不選。又說：

> 用意俶詭，最是史公勝處，後人鮮能悟其妙者。八家之徒，竊得一二形似，皆足以名世矣。[13]
>
> 西漢文章之盛，氣體雄直，而奇文奥旨足以副其氣，而舉其辭，故巍然浩然如山海之富，而蛟龍萬變，皇惑出沒其中。蓋揚、馬於斯尤為極軌，此文章之瑰瑋大觀也。學文者故當導源於此，而後上窮六經，下該百家，一以貫之矣。韓公所以起八代之衰，亦由此也。後世為文者，不能取法於此，但於八家中覓生活，宜文事之不振矣。惟曾文正公以空前之學識，為文必本揚、馬，其道未張，而時變已亟，學者芻狗漢學矣，惜哉！惜哉！[14]

與桐城三祖宗法唐宋八家文相比，吳闓生對八家的整體評價低得令人驚訝，一個「竊」字道盡他對司馬遷與八家之間評價的懸殊，以為八家中無人能勝過史公奇詭的特色。此外，吳闓生也受到曾國藩論文取法漢賦的影響，標舉揚雄、司馬相如。曾國藩云：「韓昌黎出，乃由班、張、揚、馬而上躋《六經》，……近世學韓文者，皆不知其與

---

12 例如評韓愈的智識「夐絕千古」;(《古文範》下編一，韓愈〈原道〉，頁124。）評韓愈〈上宰相書〉為「奇偉獨絕」(頁133)；以及評〈平淮西碑〉「汪洋浩瀚，極文字之大觀」。(頁148）也評王安石云：「其倔強之氣、峭折之勢、樸奥之詞均臻閫奥。」(下編二，〈周禮義序〉，頁166)。評歐陽脩云：「公之文實導人於平易，而不能引人日上，則昭然無可疑也。」(下編二，〈送田畫秀才寧親萬州序〉，頁164)。評三蘇云：「三蘇專以意勝，不復留心章法詞句之間，……古文之體壞於三蘇。」(下編二，〈上韓樞密書〉，頁178)。詳見本文第五章第三節。

13 吳闓生：《古文範》，上編二，司馬遷《史記・魏世家贊》尾評，頁99。

14 吳闓生：《古文範》，上編二，司馬相如〈難蜀父老〉尾評，頁88。

班、張、揚、馬一鼻孔出氣。」[15]曾國藩以〈南海神廟碑〉、〈平淮西碑〉等文為例，認為韓文與漢賦、《詩經》相近，主張學文應由韓愈上溯兩漢班固、張衡、揚雄與司馬相如，再至先秦《六經》。所不同的是，曾國藩並未貶抑八家，而吳闓生因為後人「但於八家中覓生活」，認為每況愈下，主張學古文應該導源於揚、馬，直接學習最好的「極軌」，如此作法，是對桐城派師法路徑的改變。只是，吳闓生的理論主張如此，但從選文篇數來看，《古文範》選韓愈文十八篇，王安石文十篇，司馬相如、揚雄僅各一篇，實際上並不能脫離桐城派選錄八家的慣例。

接下來比較六朝、明、清選文的比例異同。在六朝文方面，姚鼐《類纂》僅選錄諸葛亮〈出師表〉，與王粲等人「義在託諷」、「猶有古人韻格」[16]的賦作，齊梁以下不選，故六朝文比例最少。曾國藩《雜鈔》選錄多篇駢賦、頌讚、箴銘與哀祭文，為三者中比例較高。吳闓生《古文範》僅錄諸葛亮〈出師表〉與曹植〈下國中令〉二篇，不選賦作，六朝文比例亦少。

關於明代文的取捨，則是《古文範》與《類纂》、《雜鈔》二書最大的差別。《類纂》錄歸有光之贈序、傳狀、碑誌與雜記共三十二篇，《雜鈔》錄歸有光傳狀、碑誌七篇。吳闓生《古文範》則完全不取，其文集中論及文統傳承時，亦往往不見歸有光之蹤影，[17]顯示其

---

15 〔清〕曾國藩：《曾國藩全集》，第21冊家書〈諭紀澤〉，同治二年三月四日，頁127。

16 〔清〕姚鼐：《古文辭類纂・序目》，頁14。

17 如吳闓生〈王貢南所為詩文序〉一文，推舉左丘明、孟子、莊子、屈原、司馬遷、司馬相如、韓愈、姚鼐與曾國藩。（《北江文集》卷三，頁254）。又如〈籀雅・詩說〉，標舉司馬遷、司馬相如、班固、揚雄、韓愈、柳宗元、歐陽脩、蘇軾、曾鞏、王安石、姚鼐與曾國藩。（《北江文集》卷十二，頁907）。至於〈明清八大家文鈔序〉中，雖以歸有光為明代文家正宗，但此文為代序性質，不能直接表現吳闓

以清代桐城派直接上接唐宋古文的傾向，此為《古文範》對桐城派選本師法對象的一大變動。

清代文的比例，則以吳闓生《古文範》最高。《類纂》選方苞文十一篇與劉大櫆文十六篇；《雜鈔》因輕方苞、劉大櫆，尊姚鼐之故，[18]僅擇姚鼐雜記一篇。《古文範》亦不選方、劉，僅錄姚鼐二篇、梅曾亮一篇、曾國藩三篇，作為清代古文的典範。

朝代選文的比例，可顯現出編者對於學習古文途徑的主張以及其側重處，桐城三祖的選本皆以唐宋古文為主，主要原因是從唐宋古文入手學習，可避免如明代前後七子般生吞活剝秦漢古文。曾國藩為使古文氣體雄壯，多取法兩漢文，但唐宋文的選錄篇數仍是最多。吳闓生《古文範》宗法周秦文，又希望能矯正後世只著眼於唐宋八家的弊病，倡導學古文應由西漢入手，對唐宋八家文、歸有光文便不像桐城前人那般看重。整體而言，《古文範》在朝代選文比例的分配上，受《雜鈔》的影響較大，受《類纂》的影響較小；繼承處比創新處多，最大的變動在於變成以周秦文為主，以及剔除明代文二處。

三 《古文範》與《類纂》、《雜鈔》的選文篇目之比較

將《古文範》與二書篇目相較，與《類纂》有五十九篇相同，與《雜鈔》有五十八篇相同，三書共同選錄的交集數為四十五篇。《古文範》與《類纂》相同，而《雜鈔》所無者，有十四篇；《古文

生對歸有光的看法。

18 曾國藩曰：「惜抱於劉才甫，不無阿私，而辨文章之源流，識古書之真偽，亦實有突過歸、方之處。」（〔清〕曾國藩：《曾國藩全集》，第23冊書信〈復吳敏樹〉，頁331）以為劉大櫆的成就最小，方苞與劉大櫆之所以並稱，實出自姚鼐對老師的敬愛之心。另一方面肯定姚鼐「辨文章之源流」與「識古書之真偽」的貢獻，以為勝過歸有光及方苞。

範》與《雜鈔》相同，而《類纂》所無者，有十三篇。《古文範》單與《類纂》或《雜鈔》相同者，共計七十二篇，占《古文範》總數百分之六十四。《古文範》獨有的新選文則有四十篇。（詳細的篇目比較表格，請見附錄二。）

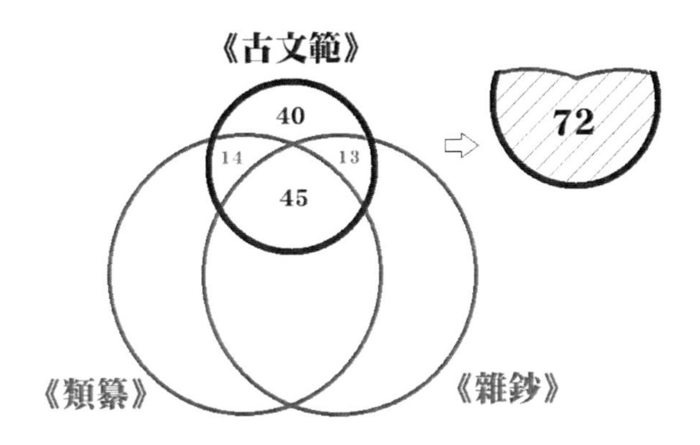

圖6-1-3　《類纂》、《雜鈔》、《古文範》選文篇目重疊數量示意圖

因《古文範》兼收史、子，若比較《古文範》明代之前的集部選文六十五篇，當中有五十八篇與《類纂》相同。除了《戰國策・扁鵲說秦武王》等四篇遊說文，與曹植〈下國中令〉、韓愈〈上張僕射書〉、王安石〈答姚闢書〉三篇以外，全都見於《類纂》。《古文範》的體例雖然未完全繼承《類纂》，但在集部文章方面，大致上皆精選自《類纂》，重合數極高。

至於《古文範》獨有的四十篇新選文，以《韓非子・難篇》十四篇、《史記》傳贊十二篇與清代選文六篇為主。因清代選文皆為桐城派內作品，且《史記》向來是桐城派的學習重點，《古文範》選錄傳贊只是突破了前人必觀全篇，保留史傳完整性的限制，故大致上，篇目的繼承多於創新。《古文範》真正意義上新創的選文篇目，要屬《韓非子‧難篇》。

選錄《韓非子‧難篇》是非常特別的。吳闓生之前，桐城派的選本甚少選錄韓非文章，頂多有〈說難〉一篇，如曾國藩《經史百家雜鈔》，與派外林雲銘的《古文析義》。桐城前人未有評點《韓非子》者，至吳汝綸才有《韓非子點勘》二十卷，此書有圈點及夾注，但評語並不多。內容多為校正以往舊注誤謬、解釋文意，〈難篇〉夾注更少，且全無眉批。吳闓生跳脫以往選本視野，突破桐城派傳統，選擇《韓非子》作為中小學堂童蒙課本，可謂一大創舉，具有嘗試改變的勇氣。

篇目重疊數量的多寡，雖不能完全表達出《古文範》對二書的繼承程度，還需一同考慮評點的內容，但也能反映出這些共同的典範文章在桐城派中的意義。吳闓生編纂《古文範》的用意並非取代《類纂》或《雜鈔》，而是二書卷帙浩繁，初學未免吃力。《古文範》所選，可發揮前導學習的作用，使學子先熟讀典範，而後逐漸深入桐城派的精髓。從蒙學教育的角度觀之，在新舊文學激烈交鋒的情形下，縮減篇幅，精益求精的選本，推廣起來應該更具普及性。

第二節　文學理論的繼承、創新

本節探討《古文範》對於桐城前人文論的繼承發揚與異於前人的新創部分。「義法」是桐城派文論的中心，方苞提出「義法」之後，後輩多有闡發，使之更為精密。吳闓生《北江文集》卷五〈賀先生文集序〉與卷十二〈籀雅‧文說〉等文，也顯現出對桐城「義法」觀念的紹續。只是，為何《古文範》未曾標舉過「義法」二字呢？蓋因前人之述備矣，後人不需要再去定義內涵。另從評點選本角度而言，

「義法」落實於選錄之間，隱藏於評論之後；評點家不必再處處提挈最根源的「義法」，而採取前人自「義法」衍生的論說，以更細緻地批評這些選文。換言之，「義法」為《古文範》的核心基礎。（關於吳闓生對「義法」的見解，詳見第二章第二節。）

桐城派前人提出的理論很多，不過，吳闓生的評論很少直接搬用，本節討論兩個繼承得比較明顯的文學理論，分別是「因聲求氣」說與「陽剛陰柔」說。

一　繼承

（一）「因聲求氣」說

學習古文的方法，除了默看以外，誦讀亦是重要。透過反覆誦讀，去感受文辭的聲韻美，瞭解文章抑揚頓挫所形成的氣勢，體會作者的思想情感。劉大櫆說：

> 神氣者，文之最精處也；音節者，文之稍粗處也；字句者，文之最粗處也。然論文而至於字句，則文之能事盡矣。蓋音節者，神氣之跡也；字句者，音節之矩也。神氣不可見，於音節見之；音節無可準，以字句準之。[19]
>
> 凡行文多寡短長，抑揚高下，無一定之律而有一定之妙，可以意會而不可以言傳。學者求神氣而得之於音節，求音節而得之於字句，則思過半矣。其要只在讀古人文字時，便設以此身代古人說話，一吞一吐，皆由彼而不由我。爛熟後，我之神氣即古人之神氣，古人之音節都在我喉吻間，合我喉吻者，便是與

[19] 劉大櫆：《論文偶記》，收錄於王水照編：《歷代文話》，第4冊，頁4109。

古人神氣音節相似處，久之自然鏗鏘發金石聲。[20]

劉大櫆以神氣為文章之精要，音節次之，字句最末。而音節、字句雖是作品外在的形象技巧，卻是深入作品精神氣勢的門徑，為學習古文的的規矩。字數、聲調的細微差異，都會讓作品給人有所不同感受，影響內在思想的表現；亦即從字句掌握聲音節奏，再由聲音節奏領悟作者主觀的精神氣韻。此說不僅是鑑賞作品的具體方法，避免單論神氣可能陷入迷離恍惚的危險，亦是學習寫作古文的法門。學子透過反覆誦讀，去模擬作者的口吻，揣想情感，如此便不是死記硬背，而是自然而然地融合內化。隨著熟讀量的累積，逐漸吸收大家的語言組織規律與行文習慣，進而創造出自己的作品。[21]

姚鼐亦重視誦讀，與弟子陳用光（1768-1835）之魚雁往返，屢屢論及此事：

大抵學古文者，必要放聲疾讀，又緩讀，祇久之自悟。若但能默看，即終身作外行也。[22]

所寄來詩文皆有可觀，文韻雖好，但說到中間忽有滯鈍處，此乃是讀古人文不熟。急讀以求其體勢，緩讀以求其神味。得彼之長，悟吾之短，自有進也。[23]

---

20 同前註，頁4117。

21 關於「因聲求氣」說，可參見朱光潛（1897-1986）：《談文學》（臺北：漢藝色研文化公司，1989），〈散文的聲音節奏〉，頁108-117。馮書耕、金仞千（1902-1983）：《古文通論》，第十七章〈古文讀法〉，頁1699-1718。周振甫（1911-2000）：《怎樣學習古文》（臺北：國文天地雜誌社，1990），〈「因聲求氣」說的先行者〉、〈因聲求氣〉，頁33-45。

22 〔清〕姚鼐：〈與陳碩士書〉，收錄於佚名編：《明清明人尺牘．姚惜抱尺牘》，頁55。

23 同前註，頁56。

> 夫文章一事，而其所以為美之道非一端。命意、立格、行氣、遣辭，理充於中，聲振於外，數者一有不足，則文病矣。[24]
>
> 詩、古文要從聲音證入。不知聲音，總為門外漢耳。[25]

姚鼐將誦讀分為「疾讀」（「急讀」）與「緩讀」二種方法，比劉大櫆所說為更明確。緩、急之異，在於情感不同，情緒起伏激動之處，讀之往往會不自覺加強聲量，語速趨快；平穩時則容易降下音調，放緩速度。隨著情感起伏而形成不同的聲音口吻，是相當自然的。「疾讀」與「緩讀」不僅用於鑑賞，在創作方面而言，作家誦讀未竟之文，琢磨章句遣辭，依此修訂凝滯不通處，提升作品的誦讀性。「急讀」暢其氣，「緩讀」會其神，從誦讀中求得體勢與神味。「從聲音證入」即是藉由反覆的熟讀來理解行氣遣辭之妙，由聲調口吻去體會作品的情感，體悟命意立格之內涵，比起單純默看掃過，能得出更多的精髓。久之，自己的寫作也能進入佳作的境界。

姚鼐之後，梅曾亮、方東樹、曾國藩、張裕釗與賀濤等人，亦有所論及，多為補充性質，使理論更加全面。當中，張裕釗總歸前人之說法，云：

> 欲學古人之文，其始在因聲求氣。得其氣，則意與辭往往因之而並顯，而法不外是矣。……必諷誦之深且久，使我之心與古人訢合於無間，然能深契其自然之妙，而究極其能事。[26]

張裕釗明確提出「因聲求氣」理論，透過「諷誦」，即反覆多次的熟讀，去深入探求作者的思想感情，則誦讀時的語氣能更與作者的情意

24　同前註，頁68。

25　同前註，頁71。

26　〔清〕張裕釗著，王達敏校點：《張裕釗詩文集》，卷四〈答吳摯甫書〉，頁84。

相通，深刻體會作者的遣詞與作法，使自己與作者渾然為一體。

吳闓生《古文範》也繼承了桐城師門的朗讀理論。姚鼐〈復魯絜非書〉一文，評曰：

> 觀其文，諷其音，則為文者之性情形狀，舉以殊焉。【姬傳論文最主聲調之說，以為聲調之不善，則氣不足以舉其詞，此所以有「諷其音」之說也。】[27]

姚鼐指出觀作者之文時，亦須朗誦出聲，以體察每個作者不同的性情風格。吳闓生暗用了張裕釗的說法，補充解釋聲調與氣、詞（辭）方面結合的關係，用語遣詞應隨著情意的不同而有所變化，使聲調與語氣相稱。

至於聲調之說如何運用於作品鑑賞，吳闓生在韓愈〈送董邵南序〉一文評道：

> 燕趙古稱多感慨悲歌之士。【故老相傳，姚姬傳先生每誦此句，必數易其氣而始成聲，足見古人經營之苦矣。】[28]

為何姚鼐必須換氣數次才能完整將此句讀出成聲，是因為他已領悟到韓愈感情的緣故。董邵南懷才不遇多年，欲前往河北藩鎮，韓愈心中對於習於作亂的藩鎮頗為反感，他不希望董邵南投奔而去，只能委婉表態。首句稱道燕趙風俗，其實涵藏了無限曲折的情意。深入瞭解韓愈的想法，再讀篇首第一句，便會令人低迴感歎。

民初之時，新文學陣營人士對於桐城派誦讀的作法不太能理解，如周作人便以此為「搖頭擺尾」、「聽舊戲法」的八股作風。[29]但桐城

---

[27] 吳闓生：《古文範》，下編二，頁186。

[28] 吳闓生：《古文範》，下編一，頁129。

[29] 參見周作人：《苦茶隨筆·廠甸之二》，頁43。

派因聲求氣說其實是很好的讀書方法，透過反覆誦讀來深入體會作品的思想情感，可惜因為新舊文學陣營立場的不同而被誤會，且當時的聲音也沒有科技儀器能保存下來，非常可惜。

（二）姚鼐「陽剛陰柔」說

自曹丕〈典論・論文〉建立文氣論以來，古文家亦多以氣論文，作家稟氣而生，影響其筆下風貌。姚鼐由人所秉受自天地間的陰陽、剛柔二氣，闡發作家表現在文章的陰陽、剛柔之美，其〈復魯絜非書〉曰：

> 鼐聞天地之道，陰陽剛柔而已。文者，天地之精英，而陰陽剛柔之發也。……夫陰陽剛柔，其本二端，造物者糅，而氣有多寡進絀，則品次億萬，以至於不可窮，萬物生焉。故曰一陰一陽之為道。夫文之多變，亦若是已。糅而偏勝可也，偏勝之極，一有，一絕無，與夫剛不足為剛，柔不足為柔者，皆不可以言文。【夫必陰陽、剛柔相錯，而後為文。故陽剛之文，亦具陰柔之美，特不勝其陽剛之致而已，陰柔亦然，止可偏勝，而不可以絕無。此理尤精，而曾公四象之說，實已寓於此矣。】[30]

如同天地間「一陰一陽之為道」，姚鼐主張調和相濟文章的陰陽剛柔之美，剛中有柔，柔中帶剛，不可偏廢任何一方，否則都不能算是文章。吳闓生進一步指出以相互交錯作為陰陽剛柔調和的方法，並補充說明陽剛遒勁之文，亦有陰柔情韻之美，反之亦然。

曾國藩依姚鼐「陰陽剛柔」之說，推衍為「古文四象」理論，將

30　吳闓生：《古文範》，下編二，頁185-186。

陽剛、陰柔分為太陽、少陽、太陰、少陰四種，以氣勢、趣味、識度、情韻屬之，太陽氣勢分噴薄、跌宕之勢，少陽趣味分詼詭、閒適之趣，太陰識度分閎括、含蓄之度，少陰情韻分沉雄、悽惻之韻。「古文四象」理論雖劃分井然，但其實四象之中，「少陽固已隱含陰柔之成分，少陰固已隱含陽剛之成分」，[31]頗得姚鼐陰陽剛柔相濟之理。此外，曾國藩亦提出「雄、直、怪、麗、茹、遠、潔、適」古文八訣，前四者屬陽剛之美，後四者歸於陰柔之美。[32]

與姚鼐之創作風格偏向陰柔相比，曾國藩則偏愛雄奇陽剛文風，此點為吳闓生所繼承。《古文範》與作品風格相關的評語，以雄直風格最為突出，且推重「氣體雄直」、「奇文奧旨」的揚雄、司馬相如等西漢文；[33]並以詼詭之趣作為莊子〈達生・祝宗人玄端以臨牢筴〉與韓愈〈進學解〉、〈送窮文〉三文的旨歸。選錄篇數最多者為莊子、韓非、司馬遷、韓愈與王安石五人，選文多半各自呈現出恣肆、高峻、俶詭、奇偉、峭折之特色，此等亦皆偏向陽剛。至於古文八訣的其他幾則，吳闓生最欣賞「茹」，評樂毅〈報燕惠王書〉曰：「茹咽不肯盡，以存忠厚也。」[34]評諸葛亮〈出師表〉曰：「忽提筆唱歎，唏噓於邑，無窮意恉茹咽筆墨之外。」[35]讚美文中隱藏不露，委曲婉轉的情思。必須說明的是，吳闓生雖點出一「茹」字，但不代表他將此二文歸於陰柔之美，樂毅〈報燕惠王書〉尾評說：

---

31 莊雅州：《曾國藩文學理論述評》（國立臺灣師範大學國文所碩士論文，1972），頁102。

32 〔清〕曾國藩：《曾國藩全集》，第18冊日記，同治四年一月二十二日，頁137。按：此八字歷經多次修改，於同治四年定論。

33 吳闓生：《古文範》，上編二，司馬相如〈難蜀父老〉，頁88。

34 吳闓生：《古文範》，上編一，頁70。

35 吳闓生：《古文範》，上編二，頁119。

> 姚、曾論文有陰陽剛柔之說，姬傳又云：「唯聖人之言，統二氣而弗偏，不可以剛、柔分也。」竊謂自《經》而下，元氣沕穆，而不可以剛、柔分者，唯此書與〈出師表〉而已，以其存心行事純全無類，近於聖人，故其出言之氣度，亦幾似焉。[36]

吳闓生連結人格修養與文氣評論，以「近於聖人」稱許樂毅與諸葛亮的品行操守，故能統陰、陽二氣，穩重而不偏執任何一端，渾然而不可劃分。姚鼐以「糅」二氣為文章勝境，曾國藩四象說亦兼顧陰、陽，吳闓生在評點時雖偏向陽剛，但由此評可知，他的最高理想文境乃是「元氣沕穆而不可以剛、柔分者」，而非「糅而偏勝」者。

二　創新

《古文範》較少套用前人的文論評析文章，也沒有明確的反對過哪個文論說法。比較持有異議的，是韓愈〈鄆州谿堂詩並序〉的文體分類問題，吳闓生說：

> 此碑文之一種，當入於碑銘類，《姚選》列之雜記類，非也。亭記、學記等，亦與碑銘同體，《曾選》以廟碑併入雜記門，亦非也。此文……銘詞直造雅頌之藩，所謂「編之乎詩書而無愧」者，此篇尤足以當之。[37]

吳闓生把韓愈〈鄆州谿堂詩並序〉歸為碑銘類，相當少見，此文大多被列為雜記類。姚鼐《類纂》將碑誌、雜記分開，「碑主於稱頌功

36　吳闓生：《古文範》，上編一，頁70。

37　吳闓生：《古文範》，下編一，頁153。

德，記則所紀大小事殊，取義各異」，[38]以雜記類所記之事物較為細瑣，不像碑誌記重要功業，故稱為「雜」。曾國藩《雜鈔》把記人者入於傳誌類，記重要史事者入敘記類，而宮室、山水、器物等瑣事，則併入雜記類。[39]今人王基倫（1958-）已注意到吳闓生分類韓愈〈鄆州谿堂詩並序〉的特異性，並解釋說：「主張列入碑銘類的說法，殆因其為刻石文字。……〈鄆州谿堂詩〉篇題已無『碑』字，內容重點在記其事物，而兼作碑的用途而已，故《類纂》將碑記作品分屬碑誌、雜記二類，實為合乎韓文身分的作法。」[40]另整理姚鼐、曾國藩、林紓、姚永樸、馮書耕、金仞千、錢穆等人之意見，歸納眾人的分類規律，云：「記體文章可區分為二或三類，其中修建宮室、祠廟廳壁亭臺的建築物的記體文章，一定要和碑誌類文章區隔開來。」[41]可知多數人將記事物之雜記與記人之碑誌分開，把〈鄆州谿堂詩並序〉歸屬於雜記類，有其篇題、記述對象、用途的考量。

那麼，為什麼吳闓生將〈鄆州谿堂詩並序〉歸為碑銘類呢？他說「此碑文之一種，當入於碑銘類」，尾評又說：

> 四言詩為文章中最高之境，以其託體最古，與五七言騷賦各體截然不同，……於詩遠，而於文近，碑文銘誌皆必用之。[42]

後半段的四言銘文符合秦漢刻石書寫傳統，[43]確實是他分為碑銘類的

---

38 姚鼐：《古文辭類纂．序目》，頁12。

39 參見曾國藩選纂，宋晶如、章榮注釋：《經史百家雜鈔．序例》，頁3。

40 王基倫：《韓柳古文新論》（臺北：里仁書局，1996），頁66。

41 王基倫：〈韓愈記體文章的抒情性書寫〉，收錄於羅聯添教授八秩晉五壽慶論文集編輯委員會編：《羅聯添教授八秩晉五壽慶論文集》（臺北：臺灣學生書局，2011），頁221-246，引文見頁227。

42 吳闓生：《古文範》，下編一，頁155。

43 參見王基倫：〈韓愈記體文章的抒情性書寫〉，同前註。

一個因素，但銘文「直造雅頌之藩」，「效法風詩，雍容方雅，便闖入三百篇之席」，[44]更是吳闓生的著眼處。他反對《類纂》、《雜鈔》的最大原因，在於〈鄆州谿堂詩並序〉這份能與《詩經》相比擬的端莊雍容的氣度。所稱頌的對象有實際功績，歌功頌德便是合於情理，名正言順的美事。以這樣的格局而言，他便不願意此文被歸入細瑣零碎的雜記類。林紓評此文，也說：「風度之凝遠，氣體之嚴重，聲調之激越，直可做碑版文字讀之。」[45]

接下可以提問的是，吳闓生只有把〈鄆州谿堂詩並序〉這一篇記體文章歸為碑銘類嗎？此文是否為特例？《古文範》中選錄的記體不多，除了〈鄆州谿堂詩並序〉以外，另有歐陽脩〈豐樂亭記〉、王安石〈度支副史廳壁題名記〉及曾國藩〈湘鄉昭忠祠記〉。我們可以留意他特別欣賞的優點，有一共同性：他評〈豐樂亭記〉：「此篇作於豐樂之時，憂深而思遠，蓋賢人君子之意量如此。」[46]評王安石〈度支副史廳壁題名記〉為：「經世之略隨時發露。」[47]評〈湘鄉昭忠祠記〉為：「規模度量足以建一代之勛名。」[48]這三則評論不約而同地顯示出他對志略氣度的重視，與〈鄆州谿堂詩並序〉頗為相似。吳闓生雖未言明〈豐樂亭記〉等三篇亦是碑銘類，推重的程度也沒〈鄆州谿堂詩並序〉那般高，但文章選本本來就代表編選者的取捨，在他的心中，恐怕以為碑記文章該當如此，以志量寬閎者為佳。參見他的〈籀雅·文說〉，說：

> 後世材力日薄，不能為史，乃降而言文，……偶有敘記，寥寥

---

44 吳闓生：《古文範》，下編一，頁155。

45 林紓：《韓柳文研究法》，頁14。

46 吳闓生：《古文範》，下編二，頁165。

47 吳闓生：《古文範》，下編二，頁172。

48 吳闓生：《古文範》，下編二，頁188。

短章而已。[49]

可見在吳闓生文體分類的觀念中，碑銘、雜記雖都屬記載類，但這二者實有高下優劣之分。記體等敘記文章，篇幅短小，規格亦淺，後世文人材力益發不足，不能處理好體製浩繁的史事，只能偶爾作些記體，與韓愈〈鄆州谿堂詩並序〉的成就所差甚遠。

吳闓生將〈鄆州谿堂詩並序〉歸入於有關國家功績的碑銘類，可以說是歷來評論者中的特例，也是他自己的特例。可能因為記體的佳作太少，故只有特別揭舉韓愈的〈鄆州谿堂詩並序〉，以作為示範。

第三節　《史記》細部批評看法的繼承、創新

桐城諸家評論《史記》諸表序者頗多，其中又以方苞、姚鼐、方東樹、張裕釗、吳汝綸之評論最為常見。吳闓生處於桐城派晚期，《古文範》選錄的《史記》文章，許多地方都可看出桐城前人之影響，略舉如下。

一　對於桐城諸家評論《史記》意見的繼承之處

《古文範》從姚鼐《類纂》之例，選錄六篇表序，吳闓生說：

> 諸表序乃史公精心結撰之文，每篇皆別有寓意，言在此而意在比，高情微旨，深眇不測，非常人所可與知。歸、方、姚、曾，頗識之而未盡，至先大夫而始洞察無遺。文事之妙，此其

49 吳闓生：《北江文集》，卷十二，頁891。

絕詣也。[50]

吳闓生非常欣賞司馬遷「別有寓意」的特色，且以為桐城前人如歸有光、方苞、姚鼐與曾國藩等，尚未完全探察出司馬遷的言外之意，至其父汝綸乃洞察透澈，別無遺漏。吳闓生有時候繼承桐城派前人的看法，有時候則繼承其父的獨特看法，下文選取四篇較具但表性者分析。

（一）以〈十二諸侯年表序〉為例

方東樹評云：

> 欲表十二國，不得不先敘所以滅亡至此者，由厲王失道。欲溯厲王失道，故序其初賢人君子之早知有〈鹿鳴〉、〈關雎〉之刺；欲序師摯等賢人，而先以箕子先見為陪，此是追溯陪襯之筆。自共和行政後，又將孔子作《春秋》凝序一遍，以下《虞氏》、《呂氏》等，皆《春秋》陪客。[51]

方東樹從筆法方面分析此篇的溯源方式及賓主關係。題面為「十二諸侯」，故追溯至周厲王；又由厲王失道，前溯師摯與箕子二賢。師摯與箕子相比，師摯敘次樂章以諷刺時政，是主筆。吳闓生評「紂為象箸而箕子唏」一句，說：「此句陪襯下三句」，[52]與方東樹所指相同。

---

50 吳闓生：《古文範》，上編二，頁89。

51 徐樹錚輯評：《諸家評點古文辭類纂》（即臺灣中華書局本《吳評古文辭類纂》），卷二，頁143。

52 吳闓生：《古文範》，上編二，頁89。

（二）以〈漢興以來諸侯王年表序〉為例

> 姚鼐：「託意高妙，筆勢雄遠，有包舉天下之概。」[53]
>
> 方東樹：「〈漢興以來〉許多事變，得失利害及地形法制，一絲不亂，一塵不驚，如日星麗天，河嶽奠地，但見元氣造化生成，古今無匹。姚評『筆勢雄遠，有包舉天下之概』，諸序皆然，而此尤雄遠。」[54]
>
> 吳闓生：「包舉天下形勢，如指諸掌，足見經世才略，詞氣亦與之稱。」[55]

此表序直述中央與地方諸侯之形勢始末，開頭表明周代封侯建國之本義，之後鋪列漢初封王之分布狀況：「自雁門、太原以東至遼陽，為燕代國；常山以南，大行左轉，度河、濟，阿、甄以東薄海，為齊、趙國；自陳以西，南至九疑，東帶江、淮、谷、泗，薄會稽，為梁、楚、淮南、長沙國，皆外接於胡、越。」姚鼐總評以一語總括此序；方東樹則推崇此序之形勝；吳闓生闡明姚、方評語以外，特別以文中夾注指出此段尤可體現序文氣勢之壯盛雄遠。觀點同於前人，但更為詳細具體。

又如「秉其阨塞地利」一句：

> 方苞：「與篇首『周形勢弱』相應。」[56]
>
> 吳闓生：「謫削後漢朝形勢如此，與始封時遙為映對，氣勢騰

---

53 吳汝綸：《史記集評》，第4冊，頁1320。

54 徐樹錚輯評：《諸家評點古文辭類纂》（即臺灣中華書局出版之《吳評古文辭類纂》），第1冊，頁149。

55 吳闓生：《古文範》，上編二，頁94。

56 吳汝綸：《史記集評》，第4冊，頁1320。

踔無敵。」[57]

這裡吳闓生繼承了方苞關於布局章法的觀點。兩人皆指出此句呼應前文，為聯絡照應處，但方苞側重的是此句對應篇首的周代形勢（厲幽之後「形勢弱」），而吳闓生則將此句與漢朝本身對應（漢朝始封諸侯之時）。細節呼應處不同，雖皆可通，但此序以漢代諸侯為主，漢諸侯前後形勢變動之大，從「同姓九國」到「推恩」分為眾小國、從「大者五六郡連城數十」到「大國不過十餘城」，形成強烈對比，是史公意在言外的顯露處。據此，吳闓生之言似略勝方苞一籌。

又如篇末的「形勢雖彊，要之以仁義為本」二句：

> 吳汝綸：「此篇歸宿在末句『形勢雖強，要以仁義為本』二語，班氏但就此推闡之。」[58]
>
> 吳闓生：「以微諷作收，不然全篇為諛詞矣。」[59]

吳闓生繼承了吳汝綸的看法。關於此序，桐城前人多著重於本篇的形勢強盛，或如姚鼐以為「議論完密」，[60]未指出別有含義之處；吳氏父子則以為本序僅是看似褒揚，實則文章真正主意在於末二句之「仁義」。

（三）以〈建元以來侯者年表序〉為例

「建元」為漢武帝第一個年號，其時匈奴背叛和約、閩越擅自侵略屬國東甌，武帝出兵討伐，連年征戰，戰後大行封賞，是以建元以

57 吳闓生：《古文範》，上編二，頁95。
58 吳汝綸：《史記集評》，第1冊，頁264。
59 吳闓生：《古文範》，上編二，頁96。
60 吳汝綸：《史記集評》，第4冊，頁1320。

來封侯者多為戰將。吳汝綸評曰：

> 武帝北討南誅，史公深不然之，而詞乃極口誇詡，此文字神妙處。[61]

在吳汝綸之前，方、姚諸家對本序並未特別評論，吳汝綸為桐城以來第一個明指「史公深不然之」者，認為司馬遷雖表面讚揚，其實並不認同武帝的好大喜功。此見解為吳闓生所繼承，題下評曰：

> 史公於漢初頗多微詞，疾當時專襲秦法，而背蔑三代也。至於建元以來，則政綱益弛，其分封胙爵，又不如祖考時遠矣，故此序意尤詭憤。[62]

並一同參看下文：

> 況乃以中國一統，明天子在上，兼文武，席卷四海，內輯億萬之眾，豈以晏然不為邊境征伐哉！【謂豈得以此眾庶晏然自安，而不為邊境征伐哉！文氣閎駿雄邁，超逸無前，而意極瓌詭。此等文字，遂成絕詣，韓公尚不能追步，他更勿論矣。】[63]

吳闓生以為史公對於漢朝之建立，其實有所懷疑，〈六國表序〉的「蓋若天所助焉」歸因於天，已見端倪，〈秦楚之際月表序〉更直接將漢興歸因於天助。漢武帝之後，綱紀更加鬆弛，諸侯功勞甚小，卻大肆封賞，不過是因為武帝好大喜功，欲維持太平盛世之表面虛榮而已。此即所謂「詭憤」，表面看不出來，其實背後另有寓意，將史公的深意闡發得相當明白。

---

61 吳汝綸：《史記集評》，第2冊，頁343。

62 吳闓生：《古文範》，上編二，頁97。

63 吳闓生：《古文範》，上編二，頁98。

（四）以〈留侯世家贊〉為例

面對「運籌帷幄之中，決戰千里之外」的張良，吳汝綸別有一番新解，評曰：

> 史公於高帝君臣皆不當其一晒。子房狀貌如婦人好女，蓋輕之也。敘四皓事亦見此意，皆譏其陰附呂氏以取媚。[64]

這是非常獨特的見解，吳闓生受此啟發，亦云：

> 留侯佐漢，亦曠世才，而史公獨藐視之者，以其婞嫛取媚呂后，以為全身之計，無激昂慷慨之大節也。然此意絕不輕露，東坡尚被其瞞過，何況餘人乎！[65]

此評極為嚴厲，批判張良獻計乃是取媚呂后的行為，很明顯地，是承接其父看法而來。但客觀而言，從〈高祖本紀〉與本傳檢視，看不出司馬遷有「藐視」張良之意；且獻計四皓一事，或許可用以保身，但並不見得便是「取媚呂后」的行為。這應該是吳氏父子的新解。前人如蘇軾〈留侯論〉便不如此設想，以為張良外柔內剛，對此，吳闓生以為蘇軾是「被瞞過」，未發覺史公真意。吳氏父子之所以推翻歷代解讀，勇於如此斷定，原因或許在於史公形容張良狀貌為「婦人好女」，由此推論而來。

---

64 吳汝綸：《史記集評》，第3冊，頁723。

65 吳闓生：《古文範》，上編二，頁101。

二 桐城諸家評論《史記》意見以外的創新之處

《古文範》對於桐城前人的意見大致上是繼承為主，在他們的基礎上進一步闡發。而在司馬遷「天命觀」的部分，吳闓生則比較有自己獨特的看法，如〈六國年表序〉：

> 秦始小國，……然卒并天下，非必險固便形勢利也，【秦得天下，明是險固形勢，今欲加以罪名，故奪其所恃，故知所論，全不在秦也。】蓋若天所助焉。【歸功於天，妙極！凡議論他人指為天助，便是誹薄語也。漢高祖之得天下，功德甚薄，史公意頗輕之。其論秦處，意皆注在漢也。若秦則已亡之國，其得天與否，何足究問哉！漢為本朝，故借秦以見意，文情奇肆。】[66]

此所謂「天」，透露司馬遷對歷史發展神秘的矛盾感受，既無法用「考之行事」以解釋，便歸之於變化莫測的「天」吧。[67]吳闓生則指出凡是為「天助」者，文字背後皆暗含貶意，認為漢朝得天下，也是天意。楚漢相爭，漢營兵力與軍功始終比不上項羽，彭城之戰，漢軍死十萬餘人，劉邦狼狽逃命，然而最終卻逼使項羽四面楚歌，統一天下。何況其時秦早已滅亡，何須再追究秦是否得天意？吳闓生以為，司馬遷每議秦事，關注焦點仍在漢朝，論秦之暴戾，實則意在諷戒漢政。只是身處本朝，且又是刑戮之人，不得直言，因此時常借秦以諷之。如後文「秦之帝用雍州興，漢之興自蜀漢」二句，此篇題面為

---

66 吳闓生：《古文範》，上編二，頁92。

67 參見杜維運：《中國史學史》（臺北：三民書局，1993），頁208。

「六國」，卻插進這麼一筆，故吳闓生夾評道：「偏將漢事舉出作證，奇極險極！」[68]

又如〈秦楚之際月表〉，司馬遷也視漢之興起為天意：

> 秦既稱帝，患兵革不休，以有諸侯也，於是無尺土之封，墮壞名城，銷鋒鏑，鉏豪桀，維萬世之安。……鄉秦之禁，適足以資賢者為驅除難耳。故憤發其所為天下雄，安在無土不王，此乃傳之所謂大聖乎？豈非天哉，豈非天哉！非大聖孰能當此受命而帝者乎？[69]

秦始皇制定種種措施以傳帝業於萬世子孫，不料秦短短三代結束，還恰好為高祖掃除障礙，使其順利稱帝，開啟歷史洪流的新頁。疑惑之餘，司馬遷試著將答案歸因於「天」，數句之間包含驚奇、意外、奧妙、讚嘆等等複雜的情緒與感受，極其耐人尋味，也造成後人理解上的歧異。司馬貞、茅坤（1512-1601）、姚祖恩（康熙年間）與李晚芳（1691-1767）等人，都從正面解讀，[70]劉咸炘則以為有言外之意：「本非聖而不得不聖，以杜效尤。……盡吞吐抑揚之妙，後人先能識之。」[71]吳汝綸評道：

---

68 吳闓生：《古文範》，上編二，頁92。

69 吳闓生：《古文範》，上編二，頁94。

70 司馬貞《史記索隱》：「言高祖起布衣，卒傳之天位，實所謂大聖。」（瀧川龜太郎：《史記會注考證》，卷十六，頁4）。茅坤《史記抄》：「彼真人者翱翔其間，一切撥亂反正，若轉圜然，豈非神武而聖者乎！」（臺南：莊嚴文化事業公司，1996，卷八，頁4）。姚祖恩《史記菁華錄》：「作想像不盡之筆，煞出受命之正，獨尊本朝。」（臺北：聯經出版事業公司，2010，頁24）。李晚芳《讀史管見》：「極力頌揚，最得史臣大體。」（轉引自楊燕起等編：《歷代名家評史記》，北京：北京師範大學出版社，1986，頁399）。

71 劉咸炘：《四史知意．太史公書知意》（臺北：鼎文書局，1976），頁116。

「鄉秦之禁」以下，語語轉變，神氣怪駴（駭），讀之但見頌揚耳，是為雄奇。[72]

吳汝綸以為司馬遷另有寓意，然不現半字，但於數句之間，文意轉變莫測，呈現雄奇的風格。吳闓生承其父看法，進一步闡發，批評得更仔細：

此乃傳之所謂大聖乎？【拖得好。】豈非天哉，豈非天哉！【接筆險勁。】非大聖孰能當此受命而帝者乎？【憤激卓詭，跌宕恣肆，滂沛噴薄，雄奇萬變，史公極得意文字。】[73]

以別有寓意的角度觀之，則司馬遷提出了這個疑問，語氣便顯得拖宕，形成意在反面之感。又疊言「豈非天哉」反問，歸因天助，其理便同於前篇〈六國年表序〉「蓋若天所助焉」評語：「凡議論他人指為天助，便是誹薄語也。」文意奇險，語勢勁怪，表面頌揚至極，而隱藏無限諷喻。王文濡（1867-1935）也說：「拈一『天』字作結，於循例頌揚中微示不滿之意。」[74]都是從言外之意的角度解讀。

《古文範》對於桐城諸家的《史記》評論意見，大致上繼承多於創新，但多能加以發揮轉化，解說得更為詳盡。有些觀點同於前人，但說明得更詳細具體，如〈漢興以來諸侯王年表序〉；有些則看出了別有含意之處，如〈建元以來侯者年表序〉；有的則是繼承布局章法的觀點，如〈漢興以來諸侯王年表序〉「秉其阨塞地利」一句。至於〈留侯世家贊〉則較特別，此深受其父影響，以為張良取媚於呂后，史公有蔑視張良之意。筆者以為其說法可以理解，不一定要接受。

---

72 吳汝綸：《史記集評》，第1冊，頁247。

73 吳闓生：《古文範》，上編二，頁94。

74 王文濡：《古文辭類纂評註》，第1冊，卷六，頁3。

吳闓生《史記》的評論意見，較獨特的則為司馬遷的「天命」觀，通常是以詭辭、反語的角度解讀，因此往往評以「奇」字。

以上，從選本形式、文學理論與《史記》細部批評意見三個方面探討，吳闓生《古文範》對桐城派的繼承都是多於創新的。至於本節前言談到的《古文範》是否「一以姚、曾二家為主，未嘗與之立異也」（卷首序）此一問題，我們或許可以說，《古文範》大部分都合於《類纂》與《雜鈔》的宗旨，但是少部分則異於二者，如選文重心改成以周秦文為主，且剔除歸有光文；如選錄《韓非子・難篇》多達十四篇；又如以韓愈〈鄆州谿堂詩並序〉一文歸於碑銘類，這三點是不能被忽略的。

不過，雖然有這三個較大的差別，整體來講，仍大多符合桐城派家法。今人呂湘瑜指出吳闓生《古文範》「可以作為桐城文派的集成之作」，[75] 應可成立。

75　呂湘瑜：《通代古文評點選本研究》（輔仁大學中文所博士論文，2008），頁171。

第七章
結論

總結前文，拈出三個論點，作為本文的結論：

一　《古文範》的時代特色

《古文範》於民國二年編成，初名為《國文教範》。民國八年，易名為《古文範》，由中華書局出版；而後於民國十六年、十八年兩度再刊。《古文範》經歷過民初新舊思潮激烈震盪的時期，面對過陳獨秀等新文學陣營人士對桐城派猛烈的批判，反映出一個傳統文人對文化最根本的堅持以及責任感。

民初隨著新文學運動發展愈熾，曾經作為思想先鋒的嚴復、梁啟超等人相繼被指為思想倒退，世人亦多視桐城派為保守的舊勢力。但所謂的保守主義，並非僅有落後、守舊等種種貶義，也包含「對於社會事物的變遷，傾向於保持其延續性和漸進性，以力求穩健的某種觀念或意識」。[1]桐城派文人本身並非僵固死守，修古而非復古，因應時變，以豐富傳統內涵。

以吳闓生《古文範》為例，他破除桐城派選本傳統，選錄《韓非子・難篇》多達十四篇，作為童蒙增進思辨能力之教材，有與時俱進的優點。且面對輪番襲來的外來文化思潮、青年鼓嚷的全盤西化，他能坦開心胸接受外來思潮，以心中的原則標準融會中、西，在韓愈

1　參見胡逢祥：《社會變革與文化傳統》（上海：上海人民出版社，2000），頁1。

〈原道〉與〈上張僕射書〉，以及柳宗元〈論語辨〉等文，舉出中、西方的民主思想本質本有互通之處，並批判沿襲千年的君主專制制度，足見其思想開通積極之處，絕非一味泥古守舊的腐儒，這些優點都不應該被埋沒。

只是，當改革與推翻傳統的作風成為主流趨勢，相比之下，維護傳統文化，無奈地就會被迫變成「逆流」。主流者固有其能成為主流之長處，然而，有多少人是真正認識本質，又有多少人是盲目跟隨？吳闓生曾痛陳：「今世之議者，動曰迎合當世之潮流，夫迎合潮流而可以為英豪俊傑，則古人所謂『曠世獨立』、『砥柱中流』、『力挽狂瀾』者，皆為無稽妄語。」[2]只有真正具有智識之人，方能於群眾一窩蜂趕集之時，勇於獨行，走出被塵囂掩沒的正確道路。這不僅需要智識，同時也是亟需決心與毅力的選擇，後人不該以「守舊」、「倒退」等負面詞語一概否定桐城派晚期作家。在時局激烈的破壞重建的風氣底下，若沒有吳闓生這些孜孜矻矻於傳統國學的文人，將是後代乃至整個民族文明的嚴重損失，他們為保存發揚傳統所做的努力，應該得到更多的掌聲。

二　《古文範》的文學評論特色

《古文範》最大特色是繼承桐城派的文統，且較靠近曾國藩湘鄉派以後的路線。雖然吳闓生不認為桐城三祖與曾氏之後應有所區隔，以為曾國藩等人並未脫出於桐城派家法之外；但是客觀而言，在選本體例、選文重心方面，《古文範》都較近於曾國藩《雜鈔》，而非接近姚鼐《類纂》之作。且在評論文章技巧時，有喜好雄奇文風的

2　徐世昌編，吳闓生評點：《古文典範》，第一卷，韓愈〈伯夷頌〉尾評，頁15。

趨向。諸如賈誼、司馬相如、司馬遷、揚雄、韓愈、王安石等人的選文，「雄直」與「雄奇」相關的評論，都獲得吳闓生相當多的肯定。

創作技法是《古文範》的絕大關注處，或有論者批其「偏重形式」；或謂桐城派評點「常出現一些常用的套語，……令人生厭」，[3]此等實非周全之論。《古文範》的夾評確實有時只說「逆接」、「再提」、「頓挫」等寥寥數字，今人讀之可能不解；但這些技法的名稱術語在當時應屬桐城諸家的共同認知，故常逕以術語分析。吳闓生說：「安章宅句之法，必深擘而詳討之，以為義法明，而古人之精神乃可見。」[4]其師門談文法的最終目標在於闡明精神內涵。錢基博評吳闓生的評點能「摘其微詞奧義，開導後學」，[5]亦可歸功於文法的探析。研究文法，不只在了解語文規律、形式組織，亦能藉此剖析內容含意。另外，因評點文學本身較欠缺系統性，評論散落各處，評點者有時已在它處說明過這些術語的定義、運用方式及效果，此後便不再多說。以逆筆為例，《韓非子・難篇・晉文公將與楚人戰》解說詳細，字數近五百字；而於王安石〈祭丁元珍學士文〉，但評「逆提」、「逆接」等寥寥數語，讀者若單看某篇，可能便無法體會這些術語指出哪些文章美感。吳闓生透過逆筆將文章剖析得極其透徹，並非形式分析而已，實已含有義理的體會，賦予文本新的解讀思考方

3　如1992年上海古籍出版社的高步瀛《唐宋文舉要》，劉大杰、錢仲聯〈前言〉說：「評論方面，大量引用……桐城派方苞……吳闓生、李剛己等諸人的話，雖然有便於初學，……往往不免偏重形式，例如『再頓一筆，取足逆勢』、『轉捩有力』、『突接逆接』、……『愈轉愈妙』等語，幾乎數之不盡。……在今天，就更不能作文學批評來看待了。」（頁6）又如孫琴安《中國評點文學史》批道：「常出現一些常用的套語，如「轉捩有力」、「突接逆接」、「愈轉愈妙」、「一氣頓折」等評語，在眉批、尾批、夾批等評點中比比皆是，隨處可見，未免令人生厭。」（頁323）。

4　吳闓生：《北江文集》，卷五〈賀先生墓表〉，頁400。

5　錢基博：《現代中國文學史》，頁146。

式。

另一方面，《古文範》推崇先秦兩漢文章，貶抑唐宋八家，有貴古賤今的傾向，其實也與文法的講求有關。原因在於，後世學古文者，多由唐宋八家文入手，也只停留在唐宋，不再向上學習。另外則是歐陽脩、三蘇之後，世人形成以平易條暢、自然辭達為美的風氣，不再苦心經營結構法度。這對注重文章作法的吳闓生來說，感到相當痛心。因此，他選文的重心轉移成以周秦文為主，鼓勵學子直接學習周秦文；在歐陽脩、蘇洵與蘇軾的選文中，也直接批判三人對後世造成的負面影響。吳闓生的批評風格比較直接且態度分明，或許會令讀者訝異，但若知道他對於當時古文學習現象，其實抱持著類似恨鐵不成鋼的心情，應該就能有同情的理解。

白話文興起之後，與傳統逐漸形成割裂之勢，古文作法不再被講求，是非常可惜的。與前人相較，《古文範》等民初的古文評點選本，其所透露的文、白之爭背景，其實也可為今日國文教育之文言文存廢的問題提供一個借鏡，值得我們留心。此外，評點文學的形式在今日雖已式微，但仍持續影響後世，如臺灣三民書局於二〇〇六年出版的《新譯古文辭類纂》，全書引用吳闓生《古文範》的評論便有二十六處，可見評點選本對於文學的鑑賞的助益。

三　關於吳闓生評點著作研究的未來展望

吳闓生的評點著作成果豐碩，但目前兩岸學界對他的關注還不是很多，研究得也不夠深入，非常可惜。他的評點著作以經部、集部最多，注重闡發作家的幽微眇旨，時常深入挖掘前人未言之處，具有極高的研究價值。

吳闓生前後時期的桐城派文人，其實也都有再深入研究的空間。

目前學界對馬其昶、姚永樸、姚永概、高步瀛，以及與桐城派頗友好的林紓，普遍較為認識。在這之外，吳闓生其師賀濤、其同門李剛己、劉宗堯、谷鍾秀、常堉璋等人，其實也都值得注意。他們在民初北洋政府時期，多入主議院從政過，因出生於蓮池書院，當時或稱為蓮池派。或許他們在文學著述方面不似吳闓生的成就高，但在社會文化方面，應該有作為一個群體的研究價值。此外，民初致力於古文、發揚傳統精神的，尚有陳衍、宋文蔚、唐文治等人，應該也都值得研究。

參考書目

一　吳闓生著作（依書名筆畫為序）

吳闓生：《北江文集》，臺中：文听閣圖書有限公司《民國文集叢刊》第一編，2008。

吳闓生著，余永剛點校：《北江先生詩集》，合肥：黃山書社，2009。

吳闓生：《古今詩範》，臺北：臺灣中華書局，1970，臺一版。

徐世昌編，吳闓生評點：《古文典範》，北京：中國書店，2010。

吳闓生：《古文範》，北京：文學社，1929。（藏於國立臺灣師範大學圖書館）

吳闓生：《古文範》，臺北：臺灣中華書局，1970，臺一版。

吳闓生：《古文範》，北京：中國書店，1990。

吳闓生：《左傳微》，臺北：臺灣中華書局，1970，臺一版。

吳闓生：《吉金文錄》，北京：邢之襄校刊，1933。（藏於中央研究院傅斯年圖書館）

吳闓生輯：《吳門弟子集》，北京：蓮池書院，1930。（藏於中央研究院傅斯年圖書館）

高步瀛集解，吳闓生評點：《孟子文法讀本》，臺北：臺灣中華書局，1970，臺一版。

吳闓生：《尚書大義》，臺北：臺灣中華書局，1970，臺一版。

吳闓生：《桐城吳氏文法教科書》，上海：文明書局，宣統元年（1909），三版。（封面、書名頁、內文首頁、版權頁的書影見於

孔夫子拍賣網：http://www.kongfz.cn/item_pic_10150909/）
吳闓生、李剛己：《桐城吳氏古文法》，臺北：臺灣中華書局，1970，臺一版。
吳闓生：《詩義會通》，臺北：臺灣中華書局，1970，臺一版。

二　桐城派諸家著作（依作者時代為序）

方苞：《古文約選》，臺北：臺灣中華書局，1969。
方苞口授，王兆符等傳述：《左傳義法舉要》，臺北：廣文書局，1977。
劉大櫆：《論文偶記》，收錄於王水照編：《歷代文話》，上海：復旦大學出版社，2007。
姚範：《援鶉堂筆記．文史談藝》，收錄於王水照編：《歷代文話》，上海：復旦大學出版社，2007。
姚鼐：《古文辭類纂》，臺北：臺灣中華書局，《四部備要》本，1965。
姚鼐：《古文辭類纂》，臺北：臺灣商務印書館，《四部叢刊》本，1968。
姚鼐纂，徐樹錚輯評：《諸家評點古文辭類纂》，臺北：臺灣中華書局，易名為《吳評古文辭類纂》，1971。
姚鼐纂，王文濡評註：《古文辭類纂評註》，臺北：臺灣中華書局，1967。
姚鼐纂，吳孟復主編：《古文辭類纂評註》，合肥：安徽教育出版社，2004。
姚鼐：《惜抱軒尺牘》，收錄於佚名編：《明清名人尺牘》，臺北：廣文書局，1989。

吳德旋講述，呂璜纂錄：《初月樓古文緒論》，臺北：臺灣中華書局，《四部備要》本，1965。

方東樹著，吳闓生評點：《昭昧詹言》，民國七年武強賀氏刊本。（全書掃描檔見於「書格」：http://shuge.org/ebook/zhao-mei-zhan-yan/。）

方東樹著，汪紹楹校點：《昭昧詹言》，北京：人民文學出版社，1961。

梅曾亮：《古文詞略》，臺北：世界書局，1964。

曾國藩：《曾國藩全集》，長沙：嶽麓書社，2011，修訂版。

曾國藩：《經史百家雜鈔》，臺北：臺灣中華書局，《四部備要》本，1965。

曾國藩選纂，宋晶如、章榮注釋：《經史百家雜鈔》，上海：國學整理社出版，世界書局發行，1948。

張裕釗著，王達敏校點：《張裕釗詩文集》，上海：上海古籍出版社，2007。

黎庶昌：《續古文辭類纂》，臺北：臺灣中華書局，《四部備要》本，1965。

吳汝綸著，施培毅、徐壽凱校點：《吳汝綸全集》，合肥：黃山書社，2002。

吳汝綸：《史記集評》，臺北：臺灣中華書局，1970。

吳汝綸：《桐城吳氏古文讀本》，上海：文明書局，光緒三十四年（1908），四版。（藏於國家圖書館）

吳汝綸點勘，吳闓生纂錄：《群書點勘》，北京：蓮池書院，1923。（藏於國立臺灣師範大學圖書館）

王先謙：《續古文辭類纂》，臺北：世界書局，1962。

薛福成：《庸盦全集》，北京：華文出版社，1971。

賀濤：《賀先生文集》，臺北：賀翊新自印本，1971。
賀濤：《賀先生書牘》，臺北：賀翊新自印本，1971。
范當世：《范伯子先生全集》，臺北：文海出版社，《近代中國史料叢刊續編》，1975。
范當世著，馬亞中、陳國安校點：《范伯子詩文集》，上海：上海古籍出版社，2003。
馬其昶：《抱潤軒文集》，上海：上海古籍出版社，《清代詩文集彙編》，2010。
姚永樸：《文學研究法》，上海：商務印書館，1926，九版。
姚永樸：《國文學》，臺北：廣文書局，出版年不詳。
姚永概著，陳春秀校點：《孟子講義》，合肥：黃山書社，1999。
姚永概：《慎宜軒文集》，上海：上海古籍出版社，《清代詩文集彙編》，2010。
高步瀛：《唐宋文舉要》，上海：上海古籍出版社，1992，新一版。
曾克耑：《頌橘廬詩存》，臺中：文听閣圖書公司，《民國詩集叢刊》第一編，2009。
曾克耑：《頌橘廬叢 》，香港：曾克耑自印本，1961。

三　古籍（依作者時代為序）

〔周〕管仲：《管子》，臺北：臺灣中華書局，1973。
〔周〕莊子著，〔晉〕郭象注，〔唐〕成玄英疏，〔清〕郭慶藩集釋：《莊子集釋》，臺北：廣文書局，1971。
〔漢〕孔安國傳，〔唐〕孔穎達疏：《尚書正義》，臺北：藝文印書館，《十三經注疏》本，1989。
〔漢〕司馬遷著，〔日〕瀧川龜太郎考證：《史記會注考證》，臺北：

文史哲出版社，1997。

〔漢〕劉向集錄：《戰國策》，上海：上海古籍出版社，1985。

〔漢〕班固著，顏師古注，〔清〕王先謙補注：《漢書補注》（臺北：藝文印書館，1955。

〔漢〕許慎著，〔清〕段玉裁注：《說文解字》，臺北：萬卷樓圖書公司，2005，再版。

〔梁〕劉勰著，范文瀾注：《文心雕龍注》，臺北：文光出版社，1973。

〔後晉〕劉昫等：《舊唐書》，臺北：藝文印書館，1955。

〔唐〕韓愈：《昌黎先生集》，臺北：臺灣中華書局，《四部備要》本，1965。

〔唐〕韓愈：《昌黎先生集》，臺北：臺灣商務印書館，《文淵閣四庫全書》本，1983。

〔唐〕韓愈著，馬其昶校注，馬茂元整理：《韓昌黎文集校注》，上海：上海古籍出版社，1986。

〔宋〕歐陽脩等：《新唐書》，臺北：臺灣中華書局，《四部備要》本，1965。

〔宋〕蘇軾著，張志烈、馬德富、周裕鍇主編：《蘇軾全集校注》，石家莊：河北人民出版社，2010。

〔宋〕曾鞏：《元豐類稿》，臺北：臺灣商務印書館，《四部叢刊》本，1968。

〔宋〕陸游著，李劍雄等點校：《老學庵筆記》，北京：中華書局，1979。

〔宋〕朱熹：《四書章句集註》，臺北：鵝湖出版社，1984。

〔宋〕呂祖謙：《古文關鍵》，上海：商務印書館，1936。

〔宋〕李塗：《文章精義》，臺北：莊嚴出版社，1979。

〔宋〕王應麟：《詩藪》，臺北：廣文書局，1973。
〔宋〕謝枋得批選，〔明〕李九我評訓，〔明〕王守仁敘言，〔日〕原田由己標箋：《文章軌範》，臺北：廣文書局，1970。
〔明〕吳訥：《文章辨體》，臺北：長安出版社，1987。
〔明〕茅坤：《史記抄》，臺南：莊嚴文化公司，1996。
〔清〕林雲銘：《古文析義》，臺北：廣文書局，1987。
〔清〕張謙宜：《更定文章九命》，收錄於王水照編：《歷代文話》（上海：復旦大學出版社，2007。
〔清〕姚祖恩：《史記菁華錄》，臺北：聯經出版事業公司，2010，二版。
〔清〕過珙（過商侯）：《古文評註》，臺北：宏業書局，1979。
〔清〕沈廷芳：《隱拙齋集》，上海：上海古籍出版社，《清代詩文集彙編》，2010。
〔清〕嚴可均校輯：《全上古三代秦漢三國六朝文》，北京：中華書局，1958。
〔清〕包世臣：《藝舟雙楫》，臺北：臺灣商務印書館，1977。
〔清〕劉咸炘：《四史知意》，臺北：鼎文書局，1976。

四　今人著作（依作者姓名筆畫為序）

（一）桐城派相關著作

尤信雄：《桐城文派學述》，臺北：文津出版社，1989。
王鎮遠：《桐城派》，臺北：群玉堂出版事業公司，1990。
王獻永：《桐城文派》，北京：中華書局，1992。
何天杰：《桐城文派：文章法的總結與超越》，廣州：廣州文化出版社，1989。
吳孟復：《桐城文派述論》，合肥：安徽教育出版社，2001，二版。
周中明：《桐城派研究》，瀋陽：遼寧大學出版社，1999。
柳春蕊：《晚清古文研究——以陳用光、梅曾亮、曾國藩、吳汝綸四大古文圈子為中心》，南昌：百花州文藝出版社，2007。
柴汝新主編：《蓮池書院研究》，保定：河北大學出版社，2012。
郭立志編纂：《桐城吳先生年譜》，臺北：文海出版社，1972。
楊懷志、潘忠榮主編：《清代文壇盟主桐城派》，合肥：安徽人民出版社，2002。
葉龍：《桐城派文學藝術欣賞》，香港：繁榮出版社，1998。
賈永昭編：《桐城派文論選》，北京：中華書局，2008。
趙建章：《桐城派文學思想研究》，北京：北京圖書館出版社，2003。
劉聲木：《桐城文學淵源考》，臺北：世界書局，1962，再版。
劉聲木：《桐城文學撰述考》，臺北：世界書局，1962，再版。
魏際昌：《桐城古文學派小史》，石家莊：河北教育出版社，1988。

（二）文學類

仇小屏：《篇章結構類型論》，臺北：萬卷樓圖書公司，2000。
孔範今主編：《二十世紀中國文學史》，濟南：山東文藝出版社，1997。
王之望：《文學風格論》，臺北：學海出版社，2004。
王基倫：《韓柳古文新論》，臺北：里仁書局，1996。
王基倫：《唐宋古文論集》，臺北：里仁書局，2001。
王葆心著，熊禮匯標點：《古文辭通義》，武漢：武漢大學出版社，2008。
北京古學院編輯組編輯：《古學叢刊》，北京：古學院，1939。

任遠：《句讀學論稿》，杭州：浙江古籍出版社，1998。

朱世英、方遒、劉國華：《中國散文學通論》，合肥：安徽教育出版社，1995。

朱任生編：《古文法纂要》，臺北：臺灣商務印書館，1984。

朱光潛：《談文學》，臺北：漢藝色研文化事業公司，1989。

宋文蔚：《評註文法津梁》，臺北：蘭臺書局，1970。

李扶九編選，黃紱麟書後：《古文筆法百篇》，臺北：文津出版社，1978。

杜松柏：《國學治學方法》，臺北：弘道書局，1980。

沈謙：《修辭學》，臺北：五南圖書出版公司，2010。

周作人：《苦茶隨筆》，臺北：里仁書局，1982。

周振甫：《文章例話．寫作編》，臺北：五南圖書出版公司，1994。

周振甫：《周振甫講古代散文》，南京：江蘇教育出版社，2005。

周振甫：《怎樣學習古文》，臺北：國文天地雜誌社，1990。

易孟醇：《先秦語法》，長沙：湖南教育出版社，1989。

林紓：《畏廬論文》，臺北：文津出版社，1978。

林紓：《韓柳文研究法》，上海：商務印書館，1933

胡適：《胡適文存》，臺北：遠東圖書公司，1971，三版。

唐文治：《國文經緯貫通大義》，臺北：文史哲出版社，1987，再版

孫琴安；《中國評點文學史》，上海：上海社會科學院出版社，1999。

馬建智：《中國古代文體分類研究》，北京：中國社會科學出版社，2008。

張少康：《中國文學理論批評史》，臺北：水牛圖書出版事業公司，2005。

張伯偉：《中國古代文學批評方法研究》，北京：中華書局，2002。

張素貞：《韓非子難篇研究》，臺北：臺灣學生書局，1987。

張繼：《張溥泉先生全集》，臺北：中央文物供應社，1951。
曹順慶、王南：《雄渾與沉鬱》，南昌：百花洲文藝出版社，2001。
郭延禮：《20世紀中國近代文學研究學術史》，南昌：江西高校出版社，2004。
郭延禮：《中國文學的變革：由古典走向現代》，濟南：齊魯書社，2007。
郭延禮：《中國近代文學發展史》，北京：高等教育出版社，2001。
郭紹虞：《中國文學批評史》，臺北：明倫書局，1969。
陳平原、夏曉虹編：《北大舊事》，北京：生活・讀書・新知三聯書店，1988。
陳平原：《作為學科的文學史》，北京：北京大學出版社，2011。
陳衍說，錢鍾書記：《石語》，臺北：書林出版社，1999。
陳望道：《修辭學發凡》，臺北：文史哲出版社，1989。
陳獨秀：《新青年》，上海：上海書店，1988。
傅隸樸：《修辭學》，臺北：正中書局，1969。
程發軔主編：《六十年來之國學》，臺北：正中書局，1977，臺二版。
馮永敏：《散文鑑賞藝術探微》，臺北：文史哲出版社，1997。
馮書耕、金仞千：《古文通論》，臺北：國立編譯館中華叢書編審委員會，1979，四版。
馮書耕：《古文辭類篹研讀法》，臺中：雅言出版社，1981，增訂本。
黃六平：《漢語文語法綱要》，臺北：漢京文化事業公司，1983。
黃保真、成復旺、蔡鍾翔：《中國文學理論史》，臺北：洪葉文化事業公司，1994。
楊伯峻：《列子集釋》，北京：中華書局，1979。
楊伯峻：《春秋左傳注》，北京：中華書局，1990。
熊禮匯：《明清散文流派論》，武漢：武漢大學出版社，2003。

趙家璧主編：《中國新文學大系》，臺北：業強出版社，1990。
劉大杰：《中國文學發展史》，香港：三聯書店，1992。
劉介民：《比較文學方法論》，天津：天津人民出版社，1993。
劉增傑、關愛和、李慈建、袁凱聲、趙福生：《中國近世文學思潮》，臺北：文史哲出版社，1997。
鄭頤壽主編：《辭章學辭典》，西安：三秦出版社，2000。
錢玄同：《錢玄同文集》，北京：中國人民大學出版社，1999。
錢基博：《現代中國文學史》，香港：龍門書局，1965，增訂四版。
錢基博：《中國文學史》，上海：東方出版中心，2008。
錢儀吉編：《清代碑傳全集》，上海：上海古籍出版社，1987。
鍾志偉：《明清「唐宋八大家」選本研究》，臺北：文津出版社公司，2008。
羅聯添編：《韓愈古文校注彙輯》，臺北：國立編譯館，2003。
〔日〕鶴見祐輔著，魯迅譯：《思想．山水．人物：大家寫給大家看的書》，北京：北京十月文藝出版社，2005。
龔鵬程：《文學批評的視野》，臺北：大安出版社，1990。

（三）歷史類

文啟責任編輯：《中國近代教育史料匯編》，北京：全國圖書館文獻縮微複製中心，2006。
王建軍：《中國近代教科書發展研究》，廣州：廣東教育出版社，1996。
王炳照、宋元強、蔡振生、蘇渭昌、雷克嘯：《中國近代教育史》，臺北：五南圖書出版公司，1994。
王爾敏：《晚清政治思想史論》，臺北：王爾敏自印本，1969。
王鳳喈編著：《中國教育史》，臺北：正中書局，1990，二版。

王德昭：《清代科舉制度研究》，香港：香港中文大學出版社，1982。
吳廷燮：《段祺瑞年譜》，北京：中華書局，2007。
呂士朋：《中國現代史》，臺北：幼獅文化公司，1984。
李侃、李時岳、李德徵、楊策、龔書鐸：《中國近代史：1840-1949》，北京：中華書局，1994，四版。
李瑞騰：《晚清文學思想論》，臺北：漢光文化公司，1992。
李劍農：《中國近百年政治史》，臺北：臺灣商務印書館，1959，臺二版。
李靈年、楊忠主編：《清人別集總目》，合肥：安徽教育出版社，2000，頁904。
杜維運：《中國史學史》，臺北：三民書局，1993。
阮忠樞等輯：《居仁日覽》，臺北：文海出版社，《袁世凱史料彙刊》，1966。
邱秀香：《清末新式教育的理想與現實——以新式小學興辦為中心的探討》，臺北：國立政治大學歷史系，2000。
胡阿祥：《魏晉本土文學地理研究》，南京：南京大學出版社，2001。
徐友春主編：《民國人物大辭典》，石家莊：河北人民出版社，1991。
徐敏霞校集：《韓愈年譜》，北京：中華書局，1991
桐城縣地方志編纂委員會編：《桐城縣志》，合肥：黃山書社，1995。
張灝等著：《近代中國思想人物論——晚清思想》，臺北：時報文化出版公司，1982，三版。
清史稿校註編纂小組編纂：《清史稿校註》，臺北：國史館，1986。
楊燕起等編：《歷代名家評史記》，北京：北京師範大學出版社，1986。
劉黎紅：《五四文化保守主義思潮研究》，北京：中國社會科學出版社，2006。

蕭公權：《中國政治思想史》，臺北：聯經出版事業公司，1982。
錢理群、溫儒敏、吳福輝：《中國現代文學三十年》，北京：北京大學出版社，1998，修訂本。

五 單篇論文（依作者姓名筆畫為序）

丁亞傑：〈清末民初桐城派《孟子》文法論——以姚永概《孟子講義》、吳闓生《孟子文法讀本》為核心〉，《當代儒學研究》第9期（2010年12月），頁33-75。
王基倫：〈韓愈記體文章的抒情性書寫〉，收錄於羅聯添教授八秩晉五壽慶論文集編輯委員會編：《羅聯添教授八秩晉五壽慶論文集》，臺北：臺灣學生書局，2011，頁221-246。
王達敏：〈張裕釗與清季文壇〉，收錄於安徽大學桐城派研究所編：《桐城派與明清學術文化》，合肥：安徽大學出版社，2007，頁403-433。
王維庭：〈吳北江先生傳略〉，《文獻》，1996年第1期，頁65-71。
〔日〕平田昌司：〈光緒二十四年的古文〉，收錄於陳平原主編：《現代中國》第一輯，武漢：湖北教育出版社，2001，頁159-169。
石珂：〈桐城末學的群體構成與唐宋古文接受〉，《安徽大學學報》（哲學社會科學版），2011年第6期，頁55-61。
石珂：〈桐城末學古文選本綜錄〉，《文學遺產》網路版，2013年第2期，http://wxyc.literature.org.cn/journals_article.aspx?id=2481。
江山：〈論吳汝綸的校勘學思想〉，《淮北煤炭師範學院學報》哲學社會科學版，第31卷第1期（2010年2月），頁26-28。
黃克武：〈嚴復與《居仁日覽》〉，《臺灣師大歷史學報》第39期（2008年6月），頁57-74。

吳昭謙：〈吳汝綸思想特質探析〉，收錄於安徽大學桐城派研究所編：《桐城派與明清學術文化》，合肥：安徽大學出版社，2007，頁444-454。

吳昭謙：〈吳芝瑛軼事補遺〉，《江淮文史》1996年第1期，頁82-86。

吳微：〈「兼容并包」與「謬種」退隱——桐城文章與大學教育的現代轉型〉，《安徽大學學報》（哲學社會科學版），2010年第6期，頁45-55。

吳鷗：〈從《晚清四十家詩鈔》的編選看桐城派文人的天下情結〉，發表於中央研究院等主辦「明清文學研究動向」國際學術研討會，2010年12月。

李云波：〈張學良將軍與瀋陽萃升書院〉，《蘭臺世界》1998年第4期，頁36。

李詳：〈論桐城派〉，收錄於郭紹虞、羅根澤主編：《中國近代文論選》，臺北：木鐸出版社，1982，頁733-734。

李誠：〈桐城派文人在清史館〉，《江淮文史》，2008年第6期，頁77-80。

李誠：〈民初桐城文人軼事〉，《江淮文史》，2010年第2期，頁64-67。

周啟賡：〈桐城派文論〉，收錄於陳國球編：《香港地區中國文學批評研究》，臺北：臺灣學生書局，1991，頁654-660。

徐雁平：〈桐城文章中「尚有時世」——以同光年間蓮池書院之講習為中心〉，收錄於曹虹、蔣寅、張宏生主編：《清代文學研究集刊》第三輯，北京：人民文學出版社，2010，頁128-173。

郭斌龢：〈嚴幾道〉，收錄於陳湛綺責任編輯：《民國珍稀短刊斷刊》，北京：全國圖書館文獻縮微複製中心，2006，江西卷第3冊，頁228。

舒蕪：〈「桐城謬種」問題之回顧〉，收錄於王曉明主編：《二十世紀中國文學史論》，上海：東方出版社，1997，頁336-360。

楊紅蘭：〈淺談蓮池書院的近代化嘗試〉，《安徽文學》，2011年第3期，頁146-147。

葉易：〈論近代文壇的桐城〉，《江淮論壇》，1983年第2期，頁83-89。

董學文、戴曉華：〈文論講疏的現代奠基之作——姚永樸的《國文學》〉，《中南大學學報》（社會科學版），第12卷第6期（2006年12月），頁725-729。

董叢林：〈吳汝綸棄官從教辨析〉，《歷史研究》，2008年第3期，頁46-62。

潘務正：〈晚清民國桐城文派年表簡編〉，《古典文獻研究》2006年第9輯，頁305-335。

潘務正：〈從吳（闓生）馬（其昶）反目看晚清民國桐城文派的理論取向〉，收錄於曹虹等主編：《清代文學研究集刊》第三輯，北京：人民文學出版社，2010，頁174-185。

蔡妙真：〈未許經典向黃昏——《左傳微》評點的時代特色〉，《興大中文學報》第27期（2010年6月），頁233-260。

鄭善慶：〈北京古學院的學人與學術〉，《北京行政學院學報》，2012年第2期，頁121-124。

關愛和：〈二十世紀初文學變革中的新舊之爭——以後期桐城派與「五四」新文學的衝突與交鋒為例〉，《文學評論》2004年第4期，頁64-73。

六　學位論文（依作者姓名筆畫為序）

呂湘瑜：《通代古文評點選本研究》，輔仁大學中文所博士論文，2008。

李建福：《湘鄉派文論研究》，國立臺灣師範大學國文所博士論文，2005。

沈秀蓉：《王安石文風轉變特色之研究——以中晚年文章為討論中心》，國立臺灣師範大學國文所碩士論文，1999。

張春榮：《姚惜抱及其文學研究》，國立臺灣師範大學國文所博士論文，1988。

張博：《吳闓生《左傳微》評點藝術研究》，河南大學，中國古代文學碩士論文，2013。

曹振強：《徐樹錚與桐城派關係研究》，安徽大學，中國近現代史碩士論文，2013

莊雅州：《曾國藩文學理論述評》，國立臺灣師範大學國文所碩士論文，1972。

賀慶為：《晚清蓮池書院研究（1840-1908）》，陝西師範大學，中國近現代史碩士論文，2011

龍小蘭：《吳闓生《詩義會通》研究》，江西師範大學，中國古代文學碩士論文，2012。

謝嘉文：《「穿戴腳鐐」與「掙脫腳鐐」的舞者之舞——姚鼐《古文辭類纂》與曾國藩《經史百家雜鈔》選文研究》，國立清華大學中文所博士論文，2010。

附錄

附表一　吳闓生年表

說明：目前吳闓生的生平資料較少，且散見各處。《北江詩集》刊於民國十二年，《北江文集》刊於民國二十一年，故民國二十一年以後之事蹟未詳處甚多。中日戰爭期間，吳闓生隱居北京家中，不問政事，此期的時事欄一概從簡。

事蹟一欄，筆者依據《北江文集》、《北江詩集》、王維庭〈吳北江先生傳略〉、余永剛〈北江先生小傳〉，並參考吳汝綸〈諭兒書〉、賀濤《賀先生書牘》、郭立志《桐城吳先生年譜》、吳鷗〈從《晚清四十家詩鈔》的編選看桐城派文人的天下情結〉整理而成。時事一欄，因吳闓生在北洋政府，故南方政事從簡；政治以外，並列出教育與文學之大事。[1]

[1] 時事一欄，參考李劍農：《中國近百年政治史》（臺北：臺灣商務印書館，1959）。王炳照主編：《中國近代教育史》（臺北：五南圖書公司，1994）。呂士朋：《中國現代史》（臺北：幼獅文化事業公司，1994）。李侃等：《中國近代史：1840-1949》（北京：中華書局，1994）。劉增傑等：《中國近世文學思潮》（臺北：文史哲出版社，1997）。錢理群等：《中國現代文學三十年》（北京：北京大學出版社，1998）。

事蹟 紀年	歲數	居處	個人事蹟	時事
光緒5年（己卯1879）	1歲	山東禹城	七月八日生於從伯父吳康之官所。	
光緒6年（庚辰1880）	2歲	直隸冀州	閏七月（之後）到冀州。	
冀州				
光緒7年（辛巳1881）	3歲			曾紀澤與俄改訂新約，收回伊犁。
光緒8年（壬午1882）	4歲			
光緒9年（癸未1883）	5歲			清廷出兵進入安南，向法軍宣示宗主權。
光緒10年（甲申1884）	6歲			中法戰爭，法軍闖入閩江，中軍敗退。新疆改設行省。
光緒11年（乙酉1885）	7歲			中法議和，中國與安南斷絕藩屬關係。
光緒12年（丙戌1886）	8歲		已能仿效曾鞏文。	
光緒13年（丁亥1887）	9歲		能詩，作〈生日詩〉。	
光緒14年（戊子1888）	10歲			李鴻章成立北洋艦隊。
光緒15年（己丑1889）	11歲	直隸保定蓮池	二月抵保定蓮池書院。	上海傳教士林樂知主編之《萬國公報》復刊，李提摩太等加入撰寫。
光緒16年（庚寅1890）	12歲			
光緒17年（辛卯1891）	13歲			康有為《新學偽經考》推翻古文經學，並在廣州設萬木草堂講學，弟子有梁啟超等。

光緒18年（壬辰1892）	14歲	直隸保定蓮池		
光緒19年（癸巳1893）	15歲		拜師范當世。	
光緒20年（甲午1894）	16歲		此年之前拜師姚永概。病重，右耳阻塞。	朝鮮東學黨之亂，中日戰爭，北洋艦隊大敗，旅順等地失守。
光緒21年（乙未1895）	17歲			中日簽訂馬關條約。康有為發起「公車上書」，另創《萬國公報》宣傳西學，鼓吹變法。 嚴復發表〈原強〉、〈救亡決論〉、〈論世變之亟〉等，批評八股文，宣傳西學。
光緒22年（丙申1896）	18歲		肺病，六、七月，在獲鹿姚為霖家養病。 讀《資治通鑑》、《禮記》等書，吳汝綸〈諭兒書〉說：「汝年未冠，所學已勝吾未冠時。」並勉以「學時文為主，勿貪多技」。	二康有為倡立強學會，開辦報館。 梁啟超、譚嗣同等提出「詩界革命」口號。 譚嗣同撰成《仁學》，反對尊古，抨擊君主專制制度。
光緒23年（丁酉1897）	19歲		作〈蓮池照象記〉，讚許日人中島裁之來學舊學。	德國強奪膠州灣。 嚴復翻譯《天演論》發表，吳汝論作序。
光緒24年（戊戌1898）	20歲	安徽、直隸保定蓮池	三月前後，初次回鄉，居留數月。 作〈變法論〉，贊成改科舉、立學校。	康有為《孔子改制考》刊行，遭到猛烈抨擊。 德宗重用康有為，四月，變法實行新政。八月，太后盡廢新政，追捕康、梁。 京師大學堂成立。 裘廷梁創《無錫白話報》，作〈論白話為維新之本〉，抨擊文言文之害。

光緒25年（己亥1899）	21歲	直隸保定蓮池	肺病，至獲鹿姚為霖家養病。 遊直隸昌黎（今河北省秦皇島市），謁韓愈祠。再遊北戴河，訪美國路德華教士，有詩紀之。 五月，從貝格耨學英文。 長子出生。	吳汝綸開辦中西學堂，聘貝格耨、中島裁之為師，為時人所反對。 康、梁在國外倡立保皇會。 山東義和團殺害教民，巡撫袁世凱力剿，拳匪轉入直隸。 梁啟超發表〈自由書〉，批評桐城古文與嚴復譯文。
光緒26年（庚子1900）	22歲	直隸深州	五月，至滿城避禍，後寓居深州南莊李廣濂家。 十一月前後有文，記天主教人潘鳳臺保全深州一事。 冬，亂平後至京師，曾與日人大和正夫等聚會。 拜師賀濤。	五月，太后宣戰，拳匪在朝臣縱容下進入北京。亂民殺害貝格耨全家，湧入書院搜索吳汝綸。 七月，兩宮出走，聯軍攻陷北京。 林紓開始發表翻譯小說。 譴責小說勃興。
光緒27年（辛丑1901）	23歲	日本東京	肺病。 五月，與中島裁之抵日本，至早稻田大學。與永阪周、本田幸之助、森大來等漢詩人來往。 十一月前後在同文書院，翻譯《和文釋例》。 次子出生。	清廷與八國簽訂辛丑合約。 太后在壓力下設立「督辦政務處」，行新政。 李鴻章卒。 袁世凱接任直隸總督，於蓮池舊址立文學館，吳汝綸推薦賀濤主之。

光緒28年（壬寅1902）	24歲	日本東京	吳汝綸家書指示放棄科舉，學理財或外交專門之學。 八月，吳汝綸與永阪周、森大來等人宴飲，吳闓生侍宴。 吳汝綸遭中國朝官詆毀，作〈暴風雨劇甚作〉，甚憤鬱。 翻譯《東瀛戰士策》、《支那國際論》、《世界地理學》、《哥薩克東方征略史》。	清廷廢八股文，科舉改用策論。所有書院改爲學堂。 張百熙擬定〈欽定學堂章程〉，聘請吳汝綸為京師大學堂總教習。五月，汝綸赴日本考察學制，七月，留學生與駐日公使蔡鈞衝突，汝綸關說無效，反被誣陷，傳回中國，毀謗聲起。留學生吳敬恆投水，被強制回國，引發留學生不滿。 梁啟超辦《新民叢報》，影響極大。 章炳麟等主持愛國學社，宣傳革命思想。 黃節發表〈國粹保存主義〉。
光緒29年（癸卯1903）	25歲	直隸保定	翻譯《理財學》、《西史通釋》。 正月，獲電報父病危，趕返回國，抵安徽時已逝。 二月，長子、次子感染溫疹，死於保定。 六月，長女如意出生。	張百熙受到排擠，清廷重訂學堂章程，頒布〈奏定學堂章程〉，是為「癸卯學制」。 張之洞頒布〈學務綱要〉，強調各省學堂不得廢棄中國傳統文學。 國內章士釗等與日本留學界出版眾多革命刊物。
光緒30年（甲辰1904）	26歲	直隸保定學校司	受嚴復推薦，任學校司總編譯。 翻譯《克萊武赫斯丁傳》、《近世外交史》、《西史教科書》。 保定、兩江小學堂請編文法教科書，撰《桐城吳氏文法教科書》，為吳闓生第一本評點著作。	日俄戰爭。 劉師培發表〈論白話報與中國前途之關係〉，堅守古文立場。

光緒31年（乙巳1905）	27歲	直隸保定學校司、濟南楊士驤幕府	翻譯《法律學教科書》。 五月，《桐城吳氏文法教科書》由上海文明書局刊行。 七月，長女如意卒。 九月，馬佳紹英約吳闓生共同出使西國，登車時紹英等被炸傷，吳闓生受疑，當株連，賴紹英力救得免。 入山東巡撫楊士驤幕府。 女劼君生。	太后派五大臣出洋考察憲制，九月在北京正陽門車站登車，徐世昌、紹英被革命黨吳樾炸傷，死者數人。 日本戰勝俄國，震撼國內。 孫文成立同盟會。 鄧實等發起《國粹學報》，並鼓吹排滿革命，章炳麟與劉師培亦發表文章，被稱為「國粹派」。
光緒32年（丙午1906）	28歲	濟南楊士驤幕府		科舉正式廢除。 太后下詔預備仿行憲政，態度敷衍。 孫文同盟會開始發動革命事變。 林紓開始任教京師大學堂。
光緒33年（丁未1907）	29歲	濟南楊士驤幕府、安徽	春，《桐城吳氏文法教科書》增訂再刊。 歸皖葬伯父。 八月叔母與母歐氏逝。	清廷查禁梁啟超政聞社。 立憲黨人不滿清廷的憲政內容。 革命黨人要求振興女學。
光緒34年（戊申1908）	30歲	安徽、北洋楊士驤幕府	清廷詔舉碩學通儒，同門張宗瑛勸應舉，吳闓生辭不赴。 楊士驤改任直隸總督兼北洋大臣，入其幕。 八月，袁世凱五十大壽，代作多篇壽序。	德宗、慈禧太后先後駕崩。

宣統元年（己酉1909）	31歲	北洋楊士驤、端方幕府、安徽	五月，楊士驤卒。之後入托忒克端方幕府。 刊行吳汝綸《點勘史記》、《點勘諸子》。 與劉培極合著之《左傳文法讀本》刊行。 南歸安徽。	溥儀被擁立為帝，其父載灃監國，罷黜袁世凱回籍。 章炳麟發表〈與人論文書〉，批評嚴復與林紓。 吳闓生姊夫柯劭忞出任京師大學堂經科監督。
宣統2年（庚戌1910）	32歲	安徽、朝廷度支部	朝廷屢聘，皆拒。 受馬佳紹英推薦，任清度支部財政處總辦，結識吳廷燮。	載灃實行皇族集權計畫。 二月，革命黨謀刺載灃失敗。 姚永樸開始任教京師大學堂。
宣統3年（辛亥1911）	33歲	朝廷度支部	擢參議上行走，以勞進候選知府加三品銜。	載灃頒布新內閣官制，實為皇族內閣，立憲黨人不滿。 三月，革命黨黃花崗之役。八月，武昌起義，各省響應，立憲黨人亦支持。清廷用袁世凱為湖廣總督。九月，袁攬大權，成立新內閣。 南京組織臨時政府。十月，南京政府與袁交涉，迫使溥儀退位。
民國元年（壬子1912）	34歲	北大預科教務長	年初，被亂兵劫掠，受秘書次長阮忠樞的幫助。 代作開國祭文三首、國慶追祭文二首。 五至十二月，受嚴復推薦，任北京大學預科教務長。 吳闓生評點，高步瀛集解的《孟子文法讀本》由高氏友人刊行。	元旦，南京臨時政府成立，孫文就職大總統。孫致電袁，表示讓步。溥儀退位。三月，袁在北京就職大總統，公布〈中華民國約法〉。 袁發布〈尊孔祀孔令〉，「中小學均加讀經科」，吳闓生支持。康有為成立孔教會，各地亦陸續成立尊孔復古組織。 二月，京師大學堂更名為國立北京大學，嚴復出任校長。聘姚永概任教兼任教務長。十月，嚴復辭職。

民國2年（癸丑1913）	35歲	北洋幕府	入袁世凱幕府，常替袁世凱、黎元洪、張紹曾等代筆壽序。 與沈祖憲合纂《容菴弟子記》。 與高步瀛合著的《古今體詩約選》、《國文教範》刊行。 此年前後，袁克權、袁克軫兄弟從吳闓生學。	北京國會大選，國民黨大勝，三月，宋教仁遇刺身亡。四月，袁秘密向五國大量借款。孫文等興兵討袁，失敗。 九月，熊希齡改組內閣。十月，兩院投票選舉，袁當選正式總統，提出憲法增修約法案。 進步黨與國民黨人谷鍾秀等組成民憲黨，擁護憲草。十一月，袁命國民黨解散，撤銷該黨議員。 林紓、姚永概離開北京大學。林紓另發表〈春覺齋論文〉。馬其昶任安徽高等學校校長。
民國3年（甲寅1914）	36歲		年初辭職清史館協修。袁世凱成立內史監，吳闓生任內史。 二月，代徐世昌作梁啟超壽詩。 上巳，參加袁克文流水音禊，有詩記之。稍晚，參加袁克文婚禮。 作〈書蘇允明諫論後〉，有暗指袁世凱「專以金錢武威驅策天下」之意。賀濤文集刊行，代徐世昌作序。	熊希齡內閣停止國會與各地方自治，二月，去職。五月，袁公布增修臨時約法，任徐世昌為國務卿，黎元洪為參政院議長。十二月，參政院通過總統選舉法修正案。 五月，章士釗在日本創刊《甲寅》雜誌，反對袁世凱專制，批判軍閥官僚。 徐樹錚在北京創辦正志中學，聘請林紓、姚永概任教。 姚永樸在北京大學撰成《文學研究法》。馬其昶任北京法政學校教務主任、參務院參議，後因拒入籌安會而離京。

民國4年（乙卯1915）	37歲	北洋幕府	四月，受袁克文之託，作〈袁母沈夫人五十壽序〉，盛讚袁世凱功績。 年底，徐世昌外公劉敦元文集刊行，為其作序。 子防生。	五月，袁宣布接受日本二十一條，被視為五九國恥。八月，袁顧問古德諾發表文章稱中國不適用共和制。籌安會六君子公開演說，公開帝制運動。梁啟超發文抨擊。十月，袁公布重新選舉，各省投票一致贊成君憲。孫文組織中華革命黨討袁，十二月，蔡鍔在雲南發動護國軍。 九月，陳獨秀在上海創刊《青年雜誌》（後改名《新青年》），倡導民主與科學，抨擊孔子、禮教等傳統思想。 任鴻雋等人創辦《科學》月刊。
民國5年（丙辰1916）	38歲		上巳，參加袁克文流水音禊，有詩記之。 六月，任代理教育次長。 十一月，代黎元洪、段祺瑞、馮玉祥作黃興及蔡鍔之祭文。 皖系將軍徐樹錚刊行《諸家評點古文辭類纂》，為其作序。	三月，袁取消洪憲帝制，用段祺瑞改組內閣。其他省陸續獨立，六月，袁病逝。黎元洪出任大總統，資格受疑，產生新舊約法之爭，黎、段交惡。八月，國會恢復運行。 北洋政府頒布教育綱要細則，刪去學校讀經之規定。 馬其昶任清史館總纂。 十二月，蔡元培出任北京大學校長。

民國6年（丁巳1917）	39歲	北洋幕府	為袁克權之詩集作序。 作〈國葬祭文〉二首、〈雲南倡義始末記序〉，肯定蔡、黃之功，亦慨歎兵禍屢興。 此年或隔年之孔子聖誕日，代表總統馮國璋到孔教會演講，強調尊崇孔教。[2]	五月，黎元洪免除段祺瑞職務，國會再次解散。七月，張勳復辟失敗，馮國璋繼任總統，段再起為國務總理。九月，孫文領導護法戰爭，南北分裂。 正月，蔡元培聘陳獨秀為北大文科學長，《新青年》隨之遷京。三月，**姚永樸辭職，桐城派勢力退出北大**。北大取消經學科。 正月，**胡適發表〈文學改良芻議〉**，提出「八不主張」，掀起文學革命。二月，陳獨秀發表〈文學革命論〉，抨擊桐城派等為「十八妖魔」。錢玄同提出「選學妖孽、桐城孽種」口號，風行一時。 林紓反擊，撰寫〈論古文之不當廢〉。
民國7年（戊午1918）	40歲		吳闓生評點之《昭昧詹言》，由邢之襄刊行。 皖系徐樹錚將軍刊行吳汝綸藏《漢魏六朝百三家集》，吳闓生校並序。	北方直(曹錕)皖(段)戰爭，段派勢力傾覆，徐世昌出任總統。南方粵桂戰爭，軍政府瓦解。全國陷入軍閥混戰。 正月，《新青年》改用白話文與新式標點。四月，胡適發表「建設的文學革命論」。五月，魯迅發表〈狂人日記〉。 蔡元培演講〈新教育與舊教育之歧點〉，指責舊教育抹殺個性。

2 此演講辭題為〈孔教會聖誕講經代表馮大總統到會演辭〉，收錄在《北江文集》第七卷末附錄，附錄之十篇書牘的寫作時間未詳。北洋歷任總統中馮姓只有馮國璋，任期為1917年7月至1918年10月，從題名「馮大總統」可判斷時間為民國六年前後。

民國8年（己未1919）	41歲	北洋幕府	《古文範》由中華書局刊行。	二五月四日，北京學生集會遊行，抗議北洋政府接受巴黎和會條約，各地罷課、罷工風潮迅速蔓延至各地。 正月，北大學生傅斯年等創辦《新潮》，響應文學革命。 二月，林紓在《新申報》發表小說〈荊生〉、〈妖夢〉，影射陳獨秀等人。 四月，劉師培創辦《國故》，反對新文化運動。同月，魯迅發表〈孔乙己〉、〈藥〉。九月，章士釗開始鼓吹「新舊調和論」。
民國9年（庚申1920）	42歲		六月，刊行吳汝綸《諸史點勘》，作跋。 十二月，學生賈獻廷等開始編纂同學題名錄（即後來的《文學社題名錄》）。	熊希齡等發起聯省自治運動。 四月，北洋政府教育部訓令小學教材改用語體文（白話文）。 歐洲世界大戰後，形成一種對西方物質文明的反思，如梁啟超發表《歐遊心影錄》提出調和中、西；梁漱溟《東西文化及其哲學》主張維護儒家文化。
民國10年（辛酉1921）	43歲		七月，刊行吳汝綸《呂氏春秋》，此時已對馬其昶頗有微辭。 徐世昌之妹卒，作墓銘。 高步瀛再校《孟子文法讀本》後刊行。	孫文在廣州任中華民國非常大總統。中部援鄂戰爭。共產黨成立。 魯迅開始連載〈阿Q正傳〉。郭沫若《女神》新詩集成書。

民國11年（壬戌1922）	44歲	北洋幕府	此年之前任總統府秘書。 八月，日本人鶴見祐輔登門拜訪。 刊行吳汝綸評點之《李長吉詩》與《韓致堯詩》，作跋。 刊行《尚書大義》。	北方第一次直奉戰爭，徐世昌被迫去職，黎復任總統。南方陳炯明叛變，孫陳戰爭。共產黨加入國民黨。 北洋政府制訂新學制（六三三制）。 四月，南京東南大學吳宓等創辦《學衡》，被稱為「學衡派」。
民國12年（癸亥1923）	45歲		任國務院顧問。 於「文學社」按時講學。 三月，刊行《北江詩集》。 七月，刊行吳汝綸《羣書點勘》，作跋。 八月，刊行《左傳微》。 十月，刊行《周易大義》。 此年馬其昶《抱潤軒文集》刊行，吳闓生不滿陳三立之序跋，遂與馬其昶反目。	三月，孫文在廣州建立大元帥府。曹錕逼退黎元洪，十月，賄選當上總統。 正月，胡適創辦《國學季刊》，發起整理國故運動，重新闡釋傳統文學。十二月，徐志摩等成立新月社。
民國13年（甲子1924）	46歲		正月，《北江文集》七卷初刊。 十二月，刊行《晚清四十家詩鈔》，吳汝綸評點之《唐詩鼓吹集》。	國民黨改組，容共聯俄，建立黃埔軍校。北方蘇浙戰爭、第二次直奉戰爭。十月，馮玉祥倒戈發動政變，囚禁曹錕，孫文北上會談。十一月，段祺瑞臨時執政。
民國14年（乙丑1925）	47歲		代段祺瑞作〈祭孫中山文〉。 作〈故友錄〉，記述吳汝綸門下二十餘人。	三月，孫文病逝。七月，國民黨改組國民政府，組建國民革命軍。十一月，馮玉祥發動反奉戰爭，執政政府被消滅，國會解散。 章士釗復刊《甲寅》，周作人等批評此為復古運動。

民國15年（丙寅1926）	48歲	北洋幕府	四月，段祺瑞任吳闓生為國務院參議。	北洋政府武力鎮壓群眾運動，是為三一八慘案，受輿論譴責。 七月，國民革命軍開始北伐，並加強言論控制，《學衡》停刊一年。
民國16年（丁卯1927）	49歲		正月，重刊《古文範》。 十二月，刊行《詩義會通》。	六月，張作霖任陸海軍大元帥。 蔣中正下令清黨，另立南京國民政府，寧漢分裂。 王國維跳湖自殺。
民國17年（戊辰1928）	50歲	瀋陽萃升書院	五月，刊行吳汝綸《日記》。 七月，刊行吳汝綸《古詩鈔》。 九月，受張學良之聘，與王樹楠一起前往萃升書院。	六月，張作霖被炸死。十二月，張學良東北易幟，南北統一。 章士釗遭到南京政府通緝；吳宓、梁漱溟等人轉為消極，文化保守思潮進入低谷。
民國18年（己巳1929）	51歲		重刊《古文範》。 同門刊行《吳門弟子集》。 合計前年，來從吳闓生問學者多達五、六百人。	馮玉祥與閻錫山暗結反蔣中正，閻洩密，失敗。 梁啟超病逝。
民國19年（庚午1930）	52歲		邀請高步瀛到萃升書院講學。 八月，任私立郁文大學文院院長。北平家中遭竊。[3] 萃升書院講義《古今詩範》、《尚書衍義》及《萃升文選》成書。 弟子張次溪於天津覓得范當世文稿兩冊。[4]	閻錫山、馮玉祥、李宗仁反抗蔣中正，中原大戰，範圍蔓延四省，動員兵力近一百四十萬，造成東北國防空虛。

民國20年（辛未1931）	53歲	北平蓮池書院	因九一八事變返回北平。	日本發動九一八事變，張學良採取不抵抗策略，瀋陽失守。十二月，蔣中正引退。
民國21年（壬申1932）	54歲			東北淪陷，一月，淞滬抗戰。三月，日本操控溥儀，成立滿洲國。
民國22年（癸酉1933）	55歲		春，透過弟子張次溪，邀請齊白石為蓮池書院作畫。[5] 《北江文集》續刊，合計初刊，共十二卷。 《吉金文錄》集釋四卷成書，由邢之襄刊行。	河北省蝗災。 正月，日軍侵占山海關。
民國23年（甲戌1934）	56歲			
民國24年（乙亥1935）	57歲			
民國25年（丙子1936）	58歲		抗戰期間，隱居著述。	七月七日，日軍發動盧溝橋事變，中日戰爭開始。
民國26年（丁丑1937）	59歲		任古學院理事。	
民國27年（戊寅1938）	60歲			
民國28年（己卯1939）	61歲			
民國29年（庚辰1940）	62歲			

3 《世界日報》民國19年8月20日第六版與隔日21日第七版。（見附錄附圖二）

4 參見徐文霨：〈校刻范伯子集序〉，范當世：《范伯子先生全集》（臺北：文海出版社，1975），頁24。

5 參見柴汝新：〈齊白石與〈蓮池書院圖〉〉，收錄於柴汝新主編：《蓮池書院研究》（保定：河北大學出版社，2012），頁307。

民國30年（辛巳1941）	63歲	北平蓮池書院	增訂蓮池書院講學課本，成《定本尚書大義》。	
民國31年（壬午1942）	64歲			
民國32年（癸未1943）	65歲			
民國33年（甲申1944）	66歲			
民國34年（乙酉1945）	67歲			八月，日本投降，抗戰勝利。
民國35年（丙戌1946）	68歲			
民國36年（丁亥1947）	69歲			國、共內戰。
民國37年（戊子1948）	70歲		絕筆於《文史甄微》。	國、共內戰。
民國38年（己丑1949）	71歲		卒於家。弟子齊燕銘時任中央統戰部秘書長，前往弔唁，行跪拜大禮。[6]	九月，中共政權成立。

6 吳昭謙〈吳汝綸思想特質探析〉：「曾任文化部長的齊燕銘曾是吳闓生的門下，剛解放時，吳闓生病逝於家中，齊燕銘親往弔唁，仍行跪拜大禮。」收錄於安徽大學桐城派研究所編：《桐城派與明清學術文化》（合肥：安徽大學出版社，2007），頁444-454。

附表二　吳闓生交遊對象列表

說明：吳闓生的交遊對象，大多為其父汝綸在直隸冀州、保定蓮池書院的弟子，交遊狀況較為單純。另有嚴復、馬佳紹英、阮忠樞三人，年輩較長，有恩於吳闓生。

（一）吳闓生長輩，非桐城派弟子

姓名	生卒年	字	交往概況	備註
嚴　復	1854-1921	幾道	光緒三十年（1904），吳闓生受其推薦，任學校司總編譯。[7]民國元年，吳闓生受其推薦，任北京大學預科教務長。[8]	與吳汝綸等桐城人物友好。
馬佳紹英	1861-1925	越千	光緒三十一年（1905），吳闓生得其賞識，加入五大臣出洋考察行列。啟程當日，革命黨人引爆炸彈，吳闓生被懷疑與革命黨人勾結，賴其力救，還吳闓生清白。[9]宣統二年，吳闓生受其推薦，任清度支部財政處總辦。[10]	非桐城派弟子。

7　吳闓生：《北江文集》，卷九〈嚴幾道傳〉，頁722。

8　同前註，頁723。

9　吳闓生：《北江文集》，卷九〈馬佳君傳〉，頁726-727。

10　同前註，頁727。

阮忠樞	1867-1917	斗瞻	民國元年（1911），吳闓生被亂兵劫掠，受其幫助。[11]與吳闓生皆為袁世凱幕僚。	非桐城派弟子。

（二）吳闓生師門同輩（順序依《吳門弟子集》）

姓名	生卒年	字	交往概況	備註
馬其昶	1855-1930	通伯	民國十二年（1923）之後，與吳闓生陷入交惡狀態。[12]	
姚永樸	1859-1939	仲實	民國十二年之後，與吳闓生陷入交惡狀態。	
李剛己	1872-1914	剛己	與吳闓生唱和詩作極多。	吳闓生歎服其才：「剛己之文，豈觀之徒所可望？其詩亦不下長吉」、[13]「雄於講說，生徒嚮服」。[14]吳闓生弟子曾克耑取其《古文辭》，與吳闓生《桐城吳氏文法教科書》合成《桐城吳氏古文法》。
馬鑑瀅	187?-1928	筱珊	民國後，曾任陸軍部秘書。	吳闓生讚其文「汪洋恣肆，有江湖氾濫之觀」。[15]

11 吳闓生：《北江文集》，卷九〈阮君傳〉，頁732。

12 詳見本文第二章第一節附論〈吳闓生的個性〉。

13 吳闓生：《北江文集》，卷六〈李剛己大令遺集序〉，頁439。

14 吳闓生：《北江文集》，卷八〈故友錄・李剛己〉，頁620。

15 吳闓生：《北江文集》，卷十二〈馬筱珊墓誌銘〉，頁857。

傅增湘	1872-1950	沅叔	民國後，亦在北洋幕府。曾任約法會議議員、教育總長等職。	
李德膏	1870-1941	光炯	與吳闓生有唱和詩作數首。	
常堉璋	未詳	濟生、稷笙	民國後，亦在北洋幕府，曾任參議員等。 與吳闓生唱和詩作多。	
王振垚	未詳	古愚	宣統元年（1909），吳闓生歸皖，其屢謁當局，促召吳闓生出仕。[16] 民國後，亦在北洋幕府，曾任參議員等。	光緒二十六年（1900），吳汝綸受拳民迫害，其不顧危險，銳身救師，吳闓生讚其「忼慨尚節義」。[17]
谷鍾秀	1874-1949	九峯	民國二、三年間（1913、1914），亦在北洋幕府。	
李景濂	1869-1939	右周	與吳闓生有唱和詩作數首。	
杜之堂	1869-1928	顯閣	與吳闓生有唱和詩作數首。	
唐爾熾	1872-1950	雨梅	與吳闓生有唱和詩作數首。	
武錫玨	未詳	和之（合之）	光緒年間，與吳闓生同登千佛山遊大明湖。[18]	

16 參見吳闓生：《北江文集》，卷八〈故友錄・王振垚〉，頁647。

17 參見吳闓生：《北江文集》，卷七〈王古愚遺集序〉，頁554。卷八〈故友錄・王振垚〉，頁645。

18《北江文集》作「和之」，《北江詩集》點校本作「合之」。（吳闓生：《北江文集》，卷一〈贈武合之序〉，頁43。吳闓生著，余永剛點校：《北江先生詩集》，卷三〈與武合之同登千佛山旋共泛大明湖不至十餘年矣作小詩簡合之寄慨〉，頁138）。

劉培極	未詳	宗堯	與吳闓生合著《左傳文法讀本》。	
尚秉和	1870-1950	節之	與吳闓生有唱和詩作數首。	吳闓生讚其「夙雄於文，尤留意故實」。[19]
高步瀛	1873-1940	閬仙	民國十九年（1903），吳闓生邀其至萃升書院一同講學。 與吳闓生合著《國文教範》、《孟子文法讀本》、《古今體詩約選》。	吳闓生讚其「為國家主教化，造育人才，名績既美矣。……才行犖犖，樹立於時。」[20]
籍忠寅	1877-1930	亮儕	民國後，亦在北洋幕府，曾任參議員等。	吳闓生說：「民國成立，桀特之資多奔走以勤國事，群奉忠寅為魁首。」[21]
鄧毓怡	1880-1929	和甫	民國後，亦在北洋幕府，曾任參議員等。	
李廣濂	未詳	芷洲	光緒二十六年（1900）拳亂，吳闓生離開保定蓮池，寓居其家。[22]	
邢之襄	1880-1972	詹亭	刊印吳吳闓生《吉金文錄》等。校訂吳汝綸評點，吳闓生纂輯之《羣書點勘》等。	

19 吳闓生：《北江文集》，卷八〈尚節之《辛壬春秋》序〉，頁604。

20 吳闓生：《北江文集》，卷七〈高母張太夫人八十壽序〉，頁499。

21 吳闓生：《北江文集》，卷七〈任邱籍君墓碑〉，頁526。

22 參見吳闓生：《北江文集》，卷一〈贈李子周序〉，頁41。

張宗瑛	1879-1910	獻群	其性剛強嫉惡，平生僅以賀濤與吳闓生二人為知己。[23] 吳闓生《北江詩集》有與其唱和之詩作數首。	吳闓生歎其「孤懷閎識，跌宕悲憤」、[24]「性剛氣豪，材力逴絕，勇為趨義，不恤禍害。」[25]
中島裁之	未詳	成章、伯成	光緒二十七年（1901），吳闓生隨其抵日本，遊學早稻田大學。	

[23] 同前註，頁340。

[24] 吳闓生：《北江文集》，卷三〈張獻群之妻劉孺人傳〉，頁247。

[25] 吳闓生：《北江文集》，卷五〈張獻群墓誌銘〉，頁338。

附表三　吳闓生弟子列表

說明：民國十二年，吳闓生在北京文學社講學，弟子人數百餘人；民國十七至十九年，吳闓生前往瀋陽萃升書院任教，學生多達五六百人。下表根據民國十二年刊行的《文學社題名錄》之拍賣檔案照片（詳見附錄附圖三），與《北江詩集》、《北江文集》整理而成，空白處為未詳。

姓名	生卒年	字	籍貫	備註
李葆光	1891-?	子健	直隸南宮	李剛己之子，吳闓生言其「喜為詩，能嗣其父業」。[26] 曾任哈爾濱特區檢察官。著有《涵象軒集》。
張　武	1891-?	國藥	安徽桐城	曾任德國哲學博士經濟調查局參議。
李　鉞	1892-?	秉威	直隸邯鄲	李景濂之子。
劉書鉢	1892-?	素儒	直隸衡水	北京大學法科肄業生。
籍孝箴	1893-?	剛伯	直隸任邱	籍忠寅之子。
賈獻廷	1894-?	應璞	直隸冀縣	北京大學法科肄業生。
孟　憲	1894-?	德潤	直隸深縣	曾任青年會漢文教員。
于省吾	1896-1984	思泊	遼寧海城	吳闓生以平輩禮待之。[27] 曾任萃升書院院監，[28]輔仁大學、北京大學教授。專精於甲骨文、金文考證，代表作《甲骨文字釋林》、《雙劍誃吉金文選》等。

26 吳闓生：《北江文集》，卷八〈故友錄・李剛己〉，頁624。

27 參見吳闓生：《吉金文錄》（北京：邢之襄校刊本，1933），目錄後記，頁7。

28 參見李云波：〈張學良將軍與瀋陽萃升書院〉，《蘭臺世界》1998年第4期，頁36。

袁克權	1898-1941	規庵	河南項城	袁世凱五子。著有《百衲詩集》等。
何其鞏	1899-1955	克之	安徽桐城	吳闓生稱讚其文「奇縱有豪氣」。[29] 曾任北平市長、安徽省財政廳長、北平中國大學代理校長。
曾克耑	1900-1976	履川	福建閩侯	十六歲在成都得吳闓生《古文法》，弱冠來北京拜師。 吳闓生稱讚其「才氣犇放」、「大成之器」。[30] 曾任教香港新亞書院、香港中文大學等。著有《頌橘廬叢稿》、《曾氏家學》等。書法成就亦高。
賀迪新		啟之	直隸武強	賀濤之孫，賀葆真長子。
賀翊新		仲弼	直隸武強	賀濤之孫，賀葆真次子。
賀培新	1903-1952	孔才	直隸武強	賀濤之孫，賀葆真三子。幼承祖訓，攻治古文辭。 吳闓生稱讚其「才尤為瑋異」、[31]「兼有治事」。[32] 著有《天游室集》、《孔才印集》等。書法家、篆刻家。
袁克軫	1903-?	鳳轆	河南項城	袁世凱八子。
張慶開		心泉	直隸冀縣	張楚航（吳汝綸在冀州的輔佐者）之子。
吳兆璜	1903-1962	雉鶴	江蘇江甯	總統徐世昌外甥。書法家。

29 吳闓生：《北江文集》，卷十一〈何坫丞先生傳〉，頁827。

30 吳闓生：《北江文集》，卷十一〈曾履川詩序〉，頁847。

31 吳闓生：《北江文集》，卷十一，〈賀母蘇太夫人八十壽序〉，頁817。

32 吳闓生：《北江文集》，卷八〈故友錄·賀嘉枏〉，頁638。

潘　式(以字行)	1904-1966	伯鷹	安徽懷寧	十六歲時來北京拜師，主要學詩，與同門賀培新、曾克耑尤善。[33] 曾任教北平中法大學、上海暨南大學、上海音樂學院教授。學術著作多種，兼工詩詞、小說、書法。
姚　浚	1906-?	伯泉	安徽桐城	吳闓生外甥。
齊燕銘	1907-1978			早年著有《中國文學史略》。參加過共產黨革命活動，創作新編平劇《逼上梁山》。曾任國務院秘書長、文化部副部長。書法家。
王國章	1907-?	補山	福建閩侯	
方福東	1907-?	瀛生	東莞篁村	
張涵銳(以字行)	1909-1968	次溪		較率性，曾評議桐城派「眼光如豆」，吳闓生回信駁正。[34] 著有《燕京訪古錄》、《清代燕都梨園史料》、《北平歲時志》、《人民首都的天橋》等。
王善慶		餘齋		
王雙鳳		文燦	直隸冀縣	清贈登仕郎王羣壽之孫。
羨鍾寅			直隸冀縣	
馮復光			直隸霸縣	
吳　羲			直隸新城	
王　級			直隸房山	
矯　醇			遼寧海城	
夏衡文			瀋陽	

33 潘伯鷹〈頌橘廬詩存序〉說：「余年十六游北京，受業桐城吳北江先生之門，……學為詩者，孔才、履川及余而已。」曾克耑：《頌橘廬詩存》（臺中：文听閣圖書公司，《民國詩集叢刊》第一編，2009），頁1。

34 吳闓生：《北江文集》，卷九〈答張江裁〉，頁671。

楊　溥			直隸清苑	
郭　瑄			河間河間	

僅知曉姓名者有：李鴻翱、李詒綬、邢剛、許恩冤、王詒謀、龍燦。

附表四　《古文範》與《類纂》、《雜鈔》的選文篇目比較表

說明：《古文範》的編纂用意是作為姚鼐《古文辭類纂》與曾國藩《經史百家雜鈔》的學習基礎，為吳門傳授古文的初學用本。本表比較《古文範》與二書的選文篇目異同，作家名、篇名皆依據《古文範》目錄，「V」表示選錄，「X」表示未選。

《古文範》選文		姚鼐《類纂》	曾國藩《雜鈔》
上編一（卷一）	莊子《莊子・逍遙遊》	X	V卷一
	莊子《莊子・駢拇》	X	V卷一
	莊子《莊子・馬蹏》	X	V卷一
	莊子《莊子・胠篋》	X	V卷一
	莊子《莊子・養生主》一節	X	V卷一
	莊子《莊子・人間世》一節	X	X
	莊子《莊子・在宥》一節	X	X
	莊子《莊子・天道》一節	X	X
	莊子《莊子・天運》一節	X	X
	莊子《莊子・達生》五節	X	V卷一
	莊子《莊子・山木》一節	X	V卷一
	莊子《莊子・徐無鬼》一節	X	X
	莊子《莊子・則陽》一節	X	X
	韓非《韓非子・說難》	X	V卷一
	韓非《韓非子・難篇・晉文公將與楚人戰》	X	X
	韓非《韓非子・難篇・歷山之農者侵畔》	X	X

上編一（卷一）	韓非《韓非子・難篇・管仲有病》	X	X
	韓非《韓非子・難篇・靡笄之役》	X	X
	韓非《韓非子・難篇・桓公解管仲之束縛而相之》	X	X
	韓非《韓非子・難篇・景公過晏子》	X	X
	韓非《韓非子・難篇・齊桓公飲酒醉遺其冠》	X	X
	韓非《韓非子・難篇・齊桓公之時晉客至》	X	X
	韓非《韓非子・難篇・趙簡子圍衛之郛郭》	X	X
	韓非《韓非子・難篇・文公出亡》	X	X
	韓非《韓非子・難篇・鄭子產晨出過東匠士之閭》	X	X
	韓非《韓非子・難篇・魯陽虎欲攻三桓》	X	X
	韓非《韓非子・難篇・鄭伯將以高渠彌為卿》	X	X
	韓非《韓非子・難篇・彌子瑕有寵於衛國》	X	X
	屈原〈離騷〉	V卷六十二	V卷三
	《戰國策・扁鵲說秦武王》	X	X
	《戰國策・田需說管燕用士》	X	X
	《戰國策・中射之士說荊王》	X	X
	《戰國策・孫子為書謝春申君》	X	X
	《戰國策・汗明說春申君》	V卷二十七	X
	《戰國策・魯仲連說辛垣衍拒秦》	V卷二十七	X
	蘇代〈約燕昭王〉	V卷二十五	X
	樂毅〈報燕惠王書〉	V卷二十六	V卷十四
	信陵君〈諫與秦攻韓〉	V卷十一	X
	魯仲連〈遺燕將書〉	V卷二十七	V卷十四

上編一（卷一）	李斯〈諫逐客書〉	V卷十一	V卷十一
	漢文帝〈賜南粵王趙佗書〉	V卷三十五	V卷十
	淮南小山〈招隱士〉	V卷六十五	X
	賈誼〈過秦論〉	V卷一	V卷一
	賈誼〈鵩鳥賦〉	V卷六十五	V卷三
	司馬相如〈難蜀父老〉	V卷六十七	V卷十
	司馬遷《史記・十二諸侯年表序》	V卷六	V卷八
	司馬遷《史記・六國表序》	V卷六	V卷八
	司馬遷《史記・秦楚之際月表序》	V卷六	V卷八
	司馬遷《史記・漢興以來諸侯年表序》	V卷六	V卷八
	司馬遷《史記・高祖功臣年表序》	V卷六	V卷八
	司馬遷《史記・建元以來侯者年表序》	V卷六	V卷八
	司馬遷《史記・項羽本紀贊》	X	V卷十七
	司馬遷《史記・魏世家贊》	X	X
	司馬遷《史記・田敬仲完世家贊》	X	X
	司馬遷《史記・孔子世家贊》	X	X
	司馬遷《史記・蕭相國世家贊》	X	V卷十七
	司馬遷《史記・曹相國世家贊》	X	V卷十七
	司馬遷《史記・留侯世家贊》	X	X
	司馬遷《史記・屈原賈生列傳贊》	X	V卷十七
	司馬遷《史記・魏豹彭越列傳贊	X	X
	司馬遷《史記・淮陰侯列傳贊》	X	X
	司馬遷《史記・衛將軍驃騎列傳贊》	X	X
	司馬遷《史記・季布欒布列傳贊》	X	X
	司馬遷〈報任少卿書〉	V卷二十八	V卷十四
	楊惲〈報孫會宗書〉	V卷二十八	V卷十四
	揚雄〈解嘲〉	V卷六十八	V卷四
	漢光武帝〈賜竇融璽書〉	V卷三十七	V卷十

	班固〈封燕然山銘〉	V卷四十	V卷六
	諸葛亮〈出師表〉	V卷十五	V卷十二
	曹植〈下國中令〉	X	V卷十
上編二（卷二）	韓愈〈原道〉	V卷二	V卷二
	韓愈〈張中丞傳後敘〉	V卷七	V卷九
	韓愈〈送董邵南遊河北序〉	V卷三十二	X
	韓愈〈送幽州李端公序〉	V卷三十二	X
	韓愈〈送溫處士赴河陽軍序〉	V卷三十二	X
	韓愈〈上宰相書〉	V卷二十九	X
	韓愈〈上張僕射書〉	X	X
	韓愈〈潮州刺史謝上表〉	V卷十六	X
	韓愈〈與孟尚書書〉	V卷二十九	V卷十五
	韓愈〈答劉秀才論史書〉	V卷二十九	V卷十五
	韓愈〈與汝州盧郎中論薦侯喜狀〉	V卷二十九	X
	韓愈〈平淮西碑〉	V卷四十一	V卷二十三
	韓愈〈進學解〉	V卷七十二	V卷五
	韓愈〈送窮文〉	V卷七十二	V卷五
	韓愈〈鄆州谿堂詩并序〉	V卷五十二	V卷二十六
	韓愈〈柳子厚墓誌銘〉	V卷四十二	V卷二十
	韓愈〈柳州羅池廟碑〉	V卷四十一	V卷二十六
	韓愈〈祭柳子厚文〉	V卷七十四	V卷十六
	柳宗元〈論語辨〉	V卷七	V卷九
下編二（卷四）	柳宗元〈伊尹五就桀贊〉	V卷六十一	V卷七
	歐陽脩〈送田畫秀才寧親萬州序〉	V卷三十三	X
	歐陽脩〈豐樂亭記〉	V卷五十五	V卷二十六
	王安石〈周禮義序〉	V卷十	V卷九
	王安石〈詩義序〉	V卷十	V卷九
	王安石〈書義序〉	V卷十	V卷九
	王安石〈讀孟嘗君傳〉	V卷十	X
	王安石〈答司馬諫議書〉	V卷三十一	V卷十五

下編二（卷四）	王安石〈答姚闢書〉	X	X
	王安石〈泰州海寧縣主簿許君墓誌銘〉	V卷四十九	V卷二十一
	王安石〈度支副史廳壁題名記〉	V卷五十八	V卷二十六
	王安石〈祭丁元珍學士文〉	V卷七十五	V卷十六
	王安石〈祭曾博士易占文〉	V卷七十五	V卷十六
	曾鞏〈列女傳目錄序〉	V卷九	V卷九
	曾鞏〈范貫之奏議集序〉	V卷九	X
	蘇洵〈上韓樞密書〉	V卷三十一	V卷十五
	蘇軾〈前赤壁賦〉	V卷七十二	V卷五
	姚鼐〈復張君書〉	X	X
	姚鼐〈復魯絜非書〉	X	X
	梅曾亮〈閑存詩草跋〉	X	X
	曾國藩〈湘鄉昭忠祠記〉	X	X
	曾國藩〈歐陽生文集序〉	X	X
	曾國藩〈五箴〉	X	X
共103篇全文、13小節《莊子》節錄，其中有5小節選自《莊子・達生》，視為一篇篇目計算，總計112篇。		共64篇相同 共52篇相異	共63篇相同 共53篇相異

附圖一　吳闓生像

圖片來源：

郭立志編纂：《桐城吳先生年譜》（臺北：文海出版社，《近代中國史料叢刊》第73輯，1972），卷首。

桐城吳北江先生遺象

圖片來源：

曾克耑：《頌橘廬叢稿》（香港：曾克耑自印本，1961），第5冊〈我的師承〉，頁1107。

附圖二　民國十九年八月二十日、二十一日《世界日報》

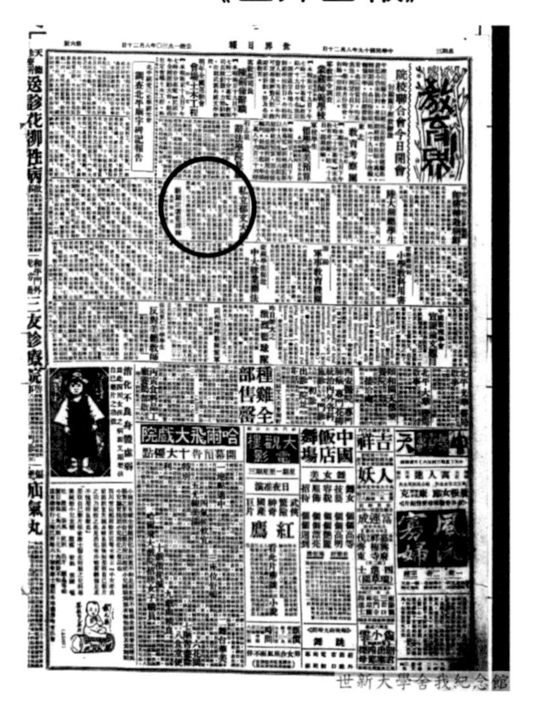

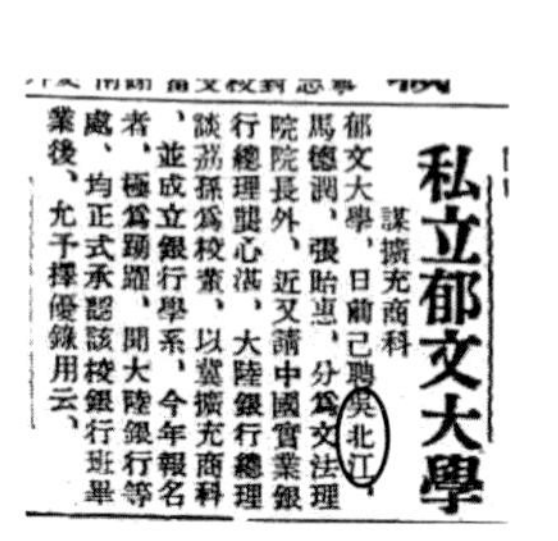

私立郁文大學
謀擴充商科

郁文大學，日前已聘吳北江、馬德潤、張貽惠，分爲文法理院院長外，近又請中國實業銀行總理龔心湛、大陸銀行總理談荔孫爲校董，以冀擴充商科、並成立銀行學系，今年報名者，極爲踴躍，聞大陸銀行等處，均正式承認該校銀行班畢業後，尤予擇優錄用云、

《世界日報》[35]民國十九年八月二十日第六版
資料來源：世新大學舍我先生報業數位典藏
http://newsmeta.shu.edu.tw/shewo/basic.jsp

---

35 按：《世界日報》由成舍我（1898-1991）於民國十四年二月十日創刊於北平，至民國二十六年因抗戰而停刊。發行量曾高達三萬份，超越同時期的其餘大報。因當時教育制度改革與學運活躍，特別重視教育界新聞，另闢「教育界」專欄。參見余顯強：〈北平「世界日報」：民初歷史性新聞報紙數位化之研究〉，《圖書與資訊學刊》，2005年8月54期，頁84-95。

西安門內竊案

△事主損失三千餘元

西安門內酒醋局，門牌七號，自治討論會會員吳北江住宅。前夜不知何時，突有梁上君子，潛入院內，乘吳家人等，離睡正濃之際，將西跨院西房北暗間，吳之房門竊開，撬落皮箱鎖，將箱內貴重皮衣，席捲而去。至昨日清晨·吳見房門虛掩，情知有異，當即令人查找。始發現皮箱內衣服，被賊人竊去，當檢查箱內衣服，計被賊人竊去：青呢袷綢皮大氅一件，藍灰色緞面袷綢男皮袍一件，古銅色素緞面灰鼠男皮袍一件，藏青洋鑲織長壽字花紋羊羔皮袍一件，藍緞羊皮袍一件，藏青黑地纖花緞灰鼠短女皮襖一件，寧綢雙黑緞邊墨絲康緞長毛羊皮襖一件，黑花絲葛羊皮女襖一件，玉色光面嗶嘰狐腿女皮襖一件，藍寧綢闡花舊羊皮襖一件。價值三千餘元之鉅。除開列失單，呈報該管區署查緝外，並具呈公安局，請通令各區隊，一體代為上緊查緝，賊犯務獲，以便追究贓物。（立）

《世界日報》民國十九年八月二十一日第七版
資料來源：世新大學舍我先生報業數位典藏
http://newsmeta.shu.edu.tw/shewo/basic.jsp

附圖三　《文學社題名錄》書影

說明：《文學社題名錄》為吳闓生弟子賈應璞等所編纂之同門名單，民國十二年編成。

此為二〇一二年五月「孔夫子舊書網」拍賣檔案資料照片，書已售出。

文學社題名錄

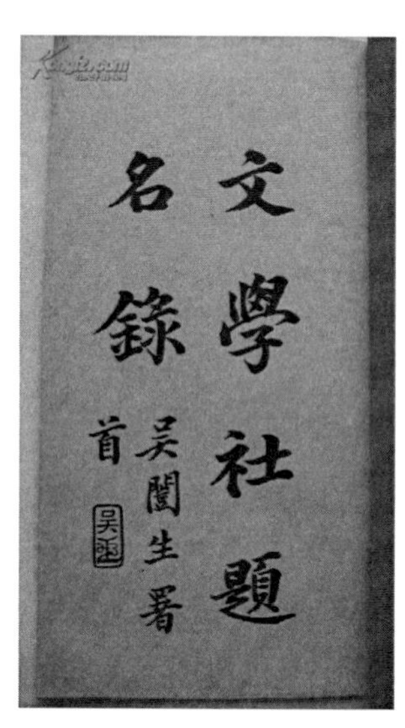

文學社題名錄

吳闓生署首

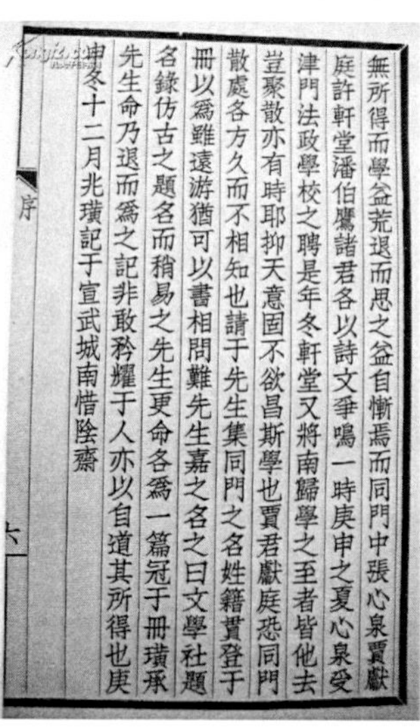

無所得而學益荒退而思之益自慚焉而同門中張心泉賈獻庭許軒堂潘伯鷹諸君各以詩文爭鳴一時庚申之夏心泉受津門法政學校之聘是年冬軒堂又將南歸學之至者皆他去豈聚散亦有時耶抑天意固不欲昌斯學也賈君獻庭恐同門散處各方久而不相知也請于先生集同門之名姓籍貫登于冊以爲雖遠游猶可以書相問難先生嘉之名之曰文學社題名錄仿古之題名而稍易之先生更命各爲一篇冠于冊璜承先生命乃退而爲之記非敢矜耀于人亦以自道其所得也庚申冬十二月兆璜記于宣武城南惜陰齋

序　六

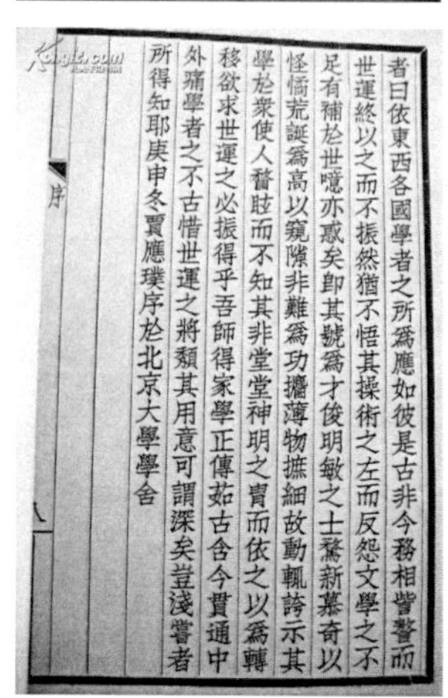

者曰依東西各國學者之所爲應如彼是古非今務相訾謷而世運終以之而不振然猶不悟其操術之左而反怨文學之不足有補於世噫亦惑矣即其號爲才俊明敏之士騖新慕奇以怪譎荒誕爲高以窺隙非難爲功擿薄物摭細故動輒誇示其學於衆使人瞀眩而不知其非堂堂神明之胄而依之以爲轉移欲求世運之必振得乎吾師得家學正傳茹古含今貫通中外痛學者之不古惜世運之將頹其用意可謂深矣豈淺嘗者所得知耶庚申冬賈應璞序於北京大學學舍

序　八

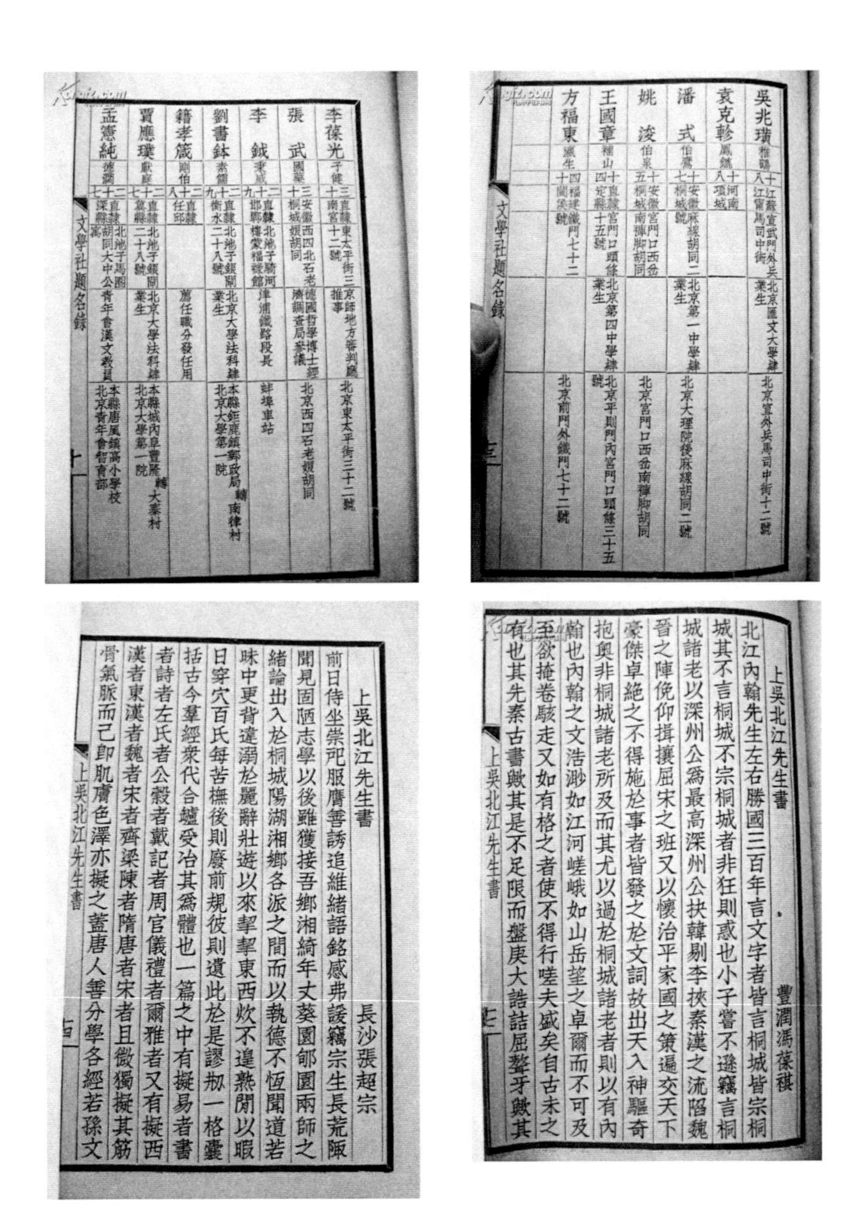

文學社題名錄

李葆光	子健	三十	直隸南宮	東太平街三十二號	京師地方審判廳推事	北京東太平街三十二號
張武	國璽	三十	安徽桐城	西四北石老娘胡同	德國哲學博士經濟調查局參議	北京西四石老娘胡同
李鉞	秉成	二十九	直隸邯鄲	北池子騎河樓蒙福祿館	津浦鐵路段長	蚌埠車站
劉書鉢	素儒	二十九	直隸衡水	北池子銀閘二十八號	北京大學法科肄業生	本縣鉅鹿鎮郵政局轉南律村 北京大學第一院
籍孝箴	剛伯	二十八	直隸任邱		薦任職分發任用	
賈應璞	獻庭	二十七	直隸冀縣	北池子銀閘二十八號	北京大學法科肄業生	本縣城內阜豐隆轉大寨村 北京大學第一院
孟憲純	德潤	二十七	直隸深縣	北池子馬圈胡同大中公寓	青年會漢文教員	本縣唐風鎮高小學校 北京青年會智育部

文學社題名錄

吳兆璜	稚鶴	十八	江蘇江甯	宣武門外兵馬司中街	北京匯文大學肄業生	北京宣外兵馬司中街十二號
袁克軫	鳳鐃	十八	河南項城			
潘式	伯鷹	十七	安徽桐城	麻線胡同二號	北京第一中學肄業生	北京大理院後麻線胡同二號
姚浚	伯泉	十五	安徽桐城	宮門口西岔南揮脚胡同		北京宮門口西岔南揮脚胡同
王國章	穉山	十四	直隸定縣	宮門口頭條十五號	北京第四中學肄業生	北京平則門內宮門口頭條三十五號
方福東	瀛生	四十	福建閩侯	鐵門七十二號		北京前門外鐵門七十二號

上吳北江先生書　長沙張超宗

前日侍坐崇祀服膺誨誘追維緒語銘感弗諼竊宗生長荒陬聞見固陋志學以後雖獲接吾鄉湘綺年丈葵園郇園兩師之緒論出入於桐城陽湖湘鄉各派之間而以執德不恆聞道若昧中更背違溺於麗辭壯遊以來挈挈東西炊不遑熟閒以暇日穿穴百氏每苦撫後則廢前規彼則遺此於是謬擬一格囊括古今羣經衆代合鑪受冶其爲體也一篇之中有擬易者書者詩者左氏者公穀者戴記者周官儀禮者爾雅者又有擬西漢者東漢者魏者宋者齊梁陳者隋唐者宋者且徵獨擬其筋骨氣脈而已卽肌膚色澤亦擬之蓋唐人善分學各經若孫文

上吳北江先生書　豐潤馮葆祺

北江內翰先生左右勝國三百年言文字者皆言桐城皆宗桐城其不言桐城不宗桐城者非狂則惑也小子嘗不遜竊言桐城諸老以深州公爲最高深州公抉韓劘李挾秦漢之流陷魏晉之陣俛仰揖攘屈宋之班又以懷治平家國之策遍交天下豪傑卓絕之不得施於事者皆發之於文詞故出天入神驪奇抱奧非桐城諸老所及而其尤以過於桐城諸老者則以有內翰也內翰之文浩渺如江河嵯峨如山岳望之卓爾而不可及至欲掩卷駭走又如有格之者使不得行嗟夫盛矣自古未之有也其先秦古書歟其是不足限而盤庚大誥詰屈聱牙歟其

圖片來源：

「孔夫子舊書網」庫存頁面http://book.kongfz.com/17850/150446275

附圖四　《桐城吳氏文法教科書》書影

說明：《桐城吳氏文法教科書》為《古文範》前身，光緒三十一年（1905）由上海文明書局出版。

此為二〇一二年十二月「孔夫子舊書網」拍賣檔案資料照片，書已售出。版本為宣統元年（1909）三版，蓋有「安徽省立第二師範學院」[36]印、圖書登錄碼。

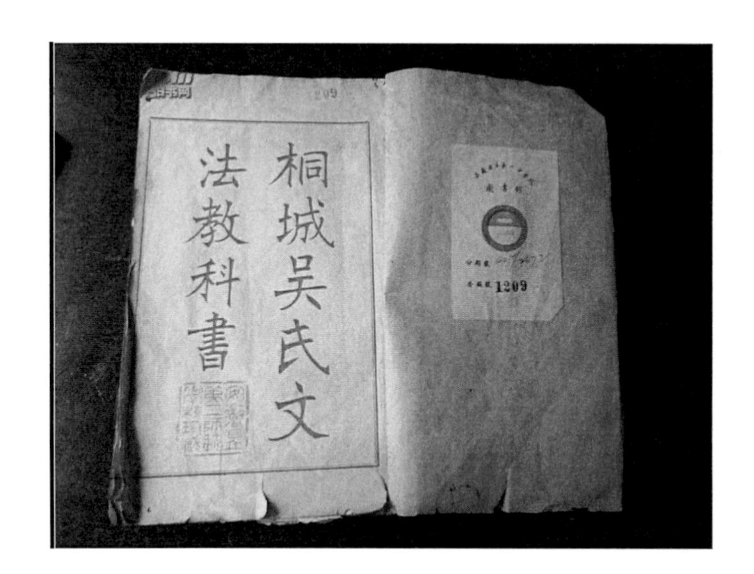

36「安徽省立第二師範學院」為民國三年時，由「安徽省立第五師範學校」易名而來，後於民國十七年，改制為「安徽省立第二中學」，今為安徽省修寧中學。詳見修寧中學網站：http://www.xnzx.net/Article_view.asp?id=1778。

桐城吳氏文法教科書上編

韓非子雜解弟一

晉文公將與楚人戰，召舅犯而問之曰，吾將與楚人戰，彼衆我寡，爲之奈何，舅犯曰，臣聞之，繁禮君子，不厭忠信，戰陣之間，不厭詐僞，君其詐之而已矣，文公辭舅犯，因召雍季而問之曰，我將與楚人戰，彼衆我寡，爲之奈何，雍季對曰，焚林而田，偷取多獸，後必無獸，以詐遇民，偷取一時，後必無復，文公曰善，辭雍季，以舅犯之謀與楚人

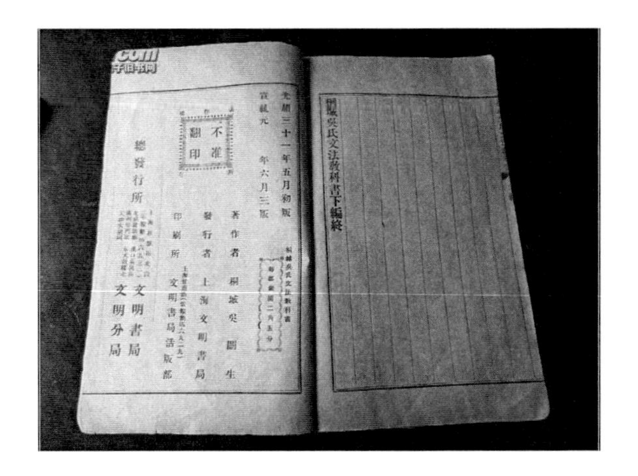

光緒三十一年五月初版
宣統元年六月三版

不准翻印

桐城吳氏文法教科書
每部定價二角五分

著作者 桐城吳闓生
發行者 上海文明書局
印刷所 文明書局活版部
總發行所 文明書局 文明分局

桐城吳氏文法教科書下編終

圖片來源：

「孔夫子舊書網」庫存頁面http://www.kongfz.cn/10150909/

索引

索引一　《古文範》 選文篇目索引

說明：評點是相當靈活彈性的一種評論方式，評點家對每篇作品的感受與領悟必然有異，反映在筆下的評論篇幅也往往不同。《古文範》也具備這個特色，有些選文的評論一氣直下，不可遏止，有些則僅有寥寥數字。又因本文以歸納性方法分析，引用例子以最具有代表行者為宜，因此，少數選文便未討論到。

三劃

五劃

六劃

八劃

九劃

十劃

十一劃

十二劃

十三劃

十四劃

十五劃

十六劃

十七劃

十八劃

十九劃

二十二劃

索引二　桐城派人名索引

文學研究叢書．古文評點整理與研究叢刊 0815002

吳闓生《古文範》研究

主　　編　王基倫
作　　者　許妙音
責任編輯　林以邠
特約校稿　林秋芬

發 行 人　陳滿銘
總 經 理　梁錦興
總 編 輯　陳滿銘
副總編輯　張晏瑞
編 輯 所　萬卷樓圖書股份有限公司
排　　版　游淑萍
印　　刷　倚樂企業有限公司
封面設計　斐類設計工作室

發　　行　萬卷樓圖書股份有限公司
臺北市羅斯福路二段 41 號 6 樓之 3
電話 (02)23216565
傳真 (02)23218698
電郵 SERVICE@WANJUAN.COM.TW
香港經銷　香港聯合書刊物流有限公司
電話 (852)21502100
傳真 (852)23560735

ISBN 978-986-478-290-1
2019 年 8 月初版一刷
定價：新臺幣 580 元

如何購買本書：
1. 劃撥購書，請透過以下郵政劃撥帳號：
帳號：15624015
戶名：萬卷樓圖書股份有限公司
2. 轉帳購書，請透過以下帳戶
合作金庫銀行 古亭分行
戶名：萬卷樓圖書股份有限公司
帳號：0877717092596
3. 網路購書，請透過萬卷樓網站
網址 WWW.WANJUAN.COM.TW
大量購書，請直接聯繫我們，將有專人為您服務。客服：(02)23216565 分機 610

國家圖書館出版品預行編目資料

吳闓生《古文範》研究 / 王基倫主編、許妙音著. -- 初版. -- 臺北市 : 萬卷樓, 2019.08
面 ; 　公分. -- (文學研究叢書. 古文評點整理與研究叢刊 ; 815002)
ISBN 978-986-478-290-1(平裝)
1.古文範 2.研究考訂

830　　108007834